新潮文庫

灯　台　へ

ヴァージニア・ウルフ
鴻巣友季子訳

目次

灯台へ

第一部　窓

1

「ええ、いいですとも。あした、晴れるようならね」ラムジー夫人はそう言ってから、つけたした。「でも、うんと早起きしてもらいますよ」

息子はそう言われただけですっかり舞い上がった。さあこれで決まり、いよいよ探検に乗りだすんだという期待感につつまれ、もうはるか昔から——と言いたくなるぐらい——待ちに待ったあの夢の塔に、ひとつ夜を越し、半日も海を行けば、手がとどくような気になった。齢《よわい》六つとはいえ、彼もまたあの大一族に属していた。つまり、それはそれ、これはこれと、気持ちを分けることができず、楽しいにつけ悲しいにつけ、先のことを考えると、きまって手元がよく見えなくなってしまう質《たち》だ。なにせ、この種の人たちはごく幼いうちから、感性の歯車がわずかか回るたびに、その影や光の射《さ》す一瞬を結晶のようにしてとっておけるので、このとき床にすわって〈アーミー・

アンド・ネイヴィー・ストアズ〉〔中流向けの百貨店〕のカタログから商品画を切り抜いていたジエイムズ・ラムジーも、母のことばを聞くなり、いま切りとった冷蔵庫の絵までが、欣喜《きんき》の泉のように思えてきた。そんな絵ですら、歓《よろこ》びにふちどられて見える。手押し車、芝刈り機、ポプラ並木のそよぎ、つぎの雨を待つ色褪《いろさ》めた木の葉、ミヤマガラスの嗄《しゃが》れた啼《な》き声、エニシダの枝葉が窓をうつ音、衣《きぬ》ずれの音――そうしたものすべてが頭のなかで色づいて個々に際《きわ》だち、そのさまがあまりに鮮やかなので、もう彼のなかには、それらを表す自分だけの暗号、秘密のことばができあがっていた。もっとも、額は高くひいで、険しいまなざしの碧眼《へきがん》は一点の曇りもなく清らかなこの子には、見たところ、頑としてゆずらぬ厳《いか》めしい印象があり、事実、人の弱さを目《ま》の当たりにすると、心なし顔をしかめたりするので、母親のラムジー夫人はいまも、冷蔵庫の絵をハサミできれいに切り抜く息子を見守りつつ、この子がいずれ白貂《しろてん》をあしらった緋《ひ》色《いろ》の法衣をまとって裁判官席につく姿やら、社会危機に際してのっぴきならぬ一大事に采配《さいはい》をふる雄姿などを思い描くのだった。

「そうは言っても」と、テラスを歩いていた父が、客間の窓の前で立ち止まって口をはさんできた。「まず晴れそうにないがね」

もし手近に、手斧《ておの》か火かき棒か、要は父さんの胸にぐさりと穴をあけて殺してやれそうな武器でもあれば、ジェイムズはすぐさま引っつかんでいたところだ。ラムジーという男は、ただそこにいるだけで、子どもたちの胸にこうも過激な気持ちをかきたてる人だった。ナイフのように瘦《や》せ肉《じし》で、その刃《やいば》のように細い彼は、いまも皮肉なにやにや笑いを浮かべているが、息子の期待をくじき、あらゆる点において一万倍も上手《うわて》（だとジェイムズは思う）の奥さんをからかって悦に入っているだけではない。自分の判断の精度にひそかな自負もあるのだ。自分の言うことは正しい。つねに正確である。事実に反するものはとにかく認めない。事実を曲げることなどあり得ないし、相手がだれであれ、人の好みや都合を考慮して、角の立たない言い方に変えるなんて斟酌《しんしゃく》もない。とりわけ、おのが腰から生まれてきたじつの子どもたちには、幼いうちから人生の難しさを知らしめるべく、容赦はしなかった。事実とは厳然たるものであり、あの伝説の地への航路では、われわれのどんな燦然《さんぜん》たる望みもついえ、われわれの乗るもろい帆船〔シェイクスピアのソネット百十六番への仄めかし〕は闇《やみ》に沈んでしまう（と、ここでラムジーはいつも居住まいを正し、小さな碧眼を細めて水平線を見やる）、その航海には、なにより勇気と、正直さと、忍耐力が必要と心得よ。

「けど、晴れるかもしれませんよ——なんだか晴れる気がしますね」ラムジー夫人は夫のことばにかちんときて、編みかけの赤茶色の靴下を軽くねじりながら言った。もしこの靴下を今夜中に編みあげてしまえたら、そしていよいよみんなで〈灯台〉へ行くことになったら、これは灯台守にあげ、関節結核の心配がある坊やにはいてもらおう。そうそう、靴下と一緒に古雑誌ひと山と、煙草《たばこ》と、いっそ、そのへんに転がっている半端《はんぱ》な物も、さして入り用でもなく部屋が散らかるばかりなのだし、あの気の毒な家族にどれもあげてしまおう。きっとあの人たち、日がな一日、ランプをみがいたり、ロウソクの芯《しん》を切ったり、猫の額のような庭をいじったりするほか、楽しみと言えるものもなく、死ぬほど退屈しているはずだから。ちょっとした気晴らしにはなるでしょう。だって、まるまる一か月も、いえ、暴風雨の時期にはもっと長引くかもしれないけれど、テニスコートぐらいの大きさの岩の上から出られないなんて、どう思う？　夫人はよくそんなふうに問いかけたものだ。便りの一通も来なければ、新聞も届けられず、だれとも会わない生活なんて。家庭のある身でも、奥さんにも会えないし、子どもたちのようすを知ることもできないのよ――子どもたちが病気をしていやしないか、ころんで脚や腕を折ったりしていないか、そんなこともわからず、今週も来週も、変わりばえしない侘《わび》しげな波が砕けるのをながめ、するとそのうち、すさまじい嵐《あらし》がやってきて、窓に波しぶきはかかるわ、灯りには鳥たちがぶつかってくるわ、灯台ごと揺れだすわ、なのに、海へ流されないかとおびえて、ドアの外をのぞくこともできないなんて。そんな生活をどう思って？　夫人はとくに愛娘《まなむすめ》たちによく問いかけた。それから、調子を切り替えてつけたす。だから、気晴らしになりそうなものがあれば、なんだって差し入れておあげなさいね。

「真西から吹いてますな」無神論者のタンズリーが骨張った指を広げて、風向きを見ながら言った。先刻からラムジーの夕方の散歩につきあって、テラスを行ったり来たりしている。要するに、灯台島へ上陸するには、このうえなく不都合な風向きという意味だ。ほんと、タンズリーって人は、いかにも嫌味なことを言うわね。ラムジー夫人もその点は認めざるをえない。わざわざ風向きのことなんか持ちだして、うちのジエイムズをますます悄気《しょげ》させるなんて、まったくいけすかない。とはいえ、子どもらに客人を嗤《わら》うようなことはさせまい。「無神論者」と、子どもたちはタンズリーを呼ぶ。「チビの無神論者」と。彼はローズにからかわれ、プルーにもからかわれ、アンドルーにも、ジャスパーにも、ロジャーにもからかわれ、あろうことか、歯の一本もない老犬のバッジャーにまで咬《か》みつかれていた。なぜって、わたしたちのこと放っておいてくれたほうがずっとずっといいのに、ヘブリディーズ〔スコットランド北西方の諸島〕まで追っかけてきた百十番目の若い男だから（とは、ナンシーの言いぶん）。

「莫迦《ばか》おっしゃい」ラムジー夫人はぴしゃりと窘《たしな》めたものだ。子どもたちのこういう誇張癖はこの母親ゆずりなので仕方ないし、お母さんが泊めきれないほどお客を招《よ》ぶものだから、何人かは町の宿にお泊めするはめになったのだ、というあてこすり（まあ、事実は事実だが）は大目に見るとしても、お客たちへの、とくに若い男性たちへの無礼は許すわけにいかなかった。彼らは赤貧にはちがいないけれど、主人に言わせれば「とびきり有能」なのであり、うちの人をこよなく慕って、休暇を過ごしにここへやってくるのだ。じつのところ、夫人は全男性を擁護するぐらいの意気込みだった。理由は自分でも説明しがたいけれど、彼らの騎士道精神や剛毅《ごうき》さが好ましいのかもしれない。あるいは、大きな条約を結んだり、インドを統治したり、経済を動かしたりするのが頼もしいのか。とはいえ、つまるところ、若い彼らがわたしに示してくる態度が好きなのだろう。こちらを信頼しきっているような、どこか幼げで、恭《うやうや》しいあの子たちの態度は、女なら好ましく思わずにはいられない。女も年をとってくると、若い男のこんな思いを受けいれても、沽券《こけん》にかかわることはないでしょう。そうしたもののありがたみを、そうしたものの含みを、骨身にしみて感じない娘がいたら——そんな娘がわが家にはいませんように！——痛い目にあうがよろしい。

夫人はキッとしてナンシーを顧みると、タンズリーさんは追いかけてきたのではなく、招ばれてきたのだと言い含めたのだった。

娘たちにはこんな暮らしはさせまい。もっとすっきりとして、もっと労力のいらない生活があるはずだもの。夫人はため息をついた。五十路《いそじ》を迎えて鏡をのぞき、白くなった髪や、こけてきた頰を見るにつけ思う。もっとなんとかできたのではないか——夫のことも、お金のことも、夫の本のことなども。でも自分としては、みずからの決断を悔やんだり、厄介ごとから逃げたり、本分を蔑《ないがし》ろにしたりするつもりは毛頭ない。などと考えている夫人は、いまや見るも厳めしい顔つきになっていたので、テーブルの皿を前にした娘のプルー、ナンシー、ローズたちは、さっきタンズリーのことでお目玉を頂戴《ちょうだい》したところでもあるし、いまは上目遣いに様子をうかがいつつ、母さんとは違う人生を夢見て胸に温めてきた不心得な考えを、各々《おのおの》そっと頭のなかでめぐらすしかなかった。パリあたりでの暮らし。もっと波乱に富んだ人生。日々どこかの男の世話に追われるなんてまっぴら。なぜなら、娘たちはそろって、「服従と騎士道精神」なるものにも、イングランド銀行にも、インド帝国にも、結婚指輪をしてレースに囲まれるような暮らしにも、心中ひそかに疑問を抱いていたからだ。とはいうものの、その手の古い美学の核心には、娘心にさえ凜乎《りんこ》としたものを呼び起こすなにかがあり、こうして母の監視下で昼食の食卓についていると、母の異様なまでの厳格さや、極端な折り目正しさを敬う気持ちになりもするのだった。スカイ島〔インナー・ヘブリディーズ最大の島〕くんだりまで追いかけてきた——のではなくて、正確には招ばれてきた——あの無神論者のことで、厳しく叱《しか》りつけてくる姿など、女王がぬかるみから物乞《ものご》いの足を引きあげ、洗ってやるかのような神々《こうごう》しさだ。

「このぶんじゃ、あしたの灯台行きはなしですね」そう言って手を打ち鳴らすチャールズ・タンズリーは、家のあるじとならんで窓辺に立っていた。たしかにもうたくさん。ふたりともわたしとジェイムズには構わず、お喋《しゃべ》りを続けてくれればいいのに、と夫人は思い、タンズリーのほうを見やった。なんて惨《みじ》めなやつ、と子どもたちは言う。できそこないのデコボコ野郎。クリケットもまともにできないんだ。プレイはやたらと遅いし、ぐずぐずしてばかり。皮肉屋の、きらわれ者さ、そうアンドルーは言う。あいつがなにより好きなことなら、みんな知っている。うちの父さんにくっついて飽きもせず散歩しながら、あの栄冠はだれが勝ちとったとか、これはだれが獲得したとか、ラテン語詩で「第一級の男」はだれそれだとか、だれそれは「ずば抜けているが、わたしが思うに根が不健全だ」とか、ベイリャル・カレッジ〔オクスフォード大学最古のカレッジ〕きっての秀才は文句なくだれそれだとか、だれそれは目下、ブリストルだかベドフォードだかで不遇をかこっているが、ゆくゆくは名を馳《は》せますよ、数学だか哲学だかの何々部門の「序論」が日の目を見たら……ちなみに、出だしの部分をいまゲラ刷りで持っていますから、お望みならお見せしますが……などと、ふたりはいつもそんなことばかり話していた。

たしかに夫人自身も、噴きだしてしまうことがあった。先だっても、「今日は山のような高波で」といった話題を出すと、チャールズ・タンズリーは「ええ、少しばかり荒れていますね」と言い直す。「びしょ濡《ぬ》れじゃありませんの？」と訊《き》くと、「いや、湿った程度で、びしょ濡れというほどでは」と言いつつ、袖《そで》の水気を絞り、靴下の濡れ具合を確かめているのがタンズリーという男だった。

けど、厭《いや》なのはそういうところじゃないんだ、と子どもたちは言ったものだ。厭なのは、あの人の顔でもないし、態度でもない。あの人そのもの――あの考え方なんだ。たとえば、人の噂《うわさ》なり、音楽や歴史の話題なりで、みんなが楽しく盛りあがっているとき、天気のいいゆうべだし、おもてに出て話そうよ、ということになるとする。うんざりするのは、チャールズ・タンズリーが決まってその流れをひっくり返し、なんとしても我を押し通して、だれかれに恥をかかせるまで納まりがつかないことだ。どんなことでも、あの人一流の辛辣《しんらつ》な物言いで血が出るぐらいずたずたにして、みんなを痛めつけるんだ。聞くところによれば、あの人、画廊に出かけると、「ぼくのタイ、なかなかいいでしょう？」なんて人に訊くらしい。なに考えてるの、とローズは言う。

いいわけないでしょ。

　食事がすむやいなや、ラムジー夫妻の総勢八人の息子と娘たちは、牡鹿《おじか》もかくやというひめやかさで食卓から姿を消し、それぞれ階上の寝室にむかった。そこは家における彼らの砦《とりで》であり、なんでもはばかりなく話しあうのに、唯一《ゆいいつ》うってつけの場所だった。タンズリーのタイのこと。選挙法改正法案の可決について。海鳥や蝶々《ちょうちょう》のこと。人の噂話。屋根裏部屋には陽が射しこみ――部屋といっても、板一枚で隣室と隔てられているだけなので、いちいち足音は響くし、スイス人の女中が癌《がん》でもう長くないというグリゾン州の谷間に住む父親を思ってすすり泣く声も聞こえたが――クリケットのバットや、フランネルの肌着類や、麦わら帽子や、インク壺《つぼ》、ペンキのバケツ、甲虫《かぶとむし》や小鳥の頭蓋骨《ずがいこつ》までを、明るく照らしだし、壁にピンで留められたひらひらと長い藻は、陽でぬくまって、潮と海草の匂《にお》いをさせていた。海水浴の砂にまみれたタオルも同じ匂いがした。

　いさかい、仲間割れ、意見の相違、偏見、そういったものは人間の存在という織り地に、はなから織りこまれているようだ。やれやれ、こんなに幼いうちからあの調子とは。ラムジー夫人は胸のうちで嘆いたものだ。うちの子たちときたら、なんにでも難癖をつけて。あんな仕様もないお喋りをして。夫人はジェイムズの手をひき――この子だけは兄姉たちに混じりたがらないから――ダイニングルームを後にした。なんて莫迦ばかしいことなんだろう。人間同士というのはただでさえ違うところばかりなのに、わざわざ相違点をほじくりだすなんて。もって生まれた違いだけで、充分じゃないの。本当に充分ですよ。夫人は客間の窓辺に佇《たたず》んでそう思うのだった。そのとき心のなかに浮かんだのは、人の貧富や貴賤《きせん》のことだ。家柄の高い人たちには自分も、全幅の、とまではいかないにしろ、いくらかの敬意をはらっている。というのも、わたし自身、ちょっぴり伝説めいた話ではあるが、あのイタリアの貴族家の血をひいているのではなかったかしら。なんでも当家の娘たちは、十九世紀にはイギリスのあちこちの客間に散らばり、片言の英語をそれはチャーミングに話して、猛威をふるっていたらしい。自分のこうしたウィットやふるまいや気性の激しさも、きっと一族のそれを受け継いでいるのだろう。鈍いイングランド人や、冷たいスコットランド人の血統とは思えない。とはいえ、夫人はいまひとつの問題、つまり貧富の差のほうを重く考え、毎週、毎日のように、このスカイ島やロンドンで目の当たりにしている事態について思いめぐらせた。みずから進んで、こっちの未亡人、あっちの生活難の主婦の家を見舞いにまわる夫人は、バッグを腕に提げ、帳面と鉛筆を欠かさない。それぞれの家で事情を聞き、この面談用にきっちり罫線《けいせん》をひいた帳面に、給金と出費、就労と失業の別を書きこんでいく。こういう態度で接することで、自分の義憤をちょっとばかりなだめ、好奇心を少しばかり満たして、それを慈善事業だなんて勘違いしている、そのへんの女性とは一線を画し、社会問題を解明する調査員になるのだと、素人《しろうと》の頭でせいぜい憧《あこが》れていたのだった。

　それにしても、解決しがたい問題ばかりだ。ジェイムズの手をひいて佇んでいると、そんなふうに思えてきた。見れば、例の人物があとを追って客間に入ってきている。子どもたちが笑いものにするあの若者。どうせテーブルに近寄って、ぎごちなくなにかいじりまわしているに違いない。除《の》け者にされたような気分でね。振り向いて見なくても、それぐらいわかるわ。みんな――子どもたちも、ミンタ・ドイルとポール・レイリーも、オーガスタス・カーマイケルさんも、うちの人も――もう残らず出はらってしまったから。そこで夫人はため息まじりに振り向いて、声をかけた。「もしお嫌でなければ、ごいっしょしませんこと、タンズリーさん？」

　これから町に野暮用があるものですから。手紙を一つ二つ書かなくてはなりませんが、十分かそこらで済ませて、帽子をかぶってまいりましょう。はたして十分後には、バスケットを提げ、日傘を手にし、いざ、いざ、遠出の準備は万端といわんばかりの夫人が登場した。とはいえ、テニスコートの横を通りしなに、ちょっとその足を止める用件があった。そこでは、カーマイケルがひなたぼっこしながら、猫みたいな黄色い目を薄くあけていたが――こうして見ると彼の目ってほんと、ゆれる枝や流れゆく雲は映しても、心中の考えやら気持ちやらはちっともうかがわせない、猫の目にそっくりね――なにか入り用のものがないか訊いておこうと思ったのだ。

これから大遠征に出ますのよ、そう言って夫人は笑った。町へ繰りだすんです。「切手や便せん、煙草などのご入り用はございません？」カーマイケルのそばに立ち止まって訊く。ところが、いや、けっこう。彼は大きな太鼓腹の上で両手を組み、こういうご親切にはねんごろにご返答したいところだが（ここの奥方は愛想はいいが、いささか細かい質だな）そうもいかんのでね、とでも言うように、目を瞬《しばた》いた。このとおり、灰緑色の惰眠にひたりきっているから。眠りはことばも必要とせず、心優しき眠気を惜しみなく広げて、あたりを包みこむ。家中を、世界中を、そのなかにいる人たちすべてを。氏がこんなありさまになったのも、先ほどの昼食の席で、飲み物のグラスになにやら数滴たらしたからだろう。そうか、だからふだんは真っ白な口髭《くちひげ》と顎鬚《あごひげ》に、鮮やかな黄色の縞《しま》がくっきりついているんだな。子どもたちはそう思ったものだ。いや、けっこう。氏はぼそりと答える。

あのお方も、ことによったら偉大な哲学者になっていたでしょうにね。ラムジー夫人は漁村へとつづく道を歩きながらそう切りだした。でも、結婚生活に恵まれなかったの。夫人は黒い日傘をきちっとまっすぐに差し、その角を曲がったところでばったり人に会うのを予期しているような、いわく言いがたい空気を漂わせつつ、カーマイケルの身の上を語った。オクスフォードに在学中、どこかの娘と恋に落ちて、若いうちに結婚。生活は貧しく、インドへわたり、あるちょっとした詩を訳したものなど「思うに珠玉の出来映え」で、男子学生たちにペルシャ語とヒンドゥスタニー語を教えようともしたけれど、そんなものが実際なんの役に立つでしょう？——というわけで、いまは見てのとおり、ああして芝生に寝ころんでいる。

チャールズ・タンズリーはだいぶ気をよくしていた。ラムジーの奥さんがこんな話をしてくれるとは、溜飲《りゅういん》がさがる。気分はすっかり持ち直した。遠回しな物言いではあったが、夫人は男の知性が衰えてなお高いことを語り、同時に妻たるものはみな——その娘さんばかりがわるいとは申しませんし、おふたりの結婚はそれなりに幸せなものだったと思いますが——夫の勤めに仕えるべしと語ったわけで、おかげで、かつてないほどの自信が湧《わ》いてきたし、辻馬車《つじばしゃ》に乗ることにでもなったら、料金は自分が払おうかな。ところで、その小さなバッグですが、お持ちしましょうか？　いえいえ、けっこうです、夫人は答えた。これればかりは、いつも自分で持ちますの。ええ、ほんとに持てますから。うん、この奥さんはそういう人だと思った。実際、感じるところは多く、とくに、なぜかしら気持ちが昂《たか》ぶり、胸が騒ぐようななにかを感じていた。奥さんに見てもらいたいものだと思う。式服式帽〔大学の式典などで身につける正服〕を身につけ、一列になって歩んでいくところを。特別研究員、教授、自分ならなんにでもなれる気がし、そんな姿が目に浮かんできた――それはそうと、おや、肝心の夫人はどこを見ている？　男が広告貼《は》りをしているところだ。大きなポスターが風にはためきながら、ぺったりと貼られていく。刷毛《はけ》で糊《のり》をひと塗りするたびに、むきだしの脚、曲芸用の輪っか、馬たちが赤や青にきらきら輝いて姿をあらわし、きれいに撫《な》でつけられ、やがて壁の半面ほどがサーカスのポスターでかくれた。百人もの騎手に、芸をするオットセイが二十頭、それにライオンや虎《とら》たち……夫人は近眼なので、首をぐっと伸ばして読みあげた。ええと、サーカスが……〝町にやってくる〟。それにしても、危くて仕方ないわね。夫人の声が高くなった。片腕だけの人があんなふうに梯子《はしご》のてっぺんで作業をするなんて――あの人は二年前、刈り入れ機に巻きこまれて左手をなくしたのよ。

「そうだ、みんなで行きましょうよ！」夫人は歩を止めず、元気に提案した。ポスターの騎手と馬たちを見て子どものように有頂天になり、男への憐《あわ》れみなど忘れてしまったかのよう。

「行きましょうよ」タンズリーはおうむ返しに答えたが、妙に自意識過剰の答えはぎごちなく、夫人は退《ひ》き気味になってしまった。「みんなでサーカスに行きましょう」彼はもう一度言った。う一ん、どうも不自然。柄にもないという感じ。でも、どうして？　夫人は不思議に思った。いったい、どんな事情があるのかしら？　そう思った瞬間、夫人はタンズリーに愛《いと》しさを感じた。子どものころ、ごきょうだいでサーカスに連れていってもらいませんでした？　そう尋ねると、それが一度もないんです、とタンズリー。まるで、ちょうど答えたかったことをよくぞ訊いてくれた、自分たちがサーカスにも行けなかったことを、このところずっと話したいと思っていたんだ、と言わんばかりに勢いこんで。なんでも、彼のうちは大家族で、兄弟姉妹《きょうだい》が九人、父親はいわゆる労働者だという。「うちの父は薬剤師なんです。店をやっています」自分は十三歳のころから、自活してきた。冬の時季は、外套《がいとう》なしでとおすこともしばしば。カレッジでも、「好意への返礼」（というのが彼流の無味乾燥な言い方だった）ができた例《ため》しがない。持ち物は人の二倍長持ちさせなくてはならなかった。煙草はいちばん安いやつを吸ってました。刻み煙草《シャグ》ですよ。波止場の爺《じい》さんたちが吸っているようなやつです。猛烈に勉強しましたよ。日に七時間も。いま書いている論文の主題は、だれそれのだれそれにおよぼした影響で……ふたりは歩きつづけ、ラムジー夫人は彼の話についていけなくなってくる。ことばを断片的に拾うのがやっとだ……学位論文《ディサーテイション》……特別研究職《フェローシップ》……上級講師職《リーダーシップ》……講師職《レクチュアシップ》。ぺらぺらとまくし立てるへんてこな学界用語は理解できないものの、サーカスに行く話ぐらいで、この人がなぜあんなにへこんでしまったのかわかる気がするわ、お気の毒に。それから、待ってましたとばかりに、父母や兄弟姉妹の話をすっかり打ち明けてきたわけもね。夫人は胸のうちで呟《つぶや》きながら、今後はもう決して子どもたちに彼のことは嗤わせまいと心に誓った。プルーだけには、このことを話しておきましょう。タンズリーさんはできることなら、ラムジー家の面々とイプセンの芝居を観《み》にいったことなど話せる身分になりたかったのでしょうね。たしかに、とんだ堅物よ――そうですとも、退屈で日もあてられない。だって、もう町に着いて、石畳の上をガタガタと荷馬車が通りすぎる目抜き通りに入っているのに、あいかわらずセツルメントのことやら、教職のことやら、労働者たちのことやら、自分たちの階級への援助がどうのこうの、講義がどうのこうのと話しつづけている。そうするうち、要するにこの人はサーカスの一件から持ち直して、すっかり自信をとりもどしたのだろうと夫人は感じ、なにか切りだしてきそうな気がした（そして彼がまた愛しくなった）ところで、しかし、両側の家並みがとぎれ、波止場に出たとたん、眼前に湾景がいっぱいにひらけ、ラムジー夫人は思わず「まあ、なんてきれい！」と声をあげてしまった。満々と水をたたえた皿のような碧《あお》い海が目の前にある。灰白《はいじろ》の灯台がはるか遠く、その真ん中に厳然とそびえたっていた。右手には、緑色の砂丘がときに霞《かす》み、ときに窪《くぼ》みながら、低くやわらかな襞《ひだ》を織りなして、視界の涯《は》てまでつづいている。野生の草木が鬱蒼《うっそう》としげる砂丘を見るたびに、人の棲《す》まわぬはるか月の国へと通じているかのように思えるのだった。

そう、この侘しげな眺めなのよ。夫人は立ち止まり、灰色の瞳《ひとみ》の色を深めながらそう言った。うちの主人が愛しているのは。

そこで夫人はしばし佇み、でも、最近は絵描きさんたちが大勢来るようになったわね、と言った。実際、ほんの何歩か行ったあたりに、絵描きがひとりいた。パナマ帽を被《かぶ》り、黄色い長靴をはき、まじめな顔つきで静かに絵に没頭している。男の子たちが十人もたかって見物しているというのに、その赤らんだ丸顔はただ深い満足の色をたたえ、景色に目を凝らし、ひとしきり見つめては筆に絵の具をつける。やわらかに盛りあがった緑色やピンクの絵の具を筆の先によくしみこませる。三年前にポーンスフォルトさんがこの土地に来て以来、絵はどれもこれもあんなふうになってしまったのよ。そう夫人は言った。緑色と灰色を基調にして、レモン色のヨットを何隻《せき》か浮かべ、浜辺にはピンク色の女たちがいる、というような絵ね（一八八〇年代、本作の舞台のモデルとなったセント・アイヴスはホイッスラーやシッカートらを含む画家たちの活動の中心となった）。けど、うちの祖母のご友人たちは、と、夫人は通りがかりにそっと絵を見やりながら言った。たいへんな苦労をしたものよ。まず、自分で自分なりに顔料をあわせ、それをよく混ぜあわせたら、湿った布をかけて乾かないようにするの。

ふむふむ、つまりあの男の絵はやせていると、そう思わせたいわけだな。「絵がやせている」という表現でよかったっけ？　タンズリーは考えた。それとも、絵の色彩にむらがあるってことか？　たしか「むら」と言うんだったよな？　散歩の道々つのらせてきた不思議な気持ち、そう、庭で奥さんのバッグを持ってあげたいと思ったときに始まり、町に着いて身の上話を洗いざらい聞いてほしいと思えばなお強くなったあの気持ちのせいだろう。自分のことが、いや、そればかりか、見知っているものすべてが、ちょっと歪《ゆが》んで見えてきた。ものすごく妙な感じだ。

その後、タンズリーは狭苦しい家の居間に残された。夫人はここに彼を待たせて、知り合いの女性と会うために階上へあがっていった。階上から夫人のきびきび立ち動く足音が聞こえ、はつらつとした彼女の声がし、ふっと小声になった。タンズリーはマットや、紅茶缶や、ガラス製のランプシェードに目をやりつつ、じつにもどかしい思いで待っている。帰途が楽しみでたまらず、こんどはきっとバッグを持ってあげるんだと心に決めたところで、夫人が部屋から出てドアを閉める音が聞こえ、「窓は開け放しにして、ドアはきちんとお閉めなさい」とか「入り用のものがあったら、おばさんのところに来なさいね」と言う声（子どもに話しかけているのだろう）がしたかと思うと、夫人はいきなり居間に姿をあらわし、しばし黙したまま（まるで、さっき階上にいたのは見せかけの自分で、やっと本当の自分にもどれたというように）、しばし身じろぎもせず、ガーター勲章〔英国の最高位勲章〕の青いリボンをつけたヴィクトリア女王の肖像画を背にして立っていた。そのとき、突如としてタンズリーは気づいた。そうか。そうだったか――この人、見たこともないほどの美人じゃないか。

星のきらめく瞳、髪にはヴェール。シクラメンと野に咲くスミレの花のような――莫迦、なにを考えているんだ？　奥さんは少なく見積もっても五十だぞ。しかも八人の子持ち。花々の咲く野原を軽やかにゆき、ほころびだした蕾《つぼみ》、生まれたばかりの仔《こ》羊《ひつじ》たちを胸に抱く人は、瞳に星がきらめき、髪は風になびく――タンズリーは夫人のバッグを手にとった。

「ではまたね、エルシー」夫人はそう声をかけ、ふたりは通りを歩きだした。夫人は、またそこの角を曲がったところでだれかに会うんじゃないかという姿勢で、日傘をきちっと立てて歩いている。その一方、チャールズ・タンズリーは生まれて初めて、並々ならぬ誇りを感じていた。下水溝掘りをしていた男が、掘る手を止めて奥さんを見る。腕をおろして奥さんを見る。チャールズ・タンズリーは並々ならぬ誇りを感じ、風がそよぎ、シクラメンやスミレの花がゆれるのを感じる。なぜなら、いま自分は生まれて初めて、美しい女性と歩いているのだから。その人のバッグを持たせてもらったのだから。

2

「やはりあしたの灯台行きはなしだな、ジェイムズ」窓辺に立った彼は、ぎごちなくつづけた。とはいえ、ラムジー夫人に気をつかって、せめて愛想よさげな声を出そうとしてはいた。

憎たらしい小男ね、ラムジー夫人は胸のうちで毒づいた。どうしてこんなことばかり言うのかしら？

3

「きっと朝起きたら、お日さまが照って、鳥がさえずっていますよ」夫人は幼い息子を不憫《ふびん》に思い、頭を撫でながらそう言った。なにしろ、夫が「明日は晴れないだろう」などと例によって辛辣なことを言うものだから、息子は見るからに悄気かえっていた。息子にとっては待ちに待った〈灯台行き〉だろうに、うちの人の「明日は晴れない発言」だけでは足りないとでもいうのか、この憎たらしい小男が何度もくどくど蒸し返してくる。

「きっとあしたは晴れるわ」夫人は言って、また息子の髪を撫でた。

いまできることと言ったら、息子の冷蔵庫の切り抜きを褒めちぎり、〈ストアズ〉の商品カタログをめくってみることぐらいだった。あわよくば、熊手《くまで》とか草刈り機とか、とんがりや把手《とって》の多い用具が出てこないだろうか。切り抜くには、最大限の技術と注意力がいるような。それにしても、わが家を訪れる若者たちったら、みんなうちの主人のパロディみたい。夫人はつくづく思う。あの人が「雨になりそうだ」と言えば、あの子たちは「大竜巻が来ますよ」なんて言うのだから。

ところが、カタログのページをめくって熊手や草刈り機を探していた夫人は、ここでふと手を止めた。さっきから、しゃがれ声でぼそぼそとしゃべる男たちの声が聞こえており、話し声はときおりパイプをくわえたり離したりするたびに途切れながらもつづいていたので、（窓辺にいると）話の内容までは聞きとれないものの、男たちが愉快そうにしていることだけはわかった。そうして半時間もするうちに、クリケットの球を打つ音や、ときおり突然あがる甲高い叫び声や、クリケットに興じる子どもたちの「さあ、どうだ？《ハウズ・ザット》　さあ、どうだ？《ハウズ・ザット》」の掛け声などが、高低いりまじって押し寄せてくるなかに、男ふたりの声は自然と融《と》けこんで、夫人の耳をなごませていたのだが、その声がぴたりと止《や》んでいた〔「ハウズ・ザット？」はクリケットで審判にアウトか否か尋ねる言葉〕。ふだん岸にうちよせる単調な波の音は、あるときは夫人がもの思いにふける傍らでおおむね規則正しくなごやかなリズムを刻み、子どもたちと一緒にいるときになどは、懐《なつ》かしい子守歌を繰り返し繰り返し聞かせて、「わたしが守ってあげよう――わたしはあなたたちの味方だ」と、自然の優しい声で囁《ささや》いてあやしてくれる気がするかと思うと、突如として、手がけている仕事から少々気がそれているときなどはとくに、ふっとそんな慈悲深い含みをなくし、一転して薄気味わるいドラムの轟《とどろ》きのように自然の拍子を無情に刻んで、いつかはこの島が崩れ去って海に飲みこまれる日のことを思わせ、生活のこまかい雑事に追われて毎日を過ごす夫人に、いずれすべては虹《にじ》のごとくはかなく消えることを改めて思い知らせてくる――さっきまでほかの生活音にまぎれて聞こえなかったそんな波音が、いきなり耳朶《じだ》に虚《うつ》ろに轟き、夫人はふと恐怖にかられて目をあげた。

あの人たちが話をやめたせいね。なんだ、そうだったの。夫人は緊張したのもつかのま、すぐに拍子抜けすると、取り越し苦労を帳消しにするかのように、ことさら冷静な、面白半分の、少しばかり意地悪な気持ちにさえなり、おおかたあのチャールズ・タンズリーが、またそっぽを向かれたのだろうと結論した。気にすることはない。もしうちの人が生け贄《いにえ》を必要としているなら（実際、必要としていたが）、かわいい坊やの出鼻をくじいたチャールズ・タンズリーを喜んで捧《ささ》げましょう。

もうしばらく夫人は顔をあげたまま、なにか日常的な雑音、暮らしのなんでもない音が聞こえるのを待つかのように、耳をすましていたが、じきにリズミカルで半分呟くような歌うような声が庭のほうから聞こえ、ああ、うちの人がテラスを歩きまわって、唸《うな》りとも歌ともつかない声を出しているんだと気づくと、夫人はふたたび心なごみ、万事は滞りないと安心して、膝《ひざ》においたカタログに目をおとし、刃が六つもついたポケットナイフの絵を見つけた。これなら、ジェイムズもそうとう集中しないと切り抜けないだろう。

と、突然、目をさましかけた夢遊病者があげるような大声がした。

飛び来る砲弾ものかはと〔アルフレッド・テニスン「軽騎隊の進撃」より、クリミア戦争のバラクラヴァの戦いを詠う〕

という大音声《だいおんじょう》が耳に響くと、夫人は不安になってあたりを見まわし、だれかに聞かれていないか確かめた。ありがたいことに、リリー・ブリスコウしか見あたらない。だったら、問題ないだろう。とはいえ、あの娘《こ》が芝生の端っこに立って絵筆をとっているのを見て、ようやく思いだした。リリーの絵のモデルを引き受けたのだから、顔はなるべく動かさないようにしなくては。まあ、リリーの絵といってもね！ ラムジー夫人はそう思って微笑《ほほえ》んだ。細い吊《つ》り目におちょぼ口のあの子は、きっと結婚には縁遠い。かといって、世の中に通用するような絵でもないけれど、自立心旺盛《おうせい》な娘さんだし、そこは買ってあげたい。絵のモデルをしていたことを思いだして、夫人はふたたびうつむいた。

4

ラムジーは腕を振りまわし、「われら勇猛果敢に馬を進めぬ」と声高に宣《のたま》いながら、こちらにやってくると、本当にイーゼルを倒しそうになったものの、ありがたいことに直前でさっと「馬」の向きを変えて、去っていった。思うに、「バラクラヴァの高地で雄々しく死をとげる」つもりなのだろうか。まったく、どこのだれがこれほど滑稽《こっけい》かつ危険な存在になりうるだろうか。とはいえ、腕を振り大声をあげ、あの調子でいてくれるかぎりは安心だ。ぴたりと立ち止まって、絵を眺めてくることもないだろうから。リリー・ブリスコウにとって、それは耐えがたいことだった。事実、絵のマッスやラインや色彩の具合をよく検分しつつ、窓辺に座るラムジー夫人とジェイムズを見ているときでさえ、だれかに忍び寄られて、いつのまにか絵を見られていたらどうしようと気が気でなく、周囲に神経をはりめぐらしている。ところが、壁やそのむこうに咲くジャクマナ〔夏に咲く紫のクレマチス〕の色が目に焼きつくほど集中して目を凝らし、感覚を研ぎすましていたところ、家から人が出てきて、こちらに近づいてくるのに気づいた。とはいえ足音の感じからウィリアム・バンクスだと予想がついたので、絵筆をふるわせながらも、カンバスを芝に伏せることはせず、立てたままにしておいた。もしこれが、タンズリーやポール・レイリーやミンタ・ドイルや、要するにほかのだれであっても、絵は伏せているところだ。じきにウィリアム・バンクスが横に立った。

おなじ村に同宿するよしみで、帰路や往路、あるいは夜遅くに部屋の前で別れるときなどに、食事のことや子どもたちのことなど、あれこれお喋りするうちに、ふたりのあいだには仲間意識のようなものが芽生えていた。そんなわけで、こうして横に立った彼が批評家めいた目を向けてきても（彼は父親ほどの年の植物学者で、鰥夫《やもめ》で、石鹼《せっけん》の匂いのする、非常に几帳面《きちょうめん》で清潔な人）、リリーはただ黙って立っていた。彼も黙って佇んでいる。ほう、この子は結構な靴をはいているじゃないか、バンクスはそう思っていた。爪先《つまさき》のあたりに自然なふくらみをもたせた靴。宿をおなじくするうちに、リリー・ブリスコウがいかに規則正しい生活を送っているか、そんなことにも気づいていた。朝食前には起きてきて、絵を描きにいっているようだ。どうやら、ひとりで。生活は貧しいとみえ、たしかにドイル嬢にくらべれば、肌つやもわるく、女性の魅力にも乏しいだろうが、自分の目には、良識のある彼女のほうがあのお嬢さんより上に見える。現にいまだって、ラムジーが身ぶり手ぶりを交えてなにやら叫びながら迫ってきても、ブリスコウ嬢はちゃんとわきまえているようだ。そうに違いない。

誰《たれ》ぞ失態演ずると

ラムジー氏がこちらをねめつけてきた。ねめつけながらも、ふたりのことが見えていないようす。そのことで、双方なにがなしに落ち着かなくなった。ふたりして、見てはいけないものを見てしまった。人のプライバシーに踏みこんでしまったという気にさせられる。なるほど、とリリーは思った。バンクスさんがすかさず、「こうしているのも寒いから、そのへんを散歩しませんか」と誘ってきたのも、きっとこの場を逃げだして、ご主人の声の聞こえないところに行くための口実なんだわ。ええ、まいりましょう。とはいえ、絵から目を離すのは、後ろ髪をひかれる思いだ。

ジャクマナの花はあざやかなスミレ色。壁は目にしみるような白。このあざやかなスミレ色としみるような白の色合いに手をくわえるのは、やはりずるい気がしてできなかった。だって、それが目に見えるままの色なのだから。ポーンスフォルト氏の登場以来、なんでもかんでも淡く、品よく、透けるような色合いに見立てるのが流行《はや》りだけれど。そして、色彩の下には形がある。ただ目を向けているときは、すべてがあんなにもはっきりと、あんなにも揺るぎなく見てとれるのに、いざ絵筆を握ってみると、形もなにもがらっと変わってしまう。とらえたイメージをカンバスに描きだそうとする一瞬に、魔物たちが襲いかかってきて、しばしば涙がこぼれそうになり、コンセプトから実作へ移るこの道のりが恐ろしくてたまらず、真っ暗な道を歩く子どものように心細くなるのだった。始終むなしい努力をしているような気持ちになる。勇気をなくすまいとがんばり、「でも、わたしにはこう見える。こう見えるのよ」と自分に言い聞かせ、目に映ずる真のヴィジョンの哀《かな》しい余り物をしっかり胸に抱きしめているのに、魔物の大軍が寄ってたかってもぎとろうとしてくる、そんな気になるのだ。それから、ほかのあらゆる雑念に例のごとく冷たく吹きなぶられるのも、こうして絵を描きはじめるときだった。自分ときたら才能はないし、ぱっとしない身の上だし。ふだんはブロンプトン通り〔ロンドン、ケンジントン＆チエルシー王立特別区にある〕のはずれの家で、父さんのために家事を切り盛りしながら、いっそラムジー夫人の膝元に身を投げだし、打ち明けてしまいたい衝動をおさえるのに四苦八苦（さいわい、いまのところ誘惑には抗しているが）――とはいえ、あの方になにが言えるだろう？「奥さまに恋しているんです」とか？　いいえ、それとはちょっと違う。なら、この庭の生け垣や家や子どもたちみんなを指して、「ここのすべてに恋をしています」とでも言う？　莫迦ばかしい。無理にきまっているじゃないの。人は本心ほど口にできないものよ。かくしてリリーは絵筆を箱にきちんとならべて仕舞い、ウィリアム・バンクスにこう言った。

「急に冷えてきましたね。陽はあるのに、暖かさがいまひとつだわ」リリーはそう言いながら、あたりを見まわした。なにしろまだ外はだいぶ明るく、草地はいまだ柔らかな濃緑色《こみどり》をして、家は紫のトケイソウの花が咲く緑樹のなかで照り映え、ミヤマガラスが蒼穹《そうきゅう》高くから、涼やかな啼き声を響かせていた。が、そのときなにかが動き、さっと飛びすぎて、銀の翼を宙にひるがえした。やはりもう九月なのだ。しかも月半ばの夕方も六時すぎだ。ふたりは庭をいつもの方向にすずろ歩き、テニスコートの前を通り、パンパスグラス〔和名シロガネヨシ〕の高く叢《む》れたあたりをすぎると、こんもりした生け垣がとぎれ、火鉢で赤々と燃える石炭のようなトリトマの茂みに守られる恰好《かっこう》になった。そのすきまから、いつにもまして青々とした藍《あい》の入り江がのぞいていた。

ふたりは毎夕、なにか用でもあるかのように、きまってここへ誘《いざな》われてくるのだった。まるで、水が流れだし、乾いた陸ではよどんでいた思考を自由に行き来させるかのようで、ふたりは体まで楽になる気がした。波打つ色彩のなか、入り江が蒼《あお》で満ちるさまを見るなり、心がさあっと開けて、体が游《およ》ぎだす。なのにつぎの瞬間には、荒波の上に剣呑《けんのん》な影が射《さ》して、興がさめてしまうこともあった。すると、大きな黒い岩のむこうに毎夕のごとく、白い波の噴水が不規則にあがる。不規則だから、よほど気をつけて見ていなくてはならないし、湧いたときには、喜びがあった。そうして噴水を待ちかまえるうちにも、色の淡い半月形の浜辺に、波がつぎつぎと寄せては返し、真珠色のヴェールをなめらかに掛けていった。

　ふたりはその場に佇みながら微笑んだ。躍動する波を見て心が沸き立ち、同じ高揚感を分かちあっている。と、こんどは波を切って疾走するヨットに目をうばわれた。ヨットはいま入り江にカーヴを描いて停止し、帆をシバーさせて降ろしたところだ。一幅の光景のつりあいをとろうという本能が自然とはたらくのか、動きの速い帆船を見たあとは、ふたりともはるか遠くの砂丘を見やり、すると、はしゃぐ気持ちは退いて、言いしれぬ哀しみがこみあげてきた――それは、風景が完結した切なさでもあったろう。また、あのかなたの眺めのほうが、それを見つめる者たちより百万年も（と、リリーは思った）生き長らえると感じ、永《なが》の眠りについた大地を見おろす空と、すでにことばを交わしているかに見えたからでもあった。

　かなたの砂丘を眺めながら、ウィリアム・バンクスはラムジーを想《おも》った。ウエストモアランド州（現カンブリア州）のある町の通り。その道をひとり、大股《おおまた》で歩きまわるラムジー。あの侘しげな風情《ふぜい》は、生まれついてのものなのか。ところが、ラムジーの行く先にいきなり――そう、思いだした（つまり、これは現実にあった場面だ）――一羽の雌鳥《めんどり》がわりこんできた。小さな雛《ひな》たちをまもろうと羽を広げた雌鳥を目にすると、ラムジーは急に立ち止まって、ステッキで指しながら、「かわいいね、かわいいね」と言ったのだ。そのひと言で、彼の友の心の中が妙にはっきり照らしだされたようにバンクスは思った。ラムジーの隠れた無邪気さや、小動物への親近感をうかがわせる言動だったが、なぜかバンクスには、そこでふたりの友情が終わった気がした。あの通りの、あの場所で。この一件の後、ラムジーは結婚した。片方が結婚すると、なにやかやあって、ふたりの付き合いは形ばかりのものになってしまった。それはどちらの咎《とが》でもなく、ただ時がたつうちに、新たな展開がなくなり、惰性に変わったということだ。ふたりが会うのは習慣にすぎなくなった。とはいえ、砂丘との無言の対話のなかで、バンクスはこう言い切った。ラムジーへの親愛の情はいっかな薄れてはいないぞ。薄れるどころか、一世紀も泥炭層《でいたんそう》に閉じこめられてなお唇の赤味の失《う》せぬ若者のむくろみたいに、いまも友情は生きている。入り江のかなたの砂丘に埋もれていようと、現実のものとしてびしっと存在しているんだ。

バンクスはふたりの友情の先行きのことでいささか気を揉《も》んでいたし、また自分としてはまだまだ、干からびたよぼよぼ爺さんなんて言われてたまるか、という気概もあったろう――なにせ、ラムジーは子どもたちを抱えて大わらわしているのに、バンクスは子どものいない鰥夫である――リリー・ブリスコウには、間違ってもラムジーを見くびってはいけないと言いつつ（あれはあれで大人物だから）、しかし彼と自分のあいだにどれほどの隔たりがあるか、それも理解してほしいと言った。大昔に始まったふたりの友情は、雌鳥が羽を広げて雛たちを守っていたあのウエストモアランドの路上でいったん尽き、その後、ラムジーのほうは結婚したし、ふたりの道のりが二手に分かれてからは、決してどちらがわるいのでもないが、惰性で会っているような部分はある。

まあ、そういうことさ。バンクスはそこで話を打ち切った。湾景から目をそらす。きびすを返して、来たときとはべつなほうに向かい車道《くるまみち》を家へともどっていくと、いろいろなことが思いだされてきた。〝唇の赤味失せぬまま泥炭にうずもれる友情〟というものの在りようを、あの砂丘に教えてもらわなければ、見すごしていたことばかりだろう――たとえば、ラムジーの末娘の幼いキャム。彼女が土手でスウィート・アリッサムを摘んでいた。おてんばで気性の激しい子だ。「このおじさまにお花をあげなさい」といくら乳母が言っても聞かない。やだやだやだぁ！　ぜーったいにあげない！　そう言って、こぶしを固く握る。地団駄を踏む。そんなことをされると、バンクスは急に老いぼれた気がして悲しく、やはり自分の友情観が間違っていたかな、という気分にさせられた。きっと世間の目には、干からびたよぼよぼ爺さんに映っているのだろう。

ラムジー一家は裕福とは言えんし、あれだけの生活費を工面していることじたい驚きだ。なにしろ八人の子持ちだぞ！　しかも八人の子を哲学で養うなんて！　さて、ここにもそのひとり、こんどはジャスパーが後ろからぶらぶらと歩いてきた。「鳥打ちにいくんだ」と事もなげに言いながら、通りしなにリリーの手を大きく握手するみたいに振っていったので、きみ、あの子に気に入られているようだね、と、バンクスは思わず皮肉まじりに言ってしまった。一家も子どもたちの教育というものをそろそろ考える時期ではないか（たしか、ラムジー夫人もそれなりの学歴の持ち主だろう）。あの家の「大物たち」、みんなそろって発育よく、強情っ張りでかげんを知らないおちびさんたちが、日々こしらえてくる靴やソックスのすり切れや破れ目の繕いはともかくとして。どの子がどの名前で、どの子が何番目なのか、バンクスにはいまひとつ憶《おぼ》えられなかった。だから、英国の王族風のあだ名をこっそりつけていたのである。いじわる王女キャム、非情王ジェイムズ、正義王アンドルー、うるわし姫プルー――プルーは美人になるだろう。バンクスは思った。いやでも美人になる――それからアンドルーはずばぬけた頭脳の持ち主になる。彼とならんで車道《くるまみち》を歩きながら、リリー・ブリスコウは「ええ」か「いいえ」で短く答えて、彼の論評に適当な相づちをうっていた（なぜなら、彼女は子どもたちみんなに夢中だったから。この世界が大好きだったから）が、バンクスはそれにお構いなく、ラムジーの人生の重みをあれこれ量りながら、哀れんだり、うらやんだりしていた。彼の目には、ラムジーが若き日の栄冠である孤独と謹厳という誉れをみずから放りだし、小鳥たちの羽ばたく、ピーチクパーチクとやかましい家庭をしっかと背負いこんだかのように映っていた。子どもという存在はラムジーになにがしかを与えたろう。バンクスもそれは認める。もしキャムが自分の上着に花を一輪さしてくれたら、あるいは、噴火するヴェスヴィオ火山の絵を見ようと父親の肩によじ登るときみたいに、この肩にのぼってきてくれたら、自分だって顔をほころばせるだろう。しかしわが子という存在は、ラムジーの中のなにかを壊しもした。と、古くからの友人たちなら感じずにはいまい。これが旧知の仲でなければ、いまの彼をどう見るだろう？　たとえば、ここにいるリリー・ブリスコウは？　あの男にある種の性癖が強くなってきたことに、周囲も気づかずにはいられないだろう？　奇行というか、弱さみたいなものに？　ラムジーのような知的な男があんな下世話な――いや、ちょっと言い方がきつすぎたな――つまり、あんなに人受けにこだわるとは意外だよ。

「けど、そこはやはり」とリリーは返した。「あの方のお仕事柄を考えてさしあげなくては！」

リリーは「あの方のお仕事を考える」と、きまって目の前に大きなキッチンテーブルがありありと浮かんでくる。アンドルーのせいだ。いつか、お父さまはどんなご本を書いているのと、あの子に訊いたことがある。「主体と客体と実体の本質についてです」と、アンドルーは答えた。それを受けてリリーが、まあ、なんだかさっぱりわからないわ、と言うと、「じゃ、キッチンテーブルを思い浮かべてみて」と、あの子は言った。「それが見えないところでね」

かくしてそれ以来、ラムジーの仕事のことを思うたびに、使いこまれたキッチンテーブルが瞼裏《まなうら》に浮かぶようになった。いまそれは、梨《なし》の木の股に引っかかっている……。というのも、気がつけば、ふたりはもう果樹園まで来ていた。リリーは必死で神経を集中させ、銀鼠《ぎんねず》の節がもりあがった樹皮や、魚の形の葉っぱを見ずに、幻のテーブルに焦点をしぼるようにした。どこの家庭にもあるような、使いこまれ、木目や節目の浮きだしたテーブル。何年たとうと丈夫で傷《いた》みもなく、むしろ時とともに味が出てきたようだ。そのテーブルが、宙に四本の脚を突きだしている。ただの四角い物の本質をこんなふうに見たり、フラミンゴ・ピンクの雲が空に浮かび青と銀とで彩《いろど》られたうるわしい宵を、わざわざ白い樅材《もみざい》の四脚テーブルに変貌《へんぼう》させたりしながら日々を生きている人は（それはごく洗練された知性の証《あか》しだけれど）、当然ながら、ふつうの人間とおなじ尺度では測れないのだろう。

リリーが「あの方のお仕事柄を考えて」と言ってきたのを、バンクスは好ましく思っていた。あいつの仕事のことなら、わたしだってしょっちゅう考えてきたさ。「ラムジーは四十前にして最良の研究をしてのけるような人間のひとりだ」と口にしたことも、数え切れない。事実、わずか二十五歳のとき世に問うた一冊の薄い本をもって、ラムジーは哲学の世界に決定的な貢献をはたした。その後の業績は、同書の内容を多少敷衍《ふえん》しつつ繰り返してきたにすぎない。しかしどんな分野にせよ、確固たる業績をあげられる人間などごく限られているものだ。と、バンクスは梨の木の下で立ち止まりながら言った。みだしなみよく、どこまでも厳密で、細にわたって公正な人物、という印象を与える佇まいである。そのとき、まるでバンクスの手が動いた拍子に支えがはずれたかのように、リリーがそれまで積み重ねてきた彼のイメージが不意にかたむき、彼に感じてきたことのすべてが大雪崩《おおなだ》れとなってガラガラとくずれおちた。そんな感覚が一方にあり、もう一方では、雪崩れの後に、彼という人の本質が煙るように立ちのぼってくる感じもするのだった。自分の感覚の強烈さに射すくめられる思いだった。それはバンクスの厳格さと人徳の力でもあった。尊敬申しあげています（と、リリーは心のなかで語りかけた）、なにからなにまで。あなたは虚栄心もなく、私情をいっさいはさまない。ラムジーさんより心のこまやかな方です。わたしの知るかぎりいちばんこまやかな人です。奥さんもお子さんもいらっしゃらないけれど（と思うと、男女の感情抜きで、彼の孤独をいやしてあげたいという気持ちがわいてきた）、あなたは科学に人生を捧げている（と思ったとたん、実験用のじゃがいもの切断面が、自然と目の前に浮かんできた）。褒めたりしたら、むしろ失礼にあたるのでしょう。心広く、純粋で、雄々しい方！　しかしそんなことを思うと同時に、バンクスがスカイ島くんだりまで料理のできるお付きをつれてきていること、椅子《いす》に犬がのっていると文句を言うこと、野菜料理の塩加減だの、イギリス人コックたちのやらかす重罪ともいうべき過《あやま》ちだのについて、いつまでも（ラムジー氏がドアをバタンと閉めて出ていってしまうまで）つまらない意見をすることも思いだした。

では、これらをぜんぶあわせると、どんな答えが出る？　人はどのように他人を評価し、判断をくだすのだろう？　どうすれば、これとあれを足して、好きとか嫌いとかいう結論が出せるのだろう？　結局のところ、そういうことばには、どんな意味がついてくるのだろう？　梨の木に魅入られるように立ちつくしていると、リリーの頭のなかにはふたりの男のさまざまな像が降るようにわいてきて、その思考の流れをたどるのは、まるで一本のペンでは筆記しようにもしきれない早口の声を追うようなものだった。とはいえ、自分のなかから出てくる声には違いなく、それは問われもしないのに、個々には自明にして不変ながらたがいに相容《あいい》れないことを言いつのり、じきに梨の木の裂け目やこぶまでが、それに比べたら永久不動のものに思えてきた。あなたは器の大きさをお持ちですが、とリリーは心のなかでつづける。ラムジーさんにはそれがありません。せせこましくて、わがままで、見栄坊《みえぼう》で、自己中心的で、要するに甘やかされているんです。暴君なんですよ。奥さんを死ぬほどこき使って。でも、あの人にはあなた（と、バンクスに話しかけるように）にないものがあります。つまり、猛烈に浮世離れしたところ。世の中の些事《さじ》はなにひとつご存じない。あの方はただ犬を愛し、子どもを愛する。子どもが八人ですよ。あなたはひとりもお持ちでない。ラムジーさんはいつかの夜も、コートを二枚着て部屋から出てきたかと思うと、奥さまに散髪してもらいながら、その髪をプディング型で平然と受けたりしていませんでした？　などと、さまざまの思いが、ブヨの群れのように上へ下へと目まぐるしく躍っていた。ブヨたちはばらばらでありながら、目に見えない伸縮ネットのなかでみごとに統制された動きを見せ、リリーの頭のなかで上へ下へと躍り狂い、しまいには梨の木の枝間《えだま》に躍りこみ、あたりを飛びまわり、見れば、その木の股には、例の使いこまれたキッチンテーブルがラムジー氏の肖像としていまも掛かっていた。あのテーブルこそ、ラムジーの知性に対するリリーの深い敬意を象徴するものだ。思考の回転はどんどん、どんどん、速くなり、やがて烈《はげ》しさのあまり自爆し、そうしてリリーはやっと解き放たれた気がした。すぐ近くで鉄砲の音がしたのだ。その散弾におびえて逃げようとする椋鳥《むくどり》の群れが、地から噴きだすように大騒ぎで飛びたっていった。

「ジャスパーめ！」と、バンクスが言った。ふたりが見返ると、椋鳥たちはテラスをこえて飛び去っていく。ちりぢりになって天翔《あまが》ける鳥たちを追ううちに、ふたりは高い垣根の切れ目から庭へ入りこんで、ラムジーに出くわし、するとラムジーはふたりに悲壮な声音でがなりたてた。「誰《たれ》ぞ失態演ずるとお！」

ラムジーは興奮で目をどんよりさせ、悲壮な戦意をもって、一瞬傲然《ごうぜん》とふたりを見返すと、相手がだれだかわかりかけて目を瞬いたものの、ムッとしつつもバツがわるくてたまらないのだろう、すぐに手で顔を覆《おお》おうとするかのようなそぶりをした。それは、ふたりの平静なまなざしを避けるためか、ふりはらうためか。それとも、来るべき気まずい瞬間を少しだけ先延ばしにしてもらおうというのか。あるいは、こういうことか。楽しみをじゃまされて子どもじみた嫌悪感《けんおかん》をあらわにし、奇行の現場を見つかったこの期《ご》におよんでまだ往生際《おうじょうぎわ》がわるく、わが快い高揚感にあくまで浸り、みずから恥じながらも熱中してやまないおかしな叙事詩に、しがみついていようというのか。理由はそのいずれかわからないが、彼は唐突にきびすを返すと、心のドアをふたりの鼻先でぴしゃりと閉めてしまった。残されたリリー・ブリスコウとバンクスは気まずげに空を眺め、ジャスパーが鉄砲で追いたてた椋鳥の群れが、楡《にれ》の木のてっぺんに落ち着いたことに目をとめた。

5

「たとえあした晴れなくても」ラムジー夫人はそう言いながら顔をあげ、ちょうど通りかかったウィリアム・バンクスとリリー・ブリスコウにちらっと目をやった。「またの日にすればいいじゃないの。だから、さあ」夫人はそう言う心の内で、リリーはあの中国人のような切れ長の目が意外と魅力なのね、と思っていた。色白で、おちょぼ口の小さな顔に、吊りあがった目。けど、彼女のこの良さは見る目のある男でないとわからないだろう。「さあ、ちょっと立ちあがって、これを脚にあてさせてちょうだい」だって、結局灯台へ行くことになって、灯台守の子にはかせてみたら一、二インチ短かった、というのでは困るから。

夫人はにっこりしながら――というのも、まさにその瞬間、ウィリアムとリリーが結婚すべきだという妙案が浮かんだからだ――ヒース色の混紡の靴下に、スチールの編み針を交差させてぶらさげたまま持ちあげ、ジェイムズの脚にあてて、目見当で寸法をとろうとした。

「お願いだから、じっとしてらっしゃい」夫人がそう言うのも、ジェイムズが灯台守の坊やに焼きもちをやき、計測のために脚を貸すなんてごめんだと、わざともぞもぞ動くからである。そんなに動いてばかりいたら、靴下が長いのか短いのか見当がつかないじゃないの？　夫人は息子にやんわり注意した。

まったく、この末っ子の、わたしの大切な坊やはどうしてつむじを曲げているのかしら？　と思いつつ目をあげると、部屋の光景が目に入って、そこに置かれた椅子が目にとまり、あれもだいぶ草臥《くたび》れてきたわね、と夫人は思った。椅子の「はらわた」(という言い方をアンドルーは先日していたっけ)が飛びだして、床に散らばっている。とはいえ、上等の椅子を買ったところでどうなるだろう。どうせ冬季はお手伝いのお婆《ばあ》さんひとりにこの家を見てもらうのだから、その間にひどい湿気で部屋じゅう台無しになるに決まっている。気にしない、気にしない。家賃はただも同然だし、子どもたちはこの家が大好き。三千マイル、というのは大げさで正確には三百マイルだけれど、うちの人も書斎や手紙や生徒たちからそれぐらい離れていたほうが、健康にいい。この家には、お客さまを泊めるスペースもある。マットと簡易ベッドと、それから、ロンドンの家での務めを終え、ガタが来て見る影もない椅子やテーブル。そんなものだって、ここの家では充分用をなす。そして、写真が一、二葉と本が山ほど。本というのは、ひとりでに増殖するらしいわね。夫人はそう思った。自分で読む時間などありはしない。やれやれ！「その望みには逆らいがたきお方へ」とか「われらの時代の、ヘレネーより幸福なヘレネー〔ギリシャ神話の絶世の美女。トロイ戦争の原因となった〕へ」などと詩人おんみずから献辞を書きこんでわたしに贈ってくれた本さえ、恥ずかしいことに、読めた例しがないとは。とはいえ、クルーム〔ジョージ・クルーム・ロバートソン。一八四二〜一八九二年。スコットランドの心理哲学者、Mind誌の初代編集発行人〕の哲学書や、ベイツ〔デイジー・メイ・ベイツ。一八六三?〜一九五一年。アイルランド生まれの人類学者〕のポリネシアの原始習俗を論じた著書では（「いいから、じっとして」と、夫人はまた言う）どれも灯台へ持っていくには向かない。まあ、いずれは家の傷みにも限界がきて、なにか手を打つことになるのでしょうけど。夫人はそう思う。せめて子どもたちに、家に入る前には足をきれいに拭《ふ》き、浜辺の砂を持ちこまないことという躾《しつけ》を徹底できれば、少しはましになるでしょうに。いまのところ、アンドルーがどうしても蟹《かに》を解体したいというなら、部屋に持ちこむのは許しているし、ジャスパーが海草からスープが作れると思うなら、留め立てはできない。ローズの宝物――貝殻やアシの茎や石ころ――もしかり。だって、あの子たちはみな天与の才があるけれど、それぞれに個性がまるきり違うのだから。夫人は部屋を床から天井まで眺め、ジェイムズの脚に靴下をあてながらため息をつく。かくしてその結果、家のなかは、ひと夏ごとにどんどん、どんどん、みすぼらしくなっていく。敷物の色はしだいに褪《あ》せ、壁紙も剝《は》がれかけ、バラの花柄もよくわからないほど。とはいえ、家中のドアというドアが開け放され、スコットランドには錠を直せる錠前屋がいないんじゃ、ものが傷むのは当然だ。絵の額縁に、緑のカシミヤのショールなんかかぶせたって、どうなるものでもないでしょうに？　二週間もすれば、ショールは色褪せて、えんどう豆スープみたいな色になる。それにしても、苛々《いらいら》するのはドアね。かたっぱしからぜんぶ開け放しになっている。夫人は聞き耳をたてた。どうやら、客間のドアが開いている。玄関ホールにつづくドアも開いている。どうも、あの音からすると、寝室のドアも開いているんじゃないかしら。踊り場の窓はまちがいなく開いている。自分でさっき開けたのだから。窓は開け放し、ドアは閉める――こんな簡単なことを、まったく、どうしてだれも覚えられないの？　夜、女中部屋に入ってみれば、オーヴンみたいにぴっちり閉めきられて暑くなっているし。ただし、スイス娘のマリーはべつで、彼女はたとい風呂《ふろ》なしですごしたって、空気の入れ換えだけはしたがるだろう。なんでも、ふるさとの「山はそれはきれい」なのだそうだ。彼女はゆうべも、窓の外を見やりながら、目に涙を浮かべて言った。「山がそれはきれいなんです」と。そのふるさとで父親が死にかけているのを、ラムジー夫人は知った。父は死んで、父《てて》なし子たちを遺《のこ》そうとしている。これまでどれほど彼女を叱《しか》りつけ、あれこれ手本を示してこようと(ベッドメイクの仕方、窓の開けかたなどを、フランス女のように両手を閉じたり開いたりのジェスチャーつきで)、父親の話を聞いたとたん、まるで陽の光のなかを飛びぬけた鳥の翼が静かにたたまれ、羽衣の青みが明るいはがね色から薄紫へと変わるように、すべては夫人のまわりでそっとたたみこまれてしまった。夫人はマリーにかけることばも見つからず、立ちつくすしかなかった。父親は喉頭癌《こうとうがん》だという。ゆうべの一件――自分がなにも言えずにいたこと、マリーが「ふるさとの山はそれはきれいなんです」と言ったこと、そしてもう彼女の父にはどんな望みも見込みもないことなどを思いだすにつけ、やり場のない苛立ちがこみあげ、ついジェイムズにきつい声を出してしまった。

「じっとなさい。何度も言わせないの」その声音を聞いたとたん、息子は母のお怒りが本物だと察して、ようやく脚をまっすぐにしたので、靴下をあてることができた。

ソーリーの坊やがジェイムズより発育がよくないことを差し引いても、靴下は少なくとも半インチは短かった。

「まだ短いわね」夫人は言った。「まだまだだわ」

これほど憂《うれ》いをふくんだ顔があろうか。陽光のさす地上から地の底までを貫く竪坑《たてこう》の途中、暗闇《くらやみ》のなかで、黒く苦い——おそらく——涙の粒がひとつ湧《わ》き、ころがり落ちる。鉱水は四方《よも》に波紋をひろげながらそれを受けとめると、やがて静まった。これほど悲しげに見える人の姿があろうか。

しかしそれは見かけの問題に留まるだろうか？　人々は噂《うわさ》しあう。あの容貌——彼女の美しさ、あでやかさの奥には、なにがあるのだろう？　ふたりが結婚を一週間後にひかえたころ、ある男が頭を撃ちぬいて死んだとか？　ほら、噂に聞くもうひとりの元恋人だよ。いや、それとも、背後の事情などなにもないのだろうか？　夫人はただ、絶世の美女だというだけで。彼女は美につつまれて生き、なにをしようともその美は乱されない。そういうことだろうか？　たとえば、ごく内輪の親しい席で、だれかさんの熱愛ぶりや、失恋談や、くじけた夢の話が出たとする。そこで夫人は、それならわたしにもわかるとか、共感できるとか、似たような経験があるなどと打ち明けてもよさそうなのに、そんなことはついぞ口にしない。つねに沈黙をまもっている。

つまり、悟っていたのだ――学ぶというより、直感的にわかっている。自分のこの無邪気な目は、利口な人たちがむしろ見誤るものをまっすぐに見抜けるのだと。この純真さがあればこそ、石ころのようにすっと落ちていき、鳥のようにぴたりと的に降り立ち、心はこうして自然なかたちで急降下して、真実をつかみとることができる。真実は人に歓《よろこ》びと安らぎを与え、気持ちを支える――いや、そんなものは錯覚かもしれないけれど。

〈「造物主もめったに見つけられないだろうね」バンクスは電話で夫人の声を聞いていたく感銘をうけ、そう言ったことがある。夫人はただ列車の発着時刻を教えていただけなのだが。「あなたを象《かたど》るのにふさわしい土は」そう言うバンクスは、電話のむこうに、鼻筋のとおった碧眼《へきがん》のギリシャ女性を見る思いだった。そんな神々《こうごう》しい女性と電話で話すなんて、妙な気がするな。あの美しい容《かんばせ》を創造するには、楽園の水仙《アスフォデル》咲く野原で、カリスたち〔美と歓びと優雅の三女神〕がつどって手を組んだことだろう。ありがとう、だったらユーストン駅で十時半の汽車をつかまえるよ。

「ところが彼女ときたら、わが身の美しさに自覚がないこと子ども並みなんだ」バンクスは心でそうつぶやきながら受話器をおくと、家の裏手に建設中のホテルはどんな進捗《しんちょく》ぶりだろうかと思い、むかい側の窓辺に寄ってみた。まだ外装の仕上がらない壁の間を忙しく職人らが行き来するさまを見ていても、ラムジー夫人のことを考えてしまうのだった。というのも、夫人にはあの美貌に似合わぬ妙なところがあると、バンクスはつねづね感じていたのである。鳥打ち帽をぴしっとかぶったり、イタズラっ子をつかまえようと、ゴムのオーバーシューズだけを突っかけて芝生を駆けていったり。かくして、彼女の美貌にばかり気をとられていた者は、そこに息づく生身の人間がいることを思いだし（こうして眺めているうちにも、土木工たちは細い板材の上に煉瓦《れんが》を積みあげていく）、それを彼女の図像に組みいれることになろう。夫人をたんに女として見ていた者は、彼女を変わり者のように思うかもしれない。あるいは、形ばかりの威厳を脱ぎ捨てたいという潜在意識の表れと見るか。美人でいるのも退屈なら、美貌に対する殿方たちのご意見もみんな退屈よ、わたしは耳目をひかないふつうの人間でいたいの、というわけだ。いや、わからん。わからんよ、まったく。おっと、そろそろ仕事にもどらなくては〉

赤茶色の靴下を編むラムジー夫人は、金箔《きんぱく》の額縁と、額のはしに引っかけた緑のショールと、ミケランジェロの真正というふれこみの傑作に、おかしな具合に縁どられ、いまさっきの刺々《とげとげ》しい態度をすっかり撫《な》でつけると、顔をあげ、かわいい坊やのおでこにキスをして、「もっと絵を探して切り抜きましょ」と言った。

6

それにしても、なにがあったのかしら？

タレゾシッタイエンズルト

もの思いからはっと覚めた夫人は、ずっと前から意味もなく聞き流していた文句に、いまごろ意味をあてはめた。「誰ぞ失態演ずると」——近視の目を、こちらに歩んでくる夫にひたとすえ、じっと凝視していると、近くまで来てようやく（詩句の韻律がかみあいピンときて）、なにかが起き、だれかが失態を演じたのだとわかった。とはいえ、なにがあったのかはさっぱりわからない。

ラムジーは身震いし、わなないた。むなしい戦士きどりも、勇壮なる闘いぶりへの自己陶酔も、いかずちのごとく烈しく、兵《つわもの》を率いて死の谷を飛ぶ鷹《たか》のごとく猛々《たけだけ》しい突撃も、粉々に砕けて潰《つい》え去った。砲弾雨下もものかは、われら雄心勃々《ぼつぼつ》と馬を駆り、弾撃ち轟々《ごうごう》攻め入れば〔テニスンの詩のもじり〕——そうして彼はリリー・ブリスコウとウィリアム・バンクスに出くわしたのだった。ラムジーは身震いし、わななく。

こういう時のあの人には、なにがあろうと話しかけまい。自分の殻に閉じこもり、平静をとりもどすにはプライバシーが必要だと言わんばかりに、目をそらし、妙なかまえを見せるのが常で、それを見れば、業腹《ごうはら》のあまり苦しんでいるのがわかる。夫人は思わず息子の頭を撫でてやった。連れ合いを思いやる気持ちが、代わりに子どもへと向かったのだろう、ジェイムズが〈アーミー・アンド・ネイヴィー・ストアズ〉のカタログに載っている紳士物の白いドレスシャツを黄色く塗りつぶしていくのを見守りつつ、この子が偉大な芸術家になってくれたら、どんなにうれしいだろうと思った。そうならないとどうして言える？　こんなに秀《ひい》でた額をもっている子だ。そこでふと目をあげると、夫がいま一度目の前を通りがかり、夫人はその姿を目にしてほっと息をついた。さっきまでの惨憺《さんたん》たる奇人ぶりはもう奥に隠れ、それを打ち負かして家庭人の貌《かお》があらわれ、習慣の力がなごやかなリズムを静かに刻んでいた。そうして機嫌を直した夫が、わざわざ窓の辺《べ》で立ち止まってこごみ、ひやかし半分気まぐれ半分に、ジェイムズのむきだしの脛《すね》をなにかの小枝でくすぐりだすと、夫人は安堵《あんど》のあまり、さっき夫が「気の毒な青年」チャールズ・タンズリーを追いはらったことで、ちょっと文句を言ってやったぐらいだ。いや、タンズリーはもう部屋にもどって、論文を書く時間だったのだよ、と夫は答えた。

「ジェイムズ坊主《ぼうず》も、そのうち自分で学位論文を書くことになるかな」彼は小枝をひゆっと振りながら、皮肉っぽくそう言った。

ジェイムズは父が厭《いや》でたまらなくなり、末っ子のむきだしの脚をくすぐってくる小枝をふりはらった。父の態度には、厳《いか》めしさとユーモアが入り交じる独特のものがあった。

このやっかいな靴下、編みあげてしまって、あしたソーリーの坊やにあげようと思うの、とラムジー夫人は言った。

あした灯台へ行ける可能性は千にひとつもない、とラムジーは尖《とが》った声で一言のもとにしりぞけた。

どうしてわかります？ 夫人は問いかけた。風向きは始終変わるものでしょう。

妻の発言のとんでもない非合理性、女の理屈の愚かしさが、ラムジーをカッとさせた。自分はいまさっき、死の谷を馬で駆け、うち砕かれて身震いしたところなのに、あまつさえうちの妻《さい》は、現実に歯向かうかのごとく、まるであり得ないことを子どもたちに期待させ、事実上の嘘《うそ》をつくとは。ラムジーは苛立って石段の上で足を踏みならし、「黙ってろ」と言った。でも、わたしがなにを言ったというんです？ あしたは晴れるかもしれませんと言っただけです。晴れないとも限らないでしょう、か。

いや、晴雨計が下がって、風が真西から吹いているんだ、晴れるわけがない。

この人ったら、真実追究のことしか顧みず、人の気持ちをここまで蔑《ないがし》ろにするとはあきれたものね。礼儀という薄衣《うすぎぬ》をこんなにも軽はずみに、無神経に引きちぎってしまえるなんて。夫人からすれば、それは人間の礼節を手ひどく踏みにじることであり、啞《あ》然《ぜん》、呆《ぼう》然《ぜん》として、返すことばもなく、吹きつける尖った霰《あられ》や、降りそそぐ汚水に打たれるがまま、といった風にじっとうなだれるのみだった。言うべきことばが見あたらない。

夫が黙って傍らに立った。そして、とうとうやけに恐縮した声で、もしよければ沿岸警備隊のところに寄って、天気を訊《き》いてこようかと言った。

だれが尊敬できるって、この人ほど尊敬できる人はいないわ。

あなたの言うとおり、晴れそうにない気がしてきました。夫人はそう言った。だとしたら、サンドウィッチも作らずにすむ、それだけのことです。女だから仕方ないのだろうけど、朝から晩まで子どもたちがあれやこれやと用を頼みにきて、こっちでこれを頂戴《ちょうだい》、あっちであれを頂戴という騒ぎ。子どもたちは日々成長している。自分は人の感情を吸えるだけ吸うスポンジにすぎないんじゃないか、そんな気がすることもしばしばだった。そこへもってきて、うちの人が「黙れ」と言う。あしたは雨だとか、晴れだとか言う。晴れだと言ってくれたとたん、一瞬にして安心という楽園が目の前にひらける。そういう人なのに。だれが尊敬できるって、この人ほど尊敬できる人はいないわ。わたしはその靴紐《くつひも》を結ぶにも値しない。夫人はそう感じた。

ラムジーはあんな癇癪《かんしゃく》を起こしたことも、騎馬隊を率いて突撃しながら両手をぶんぶん振りまわしたことも、いまや恥ずかしく思っていたので、息子のむきだしの脚をもう一度おずおずとつついてから、夫人のお許しを得たかのように、夕闇のなかへ飛びだしていった。その動きを見て夫人は妙なことに、動物園の大きなアシカが、投げられた餌《えさ》の魚を飲みこんだ拍子にもんどりを打ち、バチャバチャと泳ぎ去っていくさまを想った。アシカのせいでプールの水が端から端へと波立つ……。日はすでに暮れはじめ、夕闇が木の葉や生け垣の輪郭をぼやかしていたが、その代わりとでもいうように、バラやセキチクの花は昼間にはない色つやをとりもどしていた。

「誰ぞ失態演ずると〜」またまた例の一節を唱えると、ラムジーは大股で歩きだし、テラスを行き来しだした。

しかし、その声音のなんと著しく変わったことだろう！　なんだか「六月には調子っぱずれになるカッコー」のよう〔古い英国童謡より〕。まるで、新たな気分をあらわすフレーズを稽古しているというのか、ためらいがちに探しているというのか、とにかく、さしあたりこのフレーズしか思いつかないので、おかしいのは承知で使っている、といった感じだ。それにしても滑稽きわまりない。「誰ぞ失態演ずると」を、そんなふうに尻上《しりあ》がりの疑問文のような自信のない声で、節をつけて唱えるなんて。ラムジー夫人は思わずクスリと笑ってしまい、すると、さもあろう、テラスを行き来していた夫は、じきに呟《つぶや》くような声になり、じきにそれもやめて、静かになってしまった。

さて、もう安心だろう。プライバシーをとりもどした。ラムジーは立ち止まってパイプに火をつけると、いま一度、窓辺にいる妻と息子を見やった。急行列車に乗る人が本のページから顔をあげ、農場や木や田園集落の光景を、イラストでも見るように見て、本の内容をなにやら確認して満足し、気力も新たにまた本の世界へ没入するように、いまのラムジーは、たとえ夕闇に息子と妻を見分けられずとも、ふたりの姿を目にすることで満ち足り、気力が充実してきたし、目下の問題——彼が抜きんでた知性の力を注いでいる——をすっかり解かんとする努力までが浄《きよ》められる気がした。

抜きんでた知性とはよく言ったもの。なにせ、思考というものが、多くの音に分かれたピアノの鍵盤《けんばん》、あるいは、順番にならんだ二十六字のアルファベットのごときものだとすれば、ラムジーの頭脳はなんの苦もなくこれらの文字を、一字一字しっかりと正確にたどり、喩《たと》えるならQの字あたりまでは到達している。そう、Qまで行っているだろう。イギリス中探しても、Qに到達しえた者はごくわずかのはずだ。ここでふと、ゼラニウムを植えた石彫りのプランターのそばで立ち止まると、もうはるか遠くとはいえ、ふたりの姿が見えた。貝殻をひろう童子のように、神々しいまでに無垢《むく》で、足元のつまらぬものに夢中で、このラムジーには予感できる宿命にもまったく無防備な、窓辺によりそう妻と息子の姿。あのふたりには彼の庇護《ひご》が必要だし、彼はそれを与えてやっている。それにしても、Qの後はどうした？　そのつぎにはなにが来る？　Qの後にもたくさんの文字がつづき、末尾はもう肉眼ではほとんど見えず、かなたで赤く明滅しているだけだ。最後のZとなれば、ひと時代にただ一度、一人ぐらいしか到達しえない。それでも、Rに行きつければたいしたものだろう。少なくとも、Qまでは来た。Qまでの地歩は固めた。Qには自信がある。Qは立証できる。そこでQがQということになれば、Rは――ここで灰を落とそうと、プランターの雄羊角製の把手《とって》にパイプをコンコンと二、三度打ちつけてから、また考えつづける。「ならば、Rは……」ラムジーは奮い立とうとする。身をひきしめる。

わずか六枚のビスケットとひと瓶の水だけの蓄えで、灼熱《しゃくねつ》の大海に放りだされた船の乗組員をも救えるほどの才徳――忍耐力、正義感、先見の明、献身の心、修練といったものが、助けになってくれようぞ。さあ、Rとは――Rとはなんだ？

かなたを強く凝視するうちに、トカゲの硬い革の瞼《まぶた》のようなものが目の前にちらつきだし、Rの字を覆ってしまった。その一瞬の暗闇に、ラムジーはRには手が届くまい――あれは失格者《もの》さ――と言う声が聞こえてくる。Rには決して辿《たど》りつけまい。いや、もとい、Rだ。Rとは――

氷に閉ざされた不毛の南極圏をゆく孤独な探検隊にあっても、ラムジーならきっと隊長でも、案内人でも、指導員でも務まるだろう。その気質は楽天的でもないが、悲観的でもなく、来るべきものを沈着冷静にとらえて検分し、立ち向かう。そんな素質の数々が、いま一度手を貸しにきてくれる。Rとは――

またもやトカゲの瞼がちらついた。額には青筋を立てている。プランターのゼラニウムの花が、繁《しげ》る葉のなかで息を呑《の》むほどくっきりと見え、あの昔ながらの、あのじつにわかりやすい、人間を二分割する分類法が、見たくもないのに見えてきた。世の中の一方には、超人的な強さでもって着実に進んでいく人々がいる――つまり、こつこつと辛抱強く、アルファベット全二十六字を、最初から最後まで順番どおりに何度でも繰り返せるタイプ。かたや、天与の才とひらめきに恵まれた人々がおり、一瞬にして、すべての文字をひと掴《つか》みにする――天才だけになしうる方法で。自分に天与の才はない。あるなどと言うつもりもないが、アルファベットのAからZまでを一字一字正確に繰り返せる力はある。これまでのところ、あったはずだ。それなのに、Qで行き詰まっている。さあ、Rにむかってゆけ。

たとえば、いよいよ吹雪が来て、山の頂は霧に霞《かす》み、このままでは朝が来る前に倒れ伏して事切れると覚悟した探検隊長なら抱いても恥ではないような感情が、ラムジーの心をかすめて、彼の目は精彩を欠き、テラスをひと巡りする二分ほどの間にも、よぼよぼ爺《じい》さんのような血の気のうせた顔つきになってしまった。だが、伏して死んだりするものか。高く突き出た岩を見つけ、そこに登って雪嵐《ゆきあらし》にしっかと目をすえ、最後まで闇を見とおすことに努めつつ、立ったまま死んでゆくのだ。Rにはついに辿りつけぬとも。

ラムジーが身じろぎもせずにいる傍ら、プランターにはゼラニウムの花が咲きこぼれている。結局、何十億人のうちいったい何人がZまで行きつけるのだろう？　彼は自問する。きっと決死隊を率いるリーダーが、そう自問し、それに「少なくとも一人は」と答えても、隊を裏切ることにはなるまい。なにしろ、ひと時代に一人なのだ。隊長がその一人になれなくとも、責められることがあろうか？　まじめに努力をつづけ、持てる力を出しきり、力尽きるまでがんばったのであれば。さて、そうしたところで、彼の名声はどれぐらいもつものだろう？　たとえ瀕死《ひんし》の英雄だろうと、いまわの際に、死後の評判を気にしたっていいじゃないか。彼の名声は二千年もつづくかもしれない。とはいえ、二千年がなんだ？（と、ラムジーは生け垣を見ながら皮肉に自問する）。じっさい高い山の頂から、長い長い「時の荒れ野」を眺めおろしたら、どうであろう？　人が深靴《ブーツ》でひと蹴《け》りにできるような小石だって、きっとシェイクスピアより長持ちする。彼がともした小さな灯りは、さほど明るくもなかろうが、一年や二年は耀《かがや》きをたもつだろう。そしてその後は、もっと大きな灯りに飲みこまれ、その大きな灯りもさらに大きな灯りに融《と》けこんでいくのだ。（暗がりをのぞきこみ、もつれあった小枝に目を凝らす）ならば、だれに責められよう。山のはるか高みに登ったあげく、時のもたらす荒れ野や、星雲の衰滅を目の当《ま》たりにした決死隊のリーダーが、死んで体がこわばる前にと少しばかり恰好をつけ、かじかむ手を額にかざし、肩をそびやかしたとしても。やがて来る捜索隊は、職務を遂行しながら事切れた彼を、兵士にふさわしい勇姿を、そこに見出《みいだ》すことになろう。ラムジーは自分もプランターの傍らで肩をそびやかし、背筋をぴんと伸ばした。

だれに責められよう？　いっときそんな姿勢をとりながら、名声のこと、捜索隊のこと、そして信奉者たちが感謝の気持ちでわが墓に石塚を積む図を想ったからといって。結局、悲運の探検隊のリーダーをだれが責めることができるというのだ。極限にいどんで、最後の最後まで力を使いはたし、前後不覚のまま眠りこんだ後、足先がヒリヒリと疼《うず》くので生きているのだと気づき、おおむね生きるに吝《やぶさ》かではないものの、共感《シンパシー》とウィスキーと、わが苦難の物語を話す相手をいっぺんに求めたからといって、だれに彼を責められよう？　英雄が兜《かぶと》を脱ぎ、窓辺で立ち止まって、妻と息子を見つめる姿を目にして、ひそかに心なごまない者などいないだろう。妻と子の姿は初めかなり遠くに見えているが、しだいに近づき、やがて目の前に、口元が、本が、顔が、はっきり見えてくる。とはいえ、あいかわらずあどけなく、おのれの孤独の苛烈《かれつ》さを、時の荒れ野や星の衰滅を見つめていた身には、なんだか馴染《なじ》みのないものに見えた。彼はようやくパイプをポケットにしまい、高尚なるこうべを妻の前にたれる――だれに咎められよう？　この人が現《うつ》し世の美に敬意を表したからといって。

7

ところが一方、息子は父のことを憎んでいた。そばに寄ってきて立ち止まっては、見おろしてくる父を疎《うと》んじていた。なにかと横やりを入れてくる癖、さも得意げで大仰な身ぶり、あの高尚な頭脳、厳密無比で自己中心的な性格、父のそういうところが嫌いだったが（いまも、目の前の父は自分の話を傾聴しろと言わんばかり）、なかでもいちばん厭なのは、父の感情面に独特の喧《かまびす》しさやテンションの高さなのだった。それは家族をとりまいて波動し、すばらしく明快で分別あるジェイムズと母の関係に水をさした。ジェイムズは本のページに一心に見入っていたら、父をやりすごせるんじゃないかと思っている。それとも、なにか単語を指さすことで、母さんの関心をとりもどせないかと。父が立ち止まったとたん、母の自分への関心がゆらぐのを察して、ジェイムズは頭にきていたのだ。でも、やっぱりだめだった。なにをしようと、この人をやりすごすことはできなかった。父はいまもそこに立ちはだかり、しきりと家族の同情を求めてくる。

それまでしどけなく腰かけて、息子を片腕に抱いていた夫人が、急にしゃんとして、半身をひねりながらヨイショと伸びあがるようにすると、それだけで水柱が飛沫《しぶき》をあげて噴きださんばかりに見え、あたりには瑞々《みずみず》しい精気がそそがれるかに見えた。そそぐ本人もまた、生き生きとして快活そうであり、精気のすべてが融けあってひとつの力になり、燃えあがって煌《きら》めくかのようだ（じつのところ、静かに座ったまま靴下をふたたび手にとっただけなのだが）。そしてこの甘美な豊饒《ほうじょう》のなかへ、しぶく命の泉のなかへ、男性のどうしようもない不毛さが、真鍮《しんちゅう》の嘴《くちばし》を突っこむごとく割りこんでくる。むなしくも、味気なく。ラムジーがほしいのは同情なのだ。やはりわたしは失格者《もの》だよ、などと言いだす。夫人は編み針をひらりと動かす。すると、夫は妻の顔から目をそらさぬまま、失格だとも、と言いつのる。夫人はそのことばを一笑に付し、「チャールズ・タンズリーさんだって、いつも……」と仄《ほの》めかした。しかし、ラムジーはまだまだ聞き足りない。ほしいのは親身の同情なのだ。まずはおのれの才能を確信させてくれ、そののち、生のめぐりのなかへ引きいれて温かく癒《いや》してくれるような。そうすることで悄気《しょげ》た心を守り立て、むなしさを豊かに潤《うるお》し、家の部屋という部屋を生の息吹《いぶき》で満たすような――客間、客間の奥の台所、台所の階上の寝室、それから寝室のむこうの子ども部屋。どの部屋も息づき、生気で満たされることを求めた。

チャールズ・タンズリーさんだって、あなたこそ当代一の哲学者だと思っていますよ。夫人はそうつづけた。それでも、ラムジーはまだ聞き足りない。同情を得られなくては納得しない。あなたも世界の中心で生きているのです、必要とされているのですよ、ここだけでなく世界中で。そう実感させてほしいのだ。頼もしげに背筋をぴんと伸ばした妻は、編み針をひらりひらりと動かして、客間や台所を日々新たにし、隅々まで光で満たす。さあ、ここでくつろぎなさい、好きに出入りなさいと言っているかのように。彼女は声をたてて笑う。編み物をする。その膝《ひざ》のあいだでは、ジェイムズがひたすら身を固くし、母の全霊の力がゆらめきたつそばから真鍮の嘴に飲みこまれ吸いこまれていくのを感じていた。まるで男というものの持つ不毛の三日月刀だ。それが同情を求めて、何度でも容赦なく斬《き》りかかってくる。

わたしなんぞ失格者《もの》さ、父はしつこく言う。そうですか、ならばその目で見て、感じてごらんなさい。母は編み針をひらりひらりとやりながら、室内をさっと見まわし、窓の外に目をやり、また部屋に目をもどし、ジェイムズにもちらりと目をやりながら、でんと構えて笑い声をあげ、能《あた》う力を駆使しつつ（乳母がロウソクを携え、暗い部屋でむずかる子どもをあやしにいくように）、これが紛れもない現実なのだと納得させ、疑心を晴らそうとした。ほら、家のなかは活気に満ち、庭には花が咲き誇っているでしょう、と心で語りかける。妻を無条件に信じてくれさえすれば、なにものにも夫は傷つけさせまい。この人が、いくら深みにもぐり、いくら高みに昇っても、わたしはそばを離れませんよ。そう、ラムジー夫人の包容力、守護力はそれほどまでに強く、他人を思うあまり、これが自分だと言えるようなものは欠片《かけら》も残っていないほどだった。すべてが惜しみなく与えられ、使い尽くされる。さて、母の膝のあいだで身を固くしていたジェイムズはこんなふうに感じていた。果樹が葉を繁らせ、大枝をゆらし、バラ色の花をつけたなかに、母が姿をあらわしたような気がしたところへ、父の、この利己的な男の、真鍮の嘴が、不毛の三日月刀が、突きこみ、打ちかかって、同情を強いてくるかのように。

ラムジーは妻にたっぷりことばをかけてもらうと、満腹して寝入ってしまう稚児《ちご》のように、いきおい気をとりなおして元気になり、妻の顔を見ながら、ありがたく畏《かしこ》まった口ぶりで、ようやくこう言った。ちょっと気分転換に、子どもたちのクリケットでも見物してくるかな。そう言って、立ち去っていった。

夫が離れていったとたん、ラムジー夫人は花びらが一枚また一枚と閉じるように、小さくたたまれてしまったか、あるいは、消耗のあまり、骨組みが足元からくずれおちたかのように見えた。ともかく力を使いはたし、心地よい疲れに身をまかせながら、グリム童話を指でたどっていくのがやっとだった。そのあいだも、創造的な仕事をやりおおせた高揚感で、体中がどくどくと脈打ち、満々と水をたたえた泉が、やがてそっと脈動を静めていくような充実感があった。

夫が遠ざかっていくのをよそに、ひとつ脈が打つたびに、夫と自分はそこに深く包みこまれ、双方に慰めを与えられる気がした。ひとつは高くひとつは低い二音を同時に弾《はじ》けば、ふたつがひとつの和音となって安らぎを醸《かも》しだす、そうした慰めだった。しかし、その共鳴がやみ、ふたたびグリム童話の世界にもどろうとした刹那《せつな》、ラムジー夫人は体の疲れだけでなく（疲れはいつもその場では感じず、後からやってくる）、肉体的な疲労とは出所の違う、なにかうっすらと不快な感覚がまじっているのに気づいた。「漁師と女房」という童話を読み聞かせてやりながら、夫人がその不快の元を正確につかめていたかといえば、そうではないし、飽き足りぬ気持ちを敢《あ》えてことばにしようとも思わなかった。とはいえ、ページをめくるひとときの静寂《しじま》に手を止めて、波がもの憂く不吉に砕ける音を聞きながら、不満の出所はこんなあたりだろうと、うすうす感じてはいたのである。つまり――自分は夫よりすぐれているなどと、一瞬たりとも思いたくない。ましてや、夫にああしてことばをかけながら心中ひそかに確信を欠くなどというのは、耐えがたいことだ。大学も世間もあの人を必要としているし、あの人の講義、著作、それらが最重要の位置にあること――そうしたすべてを一瞬たりとも疑ったことはない。悩みどころはそこではなく、夫婦の関係、つまり、夫があんな風に人目も憚《はばか》らず妻のもとにやってくることにあった。なにしろ、ラムジー氏はかみさん頼みだからなあ、などという風評がたつほどだ。うちの場合、ふたり並んだら、もちろん主人のほうがはるかに大人物だし、主人の功績にくらべれば、妻の社会貢献なんて取るに足りないもので、そんなことは周りもご存じのはずなのに。とはいえ、悩みはほかにもあった。つまり、夫たる者に実情を打ち明けられないということ。たとえば、いまなら、温室の屋根が壊れて、修理代が五十ポンドにもなりそうなのが気がかりだというのに、言いだせない。それから、あの人の著作のことも気にかかる。じつはわたしもちょっと感じているのだけど、あの人、こんどの本が最高作にならなかったのを（ウィリアム・バンクスの評価によればどうもそういうことらしい）自分でも察しているんじゃないかしら。それから、日々のこまごました隠し事。そういうことを子どもたちが目にして、心の重荷になっているだろうこと――そんなこんなのせいで、ふたつの音が響きあう無上の喜び、純な喜びは半減し、耳に鳴り響いていたすてきな音はいま、わびしく単調になって消え入ってしまった。

本のページに影がさし、夫人は目をあげた。足をすりながら通りすぎていくオーガスタス・カーマイケルの姿があった。よりにもよって、人間関係の至らなさを思い知らされている時に。そう、完全無比に見える関係にもときには罅《ひび》が入ること、良人《おっと》を愛しながらも、真実を知りたがる本能が働いて、つぶさに眺めてみればボロが出てくること――そんなことを実感して痛恨の思いをしているこの時に、狙《ねら》いすましたようにやってくるなんて。なにせ、おまえはつまらぬ人間だと烙印《らくいん》を押された気がして落ち込み、夫にあんな嘘やお世辞を言っているようでは妻の本分を欠くのではと苦しんでいる時である。ああ、よりによって、夫を立ち直らせた喜びも醒《さ》めやらぬうちに、こうしていじましく苛立っているところへ、カーマイケルさんが黄色の内履きをはいて悄々《しおしお》と通りすがるものだから、いっそひねくれた気持ちが顔を出し、目の前を行く彼を呼び止めずにはいられなくなった。

「もう中に入られますの、カーマイケルさん?」

8

カーマイケルはなにも答えなかった。アヘンで朦朧《もうろう》としていたのだ。カーマイケルさんの顎鬚《あごひげ》が黄色く汚れているのはアヘンのせいだと、子どもたちは言う。おそらくそうなのだろう。しかし夫人にわかっているのは、このみすぼらしい男が不幸せであり、毎年、逃げるようにこの家に身を寄せてくること。そして毎年、夫人の思うところはおなじだった――つまり、わたしはこの人に信用されていないということ。たとえば、「町へ行きますから、切手か便せんか煙草《たばこ》でも買ってきましょうか?」と声をかけても、いい顔をされないみたいだし。やはり、信用されていないんだわ。これも、あの奥さんのせいでしょうね。奥さんがカーマイケルさんにしたひどい仕打ちを思いだす。セント・ジョンズ・ウッドのおぞましくも狭いあの部屋で、あの憎たらしい女がご亭主を部屋から追いだすのを目の当たりにしたときには、同情など消し飛び、心が冷えきったものだった。まったく、うちの主人ときたら、髪はぼさぼさ、上着に食べ物はこぼすわ、用なしの老いぼれなんだから面倒よ。そんなことを言って、鬼嫁は哀れなご亭主を部屋から追いだしたのだ。彼女がいつもの邪険な声で、「ちょっとあんた、ラムジーの奥さんとふたりでお喋《しゃべ》りさせてよ」と言うのを聞けば、ご亭主が忍んできた数々のいびりが、それこそ目に浮かぶような気がした。煙草を買えるぐらいの小銭は持たされているかしら？　それとも、そんなお金すら奥さんに乞《こ》うのかしら？　半クラウンや十八ペンスの小銭を？　ああ、カーマイケルさんがあの鬼嫁に、ちょこちょこ辱《はずかし》められているのかと思うと、たまらなくなる。というわけで、あの人はつねに（理由はわからないけど、とにかくあの奥さんが絡《から》んでいるに違いない）ラムジー夫人の前ではびくびくしている。なにひとつ話してもくれないのだった。とはいえ、これ以上なにができるだろう？　あの人には陽当たりのいい部屋を割り充《あ》てているし、子どもたちだって親切に接している。夫人自身も袖《そで》にするようなそぶりは決して見せていないはず。それどころか、こちらから仲良くしようと努力しているぐらいだ。切手はいりませんか、とか、煙草を買ってきましょうか、とかお伺いをたてたり、ひょっとしてこんな本にご興味ありませんか、と勧めたりなんだり。こう言ってはなんだけど、結局のところ（と、ここで夫人は珍しいことに、わが身の美貌《びぼう》を意識し、それとなく居住まいを正した)、結局のところ、わたしはこれまで人に好かれようと躍起になったことなんてあまりないんだわ。たとえば、ジョージ・マニングの場合も、ウォレスさんの場合もそう。どちらも著名な方だけれど、陽の入りのころさり気なくやって来て、暖炉にあたりながらふたりきりでお喋りをすることもよくある。じつのところ、ラムジー夫人は美の松明《たいまつ》を持って歩いているようなものだった。嫌でもそう思い知らされる。どんな部屋にも、松明をまっすぐに掲げて入っていくことになるのだ。いくらそれを押し隠し、美人にありがちな澄ましこんだ態度は極力避けたところで、美しさはあからさまになってしまう。ラムジー夫人は崇《あが》められてきた。愛されてきた。会葬者の集う死を悼《いた》む部屋に入っていけば、夫人の存在を前に、みなの目に涙があふれる。男たち、そして女たちも、ああだこうだと多様な考え方をするのはやめ、夫人とおなじく単純明快に割り切って、息を抜くことにしたものだ。なのにカーマイケルが打ち解けてこないのはショックだった。心を傷つけられた。けど、そうとばかりも言えない節もある。ちょうど夫に不満を覚えた後だけあって、それが妙に気になった。いまカーマイケルさんが本を脇《わき》に抱え、黄色い内履きをはいて、こちらの問いかけにただ頷《うなず》いて答えながら、悄々と行きすぎていく姿を見たとき感じたのは、そう、わたしは胡散臭《うさんくさ》く思われているということだったのだ。つまり、人に与え、人を助けたいという自分の欲望は、しょせん虚栄心のなせる業なのではないか。結局、自己満足から来るものではないか？　みんなから、「まあ、ミセス・ラムジー！　すてきなミセス・ラムジー……ミセス・ラムジー、ぜひ！」などと言われて必要とされ、引っ張りだこになって、褒めそやされたくて、進んで人助けをするなどというのは。自分が心の奥で求めているのは、そういうことなんじゃないかしら。だから、カーマイケルさんがいまみたいに自分を遠ざけ、隅っこに逃げこんで、アクロスティック〔各行最初か最後の字を並べて単語にするゲーム〕など延々とやっているのを見ると、敬遠されたと思うだけではすまない。自分のせせこましい部分や、人間関係というものの小ささ、それから、人と人の関係はどんなにうまくいっていても、いかに傷つきやすく、いかにさもしく、身勝手なものにすぎないか、そうしたことに次々と気づかされるのだ。こき使われて疲れはて（頬もこけ、白髪もふえたいまではもう）、おそらく人の目を楽しませる容貌でもないでしょうから、そろそろ「漁師と女房」の物語に気持ちを集中して、感受性の塊のような（きょうだい八人のなかでこんなに感じやすい子はいないぐらいの）ジェイムズをなだめたほうがよさそうだ。

「漁師は気が重くなり……」と、夫人は読み聞かせをつづけた。『決して行くものかと思いました。そして、こうつぶやきました。『行ってはいけない』それでも、彼は出かけていったのです。海辺に出ると、水はまさに紫色と紺青色《こんじょういろ》にそまり、灰色に濁って、もはや碧《あお》と黄金に輝いてはいませんでしたが、それでも静かでした。水際に立って漁師はこう言いました――」

うちの人ったら、よりにもよってこの瞬間にわざわざ立ち止まらなくても、と、夫人は文句を言いたくなった。さっきはクリケットを見にいくと言ったくせに、なぜまだぐずぐずしているのかしら？　とはいえ、夫は話しかけてはこなかった。ただこちらを眺めて、「よし」と言わんばかりに頷くと、また歩《あゆ》み去っていった。これまで何度も考えをまとめるきっかけをもらい、結論すら導きだしてくれた生け垣を間近に見たり、妻と息子を見やったり、プランターに咲きこぼれる赤いゼラニウムの花をいま一度見たりした。ゼラニウムはしばしば思考プロセスを彩《いろど》り、ざっと本を読みながらメモを走り書きする紙のような役割を葉っぱがはたしてくれたものだ。そんなものを見ながら、ラムジーはシェイクスピアの家を訪れるアメリカ人の数を報告した〈タイムズ〉紙の記事を思いだし、それが引き金となって、別な思索にするりと入りこんでいった。もしシェイクスピアが存在しなかったら、世界はいまのそれと大いに違っていただろうか？という問い。文明の進歩度というのは、偉人がいるいないで決まるものだろうか？　平均的な人間の辿る運命は、エジプトにファラオが君臨した時代より現代のほうが向上しているか？　いや、そもそも平均的な人生が、文明の度合いを測る尺度になりうるか？と問い直す。おそらく測れまい。おそらく「最大幸福」〔イギリスの法学者・経済学者ベンサムの「最大多数のための最大幸福」からか〕とやらは、奴《ど》隷《れい》階級の存在を必要とするのだ。地下鉄《チューブ》は、エレベーター運転係をいつまでも必要とする。そう考えると、ラムジーは不愉快になり、頭をふんとそらした。こういう考えをふりはらうためには、芸術の優位性をはねつける方法を見つけなくては。たとえば、こう反論してやろうか。世界はふつうの人々のために存在するのであって、芸術などというのは、人間生活の上から押しつけられた飾りにすぎず、生活そのものを語りはしない、と。人の暮らしにシェイクスピアなど必要ないのだ。しかしなぜまた自分はシェイクスピアをけなし、どこまで行ってもエレベーターの運転係にすぎないふつうの人間の肩をもとうとするのか。その理由がよくわからなくて、ラムジーは生け垣の葉をぐいとむしりとった。来月にはこうした問題をずらりと並べて、カーディフ〔ウェールズ南部の都市〕の学生たちに出してやらねばな、と思う。いま家のテラスにいる自分は、ただ遊《ゆ》山《さん》気分で渉猟しているだけで（と、腹立ちまぎれにちぎった葉をポイと捨てながら）、これは喩えるなら、幼いころからなじんだ土地の小《こ》径《みち》や野原を馬でのんびり行きながら、ときおり馬上から手をのばしてバラの枝を手折ったり、木の実をポケットにつめこんだりするようなもの。ここに曲がり角があり、あそこには馬の行き来を禁ずる踏み越し段があり、あっちには野原を抜ける近道があるなどと、辺りのことは知り尽くしている。こうして毎夕のごとく、パイプ片手に物思いにふけりながら、昔なじみの小径や共有地を行ったり来たり、出たり入ったりして、何時間でもすごすのが常だ。この界隈《かいわい》は、あっちであの軍事作戦の歴史、こっちでこの政治家の生涯と、分かちがたくむすびつき、数々の詩や逸話や、この思想家、あの兵士といった人物たちとも所縁《ゆかり》をもち、それは爽《さわ》やかに澄みわたっている。しかし小径をゆき、野原をわたり、共有地を抜け、たわわに実をつけたハシバミの木や、花の咲く生け垣をすぎると、ついにはずっと先の曲がり角に辿りつき、そこで自分はいつも「馬」を下り、手綱を木にゆわえ、その先はひとりで歩いていく。さて、ラムジーは芝生の際《きわ》までやってきて、入り江を眼下に見晴らした。

海にゆっくりと浸蝕《しんしょく》される岬の突端にこうしてやってきて、孤独なウミドリのようにひとり佇《たたず》むのが、望むと望まざるとに拘《かかわ》らず、ラムジーの定めでもあり、彼らしい風狂だった。そして余計なものをいきなりかなぐり捨てて、小さく縮んでしまえるのも、ひとつの能力であり、才能だった。そうなってしまうと、ふだんにもまして見るからに飾り気がなく体まで貧相なぐらいになり、それでいて思考の強固さはまるで損なわれないという状態になる。海に突き出た小さな岩場に立って人間の無知の闇とむかいあい、人がものを知りえぬまま、その足元にある地面が海に浸蝕されていくさまを直視する——それもラムジーの定めであり、天与の才だった。しかし、馬を下りた後、あらゆるポーズや見栄《みえ》も、花も実もある栄冠も投げ捨て、名声どころか自身の名前すら忘れてしまえるほど小さくなっても、そんな侘《わび》しさのなかにあってなお、あらぬ妄想など出る幕もないほど神経をはりつめ、夢想にふけろうとはしない。ウィリアム・バンクスが（時々だが絶えることなく）、チャールズ・タンズリーが（へつらい気味に）、そして妻が（いま、顔をあげ、芝生の終わるあたりに立つ夫を目にして）、ラムジーに対し、深い畏敬《いけい》の念と、憐《あわ》れみと、感謝の気持ちをも抱くのは、まさに彼がこんな風になった時なのだった。喩えるなら、河床に打ちこまれた杭《くい》にカモメたちが留まり、そこに波が打ち寄せるという光景を、笑いさざめく舟遊びの人々がふと目にした時の気持ちに似ている。独り奔流にもまれながら水路を標《しめ》すという務めをはたす杭に、感謝の念を抱くようなものだ。

「そうは言っても、八人の子持ちの身では致し方なし、か……」ラムジーは愚痴を漏らしかけて口をつぐみ、くるりと背を向けてため息をつくと、目をあげ、息子にお話を読んでやっている妻の姿を探しながら、パイプに葉をつめた。人間の無知や宿命や、われわれの立つ地面を浸蝕していく海の眺めに背を向け——これらのことにしても、腰をすえて熟考する時間があれば、なにがしかの答えが得られたかもしれないのだが――、ささやかな日常の風景に慰めを見いだす。しかし、それは目の前に横たわる重大問題に比べると、あまりに些細《ささい》なものであり、こんな慰藉《いしゃ》など如何《いか》ほどのものかという気持ちが湧いてくる。この哀《かな》しい世の中で幸福感にとらわれるなんて、正直者からすれば、どこまでも卑《いや》しむべき罪に思えた。たしかに、自分はおおむね幸せといっていい。妻がいて、子宝にも恵まれ、六週間後には、カーディフで若い学生を相手に、ロック、ヒューム、バークリー〔それぞれイングランド、スコットランド、アイルランドの哲学者〕と、フランス革命の原因について、〝駄弁〟をふるう約束がある。しかしそんなことに対する嬉《うれ》しさも、自分の言い回しへの満悦も、若者の情熱に感じる喜びも、妻の美しさにおぼえる自慢も、スウォンジー、カーディフ、エクセター、サウサンプトン、キッダーミンスター、オクスフォード、ケンブリッジ〔それぞれウェールズやイングランドの都市〕から届く賛辞への満足も、すべては〝駄弁〟なる言い回しのもとに、謙遜《けんそん》して押し隠されねばならない。なぜなら、じつのところ、自分はとっくにしているはずのことを未《いま》だなしていないからだ。そう、まさに見せかけ。自身の感情をもつことを恐れ、「わたしはこれが好きだ」とか「わたしはこういう人間だ」とか言うことのできない人間の、いわば逃げ道。ウィリアム・バンクスやリリー・ブリスコウからすれば、気の毒で不愉快な男でもあろう。そんな仮面がなぜ必要なんだと、ふたりは訝《いぶか》っていた。なぜあの人はつねに褒められていないとだめなんだろう。哲学の領分ではあんなに勇敢な男が、なぜ実生活ではあんなに臆病《おくびょう》になるんだろう。なぜまたあんな妙な具合に、威厳と滑稽《こっけい》さが同居しているんだろう。けど、だれかを教え諭すなんて、所詮《しょせん》、人にできることではないんでしょうね。リリーはそんなことを(画材を片付けながら)バンクスに言っていた。人は持ちあげられれば、いつかは必ず落とされるもの。ラムジーの奥さんは、ご主人の求めるものを簡単に与えすぎなんです。だから、ご主人はなにか生活の中の変化にきまってひどく動揺する。ご本の世界からもどると、そこでわたしたちがゲームをしたり、つまらないお喋りをしたりしているわけでしょう。あの人の思考する世界と、どれほどの落差があるかご想像くださいな。リリーはさらに言った。

ラムジーがこちらにやってきた。そこでぴたりと立ち止まると、黙りこくって海を眺めている。かと思うと、またくるりと海に背を向けた。

9

そうだな。と、バンクスは去っていく友の後ろ姿を見送りながら言った。たしかに、あいつは困ったものだよ（リリーはラムジーが怖いとかなんとか言っていたっけ。なんの前ぶれもなくがらっと気分が変わるから）。まったく、ラムジーももう少し世間並みのふるまいができるといいんだがね（友のことをこうして大っぴらに話しあえるのも、リリーのことを気に入っているからだ）。いまどきの若い者がカーライル〔イギリスの批評家・歴史家。一七九五～一八八一年〕を読まないのも、言ってみれば、そういうわけなんだろう。と、バンクスは話をつづける。だって、粥《ポリッジ》が冷めたというぐらいで癇癪を起こすぼやき屋の爺さんなんかに、なぜ説教されなくちゃいけないんだ？　どうせ、今日びの若者たちはそう言っているだろうさ。もしあなたもわたしと同様、カーライルを世にも偉大な教育者のひとりと思っているなら、残念無念だが。そう言われたリリーは、恥ずかしながらカーライルなんて学校を出てから読んだことがありません、と答えた。でも、言わせていただければ、ラムジーさんって小指が痛むだけでこの世の終わりみたいに騒ぐけど、そういう面を考えると却《かえ》って好ましくなる、そんな人だと思うんですよね。どうも引っかかるのはそういう点じゃないんです。そういうことじゃなくて、あの方ってあまりに見えすいているじゃありませんか？　ちやほやしてくれ、褒めてくれと言わんばかりにあからさまでしょう。ごまかそうったって、だれもごまかされません。わたしが厭なのは、視野が狭いというか、ものが見えていないというか、そういうところなんです。リリーはラムジーを目で追いながら言った。
「いささか偽善的ってことかな?」バンクスもラムジーの背中を見送りながら言った。そんなことばが出たのも、彼との長年の付き合いのことや、意地でも花をくれなかったキャムのこと、一家の兄弟姉妹のことや、一方、安楽ではあるが妻の死後すっかりにぎわいの失《う》せたわが家のことを考えていたからではないか? もちろん、自分には仕事がある……それでも、ラムジーが「いささか偽善的」という意見には、リリーにも頷いてほしかった。

リリー・ブリスコウは画具を片付ける手を休めず、ちらりと目をあげては、また手元に視線をおとしていた。また目をあげて見ると、むこうからあの人——ラムジー氏——がこちらに向かってくる。体をゆらして歩くさまは、いかにも無頓着《むとんじゃく》で、ぼんやりと、心ここにあらずのようす。いささか偽善的? リリーはバンクスのことばを心で繰り返した。とんでもない、こんなに真摯《しんし》で、誠実で(ほら、もうそこまで来た)、優秀な人はいない。でも、と、目をおとしながらまた思う。頭はご自分のことでいっぱいだし、横暴なところがあるし、理不尽なことばかりする。リリーはわざと目を伏せたままでいた。ラムジー家の人たちといると、そうでもしないかぎり、平静ではいられないからだ。顔をあげて一家の人たちの姿が目に飛びこんできたとたん、周囲は

「恋状態」と呼ぶものに浸されてしまう。浮世離れしていながら心に染みいり胸躍らせるあの世界——つまりは、「恋する者の目」で見た世界の一部になってしまうのだ。さらに空は彼らにぴったり寄り添い、鳥たちの歌声にすら彼らの存在が感じられる。ジェイムズが近づいてきては遠ざかり、奥さんが窓辺に胸ときめくのは、ラムジー氏が近づいてきては遠ざかり、木々がしなる、そういう光景を見てこんな感覚をおぼえるとともに座り、雲が流れ、木々がしなる、そういう光景を見てこんな感覚をおぼえる時だった。人生とは無数の小さな出来事から成り、人はそれを一箇ずつ経験するものだけれど、そうした出来事が巻きこむ波のようになってひとつにまとまる感覚。波にふわりと持ちあげられ、浜辺に打ちつける波とともに投げだされるような……。

バンクスさんはこちらがなにか返すのを待っているようだ。あの奥さまも奥さまでドキッとするようなところがあること、いささか高飛車であるというようなことを言って、こんどは夫人のほうを腐そうとして見れば、バンクスがあんまりうっとりした顔をしているので、答えなど無用になってしまった。六十すぎという彼の年齢や、常日ごろの潔癖さや不動心、実験用の白衣を着て歩いているような真面目《まじめ》さを思えば、これは「うっとりした顔」と表していいだろう。ラムジー夫人に釘《くぎ》づけのその目からして、見つめるだけで恍惚《こうこつ》となってしまうのがわかる。そのまなざしは何十人という若い男の愛に匹敵しよう（あのラムジー夫人といえども、何十人という若者の恋心を一度にくすぐったことはないだろう)。それは純化し濾過《ろか》されたような愛。リリーはカンバスをずらすふりをしながら思った——相手を決して捕まえようとしない愛。それはむしろ、数学者が記号に与え、詩人が語句に捧《ささ》げる愛に似て、世界中に広がり、人類全体の益の一部となるべきもの。実際、そうだ。奥さんがなぜそんなにバンクスをうっとりさせるのか、そのわけを語りえたなら、世界中がこうした愛をぜひとも分かちあおうとしたろうに。奥さんが坊やにおとぎ話を読む姿を見れば、科学の問題を解いた時とまったく同じカタルシスを得て、それを想《おも》うだけで心が安らぎ、植物の消化器官についてゆるがぬ証明をしてのけた時みたいな気持ちになり、これで未開の地は整備され、混沌《こんとん》の力は鎮《しず》められたと感じるのは、いったいなぜなのか。

かくもうっとりした顔——ほかになんと表しようがあるだろう?——を見たとたん、リリー・ブリスコウは言おうとしていたことを、すっかり忘れてしまった。たいした話ではない。ラムジー夫人に関すること。そんなものは、この無言のまなざしとならんだら、色褪《いろあ》せてしまう。リリーはそのまなざしに強い感謝の念をおぼえた。だって、この至高の目の力ほど、この天与の力ほど、わたしの心を癒し、生きることへの戸惑いをやわらげ、重荷を嘘みたいにとりはらってくれるものはない。バンクスのまなざしがつづくかぎり、だれも邪魔だてはすまい。そんなのは、部屋いっぱいに射《さ》す陽射しをわざわざ遮るのとおなじ蛮行だ。

人が人をこんなふうに愛せること、バンクスさんがあの奥さんをこんなふうに想っているることは（物思いにふける彼をちらりと見て）ほんとに励まされるし、元気がわいてくる。リリーはことさら慎ましやかな物腰で、絵筆を一本一本ボロ切れで拭《ふ》いていった。全女性を覆《おお》いつくさんばかりのバンクスの敬意から身をひきたかった。自分まで讃《たた》えられているみたいで面映ゆい。この人には見つめさせておきましょう。その間に自分の絵でもこっそり見てみよう。

あやうく泣きだすところだった。なってない、なってない、全然なってない！　もちろん、もっと違うふうにも描けた。もっと淡く褪せた色合いに仕上げ、輪郭をもっと夢っぽくはかなげに描く、とか。ポーンスフォルトならそんな捉《とら》え方をしただろう。ところが、わたしにはそんなふうには見えないんだなあ。鉄の骨格のまわりで色が燃えているように見える。大聖堂のアーチの上で、蝶《ちょう》の羽が明るく耀いているように見える。しかしこの目にはそんな図が見えていても、カンバスに残ったのは、てきとうな殴り書きが幾つかのみ。とても人様には見せられないし、壁に掛けることすらできない。タンズリーが耳元で囁《ささや》いてくるようだ。「女には絵は描けない、文章も書けないよ……」

さっきラムジー夫人のことでなにを言おうとしたのか、思いだした。どんな言い方をするつもりだったかわからないが、とにかく批判的な内容だったはずだ。そう、いつかの晩、あの方が居丈高なことにほとほと参った、という話。奥さんを見つめるバンクスの視線を追いつつ、女は女をとてもこんなふうには崇められない、とリリーは思う。バンクスさんが自分たちのほうにまで広げてくれた日よけの下に、逃げこむのが関の山だ。彼の眼《まなこ》から出る恋の光線を見ながら、リリーはそこに自分なりの別な光線を重ね、奥さん(いま本の上に屈《かが》みこんでいる)ほどきれいな人って絶対にいないわ、と思った。世界一と言ってもいい。とはいえ、きっとご本人はあそこに見える完《かん》璧《ぺき》な姿形とは、実際は違う存在なのだろう。でも、どうして違うの?　どう違うの?　リリーは自問しながら、青や緑の絵の具をパレットからこそげ落とそうとした。そこにある色は、いまやなんの生気もない土塊《つちくれ》のように見えるが、きっと明日こそは、色に息吹を与えてやろう。色が自然に動きだして流れ、描き手の意に添うようにしてやろう。奥さんは見た目とはどう違うのだろう?　あの方の内なる精神とは、本質とは、どんなものなのだろう。ソファの隅で見つけた手袋が、その折れ曲がった指の形から、ぜったい奥さんのものだと断言できるような、あの方の本質とは?　敏捷《びんしょう》さにかけては鳥のようで、まっすぐなことにかけては飛ぶ矢のごとしだし、強情で、仕切り屋（もちろんわたしの頭にあるのは、奥さんの女に対する接し方にすぎず、わたしは奥さんよりずっと年下だし、ブロンプトン通りのはずれに暮らすしがない人間だけど、とリリーは但《ただ》し書きをつけた）。そして、寝室の窓は開けてまわる。ドアは閉めてまわる（そのさまを思いうかべながら、頭のなかでラムジー夫人の口癖を思いだそうとする）。夜遅く寝室にやってきて、そっとドアをたたく奥さんは、着古した毛皮のコートを羽織り（あの方の美の道具立てはいつもそうだった――まにあわせながらこれがよく似合う）、ふたりで部屋でお喋りをしながら、いろんな人の真似《まね》をしてみせる――チャールズ・タンズリーが傘を失《な》くしたところとか、カーマイケルさんが鼻をグズグズいわせて洟《はな》をすすっているところとか、バンクスさんが「野菜の塩味が足りない」と文句を言うところとか。あれもこれも奥さんは器用に真似る。ときにはちょっと意地悪にゆがめて。そのうち、さて、もう行かなくちゃという素振りで、窓辺に歩み寄り――まあ、もう夜が明けるわ、日の出が見える――こちらに向き直りかけたところで、いっそう親しげに、でもつねに笑い交じりに、こう言ってくるのだ。あなたも、ミンタも、女性はみんな結婚しなくてはね。あなたがどんな栄誉を受けようと（とはいえ、あの方はわたしの絵のことなど洟も引っかけていない）、どんなものを勝ちえようと（そういうご自分は数々のものを勝ちえてきたのだけど）、と言って悲しげに表情を曇らせ、また椅子《いす》に腰かけてつづける。これだけは異論の余地がありえないからよ。つまりね、女性は結婚しないと（と、リリーの手をいっとき優しくとって）、女性は結婚しないと、人生のいちばん良いところを逃してしまうということ。そんなことばが出たとたん、家の中に、すやすやと寝息をたてている子どもたちと、それに耳をすますラムジー夫人の存在、シェードごしに映る灯りと、規則正しい寝息が満ちるかに思えた。

ええ、ですが、と、リリーは答えたものだ。わたしには父もおりますし、家もあります。それから、あえて言わせていただければ、絵も。しかしラムジー夫人を前にしては、こんな言いぐさはどれもあまりにちっぽけで、あまりに幼く思えた。夜が白み、朝の陽がカーテンのすきまから射し、ときおり庭で鳥が啼《な》くころには、リリーはやけっぱちの勇気をかき集めて、奥さまのおっしゃる「世の習い」は、わたしにだけは当てはまらないのです、と言い張る。もう泣きつかんばかりに。わたしは独りでいるのが好きなんです。自分らしくありたいんです。結婚にはむいていないんです。すると、格別の深みをたたえた夫人の双眸《そうぼう》が由々しげな視線を投げてくるのに出会い、わたしの可愛《かわい》いリリー、このおてんば《ブリスク》さんは、お莫迦《ばか》さんね、という夫人の単純明快な決めつけ（もはや子ども同然の単純さ）に直面することになった。その後は、そう、あの方の膝につっぷし、もう、げらげらげらげらげら、ほとんどヒステリックに笑いつづけたのだ。だって、あの方ときたら、人の宿命なんてからきし理解できないくせに、相も変わらず澄ましかえって取り仕切ろうとするんだから。ところが、こちらがいくら笑おうと、奥さんはなんの衒《てら》いもなく、真面目そのもの。ここでリリーはハッと気がついた――これこそ、「手袋の曲がった指」にあたるものじゃないの。それにしても、人間というのはなんという心の聖域にまで入りこむものだろうか？　ようやく膝から顔をあげると、なにがそんなに可笑《おか》しいのかさっぱりわからないという顔のあの方がいて、相変わらずあたりを束ねるふうではあるが、さっきまでの強情さは跡形もなく消え、代わりに、ようやく雲の切れ間にのぞいた空――月の隣で眠る小さな夜空のように澄みきったなにかが、そこに現れていた。

これが智恵《ちえ》というもの？　見識というもの？　それとも、美貌の魔術ということだろうか？　みんなその美しさにあてられて、真実に辿《たど》りつかないうちに、まばゆい黄金色の網にからめとられてしまうのは。それとも、この人は心のうちになにか秘訣《ひけつ》をかくしているのではないかしら？　きっと世の人々はそういう秘訣をもって、世界を先へ先へと進ませているんだわ。リリー・ブリスコウはそんなことを思った。みんながみんな、わたしみたいにその日暮らしであたふたしているわけがないもの。けど、もしそういう秘訣を知っていても、他人に伝授できるものだろうか？　リリーは床に座りこみ、ラムジー夫人の膝を両腕で抱きしめ、なるべくぴったり体を寄せながら、きっと奥さんはどうしてこんなに強く抱きつかれるのか、わけがわからないでしょうと思うと、笑みがこぼれ、いまこうして体を触れあっている女性の頭と心の小部屋に、聖なる碑文の刻まれた銘板が、王の墓に眠る財宝みたいに横たわっているさまを想像した。碑文を一字ずつ読んでいけば、あらゆることを学べるだろうに、この銘板は表立って差しだされることも公《おおやけ》にされることもない。その秘密の小部屋にもぐりこむには、愛や手練手管として知られるどんな秘術が必要なんだろう？　水が二方から水差しに流れこんでひとつになるように、あこがれの相手と分かちがたいほど同化しひとつになるためには、どんな手だてがあるのだろう？　それは肉体のなせる技か、それとも脳の入り組んだ回路と精妙に交わる頭脳のなせる技か？　それとも、心のなせる技？　世に言う「愛すること」によって、わたしと奥さんはひとつになれるのだろうか？　だって、わたしが求めているのは、相手を知ることではなく、たしかな結びつきなのだから。求めるのは、銘板に書かれた碑文でもないし、人の知るどんな言語で記しうるものでもなく、親密さそのものなのだ。それこそが、見識というものではないだろうか。夫人の膝に頭をもたせながら、リリーはそんなことを思っていたのだった。

ところが、そうして夫人の膝に頭をもたせていても、なにも起こりはしなかった。なにも！ なにひとつ！ それでも、リリーは夫人の心に見識と智恵が蓄えられていることがわかる。だったら、と、ふたたび自問する。こうして封印された人の心のあれこれを知るには、一体どうすればいいの？ 蜂《はち》のようになるしかないのだろうか？ あたりに漂っていながら触ることも味わうこともできない酸《す》いと甘いとに引き寄せられて、ドーム形の巣にまつわりつき、またひとり渺々《びょうびょう》とした空をさまよい飛んで、世界の邦々《くにぐに》をめぐり、またもや仲間の羽音とざわめきに満ちたあちこちの巣にまつわりつく。この巣こそが他人というものだ。そう思ったとき、夫人が立ちあがった。リリーも立ちあがった。ラムジー夫人は部屋を出て、帰っていった。だれかの夢を見た後は、その人にいわく言いがたい変化が感じられるものだが、それと似て、しばらくは夫人のまわりに、彼女が口にするどんなことばより鮮明に蜜蜂《みつばち》の羽音が響いていたし、客間の窓辺で枝編みの椅子に座った夫人は、まるで厳《いか》めしいドームの形をしているようにリリーの目には映るのだった。

このリリーの視線と重なるように、バンクスもまた、膝の上のジェイムズに本を読んでやるラムジー夫人にまっすぐなまなざしを向けていた。しかしまだリリーが見つめているうちに、ひと足早く目をそらしていたらしい。いつのまにか眼鏡をかけ、一歩さがって、手をかざしている。そうして澄んだ碧《あお》い目をわずかに細めたところで、リリーは彼の見ているものに気づき、ふりあげた手にぶたれると思った犬みたいに、身をすくめた。イーゼルから絵を引ったくろうかと思ったが、「ここがこらえどき」と自分に言い聞かせた。人に絵を見られるという恐ろしい試練に耐えるべく、ぐっと気をひきしめた。こらえて。こらえて。いずれだれかに見せることになるとすれば、バンクスさんなら他の人よりまだ安心だ。とはいえ、わが絵画という三十三年間の人生の残滓《ざんし》、日々の生活の沈殿物には、生まれてこのかた人に話したことも見せたこともない秘密が混じっているのに、それが他人の目にさらされるのは、やはりのたうつような苦しみだった。それでいて、めくるめくような体験でもあった。

これ以上に冷静で落ち着き払った態度があろうか。バンクスはペンナイフをとりだすと、骨製の持ち手でカンバスをコンコンとたたいた。ここに紫色の三角形を描いて、なにを表現しようとしたんだね？　バンクスはそう尋ねてきた。「ほら、ここだ」ジェイムズに本を読んでいる奥さまです、とリリーは答えた。ええ、ご異論はわかっています――それが人間の姿だなんてだれにもわからない、と言うのでしょう。でも、わたしは姿形を似せようとはしていないんです。だったら、なぜわざわざふたりの姿を絵に入れるんだい？　バンクスはまた尋ねた。ほんとにどうしてでしょうね？――ただ、そっちが、その隅が明るいなら、ここには、この隅には、なにか暗さが必要だと感じたんです。ほう、見たとおりの、シンプルで、わかりやすくて、平凡な絵だな。バンクスは興味をそそられた。母と子は普遍の崇敬の対象であるし、今回描かれる母は美貌で知られる人だが、そういう理論ならこんな紫の影にしてしまっても、とバンクスは考えこんだ。失礼にあたるとも限らんのだな。

でも、じつはあのおふたりを描いた絵ではないんです。リリーはこんどはそう言いだした。少なくとも、バンクスさんの考え方でいけば違うでしょう。母と子を敬うにもいろいろ考え方があると思うんです。たとえば、ここに影を描き、そちらに光を描くことで表現するとか。絵画は一種の敬意たれというのであれば――ええ、わたしはなんとなくそう考えているのですが――わたしの敬意はそんな形をとったということです。絵の中で母と子が影になっても失礼にあたるとは限らない。ここに光があれば、そちらには影が必要になる。そういう考えもあるのかとバンクスは思い、また興味をひかれた。科学的に見ても充分に納得できる説だ。じつのところ、わたしはまるで逆の思いこみをしていたよ。そうバンクスは言った。ところで、うちの客間でいちばん大きな絵は、画家たちも褒めてくれてね、思ったより高値をつけてくれたんだが、ケネット河〔イングランド南西部、ウィルトシア州を流れる河〕のほとりに立つ満開の桜の木を描いたものなんだ。ケネット河畔というのは、ぼくが新婚旅行で滞在したところだが、とバンクスはさらに語った。あなたもぜひ一度うちに来て、あの絵を見てほしいな。それにしても、と言って、バンクスは振り向きざまに眼鏡をあげ、カンバスの絵の科学的検証にかかった。問題はマッスとマッスの関係、つまり光と影の係わりなんだが、正直いって、そんなことは考えたこともなかったから、ちょっと説明してもらえないかな――要はこれでなにを表現しようとしているの？　と言って、目の前の風景画を指さした。リリーは絵を見てみた。これでなにを表現しようとしているかなんて、説明できない。手から絵筆が離れたとたん、自分にもわからなくなってしまうのだから。リリーはいま一度絵を描く姿勢をとると、目をぼんやりさせ、心を虚《うつ》ろにしながら、ひとりの女性に抱いた印象のすべてをもっと一般的な像にもどし、いま一度あの人の影《ヴィジョン》を幻視しようとした。いっときはあんなにはっきり見えていたのに、いまでは生け垣や家や母と子たちのイメージが入り交じるなかを手探りで捕まえるしかなかったが、じきにあのヴィジョンの力で、絵の中に再び入りこんでいった。ええ、思いだしました。リリーは言った。この右側のマッスと左側のマッスをどう繫《つな》げるか、それが問題だったんです。枝のラインをこう持ってきて、左右を繫いだらうまくいくかもしれません。それとも、前景になにか（ジェイムズの姿でも）描きこんで空白をうめるか。でも、危険なのは、そうすることで全体のまとまりが崩れかねないことなんです。そう言ったところで、口をつぐんだ。バンクスさんに退屈されたくない。リリーはイーゼルからカンバスをそっとおろした。

とはいえ、絵はすでに人目にふれた。わたしの手からとりあげられた。この男《ひと》はわたしとなにか切に親密なるものを分かちあったのだ。ラムジー氏にそのことで感謝し、ラムジー夫人にはこういう時間と場をつくってくれたことでも感謝し、世界にはいままで思ってもみなかった力があるんだ、その力があれば、もう人はその長い回廊をただ独り行くこともなく、だれかと手をたずさえて歩んでいけるんだ、という気持ちに包まれて――それは世にも不思議な心ときめく感覚だった――リリーは絵の具箱の留め金をやけにしっかりとかけた。カチッという音がすると、絵の具箱も、芝生も、バンクスさんも、ちょうど傍らを走りすぎていったおてんば娘のキャムも、ひとつの環《わ》の中へ永久に封じこめられたように思えた。

10

キャムはイーゼルをかすめるようにして駆けすぎた。立ち止まってバンクスとリリー・ブリスコウに挨拶《あいさつ》する気なんて、これっぽっちもない。もっとも、バンクスは自分にも娘がいたらと思わないでもなかったし、いまも彼女に手を差しのべていた。お父さんがいたって立ち止まるもんかという勢いで、キャムは父の横もひゅんっと駆けすぎていった。母が「キャム！ ちょっといらっしゃい！」と呼んでもおかまいなしで走りすぎる。キャムは鳥のように、鉄砲玉のように、矢のように飛んでいくけれど、どんな欲求に駆られ、だれによって射られ、なにに向かっていくのやら、さっぱりわからない。あの子ったらなんなの？ その後ろ姿を見送りながら、ラムジー夫人は考えこんだ。なにかまぼろし《ヴイジヨン》でも見たのかしら？ 貝殻だか、手押し車だか、生け垣のむこうに現れたおとぎの国だかのまぼろし？ それとも、スピードを出して得意がっているだけだろうか。ほんとに、不思議な子だわ。とはいえ、「キャム！」と二度めに呼ぶと、鉄砲玉はふっ飛んでいく途中で落下し、道々葉っぱをちぎりながら、のろのろと母のもとに戻ってきた。

この子はなにを夢見ているんでしょう？ ラムジー夫人は、そこに立つ娘がなにやら自分だけの考えにひたっていると見て、首をひねる。言いつけも二度繰り返すことになった――「アンドルーとミス・ドイルとレイリーさんはもうお戻りになった？

って、ミルドレッドに訊《き》いてくること」ことばは井戸の中を落ちていくかのようで、水にはものをひどくねじ曲げる力もあるから、もし井戸水が澄んでいれば、ことばが下へ落ちていく途中で早くもねじれにねじれてしまうのが見えたろう。子どもの心という井戸底につくころには、どんな形を描いているか知れたものではない。キャムから料理人にどんな言づてが行くことだろう。ラムジー夫人は気をもんだ。事実、辛抱づよく待ったのち、あのね、お台所に知らないおばあさんがいて、ほっぺを真っ赤にしてお鍋《なべ》からスープを飲んでたの、などという話を拝聴したすえ、ようやく夫人は娘のオウム的本能を刺激して、むこうからの言づてを聞きだした。この子も料理人のことばを正確に暗記し――こちらが辛抱づよく待ちさえすれば――一本調子で繰り返すことぐらいはできるのだ。右足左足と体重を移しかえながら、キャムはミルドレッドのことばを復唱した。「いーえ、まだおもどりではありません。おちゃをかたづけるようエレンにいいつけときました」

ということは、ミンタ・ドイルとポール・レイリーはふたりともまだもどっていないのだ。これが意味するところはひとつしかないわ。ラムジー夫人はそう思った。ミンタ・ドイルがレイリーを受けいれたか、拒絶したか、ふたつにひとつでしょう。しかもふたりして昼食のあと散歩に出たっきりで、もちろんアンドルーが一緒とはいえ、これはどちらを意味するでしょうね？　とりもなおさず、あの娘が正しい決断をしたということよ。夫人はそう結論した（ミンタのことが大のお気に入りなのだ）。あの好男子の求婚を受けた。レイリーは頭脳のほうはいまひとつかもしれないけど――ジェイムズが袖を引いて「漁師と女房」のお話の先をせがんでいるのに気づきつつ、さらに考えをめぐらせる――自分だったら、学位論文を書くようなインテリ、たとえばチャールズ・タンズリーなんかより、ちょっとぬけた男性のほうが断然いいわね。いずれにせよ、いまごろ事態はもうどちらかに転んでいるはず。

それはそれとして、お話の続きを読んでやった。「翌朝、女房が先に起きると、ちょうど夜が明けたところでした。女房は目の前に、美しい野山がひろがっているのを見ました。亭主はまだ大の字で寝ています……」

けど、ミンタだって断ろうにも断りにくいでしょうよ。これまで再三、ふたりきりで夕方まで野山を歩きまわってきたんだし。アンドルーはどうせ、蟹《かに》を追いかけていなくなってしまうでしょうから――あら、でも今日はナンシーも一緒だったかしら。昼食後に、玄関口まで出た彼女たちの姿を思いだそうとしてみた。あの子たち、玄関口で空を見あげながら、空模様を気にしていたっけ。そこで、若いふたりが照れ臭い思いをしないための気配り半分、けしかけて出かけさせようという魂胆半分で（つまり夫人はポールに肩入れしていたということ）こう言ったのだった。「見わたすかぎり、雲ひとつないお天気ね」と言うと、後ろからついてきていた小男のチャールズ・タンズリーが、忍び笑いするのがわかった。けど、こちらはわざと言ってやったのだ。あの場に居合わせた人をひとりずつ思いだそうとしてみても、ナンシーがいたかどうか定かではない。

夫人は本の先を読んだ。「『なあ、かあちゃん』と、漁師は言いました。『なんでおいらたちが王様にならなくちゃなんねぇんだ？　おいら、なりたかねぇ』『ああ、そうかい』女房は答えました。『あんたがなりたくないなら、あたしがなるよ。あたしが王様になるから、ヒラメのとこへ行ってきとくれ』」

「おうちに入るか外へ行くか、どちらかになさい、キャム」夫人は言った。娘は「ヒラメ」という語に釣られているにすぎないと心得ている。いまにもジェイムズにちょっかいを出して喧嘩《けんか》をはじめるだろう。母にそう言われると、キャムはまた飛びだしていった。夫人はほっとして本の続きを読みだした。ジェイムズとは好みがあうので、一緒にいてもくつろげる。

「そうして漁師が海に行くと、海水は黒ずんだ灰色で、底のほうから沸きたち、腐った臭《にお》いをさせていました。漁師は渚《なぎさ》に立ってこう言いました。

海におわすヒラメよ、ヒラメ、
どうかお出ましください、おいらのもとへ。
女房の心善きイルザビル、
亭主の言うことききはせぬ。

『ほう、では女房の望みはなんだ?』ヒラメは言いました」それにしても、いまあのふたりはどこにいるんだろう? ラムジー夫人は朗読と考え事をいともかんたんに同時にこなしていた。というのも、「漁師と女房」の物語はそっと伴奏をつけるコントラバスの音のようであり、不意に高まって旋律を奏《かな》でるのはときおりのことだった。さて、ふたりが報告をしてきてくれるのはいつだろう? もしなんの進展もなかったようなら、ミンタにきつく言ってやらなくては。だって、なにもないのに、その辺をほっつき歩いていていいはずがない。仮にナンシーが一緒だったとしても(ここでまた、小径を歩いていく一行の後ろ姿を思い浮かべて数をかぞえようとしたが、途中でわからなくなった)。自分には、ミンタのご両親の「梟《アウル》と火かき棒《ポーカー》」から娘さんをお預かりした責任があるのだ。このあだ名は、本を読んでやっているうちにぱっとひらめいたものだった。梟さんと火かき棒さん。そう、お宅のお嬢さん、ラムジーさんのところにお泊まりの間に、あんなこと、こんなこと、なさってましたよ、なんてあのご夫婦の耳に入ったら、さぞ不愉快になるでしょう。しかも、まず耳に入ることになるんだわ。「下院議員のかつらをつけたご主人と、階段のたもとでりっぱに内助の功を発揮する奥さまといったご夫婦ね」夫人はあるパーティから帰ったさい、夫を笑わせようとして言った台詞《せりふ》を反芻《はんすう》し、ミンタの両親の姿を思い浮かべた。まあ、それにしても、と夫人はつぶやいた。どうしてまた、あのふたりからあんな不釣り合いな娘が生まれたんでしょう。穴のあいた靴下をはいているような、ミンタみたいな男まさりの娘が？　彼女もあんな勿体《もったい》つけた雰囲気の家で、どうやって暮らしていたのやら？　オウムのちらかした砂を、女中が始終ちりとりで掃除しているような家で、会話といったらほとんどあのオウムの手柄話のことばかり。おもしろいことはおもしろいけど、さすがに話題が狭いわ。当然ながらあの家に行くより、ミンタを昼食やお茶や夕食に招くようになり、とうとうフィンリーの家にも泊めたけれど、それがもとで、あの梟母さんとちょっとぶつかるはめになったのだった。そして、また何度もむこうのお招きがあり、お喋《しゃべ》りがあり、オウムが砂をちらかし、しまいには夫人もオウムについて一生ぶんの嘘《うそ》やおべんちゃらを言いつくしてしまった（と、あの晩、あちらのパーティから帰ってくるなり夫に言ったものだった）。そんなことがあったとはいえ、ミンタはこの別荘にやってきた……ええ、おいでになりましたとも。ラムジー夫人はそう思ってから、このもつれた思考のなかに、われながら刺《とげ》が含まれている気がし、その刺を抜いてみて、ああ、こういうわけだったかと得心した。前に一度、ある女性から「わたしの娘の愛情を横取りした」となじられたことがある。ドイル夫人の口にしたことが、そのときの非難をまたぞろ思いださせたのだ。あなたはなんでも仕切りたがる、おせっかいだ、人を自分の思いどおりにさせたがる――それがお咎《とが》めの内容だったが、あんなに理不尽な言いがかりはないと思う。「そう見える」と言われても、どうしようがあるだろう？　わざとそう見せているわけではないのだし、責められたって困るのだ。つねづねわが身のみすぼらしさを恥じているぐらいで、仕切り屋でもないし、いばりちらしてもいない。病院や下水道や酪農場なんかの話になれば、まあ、そんな態度をとることもあるでしょうけど。そういう問題にはまさに熱が入るし、機会があれば、みんなの首根っこをつかんで見せてやりたい。この島には一軒の病院もないという現実を。恥ずべきことだわ。それから、ロンドンの家庭に配達される、泥で真っ茶色になった牛乳。法律で取り締まるべきね。ぜひ、この島に模範的な酪農場と病院を――このふたつは、できれば自分で手がけたいぐらいだわ。でも、どうやって？　八人の子どもを抱えて？　あの子たちがもう少し大きくなったら、時間だってもてるだろう。全員、学校にあがるころになれば。

ああ、でも、ジェイムズには一日ぶんたりとも大きくなってほしくない。それから、キャムも。このふたりはいつまでも、いまのままで手元においておきたい。いたずらっ子の小鬼のまま、歓《よろこ》びをもたらす天使のままでいてほしい。大きくなって足長の怪物になった姿なんて見たくないわ。あのあどけなさが喪《うしな》われたら、なにをもっても替えがたい。夫人はたったいまも、ジェイムズに「すると、そこには太鼓とラッパを携えた大勢の兵隊がいたのです」と読み聞かせ、息子が目を翳《かげ》らすのを見ると、この子たちはどうしていつか大きくなり、こういう無《む》垢《く》な心をすっかり失くしてしまうのかしら？　と考えていた。ジェイムズは才能の豊かさと繊細さにかけては、兄弟姉妹で一番。けど、どの子もそれぞれに前途洋々よ。夫人はそうも思った。プルーは本当に人に優しいし、最近ではときどき、とくに夜目には、息を呑《の》む美しさを見せる。アンドルーはといえば、数学の才がずば抜けていることは、手厳しいうちの人でさえ認めるところ。それからナンシーとロジャー、どっちもいまのところは手に負えない暴れん坊で、一日中、野原をはねまわっている。ローズはちょっと口が大きすぎるけど、手先の器用さにかけては抜群ね。みんなでシャレード〔語りや身ぶり、芝居によってことばをあてる遊び〕を演じるとなったら、その衣装を縫ったり、こまごました小物まで作ってしまう。テーブルのセッティングをしたり花を生けたりするのが一番好きなのもあの子。ジャスパーが鳥打ちをするのを嫌がっているけれど、たんにそういう時期なんでしょう。だれしもひとつずつ段階を踏んで大きくなるものだから。ほんとに、この子たち、どうしてこんなに速く成長してしまうのかしら？　夫人はジェイムズの頭に下顎《したあご》を押しつけながら思う。どうしてみんな学校に遣《や》らなくてはならないのかしら？　いつも生まれたばかりの赤ちゃんがいればいいのに。赤ちゃんを抱く時ほどの幸せはない。この腕に赤ちゃんがいれば、仕切り屋だの、いばり屋だの、横暴だの、世間が言いたいなら言わせておけば、という大らかな気持ちになった。そこで夫人はジェイムズの髪に口づけ、この子には、いまほど幸せな時期はもう訪れないでしょうね、と思ったが、それ以上は考えないようにした。こういうことを言うと、夫がひどく怒るから。とはいえ、事実は事実でしょう。子どもたちは将来どうなろうと、いまがいちばん幸せにきまっている。十ペンスのティーセットがあれば、キャムは何日だってご機嫌でいられる。朝、子どもたちが目覚めたとたんに階上から聞こえてくるのは、ドタバタと駆けまわり、まさにはしゃぎまわる音。そして廊下を突進してくる。じきにドアが撥《は》ねあけられ、まさにバラのように瑞々《みずみず》しく、目をらんらんと輝かせて見つめる子たちが飛びこんでくる。

まるで、朝食のあと食堂にやってくることが——それは毎日の習慣だったが——一大行事ででもあるかのように。そんなこんなが日がな一日、次から次へとつづいて、ようやく夜になると子どもたちに「おやすみ」を言い、彼らが昼間、庭で聞きかじったり耳に挟んだりしたつまらないことをめぐって、まだでまかせにお話を語りながらも、まるで鳥たちが桜桃《さくらんぼ》や木苺《きいちご》の茂みの巣にもぐりこむように、ベッドに収まったのを見届ける。いまのあの子たちはみな、ささやかな子どもの宝物をあまさず手にしているんだわ……そう思いながら階下へ降りていき、うちの人に話しかける。なぜあの子たちは大きくなって、こういうものをすっかり失ってしまうのかしらねえ？　あの子たちには、いまほど幸せな時期はもう訪れないでしょう。そう言うと、あの人は怒ってしまった。おまえはどうしてそんな暗い人生観をもつんだ？と言って。不思議なものだわ。だって、うちの人、あんなに陰気で捨て鉢なところがあるのに、おおむね妻よりよほど満ち足りているし、希望をもって生きているんだから、おかしな話。けれど、事実だった。俗世間の悩みにさらされていないからかもしれない——ま、そんなところでしょう。あの人にはいつだって心の支えになる仕事があるのだ。いいえ、べつに、「悲観的」になっているんじゃない。あの人はそんなふうに言うけれど。ただ、わたしは人生というものを真面目に考えているだけ——目の前で繰り広げられてきた五十年というささやかな人生の時間を。さあ、ここに自分の人生がある。人生とは――と考えだしたものの、考えをまとめはしなかった。人生をちらりと見やっただけだ。なぜなら、目の前に見えるそれがどんなものかはっきりわかっていたから。生々しいもの。個人的なもの。それは子どもたちとも夫とも分かちあうことがない。人生と自分の間には、ある種の取引きが交わされている。そこで、両者は相反する側にいて、こちらが人生を組み敷こうとすれば、人生はこちらを組み敷こうとする。ときには（独りでいる時などに）ふたりで和平会談をおこない、思い返せば、感動の和解場面もなんどかあった。でもじつを言うと、変な話、この人生なるものは、おおかた恐ろしくて、意地悪で、隙《すき》を見せたらすぐに襲いかかってくるものに思えた。人生には、永遠の難問がいろいろとある。厄災、死、貧しい人々。このあたりにも、癌《がん》で死にかかっている女がつねにいる。それでも、子どもたちには、「しっかりやっていくように」と言ってあった。それだけは、八人全員に容赦なく叩《たた》きこんである（じっさい温室の修理代は五十ポンドにはなるだろうし）。子どもたちの行く末になにが待ち受けているか――愛があり志があり、それでも独りさみしく不遇をかこつこともあると――知っているからこそ、しばしばあんな気持ちを抱くのだ。どうしてこの子たちは大きくなって、子ども時代を失くしてしまうのかしら？　そんなときは人生を剣で斬《き》りつけるように、「莫迦おっしゃい」と独りごつ。みんな文句なく幸せになるに違いないわ。しかしまた、ミンタとポール・レイリーの縁談をまとめようとしていると、やっぱり人生に嫌な予感を抱いたりもするのだった。なぜって、人生との取引きについてなんらか思うところはあるし、ある種の人間にしか経験できない経験（それをいちいち挙げはしないけれど）をしてきているのでピンとくるのだ。ちょっとせっかちになりすぎたかもしれない。人はみな結婚して子どもをもたなくてはだめよ、などと、お尻《しり》に火がついたみたいに言ってまわるなんて、自分もそこになにか逃げ道を求めているのだろうか。

ちょっとしくじったかしらね。夫人はそう自問しつつ、この一、二週間のわが行動を振り返り、まだ二十四歳のミンタに早く結論を出すようプレッシャーをかけてしまったかと思って、不安になった。わたしったら、あのことを笑いとばしたんじゃなかった？　自分の影響力の強さをまたもや忘れていたんじゃなくて？　結婚には、そりゃ、あらゆる資質が必要だけれど（温室の修理代なんて五十ポンドはするのだし）、あるひとつのものだけは――あえて言わないけれど――欠かせない。わたしがうちの人と分かちあっているもの。ふたりの間にはあれがあるかしら？

「すると、漁師はズボンをはいて、死にものぐるいで逃げだしました」夫人は本の先を読む。「ところが、おもてにはすさまじい嵐《あらし》が吹き荒れ、風がうなりをあげていたので、立っているのもままなりません。家や木が倒れ、山々はゆらぎ、岩は海にころがり落ち、空は真っ暗になって、雷鳴がとどろき稲妻がはしり、海からは教会の塔や山ほども高い黒い波がおしよせて、白い波頭がせまってきます」

ページをめくると、あとほんの数行だったので、もう「おやすみ」の時間をすぎてはいたが、お話を読み切ってしまうことにした。夕方も遅い時間になってきた。庭に射す陽がそれを告げている。白んでいく花の色と、木の葉のつくる薄暗い影がいっしょになって、不安な気持ちをよびおこす。不安の元がなんなのか、すぐにはわからなかった。ああ、そうだ。ポールとミンタとアンドルーがまだ帰っていないのだった。夫人はふたたび、玄関前のテラスで空を見あげている数人を瞼裏《まなうら》に思い浮かべた。アンドルーは魚取りの網と籠《かご》を持っていたわ。ということは、蟹やらなんやらを捕まえにいく気でいたのよ。となると、よじ登って岩場へ出ていくでしょう。でもって、一行から離れて置いていかれる。あるいは、崖《がけ》っぷちの細い道のひとつを一列になって降りてくる途中で、ひとりが足を滑らせるかもしれない。そうしてころがり落ち、どこかに体をぶつけるかもしれない。もうだいぶ暗くなってきた。

しかし、お話の最後のくだりでも声の調子はみじんも揺るがせず、すこし早めに本を閉じながらジェイムズの目をのぞきこんで、「漁師とその女房は、いまもってそこに暮らしているのです」と、最後の一行はいまここで考えだしたかのように語りかけた。

「お、し、ま、い」そう言うと、ジェイムズの目には、物語への関心が薄れていくのと入れ替わるように、べつなものが浮かびだした。不思議な、おぼろげな、光の反射にも似たもので、息子はそれに瞠目《どうもく》しているようだ。見返って、入り江のむこうに目をやると、なるほど、波間に規則正しくあらわれるものがある。まず先にふた条《すじ》、すばやく水面を撫《な》でたかと思うと、つぎにひと条、長くじっくりと撫で動く。灯台の光だった。明かりが点《とも》ったのだ。

ジェイムズはさっそく訊くだろう。「ぼくたち、灯台に行ける?」と。そうしたら、「いいえ、あしたは行けないわ。お父さんがダメと言ったでしょ」と答えるはめになるだろう。ところが、そこへミルドレッドが上機嫌で食事に呼びにきたので、せわしさのうちに気がそれた。とはいえ、ジェイムズは部屋から連れだされていく間も、しきりと肩ごしに後ろを振り返り、「あした、灯台へは行けないのかあ」と残念がっているのが手にとるようにわかった。このことは一生忘れないんじゃないかしら。夫人はそう思った。

11

ええ、忘れるものですか。ラムジー夫人はジェイムズの切り抜いた冷蔵庫、芝刈り機、夜会服を着た紳士の挿絵をひとつにしながら、また思った。子どもというのは、決して忘れない。だからこそ、人の言うことなすことにはいちいち気をつけなくてはいけないし、子どもたちが寝つくとようやく人心地つけるのだ。子どもが寝た後ばかりは、だれの心配をする必要もない。本来の自分でいられる。独りになれる。いまの自分に必要なのは、それなんだと思う――考えること。いえ、考えるとまでは言わない。せめて黙って静かにすごしたい。独りでいたい。ふだん人といっしょにいると、ついあれこれに手を出し、うわべを飾りたて、とかくお喋りが多くなるものだけど、独りになったらそういうあり方や行動はいっさい消えて、人はおごそかな気持ちにうたれて小さくなり、自分自身にもどる。自分というのは、くさび形をした闇《やみ》の芯《しん》みたいな、他人には見えないものだ。夫人は編み物をつづけ、あいかわらず背筋をぴんと伸ばしていた。こういう姿勢のほうがくつろげるのだった。この、いろいろな付属物を捨て去った後の自分というのは、摩訶《まか》不思議な冒険も自由自在だ。日常生活というものがいっとき目の前から消えると、経験の可能性までが無限に広がる気がする。力がいくらでも湧《わ》いてくるこの感覚は、だれしも日々覚えるものでしょう。人形《ひとがた》をした幻を見て周囲はそれを当人と思うだろうけど、そんなものは子ども騙《だま》しにすぎないんだと感じているのは、この自分だけではなく、きっとリリーもオーガスタス・カーマイケルさんもそう思っているに違いない。幻影をひと皮むけば、そこは真っ暗な闇がどこまでも広がる、底知れぬ深淵《しんえん》。とはいえ、人はときどきその淵《ふち》の面《おもて》に浮かびあがり、周りはその時にちらっと見えたものをもとに、これはこういう人だと判断する。でも、夫人には地平線が果てしなくつづいている気がした。いまだ見ぬ土地がいくらでもある。インドの大平原。ローマの教会。そこで、厚い革のカーテンをあける自分も想像できる。この闇の芯は人には見えないのだから、どこへでも行けるのよ。だれにも止められない。夫人はそう思ってちょっと得意になる。ここには自由があり、安らぎがあり、そして最も歓迎すべきは、力をひとつにして安定という台地に憩《いこ》うことができること。日常の姿でいるかぎり、安らぎが見いだせないのは経験上わかっているけど（ここで編み針をどこやらに器用にくぐらせて）、くさび形の闇の芯になればそれができる。人格をなくすことで、人は苛立《いらだ》ちも焦《あせ》りも動揺もなくしてしまえる。なにもかもがこの平穏、この安らぎ、この永遠のなかでひとつになると、人生に対し

あの三つめの条、あの三つめの条、こんな気分

て勝ち鬨《かどき》をあげそうになる。夫人はここでちょっと間をおいて、窓の外に目をやり、灯台の光の条をとらえた。長く、しっかりと海面を照らしていく光。あの三つめの条、あれがわたしだわ。などと思うのも自然なことだろう。こんな夕まぐれにこんな気分で灯台の光を見つめていると往々にして、目に入ったなにかにことさら自分を重ねてしまうものだ。というわけで、あの光、長く、しっかりと撫でていくあの条が、わたし。編み物を手にしたまま、身じろぎもせずなにかを見つめ、じっと見つめているうちに、見ているものと同化してしまう。ふと気がつくと、そんなことがしばしばあった。たとえば、あの灯台の明かりのように。光の動きにつられるかのように、心に眠っていたこんな短いフレーズが引きだされてくる。「コドモタチハ、ワスレナイ　コドモタチハ、ワスレナイ」それを繰り返し、またそこに「モウ、オシマイ　モウ、オシマイ」と付け足すのだった。「モウジキ、クル　モウジキ、クル」そして突然こう付け足した。「ワレワレハ、主ノ御手《みて》ニアリ」

しかし言ったとたん、言った自分に苛立った。いまのはだれが言ったの？　わたしじゃない。なんだかまんまと引っかかって、心にもないことを言わされた気分だった。編み物から顔をあげ、三番めの光を見やると、まるで自分の目と目があったような気がした。そして自分ならではの方法でその目に自分の頭と心を探られ、さっきの嘘も

どんな嘘も、自分という存在の中からとりさって浄化してもらえるような気がした。あの光を讃えれば、自身も讃えることになる。そこにはなんのうぬぼれもない。だって、夫人はあの灯台の光のように仮借なく、光のように透徹し、光のように美しいのだから。それにしても、おかしいわね。と、夫人は思う。人は独りになると、こんなにも物に——木とか川とか花とかいった動かざるものに頼ろうとする。物が自分を表しているように感じ、あまつさえ同化した気がし、あれは自分のことを知ってくれている、ある意味、自分自身に他ならないんだと思ったりする。そうしてわけもわからず優しい気持ちを覚えたりするんだわ（ここで、長くしっかりと照らす光を見やりながら）、そう、自分自身に感じるような。すると、そのときなにかが湧きあがり、夫人は針を止めたまま、じっと目を凝らしつづけた。心の奥底から渦を巻いて立ちのぼり、人という存在の湖水から浮かびあがってくるのは、おぼろな靄《もや》だった。まるで、花嫁が愛する人を迎えでるかのように。

なにがあんなことを言わせたのだろう？　「我々は主の御手にあり」だなんて。夫人はいぶかしむ。真実のなかにまぎれこむ不実に動揺し、腹が立ってくる。夫人は編み物を再開した。こんな世界を主がお造りになったわけがないでしょう？　この世には理性も、秩序も、正義もなく、苦しみと、死と、貧者があるのみという現実を、夫人はつねによく把握していた。世の中はどんなに卑《いや》しい裏切りもためらうことなく遂行する。永らえる幸せなどありはしない。そうわたしにはわかっている。夫人は姿勢を寸分もくずさず、心もち口をすぼめながら、おごそかな気分になったときのつねで、いたく落ち着き払った硬い表情を――そうと気づかずに――していたので、横を通りかかった夫も――ちょうど、とんでもなく太った哲学者のヒュームが沼にはまりこんで動けなくなった、という話を思いだして、くすくす笑っていたのだが――妻の美しさの奥部にある厳めしさに、通りしな気づかずにはいなかった。それを見てとった彼は意気消沈し、妻のよそよそしさに傷つき、自分にはこの女を護《まも》ってやる力がないんだと通りがかりに思い、垣根のあたりに着くころには、すっかり悲しくなっていた。自分には妻《さい》を救ってやる術《すべ》がなにもない。傍らで見守っているしかないのだ。それどころか忌々《いまいま》しいことに、あいつはこの夫のせいでますます苦労しているのが現実。確かにわたしはすぐカッとなる――怒りっぽい。灯台行きのことでも癇癪《かんしゃく》を起こしてしまった。そう思いつつ、ラムジーは生け垣の奥を、そのからみあう枝葉を、その暗闇をのぞきこんだ。

まったく、いつもこうなんだわ。ラムジー夫人は思う。日常の些細《ささい》なものごとや、なにかの物音、ちょっとした光景などにふれたとたん、人は独りきりの世界から渋々と引き返すことになるのだ。耳を澄ましても、まだあたりはしんとしていた。クリケットはもうゲーム終了となり、子どもたちはお風呂《ふろ》に入っている。聞こえるのは潮騒《しおさい》だけだ。夫人はふと編む手を止め、長い赤茶色の靴下を両手でちょっと吊《つる》してみた。また、灯台の明かりが目に入る。問いかけに皮肉な思いを交えつつ――なにしろ、いったん物思いから覚めると、こうして関係が変わってしまうのだから――じっくりと照らすその光を見ると、それはいまや冷淡で無慈悲なものになり変わっていた。わたしによく似たり、ちっとも似なくなったりするその光は、わたしを意のままにあつかう（夜中に目を覚ますと、灯台の光が部屋を撫でてベッドを横切っていくのを見ることもあった）けれど、魅入られてうっとりとそれを見つめるうちに、頭の中の閉ざされた器を光の銀の指で撫でられたような気がし、やがて器の封がはじけ飛んで歓喜に満たされながら、自分は幸福を知りえたのだと思う。ごく繊細で、烈《はげ》しいまでの幸福。陽がいよいよ薄れていくなか、光の指は荒波をすこし明るい銀に染め、海から碧《あお》の色が消えてゆくと、寄せくる波はきれいな檸檬色《レモンいろ》にきらめき、曲線を描いて盛りあがっては浜辺に砕け、すると、夫人の双眸はいきおい恍惚《こうこつ》の色にあふれ、交じりけのない喜びの波が打ち寄せてその心の底に広がり、そうしてこう感じるのだった。わたしは充《み》たされている！　満ち足りている！

ラムジーは振り返って、妻の姿を目にした。ああ！　なんてきれいなんだ、いつにもましてきれいだ。そう彼は思う。でも、話しかけてはいかん。妻《さい》の邪魔をしてはいけない。ジェイムズがいなくなり、妻がやっと独りきりになったのを見ると、無性に話しかけたくなる。でも、いかん、ここは我慢だ。あいつの邪魔はしないぞ。妻はいま、夫から遠く離れて、美しくも、悲しみにひたっていた。なら、ひたらせておいてやろう。ラムジーは、声もかけずに夫人の前を通りすぎようとするが、妻がこんなにもよそよそしい貌《かお》をし、自分の手の届かない世界にいて、その彼女に自分はなにもしてやれないことを思うと、ひそかに傷ついた。そうして、おそらく声もかけず通りすぎていただろう。もしその瞬間に、夫が自分からは求めないものを、妻が進んで与えなければ。しかし妻は夫に呼びかけ、絵の額縁にかかった緑のショールをとりあげ、夫のもとへ行ったのだった。なぜなら、きっとこの人はわたしを護りたがっている、とわかっていたから。

12

夫人は緑色のショールを肩に巻きつけると、夫の腕をとった。ところで、あの人、たいした美男ね、と、庭師のケネディの話をすぐさま切りだした。あんまりハンサムだから、なかなか馘首《くび》にできなくって。温室に梯子《はしご》がたてかけられ、その脇《わき》にパテの小さな塊が用意されているのは、そろそろ屋根の修繕作業が始まるからだった。そうだったわ。夫とならんで歩きながら話していると、先の不安の元がなんなのかわかった気がした。連れだって歩くうちに、「例の修理代は五十ポンドですって」と思わず口に出かかったが、お金のことを言いだすのは気が引け、結局、ジャスパーの鳥打ちの話をした。すると、夫は即座に妻をなぐさめようとし、男の子なら当然だよ、そのうちもっとおもしろい遊びを見つけだすさ、などとすかさず答えた。やっぱりうちの人は分別があるわ。言うことが真っ当よ。そう思った夫人は、「そうね、子どもはみんな段階を経て大きくなるんですから」と返した後は、大きな花壇に植えたダリアのことをあれこれ言い、来年の花はどうなるのでしょうね、などと話しかけ、ところで、チャールズ・タンズリーに子どもたちがどんなあだ名をつけたかご存じですか、と訊いた。「無神論者」ですよ、「チビの無神論者」なんて呼んでいるんです。「なにしろ、あいつは洒落《しゃれ》っ気がないからなあ」ラムジーは答えた。「まったく、それにはほど遠いですね」と、夫人も頷《うなず》いた。

あの人には、自分の好きにさせておけばいいんですよ。夫人はそう言いながら、球根なんてこちらに送ったところでなんになるのかしら、と思っていた。あの庭師はちゃんと植えてくれているの？　「まあ、あいつも、学位論文を抱える身だからな」ラムジーは言った。ええ、そのことはよく存じてますよ、夫人はすぐに答えた。だって、口をひらけば論文の話ばかりですもの。ナントカにおけるナントカさんの影響について、でしょう。「いまのところ、あれがあいつの生き甲斐《がい》なんだよ」ラムジーは言った。「どうか、あの人がプルーなんかを好きになりませんように」夫人は言った。娘がもしあんな男と結婚したら勘当だ、とラムジー。妻が気をもむ花には目もくれず、そこから一フィートぐらい上のあたりを眺めている。ただ、あれは害のない男だし……ラムジーはそう付け足してから、ともかくもイングランドであの若者ぐらいだよ、わたしの著作を絶賛してくれるのは——と言いかけて、ことばを飲みこんだ。いや、また自分の本の話などして、妻を悩ませてはいかん。ほう、この花壇の花はなかなか手入れがいいじゃないか。ラムジーは下に目をおとし、なにやら赤いものと茶色のものに目をとめた。ええ、ただし、これはわたしが自分で植えたんですけどね。と夫人は答えた。問題は、ロンドンからこっちに球根を送ったら、ケネディはちゃんと植えているのか？ということですよ。あの怠け癖は救いがたいですね。夫人はそう言い足して、歩きだした。わたしが手鋤《てすき》でも片手に一日中監視していれば、ときたまひと働きしますけど、それだけです。そんなことを話しあいながら、ふたりは赤いトリトマの茂みに近づいていった。「おいおい、おまえのそういう大げさな物言いを娘たちまで真似《まね》するじゃないか」ラムジーは妻を咎めた。あら、カミーラ叔母さまなんてこんなものじゃありませんよ。夫人は言い返した。「ま、わたしの知るかぎり、徳行のお手本にカミーラ叔母さんをあげた者はおらんな」「わたしの知るかぎり、いちばん美しい女性でしたけどね」夫人はまた返した。「いちばんは、別のだれかさんだろう」ラムジーは言う。プルーなら、そのだれかさんも目じゃない美人になりますよ。夫人はそう言い切った。どこにそんな見込みがあるのかわからんな。ラムジーが言う。「ええ、だったら、今夜、見てらっしゃい」夫人は断言した。ふたりはしばし黙りこんだ。ところで、アンドルーだが、もっと勉強する気になってくれんものかな。でないと、奨学生になるチャンスをすっかりふいにしてしまう。「あら、奨学金ですか!」ラムジーは妻を莫迦《ばか》なやつだと思う。奨学金のような重大問題に対してそんな軽々しい口をきくとは。アンドルーが奨学生になれたら、どんなにか自慢だろうな。ラムジーは言った。なれなくたって、わたしはあの子が大いに自慢ですよ。夫人はそう答えた。この点で、夫婦の意見はつねに分かれるが、大した問題ではない。妻は夫に、奨学制度を信奉していてほしかったし、夫は妻に、アンドルーがどうあろうと自慢に思ってほしかった。そこで夫人は急に、あの崖っぷちの細道のことを思いだした。もうだいぶ遅いんじゃありません？　夫人は問いかけた。あの子たち、まだ帰っていないんですよ。ラムジーは無造作に懐中時計の蓋《ふた》を開けた。けど、まだ七時ちょっとすぎだぞ。ラムジーはしばし時計を開けたままにし、さっきテラスで感じたことを妻に言おうと腹を決めた。いいかね、そんなにやきもきするのが、まずどうかしている。アンドルーはもう自分で自分の世話はできる年だ。それから言っておきたいのは、ついさっきテラスを散歩していたときのことだが——と、ここまで言って、ばつがわるくなり黙ってしまった。妻のあの孤高の世界に、超然と隔たった世界に、押し入っていくような気がして……しかし、妻は先をうながした。言っておきたいのは、さあ、なんなのですか。そう訊きながら、灯台行きのことかしら、あのとき「黙ってろ」と怒鳴ったことを謝ろうというのかしら、と思っていた。ところが、そうではなかった。おまえのあんな悲しげな顔は見たくないんだ。そう夫は言った。つまらない考え事をしていただけですわ。妻はちょっと顔を赤らめて言い返した。たがいに進むも退《さ》がるにも決めかねたような気まずい空気が、ふたりの間に流れた。そうそう、ジェイムズにおとぎ話を読んでやっていたんですよ。妻はそう言って話をそらした。やはり、夫婦とはいえあの時の心持ちをわかりあうことはできない。おたがい口には出せないだろう。

トリトマの株と株の間に差しかかると、また灯台の姿が見えたが、夫人はそちらに目をやるまいとした。さっきテラスからうちの人に見られているのを知っていたら、あたら物思いにふけるなんて真似はしなかったのに、と悔やむ。ぼんやり考え事をする姿を見られたのは我慢ならず、それを思いださせる物には目を向けたくなかった。そんなわけで、肩ごしに振り返って町のほうを見た。町の灯りは、風に吹かれても飛ばない銀の水滴のように、小さく波打ちながら数珠《じゅず》つなぎにつづいていた。あれはきっと、あらゆる貧困や苦しみが姿を変えたものなんだわ。ラムジー夫人はそんなことを思った。あの街の、港の、船の灯りは、水に沈んだなにかを標《しる》す幻の網のよう。いいだろう、妻《さい》が胸の内を明かしてくれないというなら、失礼してわたしも自分の考え事にふけるとするか。ラムジーは胸のうちで独りごちた。考え事をつづけ、ヒュームが沼にはまった話をひとり思い返して、笑ったりしたかった。それはそうと、アンドルーの心配をするなど莫迦げている。自分がアンドルーの年頃には、ポケットにビスケット一枚入れたきりで、一日中でも野山を歩きまわったものだが、とやかく構いつけてきたり、崖から落ちる心配などする者はいなかった。あした天気がもつようなら、一日散策に出かけてこようかと思うんだ。ラムジーは言った。バンクスやカーマイケルの相手は、いいかげんもうたくさんだよ。ここいらで少し独りになりたい。どうぞ、行ってらっしゃい。夫人は答える。反対してくれないので、ラムジーはムッとする。どうせ口だけで実行しやしないとお見通しか。たしかに、ポケットにビスケット一枚入れて一日中歩きまわるには、もう年が年だ。妻が心配するのは息子たちであって、夫ではないということだな。これでも昔は、結婚する前はなあ、と、ラムジーはトリトマの茂みの間から入り江を見晴らしながら思った。一日中歩きまわったものだ。パブでパンとチーズだけの食事をして。ひと息に十時間ぐらい書き物をつづけることもあった。下宿の婆《ばあ》さんがときどき火の具合を見るのに顔を出すぐらいで、静かなものだった。やはり、あのあたりの土地がいちばん好きだ。連なりながら暗闇へと消えていくあの砂丘。一日中歩きまわっても、ひとっこ一人出会わない。何マイル行こうと、人家もほとんどなく、村ひとつ姿をあらわさない。独りきりで物事を考えぬくことができるのだ。天地開闢《かいびゃく》以来、だれも足を踏みいれたことがないような小さい砂浜があちこちにある。浜にアザラシが座って、こちらを見てきたりする。すると、ときどきこんな気になるものだ。あんな砂丘のあたりに小さな家でも建てて独り暮らしをしたら——そこでラムジーはため息をつき、物思いを打ち切った。どこにそんな権利がある。八人の子をもつ父親だぞ——そう自分に言い聞かせた。いまの暮らしのなにか一つとて変えようとするなら、人でなしもいいところだ。アンドルーはこのわたしより立派な人間になるだろう。プルーは、母親によれば、美人になるそうだし。あの子たちなら、世の荒波を少しは乗り越えていけるだろう。おおむね上出来だよ——あの八人の子たちは。わたしだって、この哀れな小宇宙を呪《のろ》うばかりじゃないってことの証《あか》しだ。なにせこんな夕暮れには、と、ラムジーはつくづく思う。闇に消えてゆく野を眺めていると、この小島が気の毒なぐらい小さく、海に飲みこまれそうに思えてくる。

「哀れな小さき島よ」ラムジーはため息まじりに呟《つぶや》いた。

その声は夫人の耳にも入った。やたら気の滅入《めい》ることを言うくせに、言ったそばから、決まっていつになく朗らかになることにも、妻は気づいていた。こういう名台詞をはいたりするのは、所詮《しょせん》ゲームだということ。だって、自分ならあれの半分も口にしたところで自殺しているぐらい陰鬱《いんうつ》な内容なのだから。

いつもの名台詞にうんざりし、夫人はごく事務的な口調で、申し分なく気持ちのよいゆうべですねと述べた。なのに、あなたはなにをぶつぶつ言ってらっしゃるの。と、なかば笑いながら、なかば拗《す》ね気味に尋ねる。じつは夫の考えていることがわかる気がしたからだ——結婚などしなければ、もっといい本を書けたはずなのに。そう思っているのでしょう。

いや、べつに不満を言ってるんじゃないさ。ラムジーは言った。そんなことはわかっているだろう。不満の材料などなにもないことも。そう言ってラムジーは妻の手をとると、自分の唇にもっていき、強く口づけ、その烈しさに妻は目に涙を浮かべ、それを見た夫はそそくさと手を放した。

ふたりは入り江の眺めに背を向け、槍形《やりがた》をした銀緑の草花の茂る小径《こみち》を、腕を組んで歩きだした。この人の腕ったらまるで若者みたい、と夫人は思う。細くて締まっていて。六十を超えたいまも、わが夫はこんなに壮健であり、反骨心をもち、楽天的で、また、おかしなことに、あらゆる虞《おそ》れをこれほど意識しながら、それで鬱々とするどころか、むしろ意気盛んになっている。そう思うと、妻はうれしくなるのだった。思えば妙なものじゃないの？　この人はほかの人間とは造りが違って、日常のものごとに関しては「見えない、聞こえない、話せない」なのに、変なところで鷲《わし》のような眼力を発揮するよう生まれついているのだろうか。ときどきそんな気がしてくる。夫の理解力には仰天することもしばしばだった。でも、庭の花に気づいているかしら？　いいえ。海の眺めを目にとめている？　いいえ。ひょっとすると、実の娘の美しさにも気づかず、目の前の皿にプディングがあるかローストビーフがあるか、それすらわからないのでは？　家族とともに食事の席につくこの人は、夢を見ているかのよう。そのうえ、独り言をいったり、詩を諳《そら》んじたりする癖が、近ごろますますひどくなっている気がする。ときにはこちらが恥ずかしくなるぐらいで――

こよなく麗《うるわ》しく輝ける君よ、さあ出かけん！〔P・B・シェリー「ジェーンへ――いざない」より〕

なんてギディングズさんにがなりたてたときには、かわいそうにあのお嬢さん肝をつぶしていた。でも、とラムジー夫人は思うのだった。ギディングズ嬢のような世のお莫迦さんたちが相手なら、すかさず主人の側につくけれど――と、ここで夫の腕をとる手にちょっと力を入れて、もう少しゆっくり丘を登ってくれないとついていけないわ、あの土手のモグラ塚が新しいものかどうか見ておきたいし、という気持ちを伝え、次には屈《かが》みこんで塚をのぞきながら――夫人はこう思うのだった。やはりこの人みたいな優れた頭脳の持ち主は、きっとなににつけてもわたしたち凡人とは違うんだわ。わたしが知っている偉才はみんな――あらまあ、入りこんできたのはウサギのようね――こんな風だもの。若い子たちにしてみれば、うちの人の顔を拝んで話を聞くだけでもありがたいんでしょう（教室の雰囲気は息苦しく陰気で、自分には耐えられそうにないけれど)。それにしても、ウサギを撃たずに退治するにはどうしたものかしら？　夫人は思案する。ウサギだか、モグラだか知らないけど、いずれにせよ、小さな動物がわたしの待宵草をめちゃくちゃにしかけている。そう思いながら見あげれば、まばらな木立の梢《こずえ》高く、脈打つばかりにまばゆい星が宵一番の光を放ちだしていた。この人にもあれを見せたい。こんなに感動的な夕景色ですもの。と思ったものの、なにも言わずにおいた。世のものごとに目を向けるような人ではない。もし見たとしても、例のごとくため息まじりに、「哀れな小さき世界よ」などと言うのがおちだろう。

と、そのとき、夫が「きれいなもんだな」と話しかけてきて、いかにも花に見とれるような顔をした。とはいえ、本気で見とれているわけではないし、花が目の前にあることすら気づいていないのは、重々承知している。ただわたしを喜ばせようとしているだけ……あら、でも、あれはリリー・ブリスコウじゃないの？　ウィリアム・バンクスと並んでむこうに歩いていくのは。夫人は近眼の目をこらして、遠のいていくふたりの背中を見つめた。そうだわ、間違いない。ということは、あのふたり、結婚する気になったんじゃなくて？　そうよ、そうに違いない！　まあ、なんておめでたいこと！　そうこなくっちゃ！

13

アムステルダムに行ったことがあってね。と、話をしながらバンクスはリリー・ブリスコウと並んで芝生を歩いていった。レンブラントの絵を見てきた。あと、マドリッドにも行ったことがある。ところが、折あしく聖金曜日〔復活祭前の金曜日。キリストの受難を思い起こす典礼や祈りが行われる〕だったもんで、プラド美術館は閉まっていたんだ。あとはローマにも行った。ブリスコウさんは行ったことがないの？　そうか、ぜひ行くといい、すばらしい経験になるから。システィーナ礼拝堂、ミケランジェロの絵画、それからパドヴァの街。あそこにはジョット〔イタリアの画家・彫刻家・建築家〕の作品がある。うちはかみさんが長年体をこわしていたから、観光といってもたいしたことはできなかったけれど。

リリーはブリュッセルには行ったことがあった。それからパリにも。といっても、病気の叔母を見舞うための滞在で、着いたと思ったらもう発《た》っていて。あとはドレスデン。まだ見たことのない絵画がいくらでもあった。でも……と、リリー・ブリスコウは考えなおす。絵なんて見ないほうがいいかもしれませんね。自分の作品に飽き足らず、絶望するだけです。いやはや、こういう考え方も過ぎると問題だな。バンクスはそう感じてこんなことを言った。人間はだれもがティツィアーノやダーウィンになれるわけじゃない。だが、それと同時に、われわれのような凡人がいなかったら、ダーウィンやティツィアーノのような天才が存在し得ただろうか、という疑問もある。リリーは、ここでバンクスさんにお世辞のひとつも言えたらと思う。あなたは凡人なんかじゃありません、バンクスさん。そう言えたらどんなによかったろう。だけど、彼はお世辞を聞きたがるような人ではない（男性はたいがい聞きたがるものだけど）。リリーは自分の衝動がちょっと恥ずかしくなり、バンクスが「でも、ぼくの言うことは、絵の世界には当てはまらないかもしれないな」などと話すのを黙って聞いていた。ともあれ、と、リリーはちょっぴり媚《こ》びる気持ちを払いのけて言った。わたし、絵はずっと描いていくつもりです。だっておもしろいんです。そうとも、とバンクスは頷いた。あなたはずっと描いていくさ。そうして芝生の端まで歩いていき、ロンドンでは絵の題材には困らないの、と彼が訊《き》いたところで、ふたりがふと振りむくと、むこうにラムジー夫妻の姿が見えた。ああ、これが結婚というものなんだ。リリーはふいに思う。ボール投げをする娘をうち眺める男と女。これがいつかの晩、奥さんがわたしに伝えようとしたことなんだ。そうリリーは考えた。夫人は緑色のショールを羽織り、ふたりは寄り添いあいながら、プルーとジャスパーがキャッチボールをするのを見守っている。たとえば、地下鉄《チューブ》を降りた瞬間や玄関のベルを鳴らす夫婦の姿に、人はなんの脈絡もなく、結婚というものの意味を悟り、とたんにそのふたりは象徴的な存在、夫婦の表象になるのではないか。いまも、夕まぐれに佇《たたず》みボール遊びを眺めるふたりは、だしぬけにそういう意味あいをおびて、結婚のシンボル、夫と妻の象徴のように見えてきたのだった。しかし一瞬ののちには、実像をこえた象徴的な輪郭はふたたび消え、リリーたちと顔をあわすころには、子どものキャッチボールを見守るいつものラムジー夫妻にもどっていた。しかし、それでも——たしかにラムジー夫人はいつもの笑顔で迎えてくれ（ああ、奥さんたら、わたしたちが結婚すると思っているんだ、とリリーは思った）、「今夜はわたくしの勝ちね」などと愛想よく言った。それはつまり、バンクスが今晩ばかりは夕食をともにする約束をし、自前の料理人が正しく野菜を調理する宿舎に飛んで帰ったりしないという意味なのだ。みなそろって天高く投げられたボールを目で追ううちに、それを見失い、空にひとつ輝く一番星と緑ゆたかに繁《しげ》る木の枝を目にすると——ほんのひととき、なにか世界がばらばらに飛び散ってしまったような、茫漠《ぼうばく》とした、心もとない感じがあたりに漂った。薄れゆく入り陽のなかに立つ彼らはみな、くっきりと際《きわ》だち、空気《エーテル》のように軽く、たがいに遠く遠く隔たっているように見えた。と、その茫洋《ぼうよう》たる空間を抜けて、プルーがはしこく後じさってきて（物の硬さも重さもすっかり消え失《う》せたかのように）、おとなたちのほうへ倒れこまんばかりにして、頭上高く鮮やかに左手でボールをキャッチし、そこへ母が「あの人たちはまだ帰ってないの？」と訊くと、たちまちにしてその魔法はとけた。ラムジーは気がねなくヒュームのことを大声で笑ってやりたくなり——沼にはまったあの哲人は、今後はちゃんと主の祈りを唱えるという条件でお婆さんに助け出してもらったのだ——、ひとりでクスクス笑いながら書斎へと歩み去っていった。ラムジー夫人は、キャッチボールにかこつけて家族生活から逃げていたプルーをその輪のなかに引きもどすつもりで、こう尋ねた。

「ところで、ナンシーも一緒だったかしら？」

14

〈たしかに、ナンシーも一緒に出かけていた。昼食後、彼女が家族生活の恐怖から逃れるため、屋根裏の自分の部屋へすかさず引きあげようとすると、ミンタ・ドイルが手を差しのべ、いつもの密《ひそ》かな目顔で頼んできたからだ。じゃあ行くしかないな、とナンシーは思った。行きたくはないけれど。なんだか知らないごたごたに巻きこまれるのはいや。なにしろ、崖までの道をみんなで歩いていくあいだ、ミンタときたらナンシーの手をずっと握っていた。ときどき手を放す。かと思うと、また握る。この人、一体どうしたいの？ ナンシーは胸のうちで考える。もちろん、人には望むことがなにかあるはずよ。ミンタが手をとって握ってくると、眼下に広がる世界を見たくもないのに見せられている気になる。霧にかすむコンスタンチノープル〔現イスタンブル〕の街を目したようなもので、いくら眠くても、「あれが聖ソフィア寺院なの？」とか、「あれが金角湾？」とか訊かずにはいられなくなる。だからミンタが手をとってくると、ナンシーは「この人、なにが望みなの？ やっぱりあれかな？」と自問することになる。けど、「あれ」ってなんだろう？ （足下に広がる世界を見おろしてみると）一面の霧のあちこちから、尖塔《せんとう》や、ドーム形の大聖堂や、そびえ立つ名もなき建物が頭を突き出しているかのようだった。ところが、ミンタが手を放したとたん――今日も丘の斜面をみんなで駆けおりる途中でそうしたが――、ドームも尖塔も高くそびえるどんな建物も、もろとも霧のなかへ沈みこみ、消え去ってしまうのだった。

　ミンタはなかなかの歩き手だな、アンドルーはそう思っていた。服装もおおかたの女性より実用的だ。ごく短いスカートに、黒のニッカーボッカーズ。小川なんかにも平気で飛びこんで、ザブザブ歩いてわたる。彼女の無鉄砲さは好きだけれど、あのままじゃ、まずいだろうとも思う。そのうち、なんだか莫迦をやらかして命を落とすんじゃないか。まったく怖い物知らずと見える。ただ、牡牛《おうし》だけは別のようだ。牡牛にかぎっては、野原にいるのを見ただけでお手上げで、悲鳴をあげながら逃げだす。当然ながら、そんな態度がむしろ牡牛を怒らせるのに。とはいえ、ミンタ本人も、牡牛に弱いのは潔《いさぎよ》く認めている。あれでは認めざるを得ないだろう。そうなの、あたしって牡牛にはすごい臆病《おくびょう》なのよ。ミンタは言う。きっと赤ん坊のころ、乳母車に乗っているところを牛に揺すられたんだと思うの、と。気ままにものを言い、気ままにふるまう人らしい。いまも、いきなり崖っぷちに陣取ったかと思うと、妙な歌をうたいだした。

　おまえの目はとんでもない、とんでもないぞおまえの目〔古くに流行ったバラッド「サム・ホール」のリフレイン〕

みんなも一緒に合唱するはめになって、そろって大声でうたった。

　おまえの目はとんでもない、とんでもないぞおまえの目でも、このまま潮が差してきて、ぼくらが浜につく前に、潮干狩りに恰好《かっこう》の場が海にかくれてしまったら、元も子もないよ。

「たしかに元も子もないな」ポールがアンドルーに同意してさっと立ちあがると、みんなは砂の斜面をずるずると降りだし、下《くだ》っていくあいだ、ポールはガイドブックをずっと読みあげていた。「当諸島の、庭園のように風光明媚《めいび》な名所や、珍しい海洋生物の種類の豊富さは、つとに聞こえるとおり……」とはいえ、これじゃちっとも盛りあがらないな。こんなふうに大声で騒いだり、「とんでもない」なんて言ってみたところでさ。アンドルーは足場を探して斜面を降りながら、そう思っていた。ほら、こうして背中をたたかれたり、「相棒」なんて呼ばれたりなんだりしても、さっぱり盛りあがらない。女連れの散歩のなにが一番嫌って、こういうところなんだ。一行は浜に降りるとすぐ、ばらばらに行動することになったので、アンドルーは「法王の鼻」と呼ぶ岩まで足をのばし、そこで靴を脱ぎ、靴下もまるめて中につっこみ、あのカップルには自分たちで適当にやってもらうことにした。ナンシーも浅瀬をわたってお気に入りの岩場に行き、いつもの潮だまりを漁《あさ》り、やはりあのカップルには自分たちで適当にやってもらうことにした。しゃがみこんで、岩の側面にゼリーの塊みたいにくっついている、ゴムのようにつるつるしたイソギンチャクに触れてみる。想像のなかで潮だまりを海に変え、小魚をサメやクジラに変身させ、日射《ひざ》しを手でさえぎってこの小さな世界を巨大な暗雲でおおい、神さまになったつもりで、無数の無知で罪のない生き物に、闇と荒廃をもたらしたり、ぱっと手をどかして陽を射しこませたりした。海を出れば、縦横に縞目《しまめ》のはしる白浜があったし、房飾りのような鰭《ひれ》をもち、籠手《こて》をはめたような手をもつ、奇々怪々な海獣が悠然とうろついていて（と、彼女は潮だまりから想像をさらに広げていった）、岩がちな山腹にあいた大きな裂け目へとしのびこんでいく。と、こんどは潮だまりから心もち目をあげ、海と空ゆらめくあの境界線に、水平線上で蒸気船の煙にゆらめく木々に、視線をさだめていると、荒々しく打ち寄せてはきまって退《ひ》いていく波の力のせいだろうか、魅入られたようにぼんやりとし、あの海の涯《は》てしなさと、その汀《みぎわ》に咲くこの潮だまりの小ささ（それはもとの大きさにもどっていた）、そのふたつを感じるうち、あまりの感覚の強烈さに、なんだか手足を縛られて動けなくなる気がし、自分の体が、自分の生命《いのち》が、それどころか生きとし生ける人々の生命がみんな、こんりんざい無に帰してしまうような感じにとらわれるのだった。そうしてナンシーは潮だまりに屈んで波音に聴きいりながら、じっと想像にふけっていた。

そこへ、潮が満ちてきたぞ、と叫ぶアンドルーの声がしたので、水をバチャバチャはねかしながら浅瀬をわたって岸にあがり、浜辺を駈《か》け、はやる気持ちに駆られて、すばやく岩の後ろに隠れようとすると、うわっ、なんてことなの！　抱きあっているじゃないの、ポールとミンタが！　キスなんかしていたのかも。ナンシーは頭に血がのぼり、無性に腹がたった。彼女とアンドルーは靴下と靴をはくあいだも、その件にはひと言もふれず、黙りこくっていた。じつのところ、ふたりはいささか険悪なムードだった。エビかなにか見つけたなら呼んでくれてもよかったろ、とアンドルーがぼやいた。とはいえ、ふたりとも、これぱかりは自分たちのせいじゃないと感じていた。自分たちとしては、こんなおぞましい厄介事は起きてほしくなかった。それでもやはり、アンドルーはうちのナンシーも女になるなんて、と苛立ち、ナンシーはうちのアンドルーも男になるなんて、と苛立ちつつ、ふたりとも靴をばかにきちっとはいて、靴紐《くつひも》の蝶結《ちょうむす》びをきつすぎるぐらいきつく結んだ。

またみんなで斜面を登り、崖の上までもどってきたころになって、ミンタが祖母のブローチをなくしたと騒ぎだした——お祖母《ばあ》ちゃんのブローチよ、あたしが持ってるたったひとつのアクセサリー——シダレヤナギの形をしていて（みんなも憶《おぼ》えているはずだけど）真珠がはめこまれている。みんなも見たはずでしょ、と、ミンタは涙をぽろぽろこぼしながら語った。お祖母ちゃんが亡《な》くなるその日まで、キャップ帽を留めるのに使っていたブローチなのよ。それをなくしてしまうなんて。なにをなくしたって、あれだけはだめ！　あたし、浜にもどって探してくる。というわけで、みんなそろって引き返したのだった。あちこちつつきまわし、のぞきこんで、探し歩いた。屈みこんだ姿勢のまま動きまわり、ときどき短くつっけんどんにものを言いあった。ポール・レイリーはふたりで座っていた岩のあたりを、気も狂わんばかりに探しまくった。ブローチ探してこんな大騒ぎしたって仕方ないのに。アンドルーはそう思っていた。ポールときたら「この地点からあの地点までを徹底的に捜索」してくれと言うではないか。みるみる潮が差してきている。ふたりが座っていた場所も、じきに水をかぶってしまうだろう。ブローチが見つかる可能性なんて万にひとつもないのに。「海の中に取り残されちゃう！」急に怖くなったのか、ミンタが金切り声をあげた。おいおい、そんな危険があるかよ！　牡牛の時とまったくおなじだな――感情の抑えがきかなくなってるんだ。アンドルーは思った。女ってみんなそうだ。ポールもかわいそうに、ミンタをなだめるはめになって。男性ふたりは（アンドルーとポールは急に男らしくなり、いつもとうって変わった態度で）手短に話しあい、ポールのステッキをふたりが座っていた場所にさしておき、引き潮の時間にもどってこようということになった。いまは、他にどうしようもない。もしブローチがこの場にあるなら、きっとあしたの朝にもあるよ、とふたりはミンタを説得したが、ミンタは泣きやまず、崖の上にもどってもめそめそしていた。だってお祖母ちゃんの形見のブローチなのよ。なにをなくしたって、あれだけはだめ、と。とはいえ、ナンシーは感じていた。たしかにブローチも心配なんだろうけど、この人が泣いているのはそれだけが原因じゃない。泣いているのには、なにかべつな理由があるはずよ。いっそみんなで座りこんで泣いちゃいたい。ナンシーはそう思った。けど、なにが理由で泣くのか、自分でもわからない。

ポールとミンタはふたりで先頭を行き、ひたすらポールがミンタをなぐさめ、自分がいかに探し物の名人として知られているかを力説した。子どものころには、金時計を見つけたこともある。あした夜明けとともに起きて、きっと見つけるから任せとけ。まだ薄暗いだろうし、浜辺でひとりとなると、けっこう危ない目にあうんじゃないか、という気もした。でも、間違いなく見つけると請けあってしまい、すると、夜明けとともに起きるだなんて冗談じゃないわ、とミンタは言った。あれはもうきっと出てこない。わかってるの。お昼のあと着けようとしたとき、嫌な予感がしたんだもの。そう聞くとポールは内心密かに、じゃ彼女にはないしょで、夜明けのみんなまだ寝ているあいだにそっと家を出て、もし見つけられなかったら、エディンバラの町へ行って、別のブローチを、よく似ているけどもっときれいなやつを買ってあげよう、と決心した。ぼくだってやる時はやるんだってところを見せてやる。やがて、一行が丘の上に出て、眼下に広がる町の灯りを目にすると、突然、ひとつまたひとつと点りだした灯りが、ポールにはこれから自分の人生に起きることのように思えてくるのだった――結婚、子どもたち、わが家。そしてこんどは、背の高い茂みが陰をつくる本道に出ると、また思う。ミンタとふたりきりの世界にこもるさまを。どこまでもふたりで歩き、つねに自分が妻をリードして、妻は（いまと同じように）横にぴったり寄り添ってくるさまを。十字路で曲がったとき、ポールは自分が冷や汗ものの体験をしてきたことを思い、このことをだれかに、言うまでもなくラムジー夫人に、話したくてたまらなくなった。なにせ、自分が今日しでかしたことを思うと、息も止まりそうになる。あれは断然、わが人生最悪の時だった。ミンタに結婚を申しこんだ瞬間は。いの一番にラムジー夫人に知らせにいこう。求婚に仕向けたのは、なぜかあの人のような気がするのだ。あなたはなんだってできると、あの奥さんは思わせてくれた。だれもまともに相手にしなかったぼくなのに。でも、奥さんは、あなたはやろうと思えばなんだってできると自信をもたせてくれた。今日は一日中、どこへ行っても奥さんの目が追ってくるようで（ひと言も声はかけてこないものの）、こう言われている気がしていた。

「そうですとも、あなたならできる。わたしはあなたの力を信じるわ。さあ、期待してるわよ」ぼくをその気にさせたのはあの人なんだから、あのうちにもどったら（と、ポールは入り江のむこうにラムジー家の灯りを探す）とるものもとりあえず、奥さんのところへ行って報告するんだ。「ぼくはやりましたよ、ミセス・ラムジー。奥さんのおかげです」って。いつもの小径を曲がるとその先に家が見え、階上の窓の奥で灯りがちらちらと動いていた。このようすじゃ、もうかなり遅い時間なんだろう。みんな、夕食のしたくにかかっているらしい。家は全体に灯りが点《とも》り、とっぷりと暮れたなかで目にする灯りはやけにまぶしくて、ポールは車道《くるまみち》を歩いていきながら、「あかりだよ、あかり、あかり」と子どもみたいに無邪気につぶやき、家に入っていく段になっても、まだぼうっとして「あかりだよ、あかり、あかり」と繰り返しながらも、いきおい緊張した面持ちであたりをうかがった。でも、いいか、と、ポールはネクタイに手をやりながら思う。今日ばかりは笑いものにされてはなるまい〉

15

「ええ」と、プルーは彼女らしくよく考えながら母の質問に答えた。「たしかにナンシーも一緒だったと思うわ」

16

なるほど、ナンシーも一緒だったのね。ラムジー夫人はそう思いつつ、ブラシを置いて櫛《くし》をとりあげ、ドアのノックの音に答えて「お入りなさい」と言いながら（するとジャスパーとローズが入ってきた）、ナンシーが同行したとなると、不慮の事故の起きる危険性は高くなるかしら低くなるかしら、と考えた。確たる根拠はなにもないが、なぜかしら低くなるような気がした。結局のところ、これだけの数の人間が巻きこまれるような惨事など滅多に起きるものではない、と直感したにすぎないのだが。四人そろって溺《おぼ》れるなんてありえない。夫人はまたもや、宿敵の「人生」と独りで対決する思いだった。

夕食の時間を遅らせますか、というミルドレッドからの言づてを、ジャスパーとローズが伝えてきた。

「イギリス女王のためであれ、遅らせてはなりません」ラムジー夫人は断固として答えた。

「メキシコの皇后〔仏国がメキシコ侵攻の後、一八六四年にオーストリアのマクシミリアンを帝位に就けたが、わずか三年後に銃殺された。皇后カルロタは精神を病み、長い幽閉の後、『灯台へ』が刊行された一九二七年に没した〕のためでもね」と、あとからすかさず付け足しながら、ジャスパーにくすっと笑いかけた。この子も母のわるい癖を継いで、誇張魔なのである。

伝言はジャスパーにお願いするとして、ローズ、もしよかったら、今夜のディナーに着けるアクセサリーを選んでもらえないかしら、と夫人は娘に話しかけた。晩餐《ばんさん》の場では十五人近くもの人々がテーブルを囲むのだ。だれかが遅れたからといって、いつまでも段取りを滞らせるわけにはいかない。こんなに遅れるなんて、と、だんだん散歩組に腹が立ってきた。まったく、失礼な子たちだわ。心配にもまして苛立《いらだ》ちが募るのは、よりにもよって今夜遅刻しなくてもよかろうに、という気持ちがあるからだ。今夜ばかりはとびきりすてきなディナーにしたかった。なにしろ、ウィリアム・バンクスがようやく出席してくれることになったのだから。それもあって、ミルドレッドが腕によりをかけた「ブフ・アン・ドーブ」〔牛肉の赤ワイン煮込み。多くは頬肉で作る〕のごちそうが食卓に並ぶ予定だった。できあがったお料理は間髪をいれずにお出しすることが、ディナーではともかくも肝心。牛肉の煮え具合から、ベイリーフの風味から、煮込みに使うワインの加減まで、なにもかもがほどよく納まらなくては。その流れを滞らせるなど論外だ。なのにあの子たちときたら、あろうことかこういう日にちっとも帰ってこないで、これじゃ、あとで料理を出し直したり、温め直したりするはめになるじゃないの。折角のブフ・アン・ドーブがすっかり台無しだわ。

ジャスパーはオパールのネックレスを薦め、ローズは金のネックレスを薦めてくれた。今日の黒いドレスに映えるのはどちらかしら？　決めがたいわねえ。ラムジー夫人は鏡に首と肩のあたりを映しつつ（顔は見ないようにしながら）上の空で言った。子どもたちに母の装身具を物色させながら窓の外を見やると、いつものおもしろい光景が繰り広げられていた——ミヤマガラスたちがどの木で休もうか決めようとしている。決めかけては気が変わるらしく、また空に飛び立っていく。きっと、あの年寄りの、ジョゼフ爺《じい》さんと命名している父鳥が、ひどく口うるさい気むずかし屋なのだろう。これがまた、うすぎたない老鳥で、羽が半分がた抜けてしまっていた。いつだかパブの前で見かけた、シルクハットのみすぼらしいホルン吹きの老紳士を思わせる。

「ごらんなさいよ！」夫人は笑いまじりに言った。あの鳥たち、はんとに喧嘩《けんか》してるわ。ジョゼフとメアリ〔聖ヨゼフと聖母マリア〕が夫婦喧嘩。なぜかまたまた鳥たちはそろって宙高く舞いあがり、その黒い羽にあたりの空気が押しのけられ、みごとな三日月形に切り分けられていくように見えた。あの羽がバサ、バサ、バサと大気をうつ動き——どうしてもしっくりくる表現が見つからないけれど——夫人にとってそれはいわばひとつの美の極致だった。ほら、あそこをごらんなさいよ。そうローズに言う夫人は、この子ならわたしよりはっきりと見えるだろうと期待していた。わが子というのはたいてい親より知覚能力が一段上だから。

それはそうと、どちらのネックレスがいいだろう？　子どもたちは母の宝石箱の抽斗《ひきだし》をすでにぜんぶあけてしまっていた。金のネックレスがいいかな。そう、これはイタリア製ね。それともオパールのネックレス？　こっちはジェイムズ叔父さんがインドで買ってきてくれたもの。それとも、アメジストにする？

「さて、そろそろ決めてちょうだい」さっさと選んでもらいたいわ、と思いつつ夫人はふたりに促した。

とはいえ、実際にはぞんぶんに時間をかけて選ばせてやる。とくにローズには、あれこれ手にとらせたり、それを黒のドレスにあてさせてみたり。毎晩おこなわれる宝石選びのささやかなこの儀式を、ローズがいちばん楽しみにしているのは知っている。母のための宝石選びをこれほど大事にする陰には、娘なりの隠れた理由があるようだ。一体どういうわけかしら。ラムジー夫人は動きを止め、娘の選んだネックレスを首に留めさせながら考えた。自分の過去から推すに、ローズの年頃の女子が母に対して、口には出さず心の奥でどんな深い感情を抱くものか、ずばりわかるではないか。人が自分にむける気持ちを思うときのつねで、なんだか悲しくなる。夫人は思う。こちらからはとてもそれに見合う気持ちを返せないもどかしさ。しかもローズときたら、母の実像にはひどく不釣り合いな深い気持ちをもってくれている。この子もやがておとなになる。こんなに情が深くては、なにかと苦しむこともあるだろう。そう思いつつ夫人は、さあ、これで支度はできたから、階下へ降りましょう、と言った。ジャスパー、あなたはもうりっぱな紳士なんですから、腕をかしてちょうだい。それから、ローズ、あなたはレディでしょう、きちんと自分のハンカチを持たなくてはね（と言って、ハンカチをわたしてやった）。さてと、ほかに忘れ物は？ ああ、そうそう、冷えてくるかもしれないから、ショールも持ちましょう。ローズが選んでちょうだい。と、わざわざ言ったのは、やがて豊かな感情ゆえに苦しむだろう娘を、ひとときでも喜ばせるためだ。「ごらんなさいよ」夫人は踊り場の窓辺で立ち止まって、ふたりに声をかけた。「あの鳥たち、性懲《しょうこ》りもないこと」ジョゼフがまた別の木に羽を休めていた。「ジャスパー、鳥たちだって、羽を傷つけられたら困ると思わないの？」と、息子に問いかける。なぜかわいそうな年寄りのジョゼフやメアリを撃とうとするんです？ すると、階段をおりるジャスパーはちょっともじもじし、咎《しが》められていささかへこんだものの、そう堪えてはいなかった。だって、お母さんは鳥打ちの楽しさや、鳥たちには感情がないって知らないんだから。母親っていうからには異次元の住人だけど、母さんがしてくれるメアリとジョゼフのお話は、けっこう好きだ。聞くたびに笑ってしまう。けど、どうしてあれがメアリとジョゼフだって見分けられるだろう？　ねえ、お母さんは毎晩おなじ鳥がおなじ木にやってくると思うの？　ジャスパーは尋ねた。ところが、おとなというもののつねで、母は急にほかへ気が逸《そ》れてしまった。玄関ホールが騒がしくなったので、聞き耳をたてていたのだ。

「帰ってきたわ！」夫人は声高に言うと、ほっとするより先に彼らに腹が立ってきた。それからおもむろに、例のことは起きたのかしら？　と考えた。階下へ降りていけば、すぐにも報告があるでしょう――でも待って、それはあり得ないわ。まわりにこれだけ人がいるんだもの、どういう結果にせよ打ち明けようがない。まずは階下へ降り、ディナーを開始してゆっくり待つことだ。さながら、ホールに群がる人々に気づいた女王が、民を睥睨《へいげい》し、民のもとへと降りていきながら、彼らの賞賛に無言でうなずき、彼らのひれ伏さんばかりの敬愛（ポールなど夫人が通りすぎるあいだ微動だにせず、まっすぐ前を向いている）を受け入れるかのように、ラムジー夫人は階段を下り、玄関ホールを歩いていきながら、彼らが口にできずにいること――美貌《びぼう》への賛辞――を汲《く》んでやるかのように、心もち頭をさげて見せた。

ところが、途中でぴたりと立ち止まった。なんだか焦《こ》げ臭い。まさか、ブフ・アン・ドーブが煮こぼれているんじゃないでしょうね？　ああ、そんなことがありませんように！　そのとき銅鑼《どら》の音がおごそかに、ものものしく、鳴り響き、屋根裏や寝室やそれぞれの居場所に散り散りになって、本を読んだり、書き物をしたり、出がけに髪の毛をなでつけたり、ドレスのファスナーをあげたりしている皆々に、洗面台や鏡台がいくら散らかっていようと、ベッドサイドのテーブルに読みかけの小説があろうと、内緒の日記を書きかけていようと、それぞれの作業に切りをつけ、ディナーのために食堂へ集うべし、と告げた。

17

けど、自分の人生として考えてみたら、わたしはなにをしてきたろう？　ラムジー夫人はそう思いながら女あるじの席に着き、テーブルに並ぶ白い円形の皿を眺めわたした。「ウィリアムはわたしの近くにどうぞ」夫人はバンクスに言った。「リリーは」という声には疲れがにじんでいた。「そちらにね」あのふたり――ポール・レイリーとミンタ・ドイル――には、あんな幸せがある。でも、わたしにはこれだけ。どこまでも長いテーブルと、そこに並ぶお皿とナイフ。テーブルのはるかむこう端には、わが夫が草臥《くたび》れたようすでしかめ面《つら》をして着席している。なにが気に入らないのだか？　理由は測り知れないものの、気にもならなかった。かつてはあの人に感情なり愛情なりを抱いたはずだけど、どうやってそんなものを感じたのか、いまとなっては不思議なぐらい。スープをよそっていると、もはやあらゆるものを通りこしてしまったような、通りぬけてしまったような、あらゆるものの外側に出てしまったような感覚をおぼえる。まるで、入ることも出ることも可能な渦巻きがそこにあり、ともかくも、いまの自分はその渦の外にいる、といった感じなのだ。万事休すね。そう思う夫人をよそに、食堂にはつぎつぎと人が入ってくる。チャールズ・タンズリーがやってくれば、「さあ、そちらへどうぞ」と案内する。オーガスタス・カーマイケルもあらわれて、席に着いた。そのあいだも、夫人はだれかが自分に答えてくれるのを、なにかが起きるのを、ひたすら受け身で待っている。でも、これではなにかしたとは言えないわね。夫人はスープを注ぎ分けながら思う。

内面と外面の食い違いにとまどいながら——頭ではそんなことを考えつつも、手はこんなこと（スープ注ぎ）をしているという——夫人は自分が渦の外にいることをますます強く意識しはじめた。いや、こう言ったほうがいいだろうか。夜のとばりがおり、昼間の色彩がうせて、物事の真の姿が見えたのだ、と。部屋は（こうして見まわしてみるに）ひどくみすぼらしかった。妙趣などどこにもない。タンズリーの姿は見ないようにしておいた。いまのこの場は、なにひとつとして融《と》けあわず、人はみなてんでばらばらだった。しかも、ばらばらの彼らをひとつにし、自然に交わらせ、会食の雰囲気づくりをする努力は、そっくり夫人の肩にかかっていた。ここでもまた、なにも生みだせない男性の不毛さを感じたが、これはただの事実であって悪口ではない。なにしろ夫人がやらなければ、だれもしようとしないのだ。そういうわけで、止まってしまった腕時計をちょっと振ってみるように、自分をふるいたたせ、するといつもながらの鼓動が、時計がチクタクと時を刻みだすように、なんとか打ちはじめた――イチ、ニ、サン、イチ、ニ、サン。がんばって、がんばって。夫人はそう繰り返しながら、鼓動の音に耳をすまし、消えいりそうな炎を新聞紙で守るように、いまだ弱々しい鼓動をかばい、しっかりはぐくもうとする。さてと。このへんでけりをつけようとし、無言でウィリアム・バンクスのほうへわずかに屈みこみながら、自分にむかって言う――気の毒な人もいるものだわ！　妻も子もなく、ふだんは宿舎でひとり寂しく食事をとっているんですもの。バンクスを憐《あわ》れむことで、ようやく人生はその主《あるじ》を支える強さをとりもどし、夫人はいつもながらの社交活動をはじめる。それは、船の帆が再び風を孕《はら》んだのを見てどこかうんざりし、また出帆するのも気が進まず、いっそあのまま船が沈んでいれば、自分も波にもまれた末、いまごろは海底で安らぎを得ていたかもしれない、などと考える水夫の心境にも似ていた。

「あなた宛《あ》てのお手紙に気がつきまして？　玄関に置いておくよう言いつけておきましたが」夫人はウィリアム・バンクスに話しかけた。

見知らぬ無人の地へと漂っていく夫人に気づき、じっと見守っていたのは、リリー・ブリスコウだった。その地へ彷徨《さまよ》いこんだ人を追いかけることはできないのに、遠ざかる人を見ていると心からぞっとして、その姿をせめて目で追ってしまうのだ。彼方《かなた》へと消えゆく船の帆が、水平線のむこうに沈むまで見守るように。

なんて老《ふ》けた、なんてやつれたお顔だろう。リリーは思った。それに、なんて遠くに感じるのだろう。そうしてこんどはウィリアム・バンクスに目を移すと、彼はにこにこしており、まるで、船が方向を転じ、陽の光がふたたびその帆に射すのを見たかのような気がした。ほっとしたリリーは、どうして奥さんは彼のことを憐れんだりするんだろう？と思って、むしろ可笑《おか》しくなった。そう、「お手紙を玄関に置いておくよう言いつけた」と話す夫人の口ぶりからは、バンクスを憐れむような印象を受けた。「不憫《ふびん》なウィリアム・バンクス」と言っているかのような。わたしがこんなに疲れているのは、人を憐れんでばかりいるせいもあるし、生気がよみがえって、また生きていく決心がついたのも、人に憐れを催したからなのよ、と言っているような。けど、それは違うでしょう、とリリーは思う。奥さんがよくやる思い違いのひとつ。奥さんはどうも直感に頼りがちで、人のことより自分の都合にあわせて判断するきらいがある。バンクスさんのどこが不憫なんだろう。りっぱなお仕事がおありじゃないの。リリーは胸のうちで呟く。そう考えたとたん、自分にも仕事があることを急に思いだし、宝の山でも見つけたような気分になった。一瞬のうちに自分の絵が頭に浮かび、リリーは思う。そうだ、あの木をもっと中央にもってこよう。そうすれば、あの半端《はんぱ》な空白をなくせる。なんだ、そうすればよかったんだわ。ずっとそこがわからなかったのよ。リリーは塩入れを手にとってから、それをテーブルクロスの花柄の上に置き直し、忘れずに木を移動させようと肝に銘じた。

「いや、郵便で役に立つものが届くためしは滅多にないのに、それでも手紙を欲しがるんだから、人間てのは妙なもんですな」バンクスは言った。

このふたり、なんてくだらない話をしてるんだ。チャールズ・タンズリーはそう思いながら、舐《な》めるように平らげた料理の皿のきっちり真ん中にスプーンを置いた。それを見たリリーは（タンズリーは彼女の向かいに、窓を背にして、眺めの真ん真ん中に座ってくれていた）、まったくこの時とばかりのがっつき方ね、と思った。彼ったら、なにをやらせても融通がきかなくて、無骨さまるだし。でもやっぱり、実際に顔をあわせた人を嫌いになるなんて、そうそうできないのも事実だった。彼は目がなかなかいい。碧《あお》くて、落ちくぼんでいて、ちょっと凄《すご》みがある。

「タンズリーさんはよく手紙を書かれますの？」ラムジー夫人がそう尋ねると、こんどは彼のことも憐れんでいる気がした。それがラムジー夫人という人だから。男性はみな欠けたものがあるかのように憐れんで、女性はなにかをもっていて当然とばかりに憐れまない。そうですね、おふくろには書きますけど、それ以外は月に一通も書かないと思います。タンズリーは無愛想に答えた。

なにしろ内心では、連中がどんなに話しかけてきても、こんなくだらない世間話には乗せられまいと思っていた。こういう頭の弱い女たちに鷹揚《おうよう》にあしらわれるのはごめんだ。さっきまで部屋で本を読んでいたのに、呼ばれて降りてきてみれば、なにもかもが莫迦《ばか》げていて、わざとらしく、浅薄に感じる。だいたい、みんなどうして正装しているんだ？　自分は普段着で降りてきてやった。正装服なんて一着も持っていない。「郵便で役に立つものが届くためしなし」だなんて、常套句《じょうとうく》みたいなものじゃないか。女っていうのは、男にその手のことを言わせたいんだな。でも、そういや、そのとおり。女の場合、郵便にかぎらず一年中、役に立つものを得ることはないんだから。なにもせず、ひたすら喋《しゃべ》って、喋って、喋って、食べて、食べて、食べて。それが女の仕様もなさだ。女たちがその「魅力」という名の愚かさをもって、文明のじゃまをしているんだ。

「あしたの灯台行きはなさそうですね、奥さん」タンズリーはまたもや自説を主張した。ラムジー夫人のことは好きだし、憧《あこが》れてもいた。いまも、下水溝の中から夫人に見とれていた男の姿を思いだす。とはいえ、自説は主張しておく必要があると思ったのだ。

この人、最悪ね、とリリー・ブリスコウは思った。目はなかなかだけど、あの鼻、あの手をごらんなさいよ、こんなに感じのわるい人って会ったこともない。でも、だったら、どうして彼の言うことなんか気にするのだろう？　「女に文章が書けるものか。絵も描けっこない」――どうせ彼の言うことだ、構うことないのでは？　だって、あの人は本当にそう思っているわけではなく、なんらかの理由でそう思ったほうが都合がいいから、そんなふうに言っているだけなのだ。それなのに、なぜ風に吹かれた麦の穂みたいにすっかりうなだれて、この屈辱から立ち直るのに四苦八苦しなくてはならないの？　さあ、もう一度やってみよう。テーブルクロスのここに小枝模様がある。これを自分の絵に見立てて。例の木をもっと中央に寄せるんだったわね。問題はそこだけ——ほかはいい線いってる。この上首尾をしっかり心にとめて、癇癪《かんしゃく》を起こしたりへたに反論したりしないこと。いい？　リリーは自分に言い聞かせる。もしちょっとした仕返しをしたいなら、タンズリーをからかってやればいい。

「あら、タンズリーさん」リリーはそう切りだした。「わたしも灯台へ連れていってくださいな。ぜひ行ってみたいわ」

また見えすいた嘘《うそ》を。タンズリーは思った。どういうわけだか、心にもないことを言っていやがらせをしようとするんだ。内心笑っていやがる。こっちが古ぼけたフランネルのズボンをはいているからか。だって、ほかに手持ちがないんだよ。タンズリーは心がささくれだち、孤立感をおぼえて、うらびれた気分になった。この女がなぜか自分をからかおうとしているのはわかる。本当は一緒に灯台へなんか行きたくないんだ。こっちを見下しているんだから。プルー・ラムジーだってそうだろう。ああ、女たちはみんなそうさ。けど、女どもに莫迦にされやしないぞ。そこで、タンズリーはわざわざ後ろに向き直り、窓の外を見やりながら、じつにつっけんどんに、ぶっきらぼうに、あしたの海の荒れ方じゃむりですよ、と言った。あなた、船酔いしてしまうでしょ。

ラムジーの奥さんが聞いているのに、ついリリーに煽《あお》られてこんな乱暴な口をきいてしまい、そのことにもタンズリーは腹を立てていた。部屋にこもって、本にうもれ、ひとりで論文書きをしていられたらいいのに、と思う。やはりおちつけるのは、あそこだ。だいたいにして、自分は借金なんかとは無縁だし、親父《おやじ》にだって十五の年から一銭たりとも世話になっていない。逆に貯《た》めた金で家計を助けていたぐらいなのだ。妹の学費だって出してやっている。ところが、そんなタンズリーでも、このブリスコウにきちんと答える術《すべ》を心得ていたら、などとつまらぬことを悔やむのだった。「あなた、船酔いしてしまうでしょ」だなんて、あんなぶっきらぼうな言い方にならなければ。ここで奥さんに気の利《き》いたことのひとつも言えればいいのに。朴念仁《ぼくねんじん》でないところをわかってもらえるようなことを。どうせ、みんなにそう思われているんだろうけど。タンズリーはなにか言おうとラムジー夫人のほうを向いたが、夫人は彼が聞いたこともない人々の話をバンクスとしていた。

「ええ、これは下げていいわ」夫人はバンクスとの話を中断して、皿を下げにきた女中に手短に指示をした。「あれはたしか十五年前――いえ、二十年前になりますわね、彼女に最後にお会いしたのは」話に夢中のあまり一刻の無駄もおしむようにバンクスのほうへ向き直りながら、夫人はそうつづけた。そんなにご無沙汰《ぶさた》の知人から、たまたま今夜あなたのところに便りがあるなんて！　では、キャリーはいまもマーロウにお住まいで、なにもかも昔のままなんですね？　ああ、昨日のことのように思いだすわ――一緒に川へ遊びにいったこと、すごく寒かったこと。でもマニングさんのご一家はいったん計画したら、極力実行なさいますから。ええ、ハーバートが川辺でスズメバチをティースプーンひとつで殺したことなんか、忘れようにも忘れられないわ！　ああいう暮らしがいまもつづいているんですのね。ラムジー夫人はもの思いにふけり、二十年前に寒い寒い思いをしたテムズ河畔に建つ家へとみずから入りこんで、椅子《いす》やテーブルの間を幽霊のようにふわふわと歩きまわるのだった。それにしても、いまこうして幽霊みたいに歩きまわるのは、自分のほうなのだ。そう考えてみるとおもしろい。こちらはすっかり変わってしまったというのに、あの一日にかぎっては、これだけの歳月をへてなお、いまも美しく静止してそこにあるのだから。ところで、それはキャリーが自分で書いてきた手紙ですの？　夫人は尋ねた。

「そうなんだよ。なんでも、ビリヤード室を新しく増築中だとか」バンクスは答えた。

えっ、ご冗談を！　そんなこと考えられませんわ！　ビリヤード室を造るですって！　まあ、信じられない。

　そんなに妙な話とも思えないと、バンクスは言った。あの一家も、いまではそうとう暮らし向きがいいようだし。あなたからよろしくとキャリーに伝えましょうか？「そ、そうね」そう言われてラムジー夫人はちょっとあわてた。「いえ、それにはおよびません」新しいビリヤード室を建てるというそのキャリーは自分の知る人ではない気がして、そう言い添えた。それにしても妙なものね、と夫人は繰り返して、バンクスをおかしがらせた。あのご一家がいまでもあそこで暮らしているなんて。これまでの年月、こちらがほとんど思いだすこともなく過ごすうちにも、ご一家はずっと変わらぬ生活をつづけていたわけで、考えてみると、不思議な気がしてくる。一方、そのおなじ二十年間に、こちらはなんて多事の人生を送ってきたことか。たぶんキャリー・マニングもこの間《かん》、わたしのことなど一度も思いださなかったのでしょうね。そう思うと、ちょっと納得がいかないというか不服ですけど。

「付き合いというのは、とかく縁遠くなりがちです」とバンクスはそう言いつつも、しかし自分は何十年たとうがマニング一家ともラムジー一家とも音信があるのだと思うと、ちょっと満足感をおぼえた。そう、わたしは疎遠《そえん》にはならなかったぞ、と思いながら、スプーンを下に置き、きれいに剃《そ》った口のまわりを几帳面《きちょうめん》にふいた。でも、こういうことに関して、とバンクスはまた思う。わたしは世間一般とはだいぶ違うのかもしれないな。決して型にはまらないというか。あらゆる方面に友人がいるし……。

せっかくのところでラムジー夫人はまた話を中断して、「料理を温めておいて」などと女中に言いつけるはめになった。これだから、食事はひとりでするほうがいいのだ。こうやっていちいち話の腰を折られると苛々する。まあ、要するにあれだな。ウィリアム・バンクスは隙《すき》のない礼儀は少しもくずさぬまま、ただテーブルクロスの上に左手の指を広げ、いつでも使えるようきれいに磨きあげられた工具を技師がひまを見て点検しているかのように眺め、こう思うのだった。要するに、友人付き合いにはこういう犠牲がつきものなんだ。今日のディナーへの招待を断れば、夫人は傷ついたろう。でも、こちらにしてみれば来る価値などない。バンクスは自分の手をじっと見ながら、ひとりで夕食をとっていれば、いま時分は食べ終わるころだろうに、と思った。そうすれば、また仕事にとりかかれるのに。やはり、とんでもない時間の浪費だな。時間に遅れた子どもたちがまだばらばらと食堂に入ってくる。「だれか、ロジャーを部屋から呼んできてちょうだい」ラムジー夫人が言っている。かたやの仕事に比べたら、なにもかもなんてくだらないんだ。なんて退屈なんだ。バンクスはそう思う。仕事をしていられたはずの時間に、こうしてテーブルクロスを指で叩《たた》いているしかないとは——いま手がけている研究の内容が俯瞰図《ふかんず》となって一瞬頭に浮かんだ。ああ、断固として時間の浪費だ！　いや、そうはいっても、とまた思い直す。相手はいちばん古い友人のひとり。自分は彼女のファンといってもいい。しかしだ、いまこのとき、彼女の存在は自分にとってまるきりなんの意味も持たない。彼女の美しさもなんの意味もない。幼い息子と窓辺に座る彼女も――なんの意味もない、まるで。ひとりになって、あの本を手にとれさえすればなあ。夫人のそばに座らせてもらいながら、なんの感慨も持てないのは、どうにも居心地がわるいし、まるで裏切り者の気分だった。じつのところ、家庭生活というのは苦手なのだ。「人間はなんのために生きるや？」なんて自問したくなるのは、こういう状況のときだ。こんな苦労の数々を経験してまで、なぜわれわれは人類を存続させようとするのか？と。存続はそんなに望ましいことだろうか？　そもそも、われわれには種としての魅力などあるのか？　たいしてなさそうだな、と、だらしのない息子たちを見て思う。わがお気に入りのキャムは、たぶんもう寝ついているんだろう。くだらない問い、むなしい問い、忙しいときには考えもしない問いばかりではないか。人間の生活というのは、こういうものだろうか？ああいうものだろうか？などと莫迦ばかしい。本来そんなことを考えている暇はないはずだ。なのに、この場の自分はそんなことばかり自問している。なぜといえば、ラムジー夫人が使用人に指示を出していて手持ちぶさただからだ。それに、キャリー・マニングがいまも健在なのを知った夫人の驚きようを思ううちに、友人付き合いというのは

——最良の関係でさえ——もろいものだと改めて感じたせいもある。人はいつのまにか離れていく。バンクスはまたもや自分を責めた。ラムジー夫人の隣に座りながら、話しかけることばひとつ見つからないとは。

「あわただしくてごめんなさいね」夫人はやっとこちらに向き直った。バンクスの心はこわばって萎《な》えてしまっていた。喩《たと》えるなら、ずぶ濡《ぬ》れになった後に乾いてごわごわになり、はこうにもはけない深靴《ブーツ》といったところだ。それでも、なんとかして足を突っこまなくては。なんとかして口をきかせなくては。よほど気をつけないと、こちらの裏切り——夫人のことなどこれっぽっちも気にかけていないこと——を勘づかれる。それは無礼の沙汰というものだ。バンクスは肝に銘じると、畏《かしこ》まって夫人のほうに首をかたむけた。

「こんな騒がしいところでお夕食だなんて、さぞかしお嫌でしょう」ほかに気になることがある際のつねで、夫人はお決まりの社交辞令をもちだした。そう、なにかの会合で使用言語にばらつきが見られた場合、司会者はまとまりをつけるために、みなさんフランス語で話しましょうと呼びかけるものだ。へたなフランス語かもしれないフランス語では話者の考えを表現する語彙《ごい》が見つからないかもしれない。それでも、フランス語を話すことでおのずとある種の秩序、ある種の統一がもたらされる。バンクスも夫人とおなじ社交言語を用いて、「いえいえ、とんでもない」と答えたが、この言語を知らないタンズリーは、こうして簡潔なことばで語られた意味を解せず、心にもないことを言うもんだと、すぐさま嘘の臭《にお》いをかぎつけるのだった。よくまあ、こんなつまらない話をするよ、ラムジー家の人々は。彼はそう思いつつも、この新しい事例に喜々としてとびついていた。ちゃんと頭の隅にメモしておいて、いずれ友だちに披露してやろう。好きなことを気がねなく話せる仲間内で、「ラムジー家滞在」のこと、彼らのくだらない会話のことを、厭味《いやみ》たらたらで話してやるんだ。まあ、いっぺん泊まってみる価値はあるけど、一度で充分だよ。なんて言ってやるか。女たちがまた退屈のなんの。とかな。ラムジーはすごい美人と結婚して八人も子どもをつくって、当然ながら自分をだめにしたというわけさ……まあ、相手がいればそんな話になるところだが、たったいま隣は空席でつくねんとしているしかなく、お話にもならないのだった。ばらばらのきれぎれだ。タンズリーはいたっておちつかず、具合までわるくなりそうだった。だれかぼくに話をふってくれないかな。その機会を待ちこがれてそわそわし、こっちの人、あっちの人の顔を見ては会話にわりこもうとして口をひらき、話に入れずにまた黙りこむ、ということを彼は繰り返した。まわりは漁業の話題でもりあがっている。どうしてだれもぼくに意見を求めないんだ？　やつらが漁業のなにを知っているというんだ？

リリー・ブリスコウはそんな彼の気持ちが手にとるようにわかっていた。真向かいに座っていれば、若者の肉体の薄霧の奥に暗く横たわる自己顕示欲の骨組みが、エックス線写真を見るようにいやでも透かし見えるではないか？――いまはマナーをもって薄霧をかぶせてはいるけれど、あの下には、会話に割って入ろうとするぎらぎらした欲求があるのだろう。でも、と、リリーは切れ長の目をつりあげつつ、「女に絵は描けない。文章も書けっこない」とタンズリーがせせら笑うさまを思い起こし、こんな人に助け船を出してあげることはないと結論した。

世の中に行動規範があるのは知っている。その第七箇条には（まあ、たとえばの話）このような場合、女はいかなる仕事につくものであれ、向かいにいる若者を助けに参じ、彼がおのれの虚栄心や、うずいて仕方ない自己主張欲の骨組みをまわりにさらけだして、楽になれるよう努めるべしと記されている。そう、たとえば地下鉄が炎上するというとき、男が女を助けるのが務めであるようにね。リリーはさすがに年季の入った〝オールドミス〟らしく、公平な考え方をするのだった。ええ、そんなときはわたしも、当然タンズリーが助けだしてくれると思うでしょうね。けど、わたしたちのどちらもそういうことをしなかったら、どうなるかしら？　そう考えて、リリーはただ微笑《ほほえ》んでいた。

「あなた、まさか灯台へ行くつもりじゃないでしょうね、リリー？」ラムジー夫人が言った。「ラングリーさんが大変な思いをしたこと、憶えているでしょう。何十回となく船で世界をまわってきた人ですけど、うちの主人の船であそこへ行ったときほど辛《つら》かったことはないとおっしゃっていたわ。タンズリーさんは船にはお強いの？」夫人は尋ねた。

タンズリーはここぞとばかりにハンマーを振りあげ、高々とかかげたが、それを振りおろす段になって、こんな道具であんな小さな蝶を叩きつぶしちゃまずいと気づき、ええ、生まれてこのかた船酔いしたことはありません、と答えるにとどめた。とはいえ、この一文のなかにも弾薬のごとく、「祖父《じい》さんは漁師だったんだぞ、親父は薬屋だがな。だからぼくはまったくの独力でここまで這《は》いあがってきた。それを誇りに思っている。ぼくはだれあろう、チャールズ・タンズリーだ」といった意味合いがぎっしりとこめられていた。この場のだれひとりこの事実には気づいていないらしいが、いずれ知らない者はだれひとりいなくなるはずだ。タンズリーはぐっと前をにらんでいた。このやわな教養人たちとやらが可哀相《かわいそう》になってくる。そのうちぼくの内なる弾薬が炸裂《さくれつ》した日には、みんな毛糸かリンゴの山よろしく宙高く吹き飛ばされるんだからな。

「わたしも連れていってくれません、タンズリーさん？」リリーがあわてて優しく尋ねた。というのも、もしラムジー夫人に「ちょっと、リリー、わたしは火の海で溺れそうよ。あなたがお向かいの青年になにかお愛想を言って、この気づまりな時間をなごませてくれないと、なにもかもが台無しになってしまう――ほら、いまも歯ぎしりと唸《うな》り声が聞こえるようだわ。わたしの神経はこんなに張りつめて、もう一回触られたらプツンといくわよ」と言われたなら――言われたも同然だったが――もちろんリリーはまたまた今回も――百五十回目ぐらいに――夫人に従い、「あの男性に冷たくしたらどうなるか？」という実験をやめて、優しくするしかなかったからだ。夫人はそうした内容をすべて目だけで語ってきていた。

タンズリーはリリーの気分が変わって、こんどは気さくな態度に出てきたことを正しく察し、ようやく過剰な自意識から解放されて、昔話をはじめた。幼いころよく舟から海にほうりだされたこと、いつも父親が鉤竿《かぎざお》でつりあげてくれたこと、そうやって泳ぎを覚えたこと。叔父のなかに、スコットランド沿岸のどこかの岩場で、灯台守をしている人がいましてね、とタンズリーは話した。一度、嵐《あらし》の日に叔父さんと灯台ですごしたことがあるんですよ。このことばは、折しもみんなの会話が途切れた合間に響いた。そういうわけで、「嵐の日に叔父と灯台ですごしたことがある」話は、一同そろって聞くことになった。やれやれ。リリーはこうして会話が調子にのりだすと、内心嘆息し、ラムジー夫人の感謝（これで当面、心おきなくこちらはこちらの話ができるわ）を感じるのだった。やれやれ。でも、わたしはあなたを救うためにどんな思いをしたことか。心にもないことを言ってしまった。

そう、いつもの手を使い、愛想よくふるまっただけのことだ。でも、この先もタンズリーを深く知るには至らないでしょう。むこうもわたしを知ることはきっとない。人間関係なんて大方こういうものだけど、とリリーは思う。なかでも最悪なのは（バンクスさんはべつとして）男と女の関係ね。不誠実きわまる事態を避けては通れないんだから。と、そこで、さっき心覚えに置き直した塩入れがふと目にとまって、明朝にはあの木をもっと中央に寄せることにしたのを思いだし、あしたの画業に思いめぐらせば、気持ちもやけにはずんで、タンズリーの言うことに声をたてて笑いすらした。この人、喋りたいならひと晩じゅうでも喋っていればいい。

「灯台守はどれぐらい、むこうに留まることになるんですか？」リリーは質問した。タンズリーは呆《あき》れるほど詳しかった。さて、彼もリリーに感謝して好意をもったようだし、お喋りも楽しみだしたようだし、と、ラムジー夫人は考えた。わたしはあの夢の国に、あの現実にはないすてきな場所に、そう、いまを遡《さかのぼ》ること二十年前、マーロウのマニング家の客間に、もうもどってもいいでしょう。あそこでは、なにかに急《せ》き立てられたり、不安に駆られたりすることなしに、動きまわっていられる。だって、将来へのわずらいがないのだから。いまの夫人はマニング家のその後も、自分たち一家のその後も知っている。こうして思い出にひたるのは、おもしろい本を再読するようなものだった。なにせ二十年前のことで結末はわかっているし、人生は今夜の晩餐会から先も、流れ落ちる滝のように行く末も知らず下っていくわけだが、追憶のなかのひと幕はしっかりと封じこめられ、彼我の岸にはさまれた湖のように穏やかに横たわっていた。なんでも、マニング家はビリヤード室を増築したとか。信じがたいけれど本当だろうか？　ウィリアムは一家のことをもっと喋ってくれないかしら？　聞きたいものだわ。ところが、うまくいかなかった――なぜか、いまはそういう話をする気分ではないらしい。水を向けてみても、話にのってこないのだ。無理やり聞きだすわけにもいかないし。がっかりね。

「まったく、仕様のない子たちで」夫人はため息まじりに言った。すると、バンクスは、時間を守るというささやかな習慣はもう少しおとなにならないと身につかないものですよ、などと述べた。

「身につけばいいですけど」ラムジー夫人はただ会話の間《ま》をうめるための相槌《あいづち》をうち、心では、まあ、ウィリアムったらいやに堅物ぶっちゃって、と思っていた。バンクスのほうは、自分が期待に背いていることにも、夫人がもっと内輪の話をしたがっていることにも気づいていたが、いまはそんな気になれず、こうしてただ時がすぎるのを待っていると、厭世《えんせい》の感に襲われる気がした。ほかのみんなはなにかおもしろい話をしているんだろうか？　いったい、なにを話しているんだ？

今シーズンの漁は不作だったとか、人がどんどんよそへ移住しているとか、そんな話だ。賃金のこと、職がないこと。例の若者が政府をこきおろしている。私生活にうんざりしているときに、こういう話題にありつくとかえって気が休まるな。バンクスはそう思いつつ、若者が「現政府の作ったこのうえなくけしからん条令」とやらについて話すのを聞いた。リリーは話に耳を傾けている。ラムジー夫人も耳を傾けている。みんな彼の話を傾聴していた。とはいえ、リリーはじつはもはや飽きあきし、なにかが足りないと感じていた。バンクスもなにかが足りないと感じていた。ラムジー夫人も肩にショールを羽織りながら、なにかが足りないと感じていた。身を乗りだすようにして聴きいりながら、それぞれがこう考えていたのだ。「どうか、自分の心のうちがばれませんように」じつはだれしも、「みんなこの問題に親身になっているんだなあ。漁業に対する政府の態度に憤《いきどお》り、怒りに燃えているんだ。それにひきかえ、わたしはなにも感じていない」と、引け目に思っていた。でも、と、バンクスはタンズリーを見ながら考える。ここに人物到来だな。世の中はつねに、これぞという人物を待ち望んでいる。つまり、チャンスはつねにあるってことだ。リーダーや天賦《てんぷ》の才を持った男はいついかなる分野に——もちろん政治の世界にも——現れてもおかしくない。この青年の考え方は、われわれ頭の固い年寄りの考えとはとことん食い違うことだろう。バンクスはつとめて辛辣《しんらつ》な意見はひかえようとした。というのも、背筋にぴりぴりくるような、なにやら肌で感じることなのだが、要するにこのわたしは自分を必死で守ろうとしているわけだ。自分自身も、いやそれ以上に、自分の仕事や、見解や、自分の科学を。ということは、考えにいささか偏見があるわけで、まったく公正とはいえまい。この青年に「あんたたちは人生を無駄にしたんだ」と言われているような気がしてしまうぐらいだから。「だれもかれもみんな間違ってる」とか、「頑固爺さんたちよ、気の毒に、あんたがたはもう救いがたい時代後れだ」とか言われているようだな。けっこうな自惚《うぬぼ》れ屋らしいや、この若造は。マナーもなっていない。しかしだ、と、バンクスは観察眼を光らせる。この男は肝が据っている。力量もある。世の実情にもじつによく通じている。おそらく彼の言い分には、もっともな面とて大いにあるのだろう。政府に対するタンズリーの酷評を聞きながら、バンクスはそう思った。「ちょっと聞かせてくれないか……」バンクスはそう切りだした。かくしてふたりは政治論をたたかわせ、リリーはテーブルクロスの葉柄《はがら》を眺めることになった。ラムジー夫人は議論を男ふたりにすっかり任せ、どうしてこの手の話題になるとこう退屈してしまうのかしらね、と考えつつ、テーブルの反対側にいる夫の顔を見て、なにか話してくれればいいのにと思っていた。ひと言でもいい。うちの人がなにか言うと、その場の雰囲気ががらりと変わるんだから。あの人はずばっと核心をつく。しかも、漁師とその賃金について心を痛めてもいる。漁師たちのことを考えると、夜も眠れないぐらい。あの人が口をひらくと、すっかりムードが変わるのに。あの人がなにか言うと、「どうか、無関心なわたしの心のうちを見透かされませんように」なんて、みんな思わなくなるのに。だって、自然と関心が湧《わ》いてくるんですもの。夫人はここで、やはり自分は夫に心酔しているから話しだすのが待ち遠しいのだと気づき、自分の伴《はん》侶《りょ》や結婚を人から褒めてもらったような気がして、頬を紅潮させるのだった。夫を讃《たた》えているのはほかならぬ自分だということは考えもせずに。そんな威容の表れた顔を期待して、夫人は伴侶のほうを見る。うちの人、堂々たる貫禄《かんろく》を見せていることでしょう……と思いきや、それどころか！　当の人は顔をくしゃくしゃにゆがめ、すごいしかめ面をして、怒りで真っ赤になっているではないか。いったい、なにをいきり立っているの？　夫人は頭をかかえた。なにがいけないというの？　たんにオーガスタスさんがスープのおかわりを要求した。それだけのことでしょう。しかしスープからまた始めるなど、考えられん、言語道断だ（ということを、夫はテーブル越しに無言で伝えてきた）。自分が食べ終わってもまだ人が食べているのは、がまんがならん。怒りがまるで猟犬の群れのように、夫の目に、眉《まゆ》に、入りこむのがわかり、いまにも破裂して暴言が飛びだすかと覚悟したところ――ああ、たすかった！　あの人、ぐっと堪《こら》えて車輪にブレーキをかけてくれたらしいわ。全身から火花が散るかに見えたものの、ことばは出なかった。夫はただ渋い顔で座っている。どうだ、なにも言わなかったろう。褒めてもらおうじゃないか！　と言わんばかりに。それにしても、オーガスタスがスープのおかわりをするぐらい、なにがいけないのだろう？　老人はエレンの腕にふれて、こう言っただけだった。

「エレン、スープのおかわりをお願いしますよ」すると、ラムジーはあんな渋面になってしまった。

そうよ、なぜいけないの？　夫人は心で問いかけた。オーガスタスさんがスープのおかわりが欲しいと言うなら、出してあげればいいでしょうよ。わたしは人が食べ物をがっつくさまを見るのが厭なんだ。ラムジーは妻に顔をしかめて見せた。大体な、こんなふうにだらだらと時間を食うことは、なんだってご免だ。しかしながら、目の前の光景にどれだけむかつこうと、どうだ、わたしはりっぱに堪えているだろうが。と、ラムジーが訴えてくると、でも、どうしてそんなあからさまに厭な顔なさるんです、と、夫人も問い返した（ふたりは長い長いテーブル越しに、ひたすら目顔だけで問答を繰り返しつつ、相手の言わんとすることは正確に把握していたのである）。だれが見たって、不機嫌なのがわかるじゃないの。夫人はそう思った。ローズは、父の顔をぽかんと見ている。ロジャーもおなじくぽかんと見ている。ふたりともいまに笑いころげて止まらなくなるに違いない。このへんで先手をうっておかなくては（実際、いい頃合いだ）。

「キャンドルに火を点《とも》してね」するとふたりは即座に跳んで立ち、サイドボードのところでごそごそやりだした。

ほんとにうちの人ときたら、どうして感情を押し隠しておけないのかしら？　ラムジー夫人は胸のうちで嘆いてから、けど、当のオーガスタス・カーマイケルは気づいているんだろうか、と考えた。気づいているようでもあり、気づいていないようでもあり。ともあれ、あれだけ落ち着いてスープを飲んでいられるんだから、感心せずにはいられない。スープが飲みたければ頼めばいいじゃないか、というわけだ。他人に笑われても怒られても決して動じない人。どうやらこの人には好かれていないようだけど、そこがまた一目置かせる点なのだった。暮れゆく陽の光のなか、二杯目のスープを飲む彼はどっしりと大きく、悠然として、考え深げな侵しがたさがあり、そんな姿を見ていると、この人はいまなにを感じているんだろう、どうして常日頃あんなに満ち足りて堂々としていられるんだろうと、不思議になってくる。そう、うちのアンドルーが可愛《かわい》くてしかたないようで、部屋に呼び招いては――アンドルーいわく――「いろんなものを見せて」くれる。終日《ひねもす》芝生に寝ころがって、おそらく詩作にふけりつつ、鳥を狙《ねら》う猫の姿を人々に連想させたり、詩のことばがひらめくと、前足ならぬ両手をぽんと打ったりする。うちの人に言わせれば、「気の毒なオーガスタス翁《おう》。あれこそ本物の詩人だよ」とのこと。これは、主人流の大変な賛辞なのよ。

さて、テーブルには八本のキャンドルが立てられ、始めのうちは身をこごめるようだった炎もじきにまっすぐ燃えあがり、長いテーブルを隅々まで照らしだし、その真ん中に、黄と紫に彩《いろど》られた果物皿が浮かびあがった。あらまあ、あの子ったらなにを表現したつもりかしら？　ラムジー夫人は首をかしげた。飾りつけをまかされたローズは、葡萄《ぶどう》や梨《なし》、ピンク縞《じま》のツノ貝、バナナなどを皿にあしらっていたが、この皿がイメージさせるものといえば、海の底から略奪してきた戦利品だとか、海神ネプチューンの催す晩餐《ばんさん》だとか、(なにかの絵にありそうな)酒神バッカスが肩にかけた葉の繁《しげ》る葡萄の房だとか。松明《たいまつ》を持って豹《ひょう》に囲まれ、赤や金に彩られて進んでいく図だ。こうしていきなり光に照らされてみると、その果物皿は妙に大きく深さがあるように見え、この中を人が杖《つえ》をつきながら歩き、山を登り谷をくだっていくような、ここにひとつの世界があるような気がしてくる。しかもうれしいことには(一瞬、オーガスタスと皿をはさんで気持ちが通じあったのだが)、彼もこの果物皿で目を愉《たの》しませ、その中に入りこんでは、こっちで花を摘み、あっちで房をもぎ、ひとしきり愉しんでから、騒がしいディナーの場にもどっているようす。なるほど、それが彼の鑑賞のしかたで、夫人の見方とは違っていた。それでも、ともにひとつの皿を眺めることで、心はひととき結ばれた。

いまキャンドルが残らず点されると、テーブルの両側にならぶ顔はその明かりに誘われて自然に近づきあい、夕闇《ゆうやみ》の席のぎごちなさは一掃されて、ひとつの卓を囲む晩餐会らしい雰囲気が部屋をつつみこんだ。夜はもはや窓ガラスのむこうに閉めだされ、窓ガラスはもう外界の眺めを正しく見せることをやめて、暗い景色を奇妙に波立たせていた。すると、ものごとの秩序や陸地はこの部屋の中にこそあり、窓外に見えるのは水に映ったその影にすぎず、波間に揺れれば霞《かす》んではかなく消えてしまうような気がしてくるのだった。

まるでそれが現実であるかのような錯覚にとらわれると、人々の心でなにかがいっせいに移ろい、離れ小島の洞窟《どうくつ》にでもつどって夜会を催しているような気分になった。外から押しよせる水に抗すべく、みんなで手を組んでいるような。先ほどまでのラムジー夫人はポールとミンタの帰りを待ちかねてそわそわし、おもてなしにどうも本腰を入れられないと思っていたが、ここにきてようやく苛立《いらだ》ちも解け、胸がはずんでくるのを感じた。ええ、あの子たちだっていまに入ってくるはずよ、かたや、リリー・ブリスコウは晩餐会のムードが急にぐっと盛りあがってきたわけを分析しようとし、先刻《さっき》、テニスコートで体験した瞬間と引き比べてみた。あのとき、物の固さや重さがふいに消え失《う》せたような、みなのあいだに茫漠《ぼうばく》とした空間が広がったような気がした。いま、あれと似た効果が感じられるのは、調度もまばらな室内に数々のキャンドルが点され、カーテンの開いた窓のむこうに夜の闇があり、キャンドルの光に照らされた人々の顔が明るく仮面のように映るせいだろう。みなの上にのしかかっていた重みがとりはらわれた。こういう時って、なにが起きても不思議じゃない。リリーはそう感じた。あの子たちきっといまにも入ってくるわ、ラムジー夫人はそう思いながらドアに目をやり、するとその瞬間、ミンタ・ドイルとポール・レイリーと、大皿を捧《ささ》げ持った女中が、一緒になって入ってきた。本当に遅くなってしまって。とんでもない遅刻ですね、とミンタが言い、ふたりはテーブルの両はじの席にそれぞれ辿《たど》りついた。「あたし、ブローチをなくしてしまったんです――お祖母《ばあ》さんの形見のブローチなのに」ミンタがさも悲しげな声で、大きな褐色の瞳《ひとみ》を涙でうるませ、伏し目がちになったり上目遣いになったりしながら、そう言って隣の席に座ってくると、男気を発揮したラムジーは愛想よく彼女をひやかしてやった。

おやおや、どうしてまたそんなドジな真似《まね》をしたのかね、宝石をつけて岩場をうろつくなんて？

ミンタはラムジーが怖いということになっていた――事実、ラムジー教授は恐ろしく頭がいいし、ここに来た最初の晩、うっかり隣に座ったらジョージ・エリオットの話なんかされて、震えあがったものだ。だって、『ミドルマーチ』の第三巻は列車に忘れてきたから、結末は知らないままだった。でも、その後の折り合いは完璧《かんぺき》だ。教授はミンタをお莫迦さん呼ばわりするのが嬉《うれ》しいらしいので、実際にもまして無知なふりをして見せたのだ。だから今夜も、教授に笑われたとたん、怖くなんかなくなった。それに、部屋に入ってきた瞬間に感じたのだけれど、例の奇蹟《きせき》が起きたみたい。

今夜のミンタは金色に輝くオーラをまとっている。これって来るときは来るし、来ないときは来ない。なぜ出たり引っこんだりするのかさっぱりわからないし、部屋に入っていくまでは、来てるかどうかもわからない。男性がこっちを見る目つきで、すぐにぴんとくるんだけど。よーし、今夜は来てる、ばっちりだ。「莫迦なことをするもんじゃないよ」と諭すラムジーさんの口調でわかった。ミンタはにっこりしながら、ラムジーの隣の席に座った。

なるほど、どうやら事は起きたようね。ラムジー夫人は思った。あのふたりは婚約を交わしたんだわ。いっとき、夫人は思いもよらぬ感情をふたたび味わった——嫉妬《しっと》。嫉妬の原因は、あの人、つまりうちの主人も、ミンタのほてるような歓《よろこ》びを感じとっていることにある。うちの人はこういう若い娘たちが好みなのよ。こういう金朱色に輝く娘たちは、すっ飛んでいて、ちょっと手に負えなくて、そそっかしいところがあって、髪をひっつめにしたりしないし、主人に言わせれば、リリー・ブリスコウのように「貧相」でもない。ミンタにはわたしにはない資質、ある種の輝きや豊かさがあり、それが主人をひきつけ、楽しませ、彼女みたいな娘たちをご贔屓《ひいき》にさせるのだ。こういう娘たちはことによれば、うちの人の髪を切ってあげたり、時計の鎖を編んだり、彼の仕事中に「ねえ、いらっしゃいよ、ラムジーさん。こんどはあたしたちが彼らをやっつける番よ」などと呼びつけて邪魔したりして（ほんとに声が聞こえるよう）、するとうちの人はテニスをしにほいほい出ていったりするのだろう。とはいえ、実際は妬《や》いてるというほどでもない。ただ、ときどき、鏡を見ると恨みがましい顔をしてしまうのだ。わたしも年をとったものだわって。べつに人のせいではないんだけれど（温室の修繕費だの、なにやかやあるし）。あの娘たちがうちの人をからかって笑ってくれて（「ラムジーさんったら、今日は何本パイプを吸ったの？」等々と）感謝しているぐらいよ。そうするうちに、あの人はすっかり気持ちが若返って、女にもてもての若者になった気がするんだから。業績の偉大さやら、この世の悲しみやら、人生の栄辱などという重荷をまだ背負っていない、ふたりが会い初《そ》めしころの、痩《や》せっぽちだけれど紳士然とした男にもどって。そう、あのころの彼はボートから降りるのに手を貸してくれたものだ。あんなふうに愛想よく（夫人が見やると、ミンタをからかっている夫はびっくりするぐらい若々しく見える）。さて、わたしの好みはと言えば――「ああ、それはここに置いて」夫人がそう言いながら手を貸してやると、女中のスイス娘は夫人の前に、ブフ・アン・ドーブの入った茶色の大《おお》鍋《なべ》をしずしずと置いた。わたしとしては、やはりちょっとぬけた感じの男が好みだわ。ポールは隣の席に座らせなくては。彼のために空けておいたのだから。ほんとのところ、まぬけな男が一番だと思うことすらある。難しい学位論文の話で人をうんざりさせることもないし。結局、ずいぶん損をしているのよ、こういうずば抜けて頭のいい男たちって！　ほんとの話、彼らがいかに味気ない人間になってしまうことか。それにひきかえ、と、夫人はお気に入りの若者が隣に座ってくると、そう思った。ポールにはぐっと人を惹《ひ》きつけるところがあるわ。この物腰がまた、わたしには好ましいのよ。それから、筋の通ったこの鼻も、明るいブルーの瞳も。しかも、とても思いやりがある。まわりはまたそれぞれの会話に夢中のようだし、この場で打ち明けてくれないかしら？――例のことを。

「ぼくたち、ミンタのブローチを探しに浜へもどったんです」ポールは夫人の隣に座りながらそう切りだした。「ぼくたち」ですって。それだけ聞けば、もう充分だわ。ポールのちょっと力んだ物言い、面はゆいこの一語を言ってのけようと声がうわずるのを聞いたとたん、彼がいま初めて「ぼくたち」という語を口にしたことがわかった。

「ぼくたち」はこうした、「ぼくたち」はああした。これから一生、ふたりは「ぼくたち」「わたしたち」と言いながら過ごしていくだろう。そんなことを考える傍らで、マルト〔前出のマリーのことか〕がちょっぴり勿体《もったい》つけた手つきで茶色の大鍋の蓋《ふた》をとると、オリーヴと油と肉汁の混ざりあったとびきりの芳香が立ちのぼった。うちの料理人が三日もかけたごちそうですからね。ここは細心の注意をはらって、と、大人はよく煮えた肉の塊にナイフを入れながら思う。格別に柔らかいところをウィリアム・バンクスに取り分けてあげましょう。中をのぞきこんでみれば、つやのある鍋肌に囲まれて、おいしそうな褐色と黄金色の肉がほろほろと煮くずれ、ベイリーフが顔をのぞかせ、ワインの香りが漂い、そうして夫人は思うのだった。これなら、さしあたり婚約祝いにもなるわね。胸のうちになにか妙な感覚が湧きあがってきた。婚約をことほぐ、気まぐれな、それでいて優しい気持ち。まるでふたつの異なる感情が呼びおこされたかのようだった。ひとつは深くおごそかなものだ。なにしろ、男性が女性にいだく愛ほど——その胸に死の種子をひめながら——真剣で、圧倒的で、心をうつものが他にあるだろうか。が、そう思うと同時に、この恋人たちは目をキラキラさせて幻想の世界へ入っていくのだから、花環《はなわ》で飾りたてたふたりの周囲をみんながひやかしながら輪になって踊る、というぐらいの祝福をされて然《しか》るべきだとも思うのだ。

「これは、恐れ入ったなあ」バンクスがナイフをいったん置いておもむろに言った。いままでは味わうことに集中していたのだ。この肉、風味があって、柔らかい。しかも絶妙の煮加減ですよ。こんな田舎でどうやってこんな料理を用意なさったんです？バンクスは尋ねてきた。すばらしい奥さんだ。彼の親愛の情、彼の敬意が、すっかりもどってきたのを夫人は感じた。

「祖母直伝のフランス風レシピですの」そう答えるラムジー夫人の声には、隠しきれない喜びがにじんでいた。ええ、フランス風でしょうとも。イギリスで料理と称されているもののひどさたるや（ふたりはうなずきあった）。キャベツを水煮にしただけだったり。肉をローストすれば、焼きすぎて革みたいに硬くしてしまったり。おまけに、野菜のおいしい皮をみんな剝《む》いてしまうんだ。「皮にこそ」と、バンクスは言う。「いちばん野菜の滋養があるというのに」それをあんなゴミにしてしまって、と夫人が相槌をうつ。フランス人の一家なら、イギリス人の料理人が捨てたものだけで暮らしてゆけますよ。ウィリアムの愛情が自分のもとに返ってきた、なにもかもが調子をとりもどした、もういろいろな気がかりも晴れたことだし、これからは存分に、今夜のわが成功を謳歌《おうか》し、人をからかってもいいのだ、という気持ちに後押しされ、夫人は声をたてて笑い、身ぶり手ぶりよろしく話した。じきに、そのさまを見ていたリリーは思った。なんとまあ、子どもっぽい。またもや美貌《びぼう》をふりまいて、膝《ひざ》を乗りだすように、野菜の皮の話に興じているラムジー夫人って、なんて滑稽《こっけい》なんだろう。あの人は、なんだか怖い。いやと言えないような雰囲気がある。いつだって最後には自分のペースに持っていってしまうんだから、とリリーは思った。今日はついにあの話もまとめてしまったようだ——どうやら、ポールとミンタは婚約したらしい。バンクスさんもこうして晩餐会に参加したし。ラムジー夫人はただ単純明快に率直に願うだけで、人々に魔法をかけてしまうのだ。あの溢《あふ》れんばかりの思いにひきかえ、自分の心の貧しさたるやどうだろう、とリリーは思った。たぶんそれは奥さんが、この奇妙な、この恐ろしいものを信じている（あんなに顔を輝かせているぐらいだから信じているのだろう——若々しくなくても晴れやかに見える）せいもあるだろう。事実、いまもいそれのために、ポール・レイリーはことの中心人物にまつりあげられ身も震えんばかりで、そのことばかりに気をとられて呆然《ぼうぜん》と黙りこんでいるというのに。ラムジー夫人は野菜の皮のことを話しながらも、それをおおいに讃え、崇《あが》めている。リリーはそんなふうに感じた。あの人はそれに両手をかざして温め、同時にそれを慈《いつく》しみ守り、さあ成就《じょうじゅ》したとなると、なぜか声高に笑いながら、生《い》け贄《にえ》を祭壇へつれていく。そんな感じがしたのだ。そう、それはいま自分の身にも近づいてきている——あの感情、愛の波動が。ポールの隣にいるわたしのなんと影の薄いこと！　ポールには燃えるような耀《かがや》きがあるのに、わたしはお高くとまって、皮肉なことばかり考えている。彼はこれから冒険に乗りだそうというのに、わたしは岸に停泊したまま。ポールが無鉄砲にも勢いよく飛びだす一方、ラムジー夫人はひとり寂しくとり残されて——彼から今日の思わぬ災難——災難と言えればの話だが——の話を聞かせてもらおうと、遠慮がちに尋ねる。

「ミンタのブローチをなくしたのはいつなの？」

ポールは、午後の思い出につつまれ、まだ夢でも見ているように、極上の微笑みを見せた。そして首を振って「浜辺にいる間なんです」と答えた。

「ぼくがきっと見つけますよ。明日の朝早く起きて」あ、でもこれはミンタには内緒にしてください、と、彼はその後に声をひそめて付け足し、ミンタのほうを顧みると、そこでは彼女がラムジーの横で声をあげて笑っていた。

リリーはポールの手助けをしたいという願望を場違いにも熱烈に表明しそうになりながら、夜明けの浜辺で石の陰になかば隠れたブローチを自分が真っ先に見つけ、船乗りや冒険者たちの仲間入りをするさまを思い描いていた。なのに、ポールは彼女の申し出にどう答えたか？　リリーはめったに見せない感情をあらわにして、こうまで言ったのに。「わたしもご一緒させてくださいな」すると、彼は声をたてて笑った。それが意味するところは、イエスかノーのどちらかだろうか。いや、そうではなかった。ポールが見せた妙なふくみ笑いは、こう言っているようだった。「もし崖《がけ》から身投げしたければ、してもぼくはかまわないよ」リリーは彼の熱愛と、その恐ろしさ、残酷さ、不埒《ふらち》さの照り返しを、頬にもろに受ける思いだった。それは熱く肌を灼《や》き、リリーはテーブルのむこう端でラムジー氏に愛想をふりまいているミンタを見ながら、彼女は男のこんな牙《きば》にさらされているのかとすくみあがり、自分はその牙と無縁なことをありがたく思った。クロスの模様の上に置いた塩入れをちらっと見ながら、いずれにせよ、わたしは結婚せずにすむんだからありがたいわ、あんな格下げの屈辱を味わわなくていいんだから、と自分に言い聞かせた。ありがたみが薄れる恐れもない。ええ、あの木をもっと絵の中央に寄せましょう。

物事というのは、かくも複雑なのだった。ことにラムジー家に滞在中、リリーは相反する熾《し》烈《れつ》な気持ちをいちどきに感じるという体験をさせられていた。あなたはこう感じる、その一方、わたしはこう感じる、ふたつの感情はいまみたいに、胸のうちでぶつかりあう。一方では、この恋なるものをかくも美しく、めくるめくものであり、自分まで恋に落ちそうになって震えながら、まったく柄にもなく、浜辺でのブローチ探しを手伝いましょう、などと申しでる。その一方、恋とは人間のもつ情熱のうち、最もおろかしく、野蛮なものであり、宝石さながらに繊細な顔立ちの好青年（ポールはたいした美形だった）を、バールをふりまわすマイル・エンド・ロード〔ロンドン東部の風紀のわるかった地域〕あたりの暴れ者に変えてしまう（じっさい彼はふんぞり返って礼儀を欠いていた）という思いがある。それでも、と、リリーはまた思い直す。世の黎明《れいめい》から今日まで、恋には数々の頌歌《しょうか》が捧げられてきたし、あまたの花飾りやバラの花がうずたかく積みあげられてきたじゃないの。それに、もし男たちに尋ねてみたら、きっと十人中九人が、恋さえ手に入れば他にはなにも望まないと答えるだろう。かたや女は——自分の経験からいって——いつもこんなふうに感じているものだ。「これはわたしの望むものとは違う。恋ほど退屈で、幼稚で、非道なものはないわね。とはいえ、恋は世にも美しく、人間に欠かせないものでもある」だったら、さあ、だったらどうする？この議論の続きは他のメンバーにやってもらおうとでも言うように、リリーは問いかけた。こういう議論では、ひとりが精一杯ささやかな矢を放っても、明らかに的には遠くおよばず、他の人たちに先へと射ってもらうしかないのだ、という心もちで。リリーは、もしや恋という問題になにがしかの答えが得られるのではないかと期待して、ふたたびまわりの会話に耳をかたむけた。

「それから」と、バンクスは言った。「イギリス人がコーヒーと呼ぶあの液体もありますが」

「そうそう、コーヒーもですわ！」ラムジー夫人が言った。でも、本当に問題なのは、むしろ本物のバターと清潔な牛乳が手に入らないこと（奥さん、すっかり調子づいちやって。リリーは脇《わき》から見てとった。たいした熱弁だわ)。夫人は温かみと饒舌《じょうぜつ》をもって、イギリスにおける酪農業の無法ぶり、牛乳がどんなありさまで家庭に配達されているかを事細かに説明し、これまでいろいろと調査してきたことからも、わたくしにできる役割はですね……と語りだそうとしたとき、座の中心にいたアンドルーを口火として、その火がハリエニシダの茂みから茂みへと燃え移るように、子どもたちがいっせいに笑いだした。夫までもが笑いだした。炎に取り巻かれて笑われ、兜《かぶと》をとられて砲撃台から降ろされたラムジー夫人は、一座のひやかしと嘲《あざけ》りを指して、英国民の偏見を批判するとこういう目にあうという好例ですよと、せいぜいしっぺ返しをするしかなかった。

しかしながら、さっきタンズリーのことで助けてくれたリリーが、会食の場に融《と》けこんでいないのを気にしていたので、ひとり安らいでいる彼女をわざわざ引っぱりだした。「リリーはともかくも賛成してくれるはずよ」と話に引っぱりこまれたリリーは、いささかうろたえ、いささか面食らった(恋について考えていたので)。やれやれ、どっちもはぐれ者ね。ラムジー夫人はそう考えていた。リリーも、チャールズ・タンズリーも。ふたりとも、あとの若いふたりの熱にあてられている。タンズリーは見るからに、すっかり除《の》け者の気分のようだ。ポール・レイリーが部屋にいると、女性はだれひとり彼に見向きもしなくなるのだから。お気の毒！　それでも、彼にはナントカにおけるダレソレの影響なんていう論文があるから、まだいい。自分の身のふりは自分で考えるでしょう。けど、リリーはそうはいかない。いまも、輝くミンタの陰で色褪《いろあ》せて見える。おちょぼ口で、細い吊《つ》り目で、地味な灰色のドレスを着た彼女、今日はいつにもまして目立たないわね。彼女については、なにもかもがじつにちっぽけ。でも、と、夫人はリリーを味方につけようとしながら（彼女なら、奥さんが酪農の話をよくするといっても、ご主人が靴の話に夢中になるのと同じです。ご主人は靴のことになると何時間でもお話が止まりませんもの、と助けてくれるだろうから）リリーとミンタを引き比べてまた考える。四十のころどっちが素敵な女性になっているかといえば、それはリリーだろう。リリーには一本筋の通ったところがある。燃えるようなものがある。自分だけのなにかを持っている。わたしはそこを大いに買っているのだけれど、こういうのは男性にはウケがわるいんじゃないだろうか。そうに決まっている。ずっと年上の、ウィリアム・バンクスのような人なら別でしょうけど。とはいえ、ウィリアムが気があるのは、と、夫人はときどき思うのだった。奥さんが亡《な》くなってから気になっているのは、たぶんわたしなのよ。もちろん、「恋」というようなものじゃない。世の中によくある、分類しがたい愛情のひとつ。いやだ、また莫《ば》迦《か》なことを。ウィリアムにはリリーと結婚してもらわなくちゃ。ふたりには共通点も多いし。リリーは花が大好きだし。ちょっと冷たくて、近寄りがたくて、自足しているところもお互いさま。ふたりで遠出でもするよう、お膳立《ぜんだ》てしなくては。

ふたりを向かい合わせに座らせたのは失敗だった。あしたは席替えをしましょう。晴れたら、ふたりをピクニックに行かせてもいい。なんでも実現できる気がするわ。なにもかもが順調に思える。いまだけは（でもこんなことはつづきっこない。靴の話題に興じる面々をよそにその場から距離をおいて見ると、そんな気がしたが）、いまひとときは安心を手に入れていた。空を舞う鷹《たか》のように、喜びに包まれてはためく旗のように、夫人は悠然と宙に浮いていた。喜びは全身の神経をすみずみまで心地よく満たす。決して騒がしくなく、あくまでもおごそかに。そう、と、テーブルのみんなを順繰りに眺めながら夫人は思う。この喜びは、うちの人の、子どもたちの、友人たちの内側から、湧きあがってきたものなんだもの。この深い静けさのなかに湧きあがるそれは（夫人はごく小さな肉塊をもうひとつウィリアム・バンクスにとりわけようとしながら、陶の深鍋をのぞきこむ）なぜかしら煙のように、立ちのぼる煙霧のように、この部屋にゆったりと留まって、つどった人々をしっかりとひとつにまとめている。ことばはなにも要らなかった。なにも出てこなかった。ただ幸福の薄もやが、みんなをとりまいていた。夫人はバンクスのためにことさら柔らかい肉を選りわけながら、この喜びに永遠を思わせるなにかを感じるのだった。その日の午後にも、状況は違えど同じような感覚を抱いたものだ。ものごとにひとつのまとまりが、安定感がある、という実感。言うなれば、変化を被《こうむ》らないなにものかがあり、ひときわ耀きをはなっている（灯りを反射して波打つ窓を、夫人はちらりと見やった）。流れゆくもの、はかなきもの、幻影のようなものの面《おもて》でルビーのごとく鮮やかに。そうして夫人は昼間にも一度味わった和やかで安らかな感覚を、夜になってまた味わったのだ。まさにこういう瞬間から、永久に残るものがつくられるんだわ。夫人はそう思った。いまこの時は、きっといつまでも残る。

「ええ、ご心配なく」夫人はウィリアム・バンクスに言う。「みなさんに行きわたるだけ、たっぷりとありますから」

「アンドルー」こんどは息子にむかって言う。「もう少しお皿をさげてちょうだいよ。よそうときこぼしてしまうわ」（ブフ・アン・ドーブは完璧なできばえなのだから）ものごとの中心のあたりに、と、夫人はスプーンを置きながら思う。静かな空間があるという感じね。そのスペースで人は自在に動いたり休んだりできる。話に耳を傾けながら待つこともできる（さあ、全員にお料理がいきわたった）。そして、高みの巣から急降下する鷹のように、これみよがしに笑いくずれることもわけなくできる。テーブルのむこう端でなにやら語っている夫の話に、全神経を集中することもできる。夫は、1253の平方根について話していた。列車のキップのナンバーがたまたまその数字だったそうな。

一体全体、どういう話なの？　今日まで生きてきて聞いたこともないことばだわ。平方根？　なんなの、それは？　息子たちは平方根を知っていた。夫人は教えてもらう。立方について、平方根について。彼らのいま話していることといえば、ヴォルテールやスタール夫人〔フランスでロマン派の先駆けとなった文学者〕について、ナポレオンの性格のこと、それから、フランスにおける土地保有権法がどうのこうの、首相を務めたローズベリー伯が云々《うんぬん》、クリーヴィーの回想記〔イギリスの政治家。三十六年間の日記・書簡からなる「クリーヴィー・ペーパーズ」を発表〕に関してもひとくさり。夫人はそうした話題にすっともちあげられ、身をあずけてしまう。男らしい知性が織りなす、このけっこうな布地に。彼らの知性は縦横無尽に張りめぐらされ、まるでふわふわと頼りない布地に鉄の梁《はり》がわたされたように、世界をしっかり支えている。だから、夫人はすっかり身をまかせ、目を閉じていても平気だし、そうしてときおり、子どもが枕《まくら》に頭をもたせながら、幾重にも緑葉のしたたる大樹を見つめて瞬《まばた》きをするように、あたりに目を泳がせたりする。それから、やおら目を覚ましてみる。布地はまだ織りだされていた。ウィリアム・バンクスが「ウェイヴァリーもの」〔ウォルター・スコットによる、青年士官エドワード・ウェイヴァリーを主人公とする一連の小説〕を褒めそやしているところだ。

　あれは半年に一冊は読んでいますよ、とバンクスは言った。すると、どうしたことか、チャールズ・タンズリーがそれを聞いて怒りだした。急につっかかっていって（ひとえに、プルーが優しく接しようとしないからだろうと、夫人は考えた）こきおろしはじめたのだ。その、そのなんとかいう小説なんて読んだこともないくせに、と夫人は思う。言うことなどろくに聞かなくても、タンズリーのようすを見ていればわかる。彼の流儀から見て、こういう酷評が出てくる経緯が手にとるようにわかる――要するに自己主張したいのだ。きっとこういう態度は、この人が教授の地位を手に入れるか、お嫁さんをもらうかして、始終「ぼくが、ぼくが、ぼくが」と言ってる必要がなくなるまで、やまないでしょう。だって、相手はサー・ウォルターでも、まあ、ジェーン・オースティンでもいいけれど、彼の批判ってつまるところ、それが言いたいだけなのよ。「ぼくが、ぼくが、ぼくが」自分のことと、自分が人にどう思われるかしか考えていないのは、声音や、力みかたや、落ち着きのなさを見れば、一目瞭然《りょうぜん》だわ。社会で成功すれば、角もとれてくるんでしょうけどね。ともかくも、また議論がはじまった。もう聴いていなくてもいいでしょう。こういう時間はそうつづきっこないけれど、たったいま夫人の目は澄みきって、テーブルをぐるっと回りながら、ひとりひとりのヴェールを、その考えや気持ちのヴェールを、楽々と剝《は》いでいくような気さえした。まるで光がそっと水の下に射《さ》しこみ、水中のあたり一帯を照らしたとたん、そこに立つさざ波や、揺れる葦《あし》や、そろって泳ぐ小魚たち、急に静かになったマスたちが、漂い震えるさまが浮かびあがったかのよう。いまの夫人には、みんなの気持ちが見える。声が聞こえる。とはいえ、彼らがなにを話そうと、それはこんな性質もおびるのだ。ことばはマスの動きにも似ているけれど、それと同時に、さざ波や砂利も見えるし、右にあるものも左にあるものも見え、すべてがひとつの景色として目に映る。これがふだんの実生活では、物事はひとつひとつ網でとらえて、他と分けて考え、たとえば、わたしはウェイヴァリーものが好きです、とか、それは読んだことがありません、とか言いながら、自分を前へ前へと駆りたてるだろう。でも、たったいまは、ことばは口にしない。ひとときゆったりと宙に漂いつつ。

「ええ、でも、そういう本っていつまで残りますかね？」と、だれかが言った。あたかも夫人の頭上には感度のいいアンテナが立っていて、ある種のことばはすかさずキャッチして、注意を喚起するかのように、いまのことばもアンテナに引っかかった。これはその手の話だわ。夫人は伴侶の危機を嗅《か》ぎつける。こうした問いかけは、まず間違いなくよからぬ話題に発展し、夫にわが身の不首尾を想起させる発言につながるのだ。だったら、自分の著作はいつまで読み継がれるだろうか——うちの人は即座にそう考えるだろう。ウィリアム・バンクス（そういう虚栄心はさらさら持たない人）は問いかけを一笑に付し、わたしは流行《はや》りすたりなんかは気にかけない質《たち》でね、と答えた。本がいつまで残るかなんて、文学にしろなんの分野にしろ、だれにわかるものかね？

「いまいいと思うものを楽しもうじゃないか」バンクスは言った。この高潔さはじつにあっぱれなものだと、夫人は感心する。答える前に「待てよ、この問題がどう自分にもふりかかってくるか？」などと考えるそぶりもなかった。でも、彼のような気質をもたない——賞賛や励ましがないとやっていけない——者であれば、不安になるだろうし（事実、うちの人はなっている）、「いやいや、あなたのご著作はいつまでも読まれますよ、ラムジーさん」とかなんとか言ってほしくなるのが当たり前でしょう。実際、うちの人は尖《とが》った声で、ともかくもスコット（いえ、シェイクスピアと言ったかしら？）はわたしの存命中は名声をたもつでしょうな、などと言ってその不安をあらわにしている。不機嫌な話し方だった。ほら、と、脇から夫人は見てとる。みなさん原因がわからずに、なんだか居たたまれなくなっているじゃないの。そこで、勘のいいミンタ・ドイルが、知ったような顔で突拍子もないことを言いだした。シェイクスピアを読んで本当におもしろいと思う人なんているんですか。すると、ラムジーはいかめしい声で（とはいえ、機嫌は持ち直したもよう）、まあ、自称シェイクスピア愛好家のうち本当に愛好しているのはごく少数だろう、と言った。しかしながら、それでも彼の戯曲にはじつにためになるものもあるのだよ。そう夫が付け足すのを見て、これで当座の危機は去ったようだと夫人は判断した。うちの人はミンタを笑いとばし、ミンタはうちの人が自分にものすごく不安を抱いているのを察して、彼女なりに気をまわし、なにやら気遣ったりおだてたりすることだろう。とはいえ、本当はそんな必要がないのが一番なのだ。こういうことになったのも、妻に至らない点があったせいかもしれない。でもいまのところ、ポール・レイリーの話に耳を傾けていてもよさそうだわ。「子どものころ読んだ本」について、彼は語ろうとしていた。子どものころ読んだ本って残りますよね。ポールは言った。ぼくは学校でトルストイをけっこう読みましたよ。ずっと印象に残っている登場人物がいるんだけど、名前は忘れてしまったなあ。ロシア人の名前はとても覚えきれないものね、夫人はそう言ってやった。「そうだ、ヴロンスキーだ」ポールは言った。どうして憶《おぼ》えているかというと、悪役にぴったりの名前だと思っていたからなんです。「ヴロンスキーねえ」ラムジー夫人は言った。「あっ、それは『アンナ・カレーニナ』でしょう」せっかく思いだしたものの、たいして会話は弾まなかった。ふたりとも書物にはあまりくわしくない。いや、チャールズ・タンズリーなら、すかさずふたりの話を整理してくれるだろうが、例の「ぼくはしかるべきことを言っているか？」「しかるべき印象を与えているか？」という気持ちが盛んに邪魔するせいで、結局、トルストイはさておきタンズリーのことをまわりは聞かされるはめになるのだ。それにひきかえ、ポールは純粋に本のことを話し、自分のことはもちださない。ちょっと鈍い人というのは大方そうだけれど、ポールにも一種の謙虚さ、相手の気持ちを思いやる性癖があった。常にとはいわないまでも、ときおり夫人はそれが好ましくなるのだった。いまポールが気にしているのは、自分のことでもトルストイのことでもなく、奥さん、寒くないですか、風が来ていませんか、梨をおとりしましょうか、といったことなのだ。

いいえ、梨はけっこうよ。夫人は答えた。それどころか、果物皿にだれも触りませんようにと（無意識のうちに）ぬかりなく見張っていたぐらいだ。夫人の目は果物の曲線や陰のあいだを出入りし、低地産の葡萄がおりなす濃紫《こむらさき》の山をさまよい、ツノ貝の尾根をこえ、紫と黄のコントラスト、丸い形を背景にした曲線などを楽しみ、とはいえ、なぜこんなことをするのか、なぜこれを見るたびにますます気持ちが穏やかになっていくのか、自分でもわからないままだった。やがて、ああ、残念――ひとつの手が伸びてきて、梨をとりあげ、全体の調和をだいなしにしてしまった。夫人は同情のまなざしで、ローズを見やった。見れば、ローズはジャスパーとプルーの間に座っていた。子どもがこんな手の込んだことをするのだから、おかしなものね！

おかしいといえば、ジャスパー、ローズ、プルー、アンドルーの四人がそろって一列に座り、ほとんどお喋《しゃべ》りもせずにいるのも妙だ。でも、口元がひくひくしているところを見ると、さしずめ彼らだけにわかるジョークを楽しんでいるのだろう。夫人はそう中《あた》りをつけた。ディナーの場とはまったく関係ない冗談。いまはそれを溜《た》めておき、あとで自分たちの部屋で大笑いしようという気なのだ。父親を笑いぐさにするのでないといいけど。ええ、きっと違う。だったら、いったいなにかしら。と、夫人は考えつつ寂しくなった。だって、この子たち、母親がいないところで大笑いする気でしょう。あのしかつめらしい仮面のような表情の裏に、ぜんぶ溜めこんであるに違いない。おいそれとこの場にうちとけようとせず、まるで見張人か監視人みたいに、おとなたちからちょっと距離をおいて、高みから見おろしている。でも、今夜のプルーを見るかぎり、あの子だけは例外かもしれない。夫人はそう思った。あの子はおとなの世界へ足を踏みだしたばかり、いま動きだし、階段をおりはじめたところだ。ほのかな光がその顔に射している。まるで、向かい側に座るミンタのほてりが、高揚感が、幸せの予感が、彼女にも反射しているかのように。男女の愛という陽がテーブルクロスの縁からのぼりだし、プルーはそれと気づかぬまま、光のほうへ身を乗りだし、進んで迎え入れているようでもあった。プルーははにかみがちに、でも興味津々《しんしん》に、ミンタのほうばかり見ており、ラムジー夫人はふたりの顔を交互に見てから、心のなかでプルーにこう話しかけた。あなたもいずれ、ミンタのように幸せになるのですよ。いいえ、もっともっと幸せになるわ。夫人は心でそう付け足した。なぜなら、あなたはわたしの娘ですもの。うちの娘たちはよその娘さんたちより間違いなく幸せになる。それはそうと、ディナーもそろそろ潮時ね。お開きの時間だわ。みんなお皿に残ったものをつつきまわしているだけ。ひとまず、主人の話にまわりがひとしきり笑うまで待つとしましょう。あの人、ミンタを相手に、賭《か》け事のジョークなんか言っている。さて、あの話の切りがついたら立ちあがって、と。

チャールズ・タンズリーもなかなかいいじゃないの。夫人は不意にそう思った。笑い声なんて感じがいい。ポールとミンタにやたら腹を立てているところもわるくないし、あの無骨さも好ましい。やっぱり、あの青年にはうんと見所があるということね。それからリリーも、と、夫人はナプキンを皿の横に置きながら考える。いつだって彼女一流の冗談を言うし。だれからも心配される筋合いなんてない人だ。夫人はいましばらく待った。ナプキンを皿の縁に押しこんで、さあ、そろそろ切りがついたかしら？　あらら、まだのようね。さっきの話からまた別な話がはじまってしまった。今夜はうちの人、たいそういいご機嫌で、どうやら、例のスープの一件で気まずくなったオーガスタスさんと仲直りしようと、会話に引っぱりこんだようね——ふたりは大学時代の共通の知人を引き合いに出して、さかんに昔話をしている。ふと窓を見ると、ガラスが闇につつまれたぶん、そこに映るキャンドルの炎はいっそう明々《あかあか》と燃えたつように見えた。窓の外を見ていると、さんざめく会話の声がずいぶん妙に聞こえてきて、なんだか大聖堂でのミサの声を思いだす。話の内容には耳を傾けていなかったせいだろう。笑い声にわっと沸いたかと思うと、つぎに一人だけ（ミンタ）が喋りだし、こんどはローマ・カトリック教会の大聖堂ミサで男性と若い男の子たちが大声で唱えるラテン語の祈禱《きとう》を思わせた。ラムジー夫人はさらに待った。うちの人が話しだした。なにかの語句を繰り返している。そのリズム、声音にあらわれた昂《たか》ぶりと憂《うれ》いから、それが詩の一部だと知れた。

おいで、坂なす庭の小径《こみち》を

ルリアナ・ルリリー
月月紅　咲き薫《かお》り　黄の蜜蜂《みつばち》　さざめける〔チャールズ・エルトン「ルリアナ・ルリリー」より。月月紅は庚申薔薇の中国名〕

詩句は（窓を見やりながら聞いていると）室内の人々から離れ、外の海のみなもに漂う花びらのように、まるでだれも口にしないのにひとりでに湧いてくるかのように響いた。

われらの来し方　行く末には
うっそうたる大樹　色移ろう木の葉しげると

どういう意味の詩句かわからないけれど、なにか音楽のようでもあり、自分で口にしたようにも思えてくる。今宵夕刻から、別なことを話しながらもずっと心で思っていたことを、いともすんなりと、ごく自然に、表に出したかのような。テーブルを見まわさなくても、ひとりひとりが夫の声に聴きいっているのがわかった。

あなたには　かく見えるや

ルリアナ・ルリリー

聴きいるようすには、夫人が抱いているのと同様の安堵感《あんどかん》や歓びがあった。ようやく本心を口にできた、これは自分自身の話す声だというような気持ちを、みんなも感じているのだろう。

ところが、声がぱたりとやんだ。夫人は首をめぐらせ、立ちあがろうとした。オーガスタス・カーマイケルがすでに立ちあがり、テーブルナプキンを前にたらしたまま——それは白の長衣のように見えた——詩の続きを朗誦《ろうしょう》しだした。

御姿《みすがた》を拝す王たちは馬でゆき
芝地をこえ　ひな菊咲く草原《くさはら》をこえ
棕櫚《しゅろ》の葉と　杉の小枝に飾られて
ルリアナ・ルリリー

そこで、夫人が横を通ると、オーガスタスは心もちそちらに体を向け、最後の一行を繰り返した。

ルリアナ・ルリリー

そして敬意を表するかのように、夫人に向かって一礼した。なぜかしら、オーガスタスにいつにない好意を寄せられている気がし、安堵感と感謝の気持ちから、夫人もお辞儀をし、彼があけてくれたドアのむこうへと足を踏みだしていく。

さて、いろいろな段取りをもう一歩進める頃合いね。戸口に足をかけたところで一瞬立ち止まり、見ているそばから消えていく情景のなかにいま少し身をおいたのち、歩きだして、ちょっとミンタの腕をとり、部屋から出てしまうと、情景は一変し、いきおい違う様相を呈しはじめた。肩ごしに最後の一瞥《いちべつ》をなげながら、さっきまでの情景がもはや過去になってしまったことを、夫人ははっきりと感じていた。

18

相変わらずね、とリリーは思った。その瞬間その瞬間にぴたりとなすべき事柄というのが、つねにあるのね。ラムジー夫人ならではの理由でいますぐなすべしと判断される事柄が。さっきみたいに、みんながなにをするでもなく冗談を言いあって、これから喫煙室に行こうか、客間に移ろうか、屋根裏に引きあげようか、決めかねているような状況があるとする。そのガヤガヤしたなかでふと見ると、夫人がミンタの腕をとりながら、「あら、もうそんな頃合い」と思案する姿があり、さも、裏方でやっておきたい仕事があるのよと言わんばかりに、そそくさと出ていってしまうのだ。その場から夫人が去って場にまとまりがなくなると、とたんにみんなふらつきだして、ばらばらに散ってしまう。バンクスはチャールズ・タンズリーの腕をとって誘い、食事中にはじまった政治談義に切りをつけようとテラスへ出ていき、かくして、全体に均衡のとれていた今夜の晩餐会《ばんさんかい》は雰囲気を一変させ、これまでと違う方向に比重をうつすことになった。リリーはふたりが出ていく姿を目にし、労働党の政策に関する彼らのやりとりをちらと耳にしながらこう思った。まるで船のブリッジにあがって船の位置を確認、という感じね。詩から政治へと話題が切り替わるようすは、彼女にそんなふうな印象を与えたのだった。というわけで、バンクスとタンズリーは部屋を出ていき、残った面々は、ラムジー夫人がランプの灯りだけに照らされて階段をあがっていく姿を、ただうち眺めていることになった。あんなに急いでどこへ行くのかしらね？

リリーは不思議に思った。

じつのところ、夫人は駆けもせず、慌《あわ》てもしていなかった。それどころか、ゆったりとした足どりで歩いていた。あのにぎやかなお喋りの後で、しばらく静かにしていたくなったし、なにかひとつのことを、大切な問題だけを選んでほかから切り離し、もろもろの感情や雑多なことがらをとりさって考え、そうして問題を目の前によくかざし、とくと審議したいと思った。この手の問題を決めるのに招集した判事たちが並んで密議をとりおこなう、そんな場で、これは良いことか、悪いことか、これは正しいか、間違っているか？　われわれはどこを指して進むべきか？　等々と審議したいものだ。夫人は会食で気持ちがざわついていたので、こうしてまずは自分の気持ちを立て直そうと、ごく無意識のうちに、意味もなく、おもてに立つ楡《にれ》の木の枝を使って、態勢をととのえようとした。自分のいる世界は変わりゆく。けれど、あの楡の木はどっしりと動かない。今夜の晩餐会に、夫人はなにやら無常感をおぼえていた。すべてをきちんと秩序立てなくては。あっちも直し、こっちも直し、と考えながら、夫人は楡の木の動かざる威容にいつしか心打たれ、それでいて風に吹きあげられる枝の（波を切って進む船の舳先《へさき》のような）壮麗さにも、知らず知らずのうちに拍手を送っていた。そう、風が強くなってきた（夫人はちょっと立ち止まり、窓の外を眺める）。強い風にときどき木の葉がなびいて、木《こ》の間《ま》から星がのぞき、その星たちも震えながら光をはなち、葉末でひときわ明るく瞬《またた》こうとするかに見えた。さて、あの件も話がまとまって、片が付いたわけね。成就したものはなにごともそうであるように、今回の件も厳粛な色合いをおびていた。こうして晩餐のお喋りや興奮を離れてみると、あれは元からあったご縁で、いま婚約という形になって現れただけ、という気もする。形になって見えたことで、なにもかもがしっくりとおさまった。きっとあのふたりは、と、夫人はまた歩きだしながら思う。どんなに長生きしようと、今日の晩を、この月を、この風を、この家を、折りにふれ思いだすことでしょう。そして、わたしのこともね。どれだけ長く生きようと、ふたりの心のなかに自分の存在が織りこまれていくだろうと思うと、夫人はすっかり気をよくした。こうして自負心をくすぐられるのにめっぽう弱いのだ。ふたりの心には、これも、これも、これも残ることでしょう。夫人は階段をあがりながらそう思い、踊り場のソファ（母の形見）や、揺り椅子《いす》（父の形見）や、ヘブリディーズ諸島の地図を見て思わず声をたてて笑いだしたが、愛情のこもった笑いである。ポールとミンタはふたりで築く暮らしのなかで、こうしたものをたびたび思い起こすでしょう。「レイリー夫妻」――夫人は新たな呼び方を口にしてみる。そして子ども部屋のドアに手をかけながら、あの、他人との精神的な一体感を感じるのだった。まるで、仕切りの壁がごくごく薄くなって、実質的にすべてがひとつの流れとなったような（つまり安らかで幸せな気持ち）、椅子やテーブルや地図が自分のものでもあり、彼らのものでもあるような、どちらのものでも構わないような気分になるのだった。こういう気持ちは、この先自分が死んでも、ポールとミンタが引き継いでいってくれるだろう。

夫人は把手《とって》がきしまないようしっかり握って廻し、うっかり声を出してはいけないという顔で軽く唇を引き結びながら、部屋に入っていった。ところが、入ったとたんに、そんな気遣いは無用だったとわかり、眉《まゆ》をしかめた。子どもたちはまだ眠っていなかった。まったく、なってないわ。ミルドレッドにはもっと気をつけてもらわないと。ジェイムズは目をぱっちり開けたままだし、キャムは体をぴんと起こしていたし、ミルドレッドは裸足《はだし》のままベッドから出ている。そんなありさまで、もうすぐ十一時だというのに、三人でぺちゃくちゃ喋っているではないか。一体どうしたというんです？　だって、またあのおっかない頭が。ミルドレッドに、あれはどけておいてと言いつけておいたのに、ミルドレッドは案の定それを忘れ、かくなるわけで、キャムは目がさえて眠れず、ジェイムズも目がさえて眠れず、もうとっくに寝ているはずの時刻に言い合いをしているのだった。まったく、エドワードって人はなにを考えて、あんな怖い動物の頭蓋骨《ずがいこつ》を送ってよこしたのかしら？　あの頭をこの部屋の壁に釘付《くぎづ》けってあにさせたのは、つくづく失敗だった。ミルドレッドによれば、しっかり打ちつけてあって取れないとのことで、しかしキャムはあれが部屋にあると寝られないと言い、一方、ジェイムズは彼女が頭蓋骨に触ろうものならわめきだすそうだ。

さあ、キャム、おやすみなさい（だって、あの頭、大きなツノがはえてるんだもん、とキャム）。さあ、もうおやすみして、きれいなお城の夢を見ましょうね。ラムジー夫人は娘の横に腰をおろして、そう語りかけた。だって、ツノが見えるんだもん。部屋じゅうどこにでも。たしかにそうだった。どこに灯りを置いても、どこかに影が映る（しかもジェイムズは灯りがないと眠れないと言う）。

「でも、考えてごらんなさいな、キャム。ただのお爺《じい》さん豚じゃないの」ラムジー夫人は言った。「農場にいる豚たちとおなじ、おとなしい黒豚よ」とはいえ、キャムはそれがどこからでも襲ってくる恐ろしい生き物に思えるという。

「じゃあ、こうしましょう」ラムジー夫人は言った。「なにかで覆《おお》ってしまえばいいわ」子どもたちが見ているなか、母はたんすに歩みよって、小さな抽斗《ひきだし》をつぎつぎと手早に開けていき、使えそうなものがないとわかると、こんどは自分が羽織っていたショールをさっと取って、それを豚の頭部にぐるぐる、ぐるぐる巻きつけたあと、またキャムの横にもどり、娘とおなじ枕に頭を乗せるようにしながら、あら、こうして見るとなかなかすてきね、と言った。妖精《ようせい》さんたちが気に入りそう。鳥の巣みたい。お母さんがいつか外国で見たきれいなお山にも似ているわ。谷があって、お花がたくさん咲いて、そこに鐘の音が鳴りひびき、鳥たちがさえずり、小さな山羊《やぎ》やアンテロープたちが……そうしてリズミカルに語ることばがキャムの心のなかに谺《こだま》するのが感じられた。キャムは母のあとについて、ほんとだ、お山に似てる、鳥の巣みたい、お庭みたい、ちいちゃなアンテロープがいるよ、と、目をしょぼしょぼさせながら呟《つぶや》いている。ラムジー夫人の話はだんだん一本調子に、いっそうリズミカルに、どんどんナンセンスになり、さあ、あなたはお目々を閉じて眠るんです、お山と谷と流れ星とオウムとアンテロープとお庭といろんなすてきなものの夢を見るんです、と語りかけ、ますます機械的な話し方をしながら、ゆっくりゆっくり頭を持ちあげていくと、すっかり身を起こして見るころには、キャムはすでに寝入っていた。

さあ、こんどは、と、夫人はジェイムズのベッドサイドに移って囁《ささや》きかけた。ぼくがおやすみする番よ。ほら、豚さんの頭はまだちゃんとあそこにあるんだもの。だれも触っていないし、ぼくの言うとおりにしたでしょ。そのまんまあそこにあるでしょ。ジェイムズはそう言われると、あのショールの下に頭があるんだよね、と念を押した。でも、もうひとつ訊《き》きたいことがあると言う。あした、灯台へは行ける?

いいえ、あしたは行かれないわ。でも、近いうちにかならずね、と夫人は約束する。こんど晴れたらその日に。すると、ジェイムズはおとなしく聞き入れ、ベッドに横になった。夫人はふとんを掛けてやる。とはいえ、この子は今日のことを決して忘れないだろう。そう思うと、チャールズ・タンズリーにも、夫にも、そして自分自身にも腹が立った。なにしろ、自分は息子に望みをもたせてしまった張本人だ。ふと肩にかけたショールを手探りしてから、ああ、ショールで豚の頭をくるんだんだったと思いだし、立ちあがって、窓をあといくらか下げ、風の音を聞き、こちらのことなどまったく頓着《とんじゃく》ない夜の冷気をひと息吸ったのち、ミルドレッドに「おやすみ」を言って部屋を出ると、ラッチをゆっくりもどしてドアを閉め、廊下へ出ていった。

タンズリーが本を床に投げつけたりする音が階上から響いてこないといいけど。夫人はまだ彼に立腹しながらそう思った。なにせ、ジェイムズもキャムも寝付きがあまりよくないし、興奮しやすい質なのだ。それに灯台の件であんな無神経な物言いをする男だったら、ふたりがまさに寝入ろうというとき、テーブルに積まれた本の山に肘《ひじ》でもぶつけて落っことし、床にばらまくぐらいのことはしかねない気がした。たぶん、論文にかかりに階上の部屋へもどっているはずだから。それにしても、あの人の侘《わび》しげなようすときたらどうだろう。とはいえ、階上に引きあげてくれたときには、正直なところほっとした。けどまあ、明日はもうちょっと優しく接してあげましょう。うちの人に対する態度は感心だし。だけど、あの態度ばかりはどうにかしていただきたいわね。でも、あの笑い方はまんざらでもないのよ――といったことをとつおいつ考えつつ下へ降りていきながら、階段の窓から見える位置に月が動いていることに目をとめ――黄金色に輝く中秋の満月だ――そうして向き直ったところで、階段に立つ夫人の姿を下からみんなは見あげることになった。

「あれぞ、うちのお母さまだわ」プルーは思った。ええ、ミンタはこういう姿を見るべきよ。ポール・レイリーも見るべきよ。ここ一番という時なんだから。世界中にこんな、わが母のような人はふたりといないかのような気持ちになってくる。一瞬前まではプルーは、ごくおとなびた気分でお客さんたちと会話をしていたのに、母の姿を見るとまた子どもにもどり、いままでしてきたことは「ごっこ遊び」になりさがってしまった。お母さまがこの遊びを是とするか否とするか知りたいものだわ。ああいう女性の姿を見られるんだから、ミンタもポールもリリーもなんて幸運なの。プルーはそう思う。わたしにしても、あんな人を母にもてるなんて、とてつもなく恵まれているわ。わたしは絶対におとなになんかならないし、この家を出たりするものですか、と、しみじみ考えながら、まるで子どもみたいにこう言った。「浜へおりて波を見てこようって話してたの」

そのことばを聞いたとたん、ラムジー夫人の心はなぜかしら二十歳《はたち》の娘に立ち返り、すっかり浮きたった。急にはしゃいだ気分にとらわれていた。ええ、ぜひ行ってらっしゃい、行ってらっしゃい。笑いながら声高らかに答えたかと思うと、最後の三、四段を足早におり、あっちこっちに笑いをふりまきながら、ミンタの肩掛けをかけてやったり、自分も一緒に行ければいいのだけれど、帰りはかなり遅くなりそうかしら、だれか時計を持っていて？　などと話しかけたりした。

「時計ならポールが持ってます」ミンタがそれに答えた。そう言われたポールは小ぶりの柔皮ケースから美しい金時計をとりだして、夫人に見せた。そうして手にした時計を夫人の前に掲げていると、こういう気がしてきた。「そうか、奥さんはなにもかもお見通しなんだ。改めて報告するまでもないな」ポールは夫人に時計を見せながら、心でこう語っていた。「ぼくはやりましたよ、奥さん。なにもかも奥さんのおかげです」一方、ラムジー夫人は彼の手にある金時計を見ながら、こう思っていた。まあ、ミンタったらとてつもなく幸運な子ね！　金時計を柔皮の袋に入れているような男性と結婚するなんて！

「ほんと、一緒に行けたらいいのに！」夫人は声高に言った。とはいえ、強くひきとめるものがあり、それがなんなのか自問する必要もなかった。みんなと一緒に出かけられるはずなどない。あっちの用がなければ、出かけたいところだけれど。夫人はいまさっきの莫迦げた考え（金時計を柔皮の袋に入れているような男性と結婚するなんて幸運だ、という）を面はゆく思いながら、口元に笑みを浮かべて別な部屋へ入っていった。そこでは夫が静かに読書をしていた。

19

当然ながら、と、夫人は部屋に足を踏みいれながら考えた。ここに来たからには、なにか望むものがあるはずね。まずは、決まったランプのもとで、決まった椅子に座りたい。でも、望みはそれに留まらない。自分がなにをしたいのか、まだよくわからないし、考えても答えは出てこない。夫のほうを（編みかけの靴下をとりあげ、編みだしながら）見ると、目下じゃまはされたくないようす。それは見た目にも明らかだった。読んでいる本に、いたく心動かされているらしい。浮かびかけた笑みから、感情を抑えているのが見てとれた。ページをはらりと勢いよくめくる。自分が本の中に入って演じているのだろう――本の登場人物にでもなったつもりなのだ。なんの本を読んでいるのかしら。ああ、さっき話題に出ていたサー・ウォルターの連作の一冊ね。夫人はランプシェードの向きを調節し、編み物に灯りがあたるようにした。なんでも、チャールズ・タンズリーによれば（いまにも階上から本のくずれる音が聞こえてくるんじゃないかという顔で、夫人は上を見あげる）、彼によれば、スコットなんて読む人は今日びいないそうだけれど。それを聞いて、うちの人はこう思ったんでしょう。「いつかわたしもそう言われるのか」というわけで、書斎にこもり、スコットの連作を手にとったというわけ。実際に読んでみて、なるほど、チャールズ・タンズリーの言うことはもっともだ、という結論に達したら、そこで初めて彼のスコット観を受けいれる（本を読みながら、この点をじっくり評価し、考慮したのち、あの点と比べてみる、といったことを繰り返しているのが、端から見てもわかった）。ところが、これが自分のことになると、おいそれとは認められない。自分のことになると、きまって自信がなくなってしまう。そこが夫人には気がかりなのだった。あの人、この先もずっと自著のことでくよくよし続けるだろう――自分の本は将来も読まれるだろうか、そもそも優れた書物だろうか、なぜもっといい本が書けなかったのか、人々はわたしのことをどう思っているだろうか？と。夫をそんなふうには考えたくなかったので、ディナーの席で名声や書物がいつまでもつかという話になったとき、急にうちの人が不機嫌になった理由をお客たちは勘づいただろうか、とか、子どもたちはそのことで笑っていたのだろうかなどと思いめぐらすうちに、思わず編みかけの靴下をぐいと引っぱって、夫人の額と口元には、鑿《のみ》でつけたような細かい皺《しわ》がいっぱいに寄ったが、風に吹き殴られて揺れる木が、風が凪《な》ぐにつれ葉を一枚一枚しずめていくように、その顔つきもやがて安らぎをとりもどした。

そんなこと、ちっとも構やしないわ。夫人はそういう心もちになった。だれが偉人だとか、どの本が名著だとか、なにが名誉だとか、そんなことだれに判断できるでしょう？　少なくとも自分にはまるでわからない。でも、あれがあの人なりのやり方であり、あの人なりの誠意なのよ——だって、たとえばディナーの席でも、ああ、うちの人が喋ってくれたらどんなにいいだろうって、ごく直感的に思ったもの。わたしはわが夫を一点の曇りもなく信頼している。心の水面下へともぐって沈思し、藻草や藁《わら》や水泡のなかを行きすぎながら、いままでの気がかりをすっかり振りはらってみると、夫人はなお深く沈んでいきながら、先刻玄関でお客さんたちがお喋りする傍らで感じた、あんな気持ちが甦《よみがえ》るのだった。自分にはなにか望むものがある。そのなにかを手に入れるために、この部屋にやってきたはず。それがなんであるかよくわからないいま、夫人は目を閉じてますます感覚を深めていった。編み物をつづけて思案しながらしばし待つと、ディナーの場で話題に出ていた詩のことば「月月紅　咲き薫り　黄の蜜蜂　さざめける」がゆっくりと溢《あふ》れだし、心の端々にまでリズミカルに打ち寄せた。ことばは隅々にまで溢れると、シェード付きの小さなランプのように、ひとつは赤、ひとつは青、ひとつは黄色と、夫人の心の暗がりに明かりを灯《とも》したかと思えば、まるで鳥のように止まり木から飛び立って、遠くへ遠くへと飛んでいくようにも、ひと声高く啼《な》いて、その谺が返ってくるようにも思えた。夫人は半身をひねり、サイドテーブルの上をまさぐって一冊の本をとりあげた。

われらの来し方　行く末には
うっそうたる大樹　色移ろう木の葉しげると

夫人は詩句を低く唱えながら、編み針を靴下に刺し入れた。そして空いた手で本をひらき、気ままにあちこち拾い読みをはじめたが、そうしていると、なんだか下へ這《は》い降りたり上へよじ登ったりしながら、覆いかぶさってくる花びらを分けて突き進んでいくような気分になり、この花は赤だとか、この花は白だとかいうぐらいしかわからない。初めのうちは、詩句の意味もかいもく見当がつかなかった。

舵《かじ》をとれ、翼ある船をこなたへ向けよ、打ちひしがれた水夫たち〔ウィリアム・ブラウン「セイレーンの歌」〕

字を追いページをめくり、夫人は体を左右に揺らしながら、あちこちジグザグに読み進めていった。こちらの枝からあちらの枝へ、こちらの赤と白の花からあちらの花へと、行を移っていくうちに、小さな物音がしてはっとわれに返った――夫が自分の腿《もも》をたたいていたのだ。一瞬、ふたりの目があった。けれど、おたがい話しだそうとはしなかった。なにも言うことはなかったが、それでも、夫から妻へなにかが伝わったようだった。うちの人にこうして腿をたたかせるのが生の息吹《いぶき》、命の力、その非凡な気質というものなんだわ。夫人にはよくわかった。わたしのじゃまをせんでくれ。夫はそう言っているようだった。なにも言わず、そこにいておくれ、と。そうして夫は読書をつづける。口元がぴくつく。書物の世界が彼のなかに満ちていく。彼を力づける。するとラムジーは今夜聞いたささいな当てつけ当てこすりなど、きれいさっぱり忘れてしまった。それだけでなく、際限なく飲み食いする人々の横でじっとしているのが言いしれず退屈だったこと、妻の態度にひどく苛立《いらだ》ったこと、まるで彼の本など存在しないかのように話題が素通りしていったとき、やけにピリピリして気に病んだことなども、すっかり忘れてしまった。そうさ、と、ラムジーは思う。だれがZに到達しようと、ちっとも構うものか（思考というのがアルファベットのようにAからZへ進むならの話だが）。いつかだれかが辿《たど》りつくだろう――この自分でなければほかのだれかが。この作家の強さと健やかな理性、まっすぐで単純素朴な人々、たとえばこの漁師たちや、マックルバキットのぼろ家にいる気のふれた老女〔読んでいる本はスコットの『好古家』〕を思いやる心がラムジーを元気づけ、なにか大いなる安心感を与えてくれ、がぜん意気軒昂《けんこう》に誇らかになった彼は、こみあげる涙をこらえきれなかった。本をちょっと持ちあげて顔を隠すと、涙のしたたるにまかせ、首を左右にふりつつ、すっかりわれを忘れて（しかしそうしながらも、道義について、フランス小説とイギリス小説について、スコットが文筆のうえでさまざまな束縛をうけながら他に劣らぬ真の洞察力をもっていたことについて、幾らか考えはしたが）わが身のわずらいやしくじりも忘れ、可哀相《かわいそう》なスティーニーの溺死《できし》とマックルバキットの悲しみ（スコット文学の白眉《はくび》である）に没頭することでもたらされる驚くべき歓喜とみなぎる活力にひたった。

　よかろう、これよりいいものが書けるというなら書くがいい。ラムジーはその章を読み終えながら思った。これまでだれかと議論してきたような、そしてとうとうやりこめたような気分だった。若い連中がなにをほざこうと、これよりいいものなど書けっこないのだ。そう結論すると、自分自身の立場はより堅固なものになった。そうはいっても、この恋人たちの人物造形はいただけないな。と、作品をいま一度思いだしながら考える。莫迦げてはいる。しかし一級品。ラムジーは作中のあれこれを引きあわせながら思った。まあ、もう一度読まねばなるまいな。小説全体の形が思いだせないのだから、まだ判断保留としよう。そうしてまた別な考えに立ちもどった——若者たちがこの小説を好かないというなら、当然わたしの著作もお気に召さないだろう。いや、愚痴など言うまい。最近の若い者はこのわたしへの敬意が足りんと妻に愚痴りたい気持ちをこらえて、ラムジーは自分をなだめた。でも、自分はもう心に決めたのだ。面倒なことを言って、二度と妻《さい》を困らせまい。さあ、こうして読書する姿を眺めているぞ。本を読むあいつは、じつに安らかな顔をしている。みんな姿を消して、ここには妻とふたりきりだと思いたかった。女とベッドを共にするばかりが人生ではないさ、ラムジーはそう思いながら、スコットとバルザック、イギリス小説とフランス小説の世界へもどっていった。

ラムジー夫人は頭をあげ、うつらうつらしている人のように、あなたが目を覚ませというなら、覚ましますよ、ええ、ほんとにそうしますけど、そうでないなら、このまま寝ていてもいいかしら、あともうちょっとだけ、もうちょっとだけね？ という顔をしていた。彼女は彼女で詩句の世界で、木の枝をあっちこっちとよじ登り、この花あの花につぎつぎと手をかけていたのだ。

薔薇《ばら》の濃き朱を讃《たた》うこともなく〔シェイクスピアのソネット九十八番〕

夫人は詩を読み、そうして読みながら、なにかの頂へ、てっぺんへと昇りつめていく気がしていた。なんて胸がすくこと！ なんて心安らぐこと！ 一日の面倒なごたごたが、ぜんぶこの磁石に吸いついてしまったみたい。心を洗われ、すがすがしい気持ちになる。するとそのとき突然、全体が手のなかで形をなす。美しく意味をなし、澄みきって欠けるところなく、人の生から抽出され、ここで円《まろ》やかに熟したエッセンス、つまり一編のこのソネットが。

ところが、このあたりで夫に見られているのが気になりはじめた。夫は「おやおや」とでも言いたげに、真っ昼間に居眠りをする妻をやさしくからかうかのような、しかしそれと同時に「さあ、どんどん読みなさい」と呼びかけているような顔で微笑《ほほえ》みかけている。おまえ、悲しげな顔はどこへやらだな。ラムジーはそう思っていた。それにしても、なにを読んでいるのだろうと訝《いぶか》しみ、妻の無知や素朴さをやや大げさに考えた。小才のきかない、学者肌とはほど遠いかみさんだと思いたいのだ。読んでいる内容をはたして理解しているんだろうか。たぶんわかっちゃいないだろう。それにしても、息を呑《の》むほど美しい。妻の美貌《びぼう》は——そんなことが可能ならの話だが——年ごとにいやますばかりに思われた。

冬いまだ去りやらず、きみは遥《はる》か
きみの面影に花と戯《たわむ》る

そこまで読み終わると、本から目をあげて、
「ええ、なにか？」と、夢見心地で夫に微笑みを返した。

きみの面影に花と戯る

低く呟きながら、夫人は本をサイドテーブルに置いた。

そうして編み物をふたたび手にとりながら、夕方うちの人が独りでいるのを見かけた時から、どんなことがあったかしらね？ と、首をかしげた。ええ、そう、晩餐用に着替えをしたし、月を見たのだったわ。アンドルーがディナーの席で皿を高くあげすぎたこと。ウィリアムのことばに落ちこんだこと。木々にとまる鳥たち。踊り場のソファ。まだ目覚めていた子どもたち。本を落として子どもたちを起こしてしまったチャールズ・タンズリー——あら、いけない。これは自分の作り話だった。それから、ポールが時計を柔皮のケースに入れていたこと。あの人にはどれについて話せばいいかしら？

「あのふたり、言い交わしたようですわ」夫人は編み物を再開しながら言った。「ポールとミンタですけれど」

「だろうと思ったよ」ラムジーは答えた。この件に関しては、たがいにあまり言うことがなかった。夫人の心はまだ詩句の韻律にのって登り降りを繰り返していた。夫のほうは、悲しいスティーニーの葬儀の場面を読んだ後に湧《わ》いてきた活力がなおみなぎり、じつにまっすぐな心映えだった。かくなるわけで、夫婦は黙したままでいた。そのうち、夫のことばを求めていることに妻は気づく。

なにか、なにか、言ってくれないかしら。夫人は編み物をつづけながら思う。なんでもいいのよ。

「時計入れに柔皮のケースを使う男性と結婚するなんて結構ですこと」と、言ってみた。この手のジョークなら夫婦で笑いあえる。ラムジーは鼻を鳴らした。婚約と聞くときまって感じるようなことしか、この婚約には感じていなかった。あの娘はあの若者には上出来すぎるわい、と。一方、夫人の心には、だったら、世間が人々を結婚させたがるのはなぜなの？という思いがゆっくりと萌《きざ》してきた。ものごとの価値とは、意味とは？（いまこの場でふたりが口にすることばには嘘《うそ》などない気がした）。さあ、なにか言ってくださいな。妻は夫の声が聞きたい一心だった。ふたりを包みこんでいた影が、また間近に迫ってくるような気がする。お願いだから、なにか言ってちょうだいと思いつつ、助けを乞《こ》うような目で夫を見る。

夫は無言のまま、時計鎖にさげた羅針盤《コンパス》をゆらゆら揺らし、スコットの小説とバルザックの小説のことを考えていた。とはいえ、ふたりの親密さをはばむ薄暗い壁を通してでも――知らず知らずのうちにだんだん近づいて、いまや隣合わせに座っていたので――夫の心の動きがまるで手をかざすようにこちらの心を翳《かげ》らせてくるのがはっきりと感じられた。きっとこの人は妻の考えが意に染まぬ方向、そう、みずから「悲観主義」と呼ぶところのものに向いたので苛立ちはじめ、口には出さないものの、あして手を額にあてたり、髪の毛をねじったり離したりしているのだろう。「その靴下、今夜中に編みあげようというんじゃなかろうな」ラムジーは編み物を指して言った。これぞ、夫人が欲していたものだ。きつい声音がぴしゃりと叱《しか》ってくれた。「悲観的になるのはいけない」とうちの人が言うなら、やっぱりそうなのでしょう。夫人はそう思った。あの若いふたりの結婚生活は軌道にのるだろう。

「そうね」夫人は膝《ひざ》の上に靴下を広げながら答えた。「編みあげるのはよしましょう」で、ほかになにか？　まだ夫の視線を感じたが、さっきまでとは顔つきが変わっているようだ。なにかを求めている――与えようにも与えがたいと常々妻が感じているようななにか。きっと、愛していると言ってほしいのだ。でも、それは無理だわ。わたしにはできない。わたしに比べてこの人は、話すことをずっとたやすく考えている。夫は難なく話をする。わたしは話のほうはさっぱり。だからうちでは自然と、ものを言うのはいつでも夫の役割になり、すると、なぜだか夫はときおり不意にそのことを気に病んで、妻を責めてくるのだ。つれない女だな、と言って。「愛している」のひと言も聞かせてくれたことがない。でも、そういうことではない。そうじゃないの。ただ、思っていることを口にできない性分だというだけ。夫の上着にパンくずでもついていないか？　この人のためにしてあげられることはないか？　いつもそう思っているのに。夫人は腰をあげると、赤茶色の靴下を手にして窓辺に立った。それは夫から顔をそむけるためでもあり、いまなら夫に見つめられていても平気で灯台を眺められると思ったからでもあった。わたしが横を向くのと同時にあの人も首をめぐらせたはずよ。こちらを見つめていることでしょう。そしてきっとこう考えている。今夜のおまえはいつにもまして美しい。ええ、自分でも今夜はうんときれいになった気がする。一度だけでいい、愛していると言ってくれぬものか？　そう思ってもいるでしょう。なにしろ、今日はミンタの婚約騒ぎもあり、自分の著作のことで気をもみ、それで一日が幕を閉じたのも後味がわるいだろうし、灯台行きをめぐっては言い合いまでしてしまったから、気が昂ぶっているのだ。でも、そんなことできない。そんなことは口にできない。夫の視線を感じつつ、夫人は靴下を手になにも言わず、ただ振りむいて夫の顔を見た。そうやって彼の顔を見ながら、ただ微笑みかけた。そうか、ことばに出さずともやはり、と夫は思っているだろう。やはりわたしを愛しているのだな、と。もう否《いな》みようがないはずだ。妻は微笑みながら窓の外を見てこう言う（この幸せにまさるものは世にひとつとしてない、と心で呟きながら）――

「ええ、あなたの仰《おっしゃ》るとおりですわ。あしたはお湿りのようです」一度も口にしなくたって、わかっている。そうして妻は夫を見て微笑んでいた。なぜといえば、またもや人生に勝利をおさめたという気持ちがあったから。

第二部　時はゆく

1

「結局、将来のことは時がたってみないとわからんのだよ」ウィリアム・バンクスがそう言いつつ、テラスから部屋へ入ってきた。

「もう暗くてよく見えないや」アンドルーがそう言いながら、浜からあがってきた。

「どこが海でどこが浜なんだか、見分けがつかないわね」プルーが言った。

「あそこの明かりはつけたままでいいのかしら？」おのおの家に入ってコートを脱ぐなかで、リリーが言った。

「いえ」と、プルー。「みなさん中に入ったら消します」

「アンドルー」プルーは後ろに声をかけた。「玄関ホールの明かりを消しておいて」

ランプがひとつひとつ消されていったが、カーマイケルだけはウェルギリウスをベッドで少し読みたいとのことで、みんながロウソクの火を消した後も消さずにいた。

2

ランプの明かりがすべて消えるころ、月は雲間にかくれ、霧雨が屋根をそっとたたきだすと、沛然《はいぜん》たる雨のごときはてしない暗闇《くらやみ》があたりを包みこんだ。こればかりはなにものも生き延びられまいと思うほどの闇の氾濫《はんらん》であり、その茫洋《ぼうよう》とした暗黒が鍵《かぎ》の穴や壁の罅《ひび》に忍びより、窓のブラインドの奥にまわりこみ、寝室に這《は》い入り、こちらで水差しや洗面器を飲みこんだかと思うと、あちらで赤いボウルや黄色のダリアを、衣装だんすのがっしりした塊を四角い角ごと飲みこんだ。夜の闇に融《と》けて混沌《こんとん》となったのは家具だけではない。いまや人々の身にも心にも、「これが彼だ」「これが彼女だ」と判断できるようなものは、ほとんどなにも残っていなかった。ときおり、だれかの手がなにかをつかみ、あるいは払いのけるように持ちあがったり、だれかが呻《うめ》いたり、だれかが虚空《こくう》と冗談を言いあうかのように声高く笑ったりした。

客間、食堂、階段では、なにひとつそよとも動かない。ただ、錆《さ》びついた蝶番《ちょうつがい》や潮気で湿って膨らんだ木材のすきまから、風の本隊とはぐれたかのような微風が（なんといっても相当のぼろ家である）家の角をまわりこみ、大胆にも室内に入りこんできた。そのすきま風が客間に入りながらあれこれと思案し、剝《は》がれかけてひらひらした壁紙を弄《もてあそ》びながら、この壁紙はどれだけもつだろう、いつ剝がれ落ちるだろう、と考えるさまが思い浮かぶようだ。風たちが壁をなめらかに撫《な》でながら、想《おも》いめぐらすように行きすぎるさまは、まるで壁紙の赤と黄のバラ模様に対して、おまえたちはじきに色褪《いろあ》せていくつもりかと尋ね、破かれごみ箱に捨てられた手紙に、花に、本に、風がやすやすと手を触れるものすべてに問いかける（ただし、おっとりと。風の自由に使える時間は充分ある）かのようだった。おまえたちは味方なのか、それとも敵軍なのか？　この先どれぐらい持ちこたえられそうか？　と。

雲の切れ間にあらわれた星や、海をさすらう船や、そして灯台からも明かりが気まぐれに射《さ》しこみ、敷物をしいた階段をほの暗く照らすなか、それに案内されるように微風は階段を昇り、寝室のドアあたりを探りまわった。とはいえ、もちろん風もここで止《や》まねばならない。この世のなにが滅び、消え失《う》せようとも、このドアの奥に横たわるものは不変である。滑りこんでくる明かり、手探りしてくる風、そうしてベッドにまで屈《かが》みこんで息を吹きかけてくる彼らに、ここでこう言ってやればよかろう。この部屋のなにものにも触れてはならぬ、壊してはならぬ。その言をうけて、羽のように軽い指をもち、羽のように軽やかにまといつくかのような風の陣は、「やれやれ」

と言わんばかりに、はかなげに、その人の閉じたまなこと、ゆるく組んだ指に、一度だけ目をやり、やおら、ひるがえる長衣をため息まじりにたたんでどこかへ消えていく。そうしてあちこちを探り、かすめて、階段の窓へ、使用人たちの部屋へ、屋根裏部屋にしまわれた箱へと辿《たど》りつく。上まで行くと、こんどは階段を降りていき、食堂のテーブルにのったリンゴの色を褪せさせたり、バラの花びらをいじったり、イーゼルに架かった絵を触ってみたり、マットを撫でて床に少しばかり砂をまき散らしたりした。そうするうちにとうとう諦《あきら》めがついて、風はいっせいにやみ、寄り集まって、いっせいにため息をもらし、漫《すず》ろ言《ごと》のようにふっと嘆息すると、それに答えるごとく台所のドアが勢いよくひらき、しかしなにも入ってこないまま、ふたたびバタンと閉まった。

[ウェルギリウスを読んでいたカーマイケルは、ここでロウソクの火を吹き消した。もう真夜中をすぎていた」

3

それにしても、ひと晩とは結局なんなのだろう? ほんの短い時間だ。とくに夜の闇が早くに薄らぎ、鳥が早くから啼《な》き、雄鶏《おんどり》が刻《とき》をつくり、あるいは海で、波窪《なみくぼ》のごく淡い緑が色づく木の葉のように鮮やかに染まる時期には。しかしながら、夜はまた夜へとつづく。そして冬は夜をごっそりまとめて貯《たくわ》え、疲れを知らぬ指で、それらを平等に、均等に、分け与える。夜は日に日に長くなり、暗くなる。夜のなかには、澄んだ惑星、明るい盆のような星々を空高くかかげる夜もあろう。秋の木々は枯れ朽ちてはいるものの、そこにはずたずたになった戦旗のような輝きがあった。喩《たと》えるなら、冷たい大聖堂の奥の暗がりに――そう、大理石の墓石には、遠いインドの砂上での戦死や遺骨が白く灼《や》けていくさまが金文字で記されているような場所だ――光を灯《とも》すような。秋の木々は黄金色の月明かりに、中秋の月の光に、照り映える。その光は労働の活気を豊かに熟させ、刈り株をなめらかに撫で、浜辺に打ち寄せる波を碧《あお》くきらめかせる。

まるで、人間の悔悛《かいしゅん》とその必死の骨折りに心打たれて、善なる神がとうとうカーテンをひらき、そのむこうに、後ろ足で立ちあがるウサギや、砕け落ちる波や、揺れる船などの像をただひとつ、くっきりと、垣間見《かいまみ》せてくれるかのようだった。もしこちらがそれに相応《ふさわ》しい存在なら、その情景はこれからもずっと目の前にあるはずだ。ところが、ああ、善なる神は紐《ひも》をぐいと引いて、カーテンを閉めてしまった。お気に召さないのだ。神はそうした自然の恵みを激しい雹《ひょう》のなかに降りこめて壊し、ごっちゃにしてしまい、そうなったが最後、かつての静穏がもどってくることも、粉々になった破片を集めて一箇の完全なる世界を築くことも、散逸した断片のなかに真実の明解なことばを読みとることも、とうてい能《あた》わぬ気がしてくる。われわれの悔悛に対して許されるのは、ただの一瞥《いちべつ》にすぎず、われわれの骨折りへの報いは、ただ短い休息にすぎないのか。

いまや夜は、吹く風と破壊に充《み》ちている。樹木はがっくりとうなだれ、木の葉はあたふたと宙に舞い、そのうち芝生にびっしりと散り敷き、側溝に吹きだまり、雨樋《あまどい》をつまらせ、湿った小径《こみち》に乱れ飛んだ。さらに海も波が高くなって荒々しく砕け、よしんばいま、いかなる眠り人が、心中にある疑問への答えや、孤独をわけあってくれる相手を浜辺に見つけることを夢見て、上掛けをはねかし、ひとり砂浜へおりていっても、なにやらありがたき似姿が神のごとく電光石火にやってきて、夜に秩序をもたらし、魂の羅針盤《コンパス》をこの世に映しだす、などという都合のよいことは決して起こるまい。その手は、彼の手のなかで小さく縮んでいき、うなるような声だけが耳朶《じだ》に響いた〔神の手（みわざ）を見る思いがするという言い回しを思わせる〕。こんな混沌のなかでは、眠り人をベッドから誘いだし答えを探しに行かせたものはなんだったのか、どういう理由だったのか、夜に尋ねることさえ詮方《せんかた》なく思えるほどだ。

［ラムジーはまだ暗いある日の朝、廊下を歩いていてよろめき、両腕を前に差しのべる。しかし前の晩、予期せず妻が急逝した身とあっては、腕を差しのべるのみだ。その手は虚《うつ》ろに宙をつかむ］

4

そうして家にはひとけがなくなり、ドアには錠がおろされ、マットレスが巻きあげられてしまうと、例のさまよう風たちは大軍の前哨隊《ぜんしょうたい》としていっさいに吹きこんできて、むきだしの床板を撫で、部屋をちょっぴりかじったり、風を送ったりしていったが、寝室でも居間でも全力をあげて抵抗する相手にはひとつとて出会わなかった。出会うのはただ、ひらひらと剝がれそうな壁紙や、きしむ木板や、むきだしになったテーブルの脚や、もはや染《し》みが浮いて変色しひび割れたソースパンや陶器だけだ。人々が捨《す》て去っていったもの――靴が一足、狩猟帽がひとつ、ワードローブに残された色の褪《さ》めたスカートやコート――かろうじてそんなものだけが、人の形をとどめ、かつてはこうした衣類が彼らを包みこんで膨らみ、息づいていたことをほのめかすだけだった。

往時には彼らの手がせわしなくそのフックやボタンをいじり、この姿見が顔を映しだし、鏡の中にくりぬかれた世界では、人がくるりと振り向いたり、手をさっと振ったり、ドアがひらいて、子どもたちが転げるように駆けこんできたり、また飛びだしていったりしたことを。いまでは来る日も来る日も、おもてから射す陽が、みなもに映る花のように、明るい光を向かいの壁に投げるばかりだった。ただ、風に騒ぎたつ木々の影だけが、お辞儀をするような恰好《かっこう》で壁に映じ、日だまりをつかのま翳《かげ》らせる。あるいは、鳥たちがそばを飛びすぎていくと、寝室の床にうっすらと影ができ、羽ばたくようにゆっくりと動いていった。

こうして美しさと静寂があたりを統《す》べ、ともにひとつの美の形をなしていたが、それはもはや命が去った後の抜け殻にすぎなかった。たとえばそれは、夕暮れ時に列車の窓からはるか遠くに見る湖の寂寥《せきりょう》にも似ているだろう。夕闇に淡く浮かぶ湖は、眼前からあっという間に消えてしまうがゆえに、一度見ただけでその寂しさがいつまでも心に残るのだ。美しさと静謐《せいひつ》は寝室で手をたずさえ、詮索がましい風や、じっとりと冷たい潮風が、カバーを掛けた水差しやシーツをかぶせた椅子《いす》のあいだを、鼻をこすりつけんばかりに嗅《か》ぎまわり、繰り返し繰り返しこう問いかけた――「おまえたちはしおれてゆくか？　おまえたちは滅びてゆくか？」――が、どれだけ尋ねようと、まわりの平穏や、超然とした落ち着きや、汚《けが》れない高潔さが揺らぐことはなかった。まるで、そんな質問には「われわれは残る」と答えてやる必要もないと言わんばかりに。

なにものもこの家のイメージを壊したり、この無垢《むく》を穢《けが》したり、マントのように包みこんでやさしく揺れる静けさを破ったりすることは、能わぬようだった。鳥の消えゆく啼き声や、低く鳴る船の汽笛、野に響く蜜蜂《みつばち》たちの羽音、犬の吠《ほ》え声、人の叫び声。それらはこの虚ろな部屋で、今週もまた来週も、どんどん静寂のマントのなかに編みいれられ、沈黙する家のまわりに折り重ねられる。一度、踊り場の床板が一枚だけ裂け、一度、夜の夜中に、ひとつの岩が何世紀もの静止と沈黙をやぶって、雄叫《おたけ》びをあげ、山肌からわが身をふりほどいて断裂し、谷底へとゴロゴロ転がり落ちていく音とともに、例の頭部をくるんでいたショールの畳み目がひとつはらりとほどけて、端をゆらゆら揺らした。そうしたのちには、また平穏があたりを包み、影がゆらめき、陽の光は、寝室の壁に映る自分の影にうやうやしく身を屈した。そうしたあるとき、手伝いのマクナブ婆《ばあ》さんがやってきて、洗濯盥《せんたくだらい》につっこんだ両の手でジャブジャブ音をたてて沈黙のヴェールを裂き、深靴《ブーツ》で砂利を踏みつけて沈黙のヴェールをすりつぶした。窓をぜんぶ開け放ち、寝室の掃除をするよう言いつけられてきたのだった。

5

マクナブ婆さんはさかんに横揺れしながら（よろよろ歩くその姿は海をゆく船さながらなのだ）、あちこちに流し目をくれ（彼女は真っ正面からものを見ることがない。世の中の蔑《さげす》みや顰蹙《ひんしゅく》を買わないよう、ちらっとだけ横目で見るのである――あたしゃ智恵《ちえ》が足りないから、と自覚していた）、階段の手すりをつかんですがるようにして昇り、部屋から部屋へとよろめき歩きながら、歌をうたった。細長い姿見を磨き、ぐらつく体が鏡面に映るのを横目で眺め、その口からは妙な音が漏れでた――二十年も前に舞台やなにかで披露されたときには、この歌もさぞ陽気に聞こえ、人々はそれにあわせてハミングをしたり踊ったりもしたのだろうが、こうしていま、歯無しで、ボンネットを被《かぶ》った、手伝いの婆さんの口から出てくるのは、すっかり意味を失い、ちょっと気がふれたような、滑稽《こっけい》な、いくら踏みつけても性懲《しょうこ》りもなく起きあがってくる、しぶとそうな声だった。だから、こうして横揺れし、埃《ほこり》をはたき、拭《ふ》き掃除をしながらの老婆《ろうば》の歌は、人生がいかに長きひとつの悲しみと苦しみであるか、いかに寝起きの繰り返しであるか、いかに物を持ちだしてはまた仕舞いこんでばかりいるか、そんなことを嘆いているように聞こえた。婆さんは七十年近くの人生で、この世というものをよく知ってきたが、それは気楽なものでも安楽なものでもなかった。疲れを背負いこんで、その腰はすっかり曲がっていた。一体いつまで、と婆さんは胸のうちで問いかける。きしむ体でベッドの下に這いつくばって、唸《うな》りながら床掃除なんかしなくちゃならないんだろう？　一体いつまでこんなことがつづくんだい？　しかしそう嘆きつつも、またふらふらと立ちあがり、どうにか背を伸ばすと、またもや自分の顔からも不幸からも視線をそらす例の横目をくれながら、ふと立ちつくし、鏡にぽかんと見とれ、意味もなくにやつき、またいつものごとくゆっくりよたよたと歩きだすと、流し目で鏡を見ながら、マットを持ちあげ、陶器を下におろして家を片付けるのだった。そのさまはまるで、どっこい、自分にも慰めはあるんだ、それどころか、こんな挽歌《ばんか》にだって、じつはしぶとい希望が巻きついているんだ、とでも言いたげだ。洗濯盥ひとつにも、たとえば、子どもたちにまつわる幸せな思い出があったし（子どものうち二人は私生児で、残る一人は母を捨てたが）、パブで酒を飲んだり、抽斗《ひきだし》のガラクタをひっくり返したりすることにも、歓《よろこ》びの図があったろう。暗い闇にも、光の入りこむ裂け目はあったはずだ。暗がりの奥底にも、ときおり細い管を通して光が射しこみ、若い彼女が鏡を見ながら顔を歪《ゆが》めて笑い、仕事にとりかかりながらミュージックホールの懐《なつ》メロをぼそぼそ口ずさむことぐらいはあったはずなのだ。婆さんがそうして生きる一方で、高尚な神秘家、夢想家たちは、浜辺を歩いたり、水たまりをかきまわしたり、石を見つめたりして、「わたしはだれなのか?」「これはなんなのか?」などと問い、あるとき降って湧《わ》いたように、なんらかの天啓を賜ることができる(どんな答えとははっきり言えないものの)。答えを与えられた彼らは、霜ふる冬でも暖かく、砂漠にあってさえ慰めを得る。その一方で、マクナブ婆さんはあいかわらず酒を飲み、ゴシップに興じているのだった。

6

ひるがえす木の葉のまだひと片《ひら》とてないころ、清らかさゆえに峻烈《しゅんれつ》で、純潔ゆえに高慢な処女《おとめ》のごとく飾り気のない明朗な春は、野辺いちめんに展《ひろ》げられながら、はや冴《さ》えてしまった目をぱっちりとあけていたが、見る者たちになにをされようと、どう思われようと、まったくお構いなしのようすだった。

[プルー・ラムジーはこの五月、父の腕にひしとつかまって結婚式をあげた。これ以上お似合いの夫婦があるだろうかと人々は言いあった。しかも、花嫁のなんと美しい

こと！」

夏が近づき、薄明の夕刻が長くなるにつれ、浜辺を歩き、水たまりをかきまわす、夜も目覚めがちな、志ある者たちの胸に、いたって奇妙な想像が萌《きざ》してくる——たとえば、肉体が原子ほど粉みじんになって風に舞い、彼らの心のなかで星がきらめく図。あるいは、崖《がけ》や海や雲や空が選り集められ、四散した内なるヴィジョンの欠片《かけら》をひとつにまとめ、自然の形にして見せる、そんな想像。そうした人の心という鏡、際限なく雲合いが変わり影ができて波立つ水たまりにおいては、夢は決してついえず、カモメから花から木から、人間の男と女、そして白い大地までのすべてが、この世では善が勝利し、地は幸福に満ちあふれ、秩序が支配するのだと宣言しているかのような（しかし問いかければたちどころに引っこめられてしまいそうな）奇妙な暗示にあらがえない。あるいは、絶対的な善を、世に知られる歓びや親しまれる美徳とはかけ離れた強度をもつ水晶を、家庭生活の段取りなどとは相容《あいい》れないものを、つまり、持っているだけで安心できる、砂中のダイヤモンドのように硬質でまばゆく耀《かがや》くたったひとつのものを探して、遠近《おちこち》をさまよいたくなる、そんな刺激の誘惑に屈しそうになるのだ。さらに時がたつと、春はやさしくしおらしくなり、ぶんぶんいう蜜蜂や、飛びまわる羽虫をよそに、マントを羽織ってヴェールを目深《まぶか》に被り、そっと顔をそむける。

影が移ろい、通り雨がぱらつくうら寂しい情景のなか、春は人の悲しみを知ってしまったかに見えた。

［プルー・ラムジーがこの夏、産後の患《わずら》いにより亡《な》くなった。なんたる不幸だ、と人々は言いあう。あの子が幸せにならずにだれがなろう］

いま、夏のうだるような暑さのなか、風の陣からふたたびこの家にスパイが送りこまれる。燦々《さんさん》と陽のあたる部屋では、ハエたちが縦横無尽に飛びかい、窓にせまるほど生い繁《しげ》った雑草は、夜になると窓ガラスをやけに規則正しく打った。すっかり夜のとばりがおりると、それまで暗がりの絨毯《じゅうたん》をいかめしく照らし模様を撫でていた灯台の光も、いまでは、月明かりとあいまって春の陽のようにやわらぎ、静かに滑っていく。そのようすはまるで、愛撫《あいぶ》を与えて、別れを惜しむように密《ひそ》やかに留まり、あたりを見まわして、また愛《いと》しげに近づいてくる、といった感じだった。ところが、あの長いゆっくりとした光の条《すじ》がベッドにかかり、やさしい愛撫が途切れたそのとき、またもや岩が山肌を落下し、ショールのもうひとつの結び目がはらりとほどけ、端が垂れてぶらぶら揺れた。夏の短い夜は終夜《よもすがら》、夏の長い昼も終日《ひねもす》、空っぽの部屋はどこも、野辺の谺《こだま》とハエのうなりでさざめくかのようであり、長く垂れたショールは静かになびき、あてどなく揺れていた。一方、陽の光が部屋に条や縞模様《しまもよう》をつけ、室内をうっすら黄金色に染めるころ、いきなり入ってきてよたよたとハタキかけや掃きそうじをしてまわるマクナブ婆さんは、陽の射す水のなかを泳ぐ熱帯魚のように見えた。

家全体がそうしてまどろみ、眠っていたとしても、晩夏になるころには、フェルトにくるんだ金槌《かなづち》をゆっくり打ちつけるような、鈍く不吉な音が聞こえてきた。それは再三にわたって衝撃をもたらし、ショールをさらにゆるめ、ティーカップに罅を入れた。ときおり、食器棚の中のガラス製品がぶつかりあって鳴った。まるで、巨人の苦《く》悶《もん》の絶叫がとどろき、食器棚の中のタンブラーまでが震動しているかのようだった。そういう時期がすぎると、また沈黙がおとずれた。すると、夜ごと夜ごとに、ときには、バラが鮮やかに咲き、陽の光が壁にくっきりと影をつくっている昼日中にも、この静寂、この無関心、この完結した空間のなかに、なにかがドサッと倒れるような音が入りこんできた。

［砲弾が炸裂《さくれつ》した。フランスで二、三十人の若者が吹き飛ばされ、そのなかにはアンドルー・ラムジーも交じっていたが、不幸中の幸いか、即死であった］

その季節、浜辺を行き来し、あなたがたの伝えるメッセージはなにか、主張するヴィジョンはどんなものかと、海と空に問いかけていた人々は、神のお恵み深さをしめすいつもの徴《しるし》――海に沈む夕陽、東雲《しののめ》の薄青い空、夜空に昇る月、月光を背にして浮かぶ漁船、手につかんだ草を投げあう子どもたち――そうしたものに交じって、この陽気さ、こののどけさと調和しないなにかがあるのを認め、考慮せざるをえなくなった。たとえば、灰白《はいじろ》の船がだしぬけに音もなくあらわれては去っていく。海の穏やかな面には、紫がかった小さな染みのようなものが浮かんでいる。人目につかない水面下でなにかが沸きたって血を流したとでもいうのだろうか。この上なく崇高な内省を呼び起こし、この上なく快い結論を導きだすはずの光景にこうした不穏な侵入があれば、それを目にした人はおのずと足を止める。それらを素知らぬ顔で見すごし、その景色における意味をなかったことにするなど、できない相談だったし、あいかわらず海辺を歩きながら、外見の美とはいかに内なる美を反映していることか、などと驚嘆してもいられなかった。

　自然は人が進めてきた先を補ってくれるだろうか？　人が始めたものを完成させてくれるだろうか？　いや《いや》、自然はつねに平らかな落ち着きをもって、人の不幸を目《ま》の当たりにし、人の卑しさを寛恕《かんじょ》し、人からの責め苦を受けいれるだけだ。とすれば、浜辺でひとり孤独に答えを見いだして、自然とわかちあい、仕上げていくなどという夢は、ただ鏡像のようなものにすぎないし、さらにその鏡じたいも、かしこきものが力を休め、奥で眠りこむ間にのみ形を成す表層的なガラスの面にすぎないのではないか？　苛立《いらだ》ち、自棄《やけ》になりつつも、とても立ち去れず（なにしろ自然の美は魅惑的で、慰めを与えてくれる）、しかしもう浜辺を散歩してもいられない。思索は耐えがたい。そう、鏡は割れてしまったのだ。

［その春、カーマイケルは一冊の詩集を上梓《じょうし》し、思いのほか成功をおさめる。戦争で詩への関心が再燃したのだろうと、人々は言いあった］

7

夜ごと夜ごと、夏も冬も、責め苛《さいな》む嵐《あらし》か、さもなくば晴天の射るばかりのしじまが、なに憚《はばか》ることなく、あたりをしろしめした。空き家の階上の部屋で耳をすましても（そういう者がいればの話だが）稲妻のはしる茫漠《ぼうばく》たる混沌が、転がりのたうつ音ばかりが聞こえたことだろう。風と波は、その額に理知の光が射しやらぬ巨大な無定形の海獣《リヴァイアサン》のように戯《たわむ》れ、ただ互いに折り重なって、闇夜となく、白昼となく（いまは夜《よ》も日も、月も年も、いっしょくたになって形をなくしていた）突き進み、潜りこんで莫迦《ばか》げたゲームに興じ、ついには、荒ぶる混乱とみだらな欲望のなかで宇宙がひとりあてもなく奮闘し、転がりまわるかの様相を呈した。

春になると、庭のプランターは風に吹かれてきた種が偶然にも花をいっぱいにつけ、例によって華やいだ。スミレが咲き、ラッパズイセンが咲いた。しかし、この日中の静けさと明るさも、夜の混沌や狂騒におとらず異様なものであり、また、そこには木々がそびえ、花々が咲き、まっすぐ前を見たり上を見あげたりしているが、目のない花木にはそのじつなにも見えていない、そんな光景はたいそう恐ろしいのだった。

8

あの家族はもう二度と来ないだろうし、噂《うわさ》によれば、九月のミカエル祭〔英国では四季支払い勘定日のひとつにあたる〕までには売りに出すらしいから、と悪気もなく考えて、マクナブ婆さんは屈みこんで花を摘み、ひと束いただいて帰ることにした。ハタキをかけるあいだも、花束はテーブルに置いておいた。花が大好きなのだ。枯らしてしまうのはもったいない。この家に買い手がついたら（と考えつつ、婆さんは両腰に手をあて、姿見の前に立った）ずいぶん手入れが要るだろう――いや、ほんと。これだけの年数、住む人もないままだったんだから。本やらなんやら、みんな黴《かび》だらけだ。たしかに、戦争はあるわ、手伝いはなかなか見つからないわで、家は思ったほどきれいに保たれていなかった。

いまからすっかり片付けるのは、ひとりの人間の手にはあまる。婆さんもいいかげん年だ。脚が痛む。本は一度ぜんぶ芝生に広げて虫干しする必要があるし、玄関ホールには漆喰《しっくい》が落ちて散らばっていたし、書斎の屋根の雨樋がつまって水が漏ってきていたし、絨毯もすっかりすりへっていた。けど、あの人たちが自分で足を運べばいいのに。世話人のひとりも送ってよこすべきだ。なにしろ、戸棚にはまだ家族の衣類がどっさりある。みんな自分の部屋に服を置いていっちまった。これはどうしたもんか？　ほら、虫が食ってる——奥さんのものなんかも。やれやれ、ご愁傷さま！　こんな衣装も二度と用がないだろう。なんでも、亡くなったらしいじゃないか。何年も前に、ロンドンで。おや、これは庭いじりをするときに羽織っていたグレイのケープだ（と、生地に触りながら）。いまも奥さんのお姿が目に見えるようだよ。洗濯籠《せんたくかご》を抱えて車道《くるまみち》を歩いていくと、花壇に屈みこんでいらした（庭もいまではみじめなありさまだった。草木は荒れ放題、ウサギたちが花壇から大慌《おおあわ》てで飛びだしてくる）——そう、このグレイのケープを羽織って、子どものひとりを連れている奥さんのこと、いまでも思いだすよ。あれまあ、ブーツや靴もある。鏡台には、ブラシも櫛《くし》も残ってる。まるであしたにでももどってくるつもりだったみたいだ（噂によれば、えらく急な最期《さいご》だったらしい）。一度来ようとしたけれど、戦争があったり、旅行が難しくなったりで、繰り延べになった。それからこっち、ずっと足が遠のいている。お手伝いにお金を送ってくるだけで、手紙もよこさないし、顔も見せないしで、なのに持ち物は置いていったままになっていると思ってるんだから、困ったもんだ！　なんだね、この抽斗はずいぶん物が入っているようじゃないか（と、引きだしてみる）。ハンカチだろう、リボンだろう。ほんとに、奥さんの姿が目に浮かぶようだよ。洗濯籠を抱えて車道《くるまみち》を歩いていたときに見かけたあのお姿が。

「こんばんは、マクナブさん」いつもそんなふうに挨拶《あいさつ》してきたもんだ。気持ちのいい接し方をする人だった。あの家の娘さんたちもみんな慕ってくれた。それが、まあ、あのころとは世の中ずいぶん変わってしまったね（と、抽斗を閉じながら）。最愛の人を失った家族も数知れずだ。そう、あの奥さんも亡くなったし、アンドルー坊ちゃんも戦死したし、プルー嬢ちゃんは、なんでも初産《ういざん》の後の肥立ちがわるくて亡くなったそうじゃないか。けど、このごろはみんなだれかしら亡くしているよ。物価は不届きにも上がっていくばかりで、二度と下がる気配もない。ああ、奥さんがあのグレイのケープを着た姿がまざまざと浮かんでくるよ。

「こんばんは、マクナブさん」そう挨拶してくると、マクナブさんにもミルクスープを取り分けてさしあげなさい、なんて料理女に言いつけたものさ――こんなに重い洗濯籠を町からずっと提げてきたんだから、スープでも飲まなくちゃ。そうお考えになってのことなんだ。いまでもはっきり思いだすよ、あの花壇に屈みこんでいる姿を(マクナブ婆さんがゆっくりよろよろ歩きつつ、あちこちを掃除し整理していくと、花壇に屈みこむご婦人の像は、黄色い残像のように、あるいは望遠鏡で見る丸い風景のように、おぼろげにちらちらと躍りながら、ベッドルームの壁をさまよい、化粧台にあがり、洗面台を横切っていった)。

ところで、あの料理女の名前はなんていったっけ? ミルドレッド? メアリアン?――たしかそんな名前だった。やれやれ、忘れてしまったよ――あたしも物忘れをするようになったもんだ。赤毛の女というのはみんなそうだけど、あの女も気性が激しかった。よく一緒に笑いあったものだ。台所の連中はいつでもあたしを歓迎してくれた。あたしもみんなを笑わせてやったものさ。いまよりずっといい時代だった。

マクナブ婆さんはため息をついた。片付けようにも、女ひとりの手にはあまる。婆さんは呆《あき》れたように首を振り動かした。ここは子ども部屋だったところだね。ああ、このあたりはすっかり湿気ちゃって、壁の漆喰が剝がれおちているよ。一体なにが悲しくて、こんな豚の頭蓋骨《ずがいこつ》なんか壁にかけたんだろ? これも黴だらけだ。それに屋根裏の部屋はどこも、ネズミがうろちょろしてる。それに雨漏りもする。なのにあのうちの人たちはだれも寄越さないし、自分たちで来もしないんだから。錠が壊れて、ドアがバタバタしている部屋もある。陽が暮れてきたら、この階上《うえ》にはひとりで上がりたくないね。まったく、女ひとりの手にはあまるったら、あまるんだ。マクナブ婆さんは体をぎしぎしいわせて呻いた。ドアをバタンと閉めた。鍵を差しこんでまわし、しっかり戸締まりをした家を孤独に残して立ち去った。

9

そうして家はとり残され、さびれていった。人が去ってしまったいま、家はうち捨てられて、乾いた塩粒がこびりつく砂丘の貝殻のようになった。なかなか明けない夜に居着かれたかのようだった。ちょっと撫でてきてはもてあそぶ風、まさぐってくる湿っぽい空気が、とうとう勝利をおさめたかのようでもあった。シチュー鍋《なべ》はもはや錆びつき、マットは朽ちはてた。ヒキガエルたちが家の中に這入りこんでいた。ほどけて揺れるあのショールは、無為に、あてどなく、揺れつづけている。貯蔵室のタイルのすきまからは、アザミが一本はえだしていた。客間の隅にはツバメたちが巣をかけてしまい、その下の床いちめんに藁《わら》が散らばっていた。天上の漆喰はあちこちで大きな塊となって剝がれ落ち、垂木《たるき》がむきだしの状態だった。ネズミたちが壁板の裏になにやかやと運んでいってはかじる。ふいに蛹《さなぎ》から緋縅蝶《ひおどしちょう》が孵《かえ》って飛びだしたかと思うと、窓ガラスにバタバタとぶつかって落命した。ダリアのあいだに種の飛散したヒナゲシが芽を出していたし、芝生は雑草が長く伸びて波打っていた。バラにまじって巨大なチョウセンアザミが高く伸びているかと思えば、キャベツにまじってフリンジ咲きのカーネーションが咲いている。雑草がやさしく窓をたたいていたのが、冬になると、越冬に強い木や棘《とげ》のあるイバラが続けざまに窓を打ち鳴らすようになった。夏には部屋じゅうを緑に染めていたのに〔ヴィタ・サックヴィル＝ウエストへの手紙によれば、ウルフは、あなたの描いたヘブリディーズの動物相、植物相は間違いだらけである、という指摘を受けたことがある〕。

いまとなってはこの自然の繁殖力を、無神経なのさばりを、いかなる力に止められるというのか？　たとえマクナブ婆さんが奥さんや子どもやミルクスープの夢を見たところで、どうなるだろう？　婆さんの夢は壁に射す陽の光のように、ゆらゆらと揺らいで消えてしまった。ドアの錠はすでにおろされ、婆さんは行ってしまった。女ひとりの手にはあまるよ、そうぼやきながら。ちっとも人手をよこさないんだから。手紙すら書いてこない。持ち物は部屋の抽斗のなかで朽ちるがままだ——こんなふうに物をほったらかすなんてあんまりだよ。婆さんは呟《つぶや》いた。家じゅう荒れ放題じゃないか。ただ、灯台の明かりだけがいっとき部屋に射しこみ、冬の闇にうもれたベッドや壁に突然のまなざしを投げて、床からはえたアザミやツバメ、ネズミや藁くずを、諦観《ていかん》したように眺めるだけだった。いまや自然の力に逆らえるものも、「ノー」と言えるものもなかった。風が吹きこみ、ヒナゲシが種を蒔《ま》き、カーネーションがキャベツと混交するにまかせた。ツバメが客間に巣をかけ、アザミがタイルのすきまからはえだし、肘掛《ひじか》け椅子の色褪せた安い生地の上で蝶が日向《ひなた》ぼっこするにまかせた。割れたガラスや陶器は芝生に散らばってうち捨てられ、芝草や野苺《のいちご》にまみれるがままになった。

いま、あの瞬間がついにやってきた。明けかけた朝がふるえ、去りゆく夜がひと呼吸おくような、あのためらいの時。もし釣りあった天秤《てんびん》の片方に、鳥の羽一枚舞い落ちたら、そちらが重くなって下がるという、あのきわどい瞬間。あと羽一枚の重みがかかれば、沈みかけ倒れかけたこの家は、真っ逆さまに闇の底へと落ちていったことだろう。そのうち、すさみはてた部屋で、ピクニックの一行がやかんを火にかけたりしたろう。恋人たちがここに隠れ家を求め、むきだしの床板に横たわったろう。近くで働く羊飼いが食事をここのレンガのあいだにしまっておくこともあったろうし、浮浪者がここでコートにくるまって寒さをしのぎながら寝ることもあったろう。やがて、屋根が落ちるだろう。イバラやドクゼリが小径を、階段を、窓をふさぎ、築山《つきやま》を覆《おお》うばかりにふぞろいながら勢いよく生い茂り、いずれは道に迷って入りこんだ侵入者も、イラクサに隠れそうなトリトマや、ドクゼリにうずもれた陶器の破片を見てようやく、かつてはここに人が住んでいたこと、一軒の家があったことに気づくようになるのだろう。

羽が一枚落ち、それが天秤の片側をちょんと押しさげていたなら、この家全体はいっきに闇の底へと転落し、忘却の砂浜に横たわることになったろう。ところが、そこに働きかける力があった。さして自覚もなく、横目づかいで横揺れし、いかめしい儀式やしかつめらしい詠唱とともに仕事をとりおこなおう、などという頭はさらさらない存在。マクナブ婆さんは始終呻いた。バスト婆さんは体をぎしぎしいわせた。ふたりとも年が年だ。体も硬くなっているし、脚も痛む。そんなふたりが箒《ほうき》とバケツを手にとうとうあらわれて、仕事にとりかかった。というのも、あるときなんの前ぶれもなく、「家を使えるようにしておいてほしい」と、お嬢さんのひとりから手紙が来たのだ。これをやっておいて、あれもやっておいて、ぜんぶ大急ぎでね、と。この夏にはそちらへ行くかもしれないから。とうとう終《しま》いまでなにもかもおっぽり放しにしたくせに、家は残していった時のままになっていると思っているんだから。マクナブ婆さんとバスト婆さんはゆっくりゆっくり、大変な骨を折りながら、箒とバケツを手にモップをかけ、磨き掃除をし、家の荒廃と腐朽を食い止めた。いまにもすべてを飲みこみそうな時の水池から、さあ、洗面台を救いだし、つぎは食器棚を救いだし、ある朝には、忘却の淵《ふち》から「ウェイヴァリーもの」全巻とティーセットを掬《すく》いあげた。その午後には、真鍮《しんちゅう》の炉格子《ろごうし》と暖炉用の鉄具もろもろを日射しと風にあててやった。バスト婆さんの息子のジョージも駆りだされ、ネズミとりと芝刈りをすることになった。大工も雇いいれた。蝶番をきしませ、ボルトをきしらせ、湿って膨張した木材をバタバタ、バンバンやりながらの作業は、いわば錆びついた難産のごときもので、ふたりの老女は屈みこみ、また立ちあがり、呻き、歌い、あっちをひっぱたき、こっちをぴしゃりと閉め、階上にあがったり、地下の貯蔵室に降りたりして奮闘した。なんだってまあ、骨の折れること！　ふたりはぼやいた。

ふたりはときどき寝室や書斎でお茶を飲んだ。昼日中に仕事を休んだふたりは、顔を真っ黒に汚し、年老いた手は箒を握りっぱなしだったせいで曲がり強張《こわば》っていた。椅子に身を投げだし、水道まわりと風呂場《ふろば》をみごとにやっつけたことに思いを馳《は》せ、さらに、悪戦苦闘の末、全面勝利には至らなかった本棚について考えた。かつてはカラスの濡《ぬ》れ羽色のように黒々と何列にも長く並んでいた本が、いまや白い染みをふいて、白っぽいキノコをはやし、ひそかにクモを潜ませていたのだ。お茶の温かみを体にしみじみ感じるマクナブ婆さんの目に、またもやあの望遠鏡があてがわれ、その明るい輪のむこうに、熊手《くまで》のようにやせた老紳士が困ったように頭をふっている姿が見えた。洗濯籠を抱えて近づいていくと、ぶつぶつ独り言を言っていて、あれは、そう、あれは庭の芝生でのことだ。でも、あの爺《じい》さんはこっちには気づきもしないんだ。噂によれば、あの人も亡くなったとか。いや、亡くなったのは奥さんだって話も。どっちだったっけ？　さあ、わたしにはよくわからないよ、とバスト婆さんは答える。ただ、坊ちゃんは亡くなったね。それはたしかだ。新聞でお名前を見たから。

ほら、ミルドレッドだかメアリアンだか、そんな名前の料理女がいたろう――赤毛でさ、赤毛の女ってみんなそうだけど気が短くてね、けど気心が知れてくると、これが優しいとこもあるんだ。よく一緒に笑いあったもんだよ。「マギーにも」と言って、スープとか、ときにはハムをひと口とか、なにかしら余り物をとっておいてくれた。あのころは暮らしも豊かだった。みんな、欲しいものはなんでも持っていた（子どもよけの炉格子の横で、枝編みの肘掛け椅子に座る婆さんは、熱いお茶を口にふくみながら、屈託なく、愉快な気持ちで、記憶の毛糸玉をほぐしていく）。家には一家が暮らし、ときには二十人ぐらいが寝起きしていたから、やることは山のようにあって、洗い物で真夜中をとうに過ぎてしまったりした。

バスト婆さん（彼女は一家とは面識がない。当時はスコットランドのグラスゴーに住んでいた）はお茶のカップをおきながら、一体なんのために豚の頭蓋骨なんか壁に掛けたのかしらね、と問いかけた。きっとよその国で仕留めたものでしょうに。

それはありそうなことだね。マクナブ婆さんは記憶を気ままにたぐりながら答えた。東方の国に友だちが何人もいたようだから。紳士がたがここに泊まって、ご婦人たちは夜会服姿だよ。一度、食堂のドアのすきまから、一同がディナーの席についたところを見たことがある。まあ、ざっと二十人の方々がみんな宝石で着飾っていてさ、真夜中すぎるかもしれないけれど、洗い物を手伝ってちょうだいと奥さんに頼まれたよ。

ああ、それじゃあ、さぞ暮らしの変わりようを感じるだろうね。バスト婆さんはそう言って、窓から身を乗りだし、息子のジョージが草刈りをする姿を眺めた。この庭は一体どうしたことかと訊《き》いてくるんじゃないの。庭師のケネディ爺さんが管理するはずだったのに、荷馬車から落っこちて脚をすっかりわるくしてしまった、という経緯を婆さんも知っていたのだ。それから一年近くはだれの手も入っていないわけだし、その後はデイヴィ・マクドナルドに任されて、種なんかも送られてきたんだろうけど、一度だって蒔いたかどうか怪しいものだわね。きっとここの変わりように驚くよ。

バスト婆さんは息子が草刈りする姿を眺めた。あの子は大した働き者だわ――黙々と仕事をこなすタイプよ。さて、そろそろ食器棚の片付けをやってしまわないとね。老女ふたりは、よっこらしょと立ちあがった。

そうして家の中での重労働と、庭での草刈り穴掘りが何日もつづいた末、ようやく窓辺でハタキを振って埃をはらい、窓をすべて閉め、家中の鍵をかけ、玄関ドアをバタンと閉める日が来た。やっと仕事が終わったのだった。

すると、拭いたり磨いたりの掃除や、草刈り芝刈りの音にいままでかき消されていたのか、あの聞こえるか聞こえないかの幽《かそけ》き旋律、耳がとらえかけては消えてしまうあの断続的な音楽が浮かびあがってきた。犬の吠え声、山羊《やぎ》の鳴き声、不規則できれぎれでありながらなんだか全体にまとまっている印象をあたえる。虫の羽音、刈られた草、これも離ればなれでありながらひとつに調和している。カナブンが飛びまわるやかましい音、車輪のきしむ音、これも高い音、低い音があるが、不思議とまとまっていた。これらをひとつに合わせて聞こうと耳をそばだてても、ハーモニーを奏《かな》でる寸前で決まって聞こえなくなってしまうのだ。完全に調和することはなく、夕時になると、とうとうこうした音はひとつまたひとつと絶えていってしまい、調和はゆらいで、静寂がおりる。日の入りとともに、ものの鮮鋭さが失われ、そこへ、立ちこめる靄《もや》のように静けさが湧きあがって広がり、風はしずまる。世界はしどけなく身震いをして眠りにつき、すると、木《こ》の間《ま》から緑に染まった光が射しこむか、窓辺に咲く白い花がぼうっと明るむほか、ここには照らす光のひとつもなくなった。

「九月のある夕方遅く、リリー・ブリスコウがこの家に鞄《かばん》を運びこませた。カーマイケルもおなじ列車でやってきた」

10

そのころには、まぎれもない安らぎが訪れていた。安らぎの便りが海から陸《おか》へと吹いてくる。もう陸の眠りを妨げまい、それどころか休息へと、眠り人たちが清らかに夢見るもの、賢く夢見る世界へとなお深くいざなってあげよう――清潔で静かな部屋で枕《まくら》に頭をもたせて潮騒《しおさい》を聞くリリー・ブリスコウには、海がそう囁《ささや》いているとしか思えなかった。ひらいた窓からは世界の美を謳《うた》う声がたえず囁きかけてくるが、その声はあまりに控えめで、なにを言っているのか具体的にはわからない――とはいえ、意味が明らかならば構わないではないか――そうして眠る人々（家はまた人でいっぱいになっていた。ベックウィズ夫人が滞在していたし、カーマイケル氏も泊まっていた）を呼び招く。実際浜におりてくる気がないのなら、せめてブラインドをあげて外を見てみよ、と。そうすれば、夜が紫の長衣をたなびかせ、頭に冠を戴《いただ》き、宝石をちりばめた笏《しゃく》を携えた姿が見え、夜の目をまっすぐにのぞきこむ無垢な子どもの気持ちに帰るだろう。それでも眠る彼らがなおためらい（リリーはすっかり旅疲れをして、コトンと寝てしまったが、カーマイケルはロウソクの明かりで本を読んでいた）、なお誘いを拒み、夜のこの壮麗な姿もじつは儚《はかな》い霞《かすみ》のようなものだ、まだしも露のほうが力をもっているぐらいだ、それより眠っていたいのだと言うなら、そのときは文句も異議もとなえず、ただ穏やかに世界の美を謳うだろう。波は静かに砕け（リリーは夢のなかでその音を聞いた）、灯台の明かりがそっと照らすだろう（まぶたの奥にまで届くかのように）。カーマイケルは本を閉じて眠りに落ちながら思った。なにもかもあのころと変わらぬ光景だ。

しかし夜のとばりがこの家を、ベックウィズ夫人を、カーマイケルとリリー・ブリスコウを包みこみ、彼らのまぶたの上に幾重もの闇が重なるころ、その声はまた呼びかけだすかもしれない。なぜこの世界を受けいれないのだ。なぜこれに満足し、諦めて従おうとしないのだ？　島々をとりまきリズミカルに砕ける波のため息が彼らをなだめ、夜が彼らを包みこみ、その眠りを邪魔するものはなにもない。やがて、鳥たちがさえずりだし、暁がそのか細い声を織り糸のように朝の白い光のなかへ織りこみ、荷馬車がギシギシと動きだし、どこかで犬が吠え、朝の光が夜のとばりをあげて、眠る人の目を覆うヴェールを分けると、リリー・ブリスコウは寝ぼけてもぞもぞしながら、足を滑らせて落ちかけた人が崖縁の芝をつかむように、毛布をつかもうとした。そこで目が大きく見開かれた。ああ、またこの家に来ているんだった。リリーはがばと身を起こしながら考えた。もう起きなくては。

第三部　灯台

1

すると、これはどういう意味だろう。一体どういうことが考えられるかしら？　独りとり残されてしまったんだから、自分でコーヒーのお代わりをとりに台所へ行くべきなのか、それともここで待つべきなのか。リリー・ブリスコウは思案した。「それ、どういう意味？」——これはある本で見かけたキャッチフレーズだったが、いまの心持ちには、なんだかしっくり来るのだった。なにしろ、ラムジー家で迎える初めての朝、いまひとつ気の持ちようが定まらずにいる。仕方なく、ひとつのフレーズを繰り返して、暗い心に覆《おお》いをかけ、気塞《きぶっせ》いが晴れるのを待つしかなかった。じつのところ、いま自分はどう感じているのだろう、これだけ長い歳月ののち、しかも奥さんが亡《な》くなったこの家を再訪して？　なにも感じていない。なんの感慨もない。感情として表現できるようなものはなにもない気がした。

ゆうべ夜更《よふ》けに到着したとき、あたりは神秘的な闇《やみ》に包まれていた。一夜明けて目覚め、こうしてブレックファスト・テーブルで当時とおなじ席についてはみたものの、いかんせん独りぼっちだ。しかもまだ早い時間で、八時にもなっていないのに。今日はあの遠出が予定されていた――ラムジーさんとキャムとジェイムズで灯台に行こうというのだった。本来なら、もう出かけているはずの時間だった。潮だかなんだかに乗らなくてはならないから。なのに、キャムはまだ支度ができておらず、ジェイムズもしかり、ナンシーはお弁当のサンドウィッチを作らせるのを忘れていたという有り様で、ご主人は癇癪《かんしゃく》を起こし、ドアを手荒に閉めてつかつかと出ていってしまった。

「いまさら行ってなんになる?」と捨て台詞《ぜりふ》まで残して。

ナンシーはどこかに姿をくらましていた。で、ご主人はあそこ、腹立ちまぎれにテラスを行き来している。ドアのバタンと閉まる音、家中で呼び交わす昔日《せきじつ》の声が聞こえてくるようだ。そのときナンシーが急に飛びこんできて、部屋を見まわしながら、呆然《ぼうぜん》というか自棄《やけ》くそというか妙な調子で、「ねえ、灯台へはなにを持たせればいいの?」と訊《き》いてきた。まさかできるとは思えないことを無理にやっている、という感じだったと言いたげだ。

ほんとに、なにを持たせればいいんだろう! リリーもほかの機会であれば、お茶だとか煙草《たばこ》だとか新聞だとか、もっともな物を挙げられたはずだ。しかしながら今朝ばかりは、なにもかもがとてつもなく奇妙に感じられ、いまナンシーに問われた「灯台へはなにを持たせればいい？」という質問にさえ、心のドアが次々とひらいてはバタンと閉まったり、半開きでパタパタしたりした末、莫迦《ばか》みたいにぽかんとしながら、「なにを持たせればいいか？」「なにをすべきか？」「結局、なぜここに座っているのか？」などと、自問しつづけるはめになるのだった。

まだ使っていないカップがならぶ長いテーブルで、こうして独り席についていると（ナンシーはまた出ていってしまったので）、疎外感《そがいかん》のようなものをおぼえ、ただあたりを眺め、ものを問い、思案を続けるしかなかった。この家、この場所、この朝、どこにも融《と》けこめない気がした。自分はここになんの愛着もない、なんの係わりもない、なにが起きるかわかったものじゃないという感じがあり、なにが起きたところで、たとえば部屋の外で足音がしたり、大声がしたり（「食器棚の中じゃないよ、踊り場にあるったら」と、だれかが叫んでいる）するだけで、疑問が湧《わ》いてくるのだった。ふだん物事をひとつに結びつけている絆《きずな》が切られ、あちこちに漂いゆき、どこかへ流れ去ってしまい、と、そんな感じなのだ。なんともあてどなく、混沌《こんとん》として、現実味を欠いている。リリーは空になったコーヒーカップを見つめてそんなことを思った。この家の女主人はもはや他界し、アンドルーは戦死して、プルーまで亡くなった――胸のうちでそう反芻《はんすう》してみても、なんの感慨も湧いてこなかった。そんな家でわたしたちは一堂に会しているわけね、こんな朝に。リリーは窓の外を見やりながら呟《つぶや》いた――晴れわたった静かな日。

ラムジーが前を通りしな、だしぬけに顔をあげ、あの狂おしく猛々《たけだけ》しい目で、リリーのことをまともに見据えてきた。そのまなざしには、いまだ鋭くものを見抜く光が宿り、ただ一度一瞬でも見られたら最後、と思わせるところがあった。リリーは彼の視線から逃れようと、空のカップのコーヒーを飲むふりをした――ラムジーの強引さ、あの有無をいわさぬ要求を一寸《ちょっと》でもかわそうと。彼はリリーを見て首を振ると、大股《おおまた》で通りすぎていった(「独りにて」ラムジーが呟くのが聞こえた。「滅びぬ」〔十八世紀英国の詩人ウィリアム・クーパー「漂泊者」より〕と言うのがまた聞こえた)。どうもおかしな感じのする今朝は、なにかにつけそうだったが、ラムジーのことばもまた象徴と化し、暗緑色の壁いっぱいに書きつけられた。これらのことばがひとつの文章として繋《つな》がれば、とリリーは思う。真相がわかるのに。カーマイケル老人がそろりそろりとやってきて、自分でコーヒーを注ぐと、カップを手に日向《ひなた》ぼっこをしに出ていった。今朝の、なにか異様なまでの非現実感は恐ろしくもあったが、心をくすぐりもした。灯台行き。でも、灯台へはなにを持たせたらいい？　滅びぬ。独りで。向かいの壁に射《さ》す暗緑色の光。空っぽの席。それらはみななにかの一部のようだが、どうやってひとつにまとめればいいだろう？　リリーはそう考えつつ、なにかちょっとでも邪魔が入ったら、いまテーブルの上に築きつつあるもろい形《かた》を壊してしまうといわんばかりに、窓に背を向けて立ち、ラムジーに顔を見られるのを避けた。とにかくここを逃げだして、どこかで独りにならなくては。そこで、はたと思いだした。十年前この席に座ったとき、小枝か木の葉の模様を散らしたテーブルクロスがかかっていて、それを見ているうちにぱっとひらめいたのだった。そう、当時描いていた絵は、前景に問題があったんだっけ。あの木を絵の真ん中に移すこと。そう決心した。なのに、あの絵はついに仕上げられなかった。だから、このことはこの長い歳月のあいだ、いつも心のどこかに引っかかっていた。いまから、またあの絵を描こう。わたしの画材はどこに置いた？　ええ、わたしの画材、そうですとも。ああ、ゆうべ、玄関に置いてきたのだった。さあ、いますぐにでも描きはじめましょう。ラムジーさんがもどってこないうちに、と、リリーはそそくさと立ちあがった。

まずは、絵を描くための椅子《いす》を調達してきた。しかるのち、〝オールドミス〟らしい几帳面《きちょうめん》な物腰で、芝生のはしっこにイーゼルを据えた。カーマイケル老人に近づきすぎない位置で、なおかつ彼の監視の目が届くぐらいの近さに。そう、十年前にイーゼルを立てたのは、ちょうどこの位置に違いない。あそこに塀があって、こっちに生け垣と木があって。問題は、これらマッス間の繋がりなのよ。ずっとずっとそこを悩んできた。ところが、まるで答えがふって湧いてきたかのように、いまは自分のしたいことがはっきりと見える。

とはいえ、ラムジーにのしかかられていては、なにも出来ない。あの人に近寄られるたびに――いまもテラスをうろうろしているけれど――破滅が近づいてくる、混沌が近づいてくる。そうして絵が描けなくなってしまう。屈《かが》みこんだり、よそを向いたり、こっちの布きれを手にとったり、あっちの絵の具を絞りだしてみたりする。でも、それもこれもみんな、あの人を少しでもかわすためなのだ。あの人がいると、なにもできなくなってしまう。こちらがわずかでも隙《すき》を見せたら、一瞬でもあの人のほうを見て、一寸でも気がそれたと勘づかれたら、あの人はたちまちすり寄ってきて、ゆうべみたいなことを言いだすだろう。「どうだね、うちもすっかり変わったろう」昨夜はわざわざ席を立って、リリーの目の前に立ち、そんなことまで言ったのだ。一同おなじ卓につきながら、押し黙ってうつろに宙をにらんでいる六人の子どもたち、かつては英国の王様、女王様たちを真似《まね》て、赤毛王、うるわし姫、いじわる王女、非情王などとあだ名された子らが、父のそんなことばを聞いてどんなに憤慨しているか、手にとるようにわかった。ここで、心優しいベックウィズ老夫人がなにかもっともな感想を述べた。それでも、やはり家の中にはいっこうにまとまらない激情がてんでに渦巻いている——その夜のリリーは寝るまでそう感じていた。ラムジーはこの混沌に輪をかけるように立ちあがって彼女の手を握り、こう言ったわけだ。「うちもすっかり変わったと感じることだろう」だれも身じろぎひとつせず、うんともすんとも言わず、もう仕方ないから言わせておけという顔で座っていた。ただジェイムズ(間違いなくいまは「むっつり王」だ)がしかめ面《つら》でランプをにらみ、キャムが指にハンカチを巻きつけているだけだった。すると、そこでラムジーは、明日はみんなで灯台へ行くんだぞ、と念を押した。朝の七時半きっかりには、出支度をして玄関に集まっているようにな。そう言ってからドアに手をかけたところで立ち止まり、こちらを振り向いた。きみたち、まさか行きたくないなんて言わないだろうな? もし子どもらがそう言ったりしたら(父はどうしても行きたい理由があったので)、さも悲劇的に、絶望の苦海へと後ろ向きに倒れこんでいったろう。ラムジーには妙に身ぶりに長《た》けたところがあった。いまも流浪《るろう》の国王のごとき雰囲気を漂わせている。ジェイムズが辛抱強く、そんなことないですと言った。キャムはもっと取って付けたようにぼそぼそと答えた。

だいじょうぶ、お父さん、ちゃんと支度しますから。子どもたちは口々に言った。リリーには、この光景のほうがむしろ悲劇と映るのだった——棺だとか埋葬だとか経《きょう》帷子《かたびら》が出てくるような悲劇ではなく、押さえつけられた子どもたちの、抑圧された心の悲劇だ。ジェイムズだって十六、キャムはもう十七になるだろう。リリーはそこにいないだれか、おそらくはラムジー夫人の姿を探して、部屋を見まわした。しかしながらそこには、ランプの灯りのもとで、彼女の描いたスケッチ集をめくる、心優しいベックウィズ夫人の姿があるばかりだった。やがて疲れてくると、気持ちはまだ海原とともに波打ちながらも、人々の長き不在を経た場所がもつ匂《にお》いにすっかり心とらわれ、瞳《ひとみ》にロウソクの光が躍るうちに、いつしか陶然となってまどろみにおちた。星影の照らす美しい夜だった。みんなで二階にあがっていくあいだも波の音が響き、階段の窓を通りしなに見あげる月は、驚くばかりに大きく、おぼろに霞《かす》んでいた。ベッドに入ると、リリーはあっという間に眠りこんだ。

リリーはいま、まっさらなカンバスをイーゼルにしっかりと立て、ラムジー氏の厳しい追及をかわすバリアとして、薄っぺらいながらもこれがしっかり役立ってくれますように、と願う思いでいた。ラムジーが背を向けてしまうと、リリーはなんとか自分の絵だけを、そこのラインを、そこのマッスを見ていようと、精一杯の努力をした。

ところが、それはとてもできない相談だった。ラムジーという人は、たとえ五十フィートも距離をおき、話しかけることはおろか、こちらを見ることもさせずにいたところで、どういうわけだかこちらまで染《し》み渡ってくるのだ。存在を主張し、我を押しつけてくる。そう、あの人がいると、なにもかもが変わってしまう。絵の色がよく見えなくなるし、ラインも見えなくなる。たとえむこうが背を向けていても、こんなことばかり考えてしまうのだ。いまにも迫ってきて、詰め寄るんじゃないか。わたしが答えに窮するようなことを。リリーはいったん手にした筆を置いて、べつの筆を選びなおした。あの子たちはいつ外に出てくるのかしら？　みんないつになったら出発してくれるのかしら？　そう思って苛立《いらだ》つ。ラムジーさんは自分からは決して与えない。こみあげる怒りを感じながらリリーは考える。人から取ってばかり。一方、わたしのほうはつねに与えることを強いられる。奥さんは与えたわ。与えて、与えて、与えきって、亡くなってしまった――あとにこれだけのものをぜんぶ残してね。実際、ラムジー夫人には腹が立ってくる。リリーは絵筆を握る指をかすかに震わせながら、生け垣を、上がり段を、庭の塀を見る。なにもかもが夫人の努力のたまものだった。なのに、いまその人はこの世にいない。ここにいるのは、人生の時間をむだにして、なにひとつ成し遂げられず、こうして手すさびに絵を描いている、自分にとってかけがえのない、遊びでできるはずのないことを遊びでやっている、四十四歳のリリーであり、それもこれも元はといえばラムジー夫人がいけないのだ。その人は逝《い》ってしまった。いつも夫人が腰かけていた上がり段にはだれもいない。奥さんは逝ってしまった。それにしても、なぜまたもやこんな繰り言を？　いつだってなぜ、湧いてもいない感情を湧かせようとするのだろう？　そこには一種の冒瀆《ぼうとく》がある。生の感情などすっかり干上がって、しおれ、枯れはててしまった。わたしなんて招かずにおいてくれればよかったのに。ここになど来なければよかった。四十四の人間は時間をむだにしてはいられないんだから。リリーはそう思った。絵だって面白半分には描きたくない。絵筆とは、この諍《いさか》いと破滅と混沌の世の中で唯一《ゆいいつ》頼れるもの――それをわかっていながらもてあそぶなどもってのほかだ。我慢ならない。とはいえ、あの人がいると身が入らないのだ。まるで、わしの要求に応《こた》えないかぎりカンバスには触らせないぞと言って、迫ってくるかのよう。ああ、また来た、また近寄ってきた、物欲しげに、狂おしい目をして。なら、いいでしょう。リリーは自棄になって、右手を脇《わき》にぶらんとたらしながら思った。この際、すませてしまったほうが楽よ。そうだ、思いだして真似すればいい。多くの女性の顔に見てきた（たとえば、ラムジー夫人の顔にも）歓喜、有頂天、無私無欲の表情を。彼女たちはそんなとき――奥さんの顔つきがありありと思い浮かぶ——いきおい顔を輝かせて、心通いあった感激や、報われた歓《よろこ》びにうち震えるのだ。わけがわからないが、それは人間の手が届くかぎり最高の幸せを与えてくれるものらしい。さあ、いよいよ来た、横に立ち止まった。いいわ、わたしにあげられるものはなんでも差しだすから。

2

この女も心なしか皺《しわ》が出てきたようだな。ラムジーはそう思った。見かけはか細くて貧弱だが、どうして魅力がないとも言えない。自分としては好ましく思っている。その昔は、ウィリアム・バンクスとの縁談話などもあったようだが、進展せずじまいだった。うちのも彼女には目をかけていた。それにしても、さっきの朝食の席では、またもや少々癇癪を起こしてしまったなあ。さて、こうなると——そう、なんだかわからないうちに、とてつもない衝動に襲われ、だれでもいいから女に近づいて——その際は手だてなど問わない。それぐらい強烈な欲求だ——自分の求めるもの、つまりは同情を無理にでも引きだしたくなるのだ。

きみ、だれか世話になれる人はいるのかね？　ラムジーは問いかけた。生活に不自由はないかね？

「ええ、どうも、お陰様で不自由ございません」リリー・ブリスコウはかちかちに構えながら答えた。ああ、だめだ、やっぱりうまくいかない。こういうときは、寄せくる同情の波にのって、一も二もなく流れに身をまかせてしまえばよかったんだ。そうしろとけしかけるプレッシャーもすさまじい。それでも、リリーはひたすら固まっていた。ひどく気まずい沈黙が流れ、ふたりとも所在なく海を見やった。まったく、この女は、とラムジーは思った。わたしがそばに来たのに、なんでまた海なぞ眺めているのだ？　今日は海の凪《なぎ》がつづいて灯台島にあがれるといいですね、とリリー。灯台だって！　灯台！　そんなもの、なんの関係があるというんだ？　ラムジーはそう思って苛ついた。とたんに、原野の突風ともいうべき勢いで（いよいよ気持ちを抑えきれなくなっていた）ラムジーの口から呻《うめ》き声が漏れでた。これを聞いたらこの世のどんな女であれ、なにか行動を起こすなり言葉をかけるなりせずにはいられなくなる、そんな声だ。ただし、わたしの場合は別だけど。リリーは自嘲《じちょう》ぎみに笑った。いまのわたしときたら女とすら呼べず、気むずかしくて怒りっぽい、しなびた〝オールドミス〟というところね。

ラムジーは思いきりため息をついた。そして待った。この女、なにか口をきくつもりはあるのか？　わたしになにを求められているか、わからないのか？　彼はおもむろに、じつは灯台へは故《ゆえ》あってどうしても行きたいのだ、と言った。うちのかみさんは灯台守の家族によく差し入れをしておった。関節結核もちの気の毒な男の子がいるんだよ、灯台守の息子でね。と言って、ラムジーは重々しいため息をついた。意味深長なため息をついた。リリーがいまひとえに望むのは、この嘆きの大洪水を、同情を強いてくる飽くなき欲望を、かかりきりで己の相手をさせようとするこの強烈な欲求を——それでもなお延々と分かてるほどの心痛の種がラムジー氏にはあるらしいのだ——やり過ごすこと、そらすことに尽きた（だから、なにか邪魔が入るのを期待して家のほうをじっと眺めていた）。でないと、この大水に飲みこまれてしまう。「そんな遠出は」と、ラムジーは靴の先で地面をひっかきながら言った。「じつにしんどいんだがね」そう言われても、リリーはまだなにも答えなかった（どうせこの女は切り株同然、石同然なんだ、とラムジーは心で呟いた）。「心底身にこたえるよ」そう言って病み疲れたような顔をしてくるので、リリーはげんなりした（まあ、わざとらしい。この偉大な方はずいぶん芝居じみたことをするのね）が、ラムジーは自分の美しい両手に視線を落とした。ああ、目もあてられない、見苦しいお芝居だ。子どもたちは出てこない気かしら？　リリーは心中で呟いた。もはや一刻も、この悲痛のとてつもない重みに耐えられなくなり、嘆きの重たい緞帳《どんちょう》を支えきれなくなったからだ(ラムジーはすっかり老耄《ろうもう》の人になりきっており、立ったままちょっとよろけすらした)。

それでもリリーは無言のままだった。見わたす限りの視界から話題の種がきれいさっぱり一掃されてしまった気がし、ただ、驚きあきれるばかりだった。そこにいるラムジーが陽射し溢《あふ》れる芝生に憂《うれ》いのまなざしを向けると、鮮やかな緑は色褪《いろあ》せたし、顔を赤くしたカーマイケル老人がデッキチェアでフランス小説を読みながら満足しきってまどろんでいるところにも、真っ黒な視線のヴェールが投げかけられた。この不幸の世でわが身の成功をひけらかす存在を見るだけで、とことん暗い気持ちになるんだと言わんばかりの目だ。あの老人を見よ、そして一方のわたしを見よ、ラムジーはそう言っているようだったし、実際のところ、四六時中こう思っていたのだ。わたしのことを考えてくれ、わたしのことを、と。ああ、カーマイケルさんの巨体がふわりと動いて、隣まで移動してくれればいいのに。リリーは祈るような気持ちだった。せめてこのイーゼルをあと一、二ヤード、あの人の近くに据えればよかった。これが男性であればどんな人でも、こうした身も世もない感情の吐露を止《や》めさせ、滔々《とうとう》たる嘆きにストップをかけることができるでしょうに。しかし女である自分はこんな惨憺《さんたん》たる事態を招いてしまった。女ならば、こういう際のあしらい方は身につけていなくてはいけないのに。こうして口もきけずに突っ立っているなんて、女として不面目この上ない。ふつうなら、ふつうならどう言うだろう?——ああ、なんてことでしょう、ラムジーさん! とか、おつらいですわね、ラムジーさん! とか。そういうことを、いまむこうでスケッチをしている心優しい老婦人、ベックウィズ夫人なら間髪をいれず、的確に、口にできたろう。でも、わたしには無理。ラムジーとリリーだけが世界から切り離されたみたいに突っ立っている。留まるところを知らぬラムジーの自己憐《れん》憫《びん》、同情を買おうとする気持ちは、はばかりなく溢れだして、こちらの足元に水たまりをつくり、それでも、みじめな罪人《つみびと》のリリーは、スカートが濡《ぬ》れないよう足首に巻きつけるぐらいしか為《な》す術《すべ》がないのだった。黙りこくって、絵筆をがっちり握りながら立ちつくしていた。

そこへ、なんとありがたや、ありがたや! 家から物音が聞こえてきた。ジェイムズとキャムが出てくるに違いない。ところがラムジーときたら、残り時間が少ないのを察知したのか、孤立無援のリリーに、悲しい思いの丈をつめこむようにして、とめどなくプレッシャーをかけてくる。老齢のわが身、その心細さ、侘《わび》しさ。と、そのとき、懊悩《おうのう》するラムジーはたまりかねたようすで不意に頭をあげ——なんだかんだ言っても、どんな女がこのわたしに抗《あらが》えるというのだ？——そこで、自分の深靴《ブーツ》の紐《ひも》がほどけているのに気づいた。それにしても目をひく靴だわ、と、リリーも一緒に見おろしながら思った。浮き彫りをほどこした堂々たるしろもの。この人が身につけているものは、すり切れたタイから、途中までボタンを留めたチョッキまで、なんでもそう。どこから見てもラムジー氏らしい。持ち物がひとりでに動きだして、主人の部屋へ歩いていくさまが目に浮かぶようだ。持ち主なしでも、主の哀れさ、不機嫌、腹立ち、そして魅力を如実《にょじつ》に物語りながら。

「すてきなお靴ですね！」リリーは声を高くした。とたんに、自分が恥ずかしくなった。魂の慰撫《いぶ》を求められているときに、あろうことか深靴《ブーツ》を褒めるなんて。血を流すおのれの手を、切り裂かれたハートを見せて、男が憐憫を乞《こ》うているときにである、能天気に「あら、でもお召しのお靴はすてきですわよ！」なんて言ったら、完全崩壊にいたるいがあるのは承知。例の突発的な怒りの咆吼《ほうこう》とともに罰がくだり、当然の報いがあるのを覚悟して、リリーは恐る恐る上を見あげた。

ところが、ラムジーは相好《そうごう》をくずした。例の死装束《しにしょうぞく》を思わせる暗さも、緞帳のごとき重苦しさも、老いの心弱さも、すべて憑《つ》きものが落ちるように落ちていた。うん、そうだろうとも、と、ラムジーはリリーの前に足をあげて見せながら答えた。なにせ、一級品の靴だからな。こんな靴を作れる男はイングランド広しといえども一人しかおらん。いやはや、靴というのは、人類の主たる災いのひとつだよ。「靴職人というのはだな」ラムジーは断言しにかかった。「みずから人間の足を苛《いじ》めて痛めつけることを仕事としているわけだ」しかも彼らというのは、人類のうちで最も頑固かつへそ曲がりときている。自分は青春時代の大半を、しかるべき靴を作らせることに費やしてしまった。さあ、見たまえ（と言わんばかりに、右足、つぎに左足をリリーの前に持ちあげて）、こんなすばらしい形のお靴は見たことがありません、と言うのではないかな。なにせ、素材の革も最上級のものでね。巷《ちまた》の革なんておおかたはパルプ紙とボール紙で作ったような代物《しろもの》だろう。ラムジーはまだ宙に浮かせている足をご満悦の態《てい》で眺めやった。ああ、わたしたちはやっと陽のあたる島に辿《たど》りついたらしいわ。リリーはそう感じていた。安らぎに充《み》ち、健やかな精神が支配し、陽の光が永久に輝く、よき靴の極楽島に〔世界の西の果てにあり英雄や善人が死後永久に幸せに暮らす島〕。リリーはラムジーに親しみを感じはじめた。「それじゃ、きみの靴紐結びのお手並みを拝見といこうか」ラムジーはそう言った。リリーがやってみせると、その締まりのない結び方をからかった。そして自分で考案した結び方を披露した。これはいったん結ぶと、なにがあってもほどけないのだ。そう言って、リリーの靴紐を三回結んで三回ほどいて見せた。

ご主人がわたしの靴に屈みこんでいるようなまるで場違いな時に、なぜまた彼への同情心が湧いて胸が痛み、反対に自分が屈みこんでいるときにも、顔がカァッとほてり、自分の無神経さ（ご主人の態度を芝居がかっているだなんて言って）を思うと、涙すらこみあげて目がにじむのだろう？　こうしてなにかに没頭するラムジーの姿は、かぎりない哀切をたたえているように見えた。この人は独りで紐を結ぶ。靴を買う。こうして旅路をゆくラムジーに、自分はなにひとつ力になれない。それでもリリーがなにか言おうとしたとき、言えそうな気になったちょうどそのとき、あのふたりがやってきた――キャムとジェイムズがテラスに姿をあらわした。姉弟は並んで足どりも重くやってくる。深刻な、憂鬱《ゆううつ》そうな顔つきのふたりが。

それにしても、なんだってあんな暗い面持ちで歩いてくるんだろう？　リリーは癪に障《さわ》ってしかたなかった。もっと楽しそうに寄ってこられないのだろうか。さあ出かけようというときぐらい、わたしが差しだしそびれたものをお父さんに差しだせばいいのに。そんなふうに思うのも、不意に虚《むな》しくなり、挫折感《ざせつかん》を覚えていたからだった。わたしときたら、いつも遅れたころにようやく感情が湧いてくるんだわ。こうして心構えができたときには、相手にもう必要とされていない。いまここにいるラムジーさんは、見るからに偉人然とした年配の男性で、こちらがなにを差しだそうと要りはしないのだ。なんだか袖《そで》にされた気分だった。ラムジーはナップザックを背負うと、荷物の包みを子どもたちに割り当てた——それぐらい包みはたくさんあり、どれもパルプ紙にくるんで、ぞんざいに紐をかけてあった。それから、キャムにマントをとりにいかせた。そんな彼の姿はどこから見ても、遠征隊の出立準備にあたるリーダーである。しかるのち、あの堂々たる深靴《ブーツ》をはいたラムジーがくるりと向きを変え、軍人のような毅然《きぜん》とした足どりで、パルプ紙の包みを抱えながら小径《こみち》を歩きだすと、父の後に子どもたちがつづいた。彼らの姿には、いやおうない運命の力で険しい冒険に乗りだすことになったような、まだ若いゆえに不本意ながら父の後におとなしく従うしかないといった雰囲気が漂っていたが、しかしその青ざめた目元を見れば、なにか齢《とし》に不釣り合いの試練に黙って耐えていることが感じられた。やがて三人は芝生の境を越えていき、それを見送るリリーは、なにかひとつの強い気持ちに引きずられていく隊列を見る思いがした。覇気もなく足元もおぼつかない一行ながら、きっとその気持ちがあるゆえに、ある種のまとまりを見せ、不思議と心を打つのだろう。去っていきながら、ラムジーは慇懃《いんぎん》だがやけにすげない態度で手を振ってきた。

それにしても、なんて顔なのだろう。リリーはそう思いながら、しまいには用なしにされた同情心がはけ口を探して渦巻くのをすぐさま感じとった。どうすればあんな顔つきになるのだろう？　夜な夜な考えごとばかりしていたら、ああなるのかしら——そうそう、キッチンテーブルの実在性についてだった。いつだったか、ラムジーさんってなにをお考えなのかよくわからないと言うと、アンドルーがキッチンテーブルという象徴を挙げて説明してくれたんだっけ（そのアンドルーも砲弾の破片にあたって即死したと思いだしたが）。キッチンテーブルというのは、なにか夢想を誘うような、簡素なものだ。むきだしで、堅くて、飾り気がない。そこには彩《いろど》りというものがない。直線と角ばかりでできている。断固として素っ気ない。ところが、ラムジーはいつもあれをひたと見据えつづけて、気を逸《そ》らすことも、妙な錯覚に陥ることもなく、いつしか自身までがやつれて苦行僧のような顔つきになり、あんな簡潔の美を帯びるのだった。それはリリーの胸を深く打った。とはいえ、じきにさまざまな心痛がその静かな顔をゆがめることになり——高潔さをいささかそいでしまう。そう、そんなこともあったなと（絵筆を握ったまま、残された場所に立ちつくしながら）リリーは思いだしていた。例のキッチンテーブルに対しても、あの人らしい疑いをもっていたに違いない。このキッチンテーブルは実在するキッチンテーブルなのか。それに時間を割いたなりの成果ははたして得られるのか。結局のところ、答えは出るのか。疑問だらけだったに違いない。そうでなければ、あんなに人に多くを要求しなかっただろう。ときには夜更けに、ご夫婦でそんな話をしていたのかもしれない。それで翌朝の夫人は疲れた顔をして、リリーはちょっとした理不尽なことが原因で、ご主人に猛然と腹を立てることになった。ところが、いまやラムジーには、あのキッチンテーブルのこと、靴のこと、結び目のこと、なににつけ話す相手がいない。だから、彼はかぶりつく獲物を探してうろつくライオンと化し、顔には自棄の色をにじませ、しかも物事をだいぶ大げさにとらえているらしく、そのようすにリリーはたじろいで、スカートを足にきつく巻きつけることになる。かと思えば、さっきみたいに（深靴《ブーツ》を褒めたりすると）突如生き返ったように顔を輝かせたり、日常のふつうの事柄に対して急に意欲や関心をとりもどしたりする。それもまた移ろい変わって（なにしろこの人はころころ気分が変わり、それを一切隠そうとしない）先刻《さっき》のように、またべつな究極の様相を呈することもあるわけだ。リリーにとっては初めて見る側面であり、正直いって、腹を立てたことを我ながら恥じた。先ほどのラムジーはまさしく、悩みや野心も、同情を求める心や賞賛を望む気持ちも、きれいさっぱり捨て去って、別の世界に足を踏みいれたかのようであり、まるで無言の対話を交わしながら――その相手は彼自身か、他の何者か――好奇心に引かれ、ささやかな隊列の先頭に立って視界の外へと消えていくかのようだった。あんな面構えにはそうそうお目にかかれない！　庭の門扉《もんぴ》がバタンと閉まった。

3

やれやれ、出かけていったわ。リリーはそう思って、安堵《あんど》と落胆の相半ばするため息をついた。行き場をなくした同情心が、イバラの枝がはじかれるように、自分の顔に跳ね返ってきた気がした。おかしなことに自分がふたつに分かれてしまったような、半分はむこうへ引かれていったのに——それにしても穏やかな、靄《もや》に霞んだ日だ。今朝は灯台がなんだかはるか彼方《かなた》に見える——あとの半分はしぶとく頑として芝生の上にいる、といった感じだ。カンバスを見ると、そこだけ浮きあがって見え、真っ白く厳然たる画布を目の前につきつけられる思いがした。それは、いまのリリーの慌《あわ》てぶりや動揺、うかつさや感情の無駄づかいを、冷たい目で諫《いさ》めていた。カンバスは彼女を手厳しく現実に立ち返らせたうえ、「ラムジーさんは行ってしまった。ほんとに気の毒に思いながらなにも言ってあげられなかった」という心の混乱がぞろぞろと戦場から退却すると、まずはじんわりと胸に安らぎを広げ、つぎにこんどは虚しい気持ちにさせた。リリーは厳として真っ白な目で凝視してくるカンバスをぼんやりと見つめ、カンバスからこんどは庭へと視線を移した。なにか引っかかるものがあるわ（と、おちょぼ口で小顔の彼女は細い吊《つ》り目をさらに細めて）、あのあたりをこう横切るラインと、縦にすっと下りてくるラインが交わるあたりに、それから、あの生け垣のマッス、あの青と茶の混じる緑葉のくぼみのあたりに、思いだすものがあるはずなのよ。ずっと記憶に残っているなにか。それは心のなかに結び目をつくったようで、ひょんなとき、たとえばブロンプトン通りを歩いているときや、髪の毛にブラシをあてているときなどに、思わず知らず想像のなかであの絵の続きを描き、カンバスに目をはしらせ、結び目を解《と》いている自分に気づくこともあった。とはいえ、そうしてカンバスを離れて頭で構想を練ることと、実際に絵筆をとって、最初の一筆をしるすことのあいだには、雲泥《うんでい》の開きがあるのだ。

ラムジーにそばに来られて動揺し、筆をとり違えていたし、イーゼルもびくびくしながら据えたものだから、角度がいまひとつだった。リリーはイーゼルを立てなおし、そうしながら、自分はこれこれこんな人間だとか、これこれこんな人付き合いをしているとか、そんなことを思いだして、気の散る元となるよけいな邪念をなんとか鎮《しず》めると、やおら手をのばして絵筆をかまえた。筆は苦しくもときめく恍惚《こうこつ》に震えながら、いっとき宙に浮いたままでいた。どこから描きはじめるべきか？――それが問題だ。

最初の一筆をどこにおくべきか？　ひとたびカンバスに線を一本描いたが最後、そこから先は、無数のリスクや、取り返しのつかない決断を頻々と迫られることになる。頭のなかでは単純明快に思えるものが、いざ描きはじめようとすると、とたんにことごとく複雑なものに変わってしまう。喩《たと》えるなら、波は崖《がけ》の上から見ると均整のとれた形をなしているが、そのなかを泳ぐ人から見れば、深い波窪《なみくぼ》や白い波頭に分かれて凸凹している、そういうことだ。どれほどの困難があろうと、それを覚悟のうえで最初の一筆をおかなくてはならない。

前へ駆りたてられると同時に押しとどめられるような、そんな奇妙な感覚を肌に感じつつ、リリーは、最初の、もう後には引けぬ一線をすばやく描いた。筆はおろされた。それは震えながら白いカンバスを茶の色に染め、流れるような線を残した。二度めもおなじように——そして三度めも。またひと呼吸おき、また震えて線を刷《は》くうちに、踊るようなリズミカルな動きが身についてきた。まるで、間《ま》をおくこともリズムの一部なら筆を動かすこともリズムのうちであり、すべてが連動していくといった感じだ。そうして軽やかに、手早く、間《ま》をおき、筆を動かすそばから、カンバスには力強い茶色の線がさーっと引かれていき、それは画布に定着するや、その空間を囲みこんだ（リリーにはそこだけぐっと浮きだしてくるように見えた）。ようやく波間に入りこんで息をついたと思ったら、もう頭上にはつぎの波が高く高く盛りあがってくるではないか。なにしろ、カンバスほど畏《おそ》れを抱かせる空間はないではないか？　ここへまた帰ってきたんだわ。一歩後ろにさがって絵を見ると、そんな感慨が湧いてきた。世のゴシップや、日常生活や、人との付き合いなどから離され、畏るべきわが旧敵の面前へ引きだされてきた――この別のなにか、この真実、この現実の前に。それはいきなりリリーをつかまえ、目に映る世界の後ろにくっきりとあらわれて、注意を引きつけて放さない。とはいえ、リリーはまだいまひとつ気乗りがせず、ぐずぐずしていた。なぜいつでも引っぱりだされて、追いたてられることになるんだろう？　なぜ芝生でカーマイケルさんとお喋《しゃべ》りをしながらなごやかに過ごしていられないんだろう？　絵との関係というのは、ともかく過酷なものだ。ふつう崇拝される対象は、崇拝されていれば満足するもので、男も女も神さまも、崇拝者を平身低頭させておけば足るのである。ところが、絵のフォルムは――それが枝編みのテーブルの上にぼんやり光る白いランプシェードにすぎなくても――人をはてしない闘争へと駆りだし、こちらの負け戦と決まっている闘いを挑んでくる。移ろい流れる日常から頭を切り換えて画業に集中しようとすると、リリーは、つかのま（これは自分の気質ゆえか、女であるゆえかわからないが）自分が丸裸になったような気がし、そんなときは、いまだ生まれでぬ魂、肉体を持たぬ魂さながらの気分を味わい、風の吹きすさぶ塔の頂きでためらい、烈風のごとく吹きつける無数の疑念に無防備にさらされているように感じるのだった。だったら、なぜそうまでして絵を描くのだろう？　カンバスを見ると、流れるような線がさらさらと描かれている。女中部屋にでも掛けられるのがおちか。丸められてソファの下に押しこめられるのだろうか。だったら、わざわざ描いてなんの意味がある？「あなたには絵なんか描けない」という声が、「あなたにはものは創《つく》れない」という声が、どこからか聞こえてきた。どうやら、あの流れにとらわれてしまったようだ。長い月日をへて、自身の体験によって心の中にできあがった習慣的な思考の流れ——もともとだれが言ったのかもはや忘れてしまっても、ことばだけが繰り返し甦《よみがえ》ってくる。

描けない。書けない。リリーは一本調子でもどかしげに呟きながら、どんな攻撃計画を練ったものかと考えた。なにせ、目の前には絵のマッスが威圧的に控え、いまにも迫《せ》りださんばかりで、目の玉に圧《お》しつけられている感じさえする。しばらくすると、必要な分泌液《ぶんぴつえき》が自然にほとばしり出て、体の器官が潤滑に働きだしたかのように、リリーは心もとない手つきで、青や琥珀《こはく》の絵の具に筆をつけ、それをあちこちへ動かしだしたが、先ほどに比べて筆運びは重く、ゆっくりだった。まるで、目に映るもの

(相変わらず生け垣とカンバスを交互に見ていた)が命ずるリズムに同調するように。かくして、絵描きの手が活力に震えんばかりに動いているうちは、このリズムも力強くつづき、その流れにのって運ばれていくことになった。たしかに、没頭したリリーの意識は外の世界から離れつつあった。まわりのことも、自分の名前や性格や外見のことも、カーマイケル老人がそこにいるかどうかも忘れ去る境地に入りこみ、心がその内奥《ないおう》からさまざまな光景や名前やことばや思い出や考えを噴水のように吹きあげて、あの睨《にら》みをきかせる恐ろしく気むずかしい白いカンバスの上に溢れさせる一方、描き手は緑と青を使って絵《カンバス》に陰影をつけていった。

そうだ、チャールズ・タンズリーがよく言うことばだった。リリーは思いだした。女には絵は描けない。女には文章も書けないって。あの日、後ろから彼が近寄ってきてすぐ横に立ったときも――それをやられるのは大の苦手なのに――ちょうどこの場所で描いていた。「安い刻み煙草《シャグ》ですよ」タンズリーは言ったっけ。「一オンス、五ペンスのね」と、自分の貧しさや主義をひけらかして(それにしても、戦争をへてリリーも女の棘《とげ》が抜けてきたものだ。みんな気の毒に。男も女もあんな混乱にあって大変だった、と思う世の中になっている)。あの人、いつも本を一冊小脇に抱えていたわね――紫色の本を。「研究している」のだそうで。そうそう、かんかん照りのなかでも、静かに座って研究していた。ディナーのときは、決まってあの窓の真ん中の席だった。それから、ええ、あの浜辺の場面。あれはだれしも忘れがたいだろう。ずいぶん風の強い日だった。みんなで浜へおりていた。奥さんは岩陰に腰かけて、手紙を書いていた。次々と書いた。「あら」ようやく顔をあげて、海に浮かぶものを見つけたんだった。「あれはエビとり籠《かご》かしら? それとも転覆した舟なの?」奥さんはひどい近視なのでよく見えなかったのだろう、そこで、チャールズ・タンズリーが彼にしては精一杯、気の利《き》いた態度に出た。水切り遊びを始めたのだ。それぞれ小さな黒い平石を拾って投げ、水面をかすめて跳ねさせた。ときおり、奥さんは眼鏡ごしにそのようすをごらんになって、笑い声をたてた。あの場でなにを喋りあったのかいまでは憶《おぼ》えていないが、ただ、石を投げているうちにタンズリーと自分が急に意気投合し、そのさまを奥さんが見ていたことは記憶にある。そう、見られていることは妙に強く意識していた。ラムジー夫人はちょっと引いたところから、眼を細めて見ていた、と思う(いまも奥さんがジェイムズとあの上がり段に座っていたら、構図はずいぶん変わっていただろう。そこに陰をつけていたはずだ)。ラムジー夫人。あの日チャールズとふたりで水切り遊びをしたことや、浜辺の場面全体を思い起こすに、便せんを膝《ひざ》に岩陰で手紙を書いていた奥さんひとりに、なにもかもが掛かっていたように思えてくる（夫人は手紙を無数に書き、ときおり便せんが風にさらわれた。リリーとチャールズはその一枚を海に落ちる寸前に拾いあげた）。それにしても、人の心にやどる力といったら！　リリーは感じ入る。なにしろ岩陰に座って手紙を書いているだけで、ものごとを片端からシンプルなものに変えてしまう。どんな怒りも焦燥もボロ切れみたいに剝《は》がれ落ちてしまう。ラムジー夫人という人はこれとあれとまたこれをぱっぱと考えあわせて、目もあてられないお莫迦さんぶりや意地悪心（リリーとチャールズのいがみあい、突っ張りあいなど、まさに莫迦らしくて意地悪なものだったが）から、みごとになにかを生みだすのだ——そう、たとえば、あの浜辺での一日、ああして仲良くふれあったひとときを。それは長い月日をへてもまるで色褪せることなく、いまもこうして追憶にひたれば、チャールズの思い出を編みなおすことができる。あのひとときは、まるで芸術品のように心に残っている。

「まるで芸術品みたい、か」リリーは心の声を繰り返すと、カンバスから顔をあげて、客間へつづく上がり段に目をやり、また絵に視線をもどした。少し休んだほうがよさそうね。そうして、なんとなく視線を往復させながら休息しだすと、例の疑問、なにかにつけ魂の空を横切る、あの茫乎《ぼうこ》とした、漠然とした疑問が、日の前に迫ってきてぴたりと静止し、気持ちを翳《かげ》らせた。いまのように心身の緊張を解いた時に顔を出しがちな疑問だった。人生の意味とはなにか？　ただ、それだけだ――じつにシンプルな問い。往々にして人は年とともにこんな疑問に迫られる。大いなる天啓はいまだ降《くだ》りきたらず。いや、大いなる天啓なんてものは決して降りないのかもしれない。その代わりにあるのは、暗闇のなかで不意に灯《とも》されたマッチの炎のような、日々のささやかな奇蹟《きせき》と光明《ひらめき》だ。ほら、いまここにも。これと、それに、もうひとつ別なものがあわさって。たとえば、わたしとチャールズ・タンズリーと砕ける波と。それらをひとつに結びつけたラムジー夫人。「生《いのち》がここで静止せんことを」と言ったラムジー夫人。そうした瞬間から常《とこ》しえのなにかをつくりだしたラムジー夫人（絵画という別の天空で、リリーがそんな瞬間から永遠のなにかをつくりだそうとするように）――これが啓示というものの本質。混沌のただなかに、なにかが姿を現し、この絶え間なく移ろい流れていく世界が（と、空をゆく雲や揺れる木の葉を見つつ）突如として不変のものになる。生《いのち》がここで静止せんことを、そうラムジー夫人は言った。「ミセス・ラムジー、ミセス・ラムジー！」リリーはその名を繰り返した。いまのこの啓示こそ、あの方のおかげだわ。

あたりは静まりかえっていた。家ではまだだれの起きだす気配もなかった。目をやれば、家は早朝の陽のなかで眠っており、窓という窓が木の葉の色を映して緑と青に輝いていた。こうしたラムジー夫人へのおぼろな想《おも》いこそ、この静かなる家や、このそっと立ちのぼる煙や、この晴れた朝の空気にふさわしい気がした。その光景はなにかおぼろで、幻のようでありながら、驚くばかりに澄みきって、胸ときめくものだった。あわよくば、だれも窓を開けず、家から出てこないまま、ここで独りぽつんと考え事をしたり、絵を描いたりできればいいのに。リリーはそう思いながら、またカンバスに向かった。ところが、そこで好奇心にひかれ、また、同情心をいまだに抱えこんでいる心地悪さに動かされもして、一歩二歩と踏みだして芝生の切れるあたりまで行くと、出帆しようとする三人組が見えるだろうかと、崖下の浜辺を見おろした。眼下の海に浮かぶ小さな舟のなかには、帆を巻きあげたままのものあり、ゆっくりと遠ざかっていくものもあり――じつに波の穏やかな日だったのだ――しかしそこに、舟群れから一段と遅れた一艘《そう》があった。いまもまだ帆を揚げている途中だ。きっとラムジーさんがキャムとジェイムズを従えて乗りこんでいるのは、あの、静かに遠くをゆく小舟だわ。リリーはなぜかそう思った。さあ、帆もすっかり揚がった。帆は始めこそためらいがちに垂れていたものの、見る間に風をいっぱいに孕《はら》み、おごそかな沈黙をまといながら、ゆるゆると他の舟を追いこして外海へ出ていった。

4

頭上で帆がはためく。海水が舷《ふなばた》をピチャピチャと洗うなか、舟は動きを止めて陽射しにまどろんでいた。ときおりそよ風が吹き抜け、帆を波打たせたが、さざ波はひと立ちするともう止《や》んでしまう。舟は微動だにしていなかった。その真ん中にラムジーが陣取っている。親父《おやじ》、いまに癇癪《かんしゃく》を起こすぞ。ジェイムズはそう思っていたし、キャムもおなじ思いだった。姉弟のあいだで（ジェイムズが艫《とも》で舵《かじ》をとり、キャムはひとりで舳《へ》先《さき》にいた）きつく脚を組んで座る父を見ればわかる。無為に時間をつぶすのが嫌いな人だ。そら、やっぱり、焦《じ》れていたかと思うと、いきなりマカリスターの息子になにやらきつい声を飛ばし、すると息子はオールをとりだして、漕《こ》ぎはじめた。とはいえ、舟が疾《と》ぶように走らないかぎり、父さんは満足しないだろう。ふたりにはわかっていた。ラムジーは相変わらず、風のひとつも吹かぬかと気を張りつめ、じりじりしながら、なにごとか小声で呟いており、それがマカリスターと息子にも聞こえるだろうと思うと、姉弟は気が気ではなかった。父さんが来いと言うから来たのに。無理に引っ張りだされて来たのに。ふたりはむかっ腹を立てながら、このまま風のひとつも立たず、父さんがなにをやってもうまくいかなければいいんだと思っていた。こっちの気持ちを無視して引っ張りだしてきたんだもの。

浜へおりるまでの道のり、姉弟は父が「さあ来い、さあ来い」と急《せ》き立てるのも構わず、黙りこくって後ろをのろのろと歩いていった。首をうなだれて。容赦ない突風に頭を押しさげられて。父との話し合いなど不可能だった。父が来いと言ったら行く。いつでも従わねばならない。パルプ紙の小包を抱えて父の後ろを歩いていくしかない。でも、そうして歩きながらも密《ひそ》かに、ふたりで手を携えて大いなる盟約を結び、暴政に死ぬまで抵抗するんだと心に誓っていた。こうやって、ひとりは舳先に、ひとりは艫に腰かけて、貝のように口をつぐんだまま。ふたりはひと言も喋ろうとせず、ただときどき父のほうを見やると、そこには脚をからませた姿勢で、しかめ面をし、イライラ、カリカリ、ブツブツ独り言をいいながら、風が来るのをいまかいまかと待っている人がいた。一方、子どもたちは風が来ませんようにと願っている。父さんが困ったことになりますように。この灯台行きがすっかりおじゃんになって、小包を持ったまま浜に押し返されますように。

ところが、マカリスターの息子が少し漕ぎだしたところで、帆が風を孕んでゆっくりとながら向きを変えはじめ、舟はやおら勢いづいて、身を低くするようにして前へ疾びだした。そのとたんものすごい緊張が解けたように、父は組んだ脚をほどき、煙草《たばこ》袋をとりだすと、ひと唸《うな》りしながらそれをマカリスターに手渡し、まあ、苦労はしたが満足至極、という心もちなんだろう。こうなったら、舟はこのまま何時間となく航行し、父はマカリスター爺《じい》さんに——昨冬の大嵐《おおあらし》かなにかについて——質問したりし、爺さんはそれに答え、ふたりはともにパイプをくゆらし、爺さんはタールの染みついたロープを手に、結び目を作ったり解いたりし、息子のほうは漁に勤《いそ》しんで、だれに対しても無言のまま、みたいなことになる。ジェイムズはずっと帆の見張りをやらされるだろう。もし監視を怠れば、帆がしぼんできてシバーし、すると舟は速度をがくんと落として、父が「おい、よく見ろ、よく！」などと怒鳴り、マカリスター爺さんが席でのっそりと振り向く、ということになる。ほら、やっぱり、クリスマス時季の大嵐について、父がなにか訊《き》いているのが聞こえてきた。「そこへまた船が岬をまわりこんできたんですよ」マカリスター爺さんは前のクリスマスに襲ってきた大嵐のようすを語りだした。その日は、荒波にもまれてすでに十隻《せき》もの船が避難場所を求めて入り江に入っていたという。「あっちに一隻、こっちに一隻、そっちにも一隻」見えたのだと（入り江をゆっくりぐるっと指さした。ラムジーもその指を追って首をめぐらせた）。船のマストには、男が三人しがみついているのが見えた。やがて船は海中に沈んだ。「それでとうとう、うちらも舟を出しましてな」と言って、爺さんは話をつづけた（が、頭にきて黙りこんでいた姉弟は、あくまで暴政と闘うという盟約のもとに団結し、船の前と後ろから頑として動かなかったから、話はところどころしか聞こえなかった）。とうとう漁師たちは舟を出すと、救助艇をおろし、岬をすぎたあたりで沈んだ船を見つけた――マカリスターはその時を振り返って語った。話はところどころしか聞こえなかったが、キャムとジェイムズも父のことはずっと意識していた――父がどんなふうに身を乗りだし、マカリスターと声色までちょっと似せて、パイプをふかしながらマカリスターの指さす方向を眺め、暗い夜の嵐の海で闘う漁師たちの光景を想像していかに愉《たの》しんでいるか。男たちが風の吹きつける夜の浜で汗水たらして立ち働き、もてる力と知恵を発揮して大波と大風に挑むべし、という図が父はたまらなく好きなのだ。男はそうして外で働き、女は家を守り、男たちが嵐の海で溺《おぼ》れていくうちにも、部屋で眠る子たちの傍らにいてほしい。そうあってほしいと父が思っているのがジェイムズにはわかったし、キャムにもわかった。父がくいと頭をそらしたり、ぬかりない目を光らせるさまや、あるいは声の響きや、スコットランド訛《なま》りがちょっと交じって百姓っぽい喋りになるところからも（ふたりは父を見やり、そして顔を見あわせた）よくわかった。そうして父はマカリスターに、嵐で入り江に追いやられてきた計十一隻の船の物語について聞きだしたのだった。うち三隻が沈んだという。

マカリスターが指さす方向を、ラムジーは誇らしげに眺めた。それを見たキャムはなぜかしら父を誇らしく感じ、父さんがその場にいたらやはり救命艇を出して、難破船のもとへ駆けつけていたはずだと思った。とても勇敢で冒険心のある人だもの。そう思ったところで、あっ、いけない、と思いだした。あくまで暴政に抵抗するというジェイムズとの盟約があったんだっけ。ふたりは不満が積もって苦しい思いをしていた。そもそも無理やり引っ張りだされたのだ。有無をいわさず連れてこられた。こんどもまた父さんは落ちこんでみせたり、威圧したりして子どもたちを押さえつけ、自分の意のままにした。この晴れた気持ちのいい朝に、そう、自分がそうしたいからといって、こんな包みを持たせて灯台まで引っ張っていこうとしてる。いまは亡《な》き人たちを偲《しの》ぶという自己満足を得たいがために、こんな大がかりな儀式をおこなって、子どもまでそれに参加させようというのよ。ジェイムズもわたしもそういうことは大嫌いだから、わざとのろのろ歩いてやった。おかげで、今日のお楽しみがすっかり台無し。

ああ、また風の勢いが出てきたようだ。舟は前のめりになり、小気味よく波を切って進み、海水は碧《あお》の小滝となって泡だち、大滝となって舷を流れ落ちた。キャムはその泡沫《ほうまつ》を、あらゆる宝を擁した海を見おろしているうちに、舟のスピード感にぼうっとなり、ジェイムズとの絆《きずな》が思わずちょっぴりゆるんだ。ちょっぴりたるんだ。キャムはこんなことを考えはじめた。なんて速いんだろう。わたしたち、どこへ向かっているの？　姉が舟の高速の走りに魅入られる一方、ジェイムズは相変わらず帆と水平線にしかと目を据えながら、むずかしい顔で舵をとっていた。しかし舵をとりながらも、いっそ逃げてやろうかと考えはじめていた。いっそ、こんなことからすっかりおさらばしてやろうか。キャムとどこかに上陸して、ふたりで逃げだすんだ。ふたりは一瞬目を見交わして気脈を通じ、スピードやら気分の変化やらに煽《あお》られて、脱出とその高揚をともにありありと思い描いた。ところが、この風はラムジーにも同様の興奮をもたらしていた。マカリスター老人が振り向いて、ロープを海に投げると、ラムジーはいきなり声高く言いはなった。「われわれは滅びぬ」またその後に続け、「おのおの独りにて」それだけ言うと、例によって発作的な後悔だか気恥ずかしさだかに襲われたのだろう、急にきまじめな顔になり、手をさっと振って岸のほうを指した。

「あの小さな家をごらん」ラムジーはキャムに見せようとして指をさした。キャムは渋々ながら伸びあがると、そちらに目をやった。けど、どれのこと？　もうここからではどれだか見分けがつかない。あの丘の上に、わが家があるはずだけれど。すべてがはるか遠くに、安らかに、そして見慣れないものに感じた。岸辺までが趣きをたたえて、彼方の、夢のように思える。少しばかり沖に出ただけなのに、もうずいぶん離れた気がし、景色までがすっかり変わって見える。それは遠のいていくものの静穏な眺めで、もはやその構図に自分は係わりがない、というような。どれがわが家なんだろう? もう見えなかった。

「されど、われは一段と荒き海にもまれ」ラムジーが呟《つぶや》いた。わが家を見つけてうち眺めつつ、その場に自分の姿も見ていたのだ。いつものように独りでテラスを歩いている姿だった。プランターの間を行ったり来たりしている。われながらずいぶん腰が曲がり、年寄り臭く感じるではないか。舟に座るラムジーも背を丸め小さくなって、ただちにいつもの役柄——妻に先立たれたわびしい鰥《やもめ》夫の役どころ——を演じだし、憐《あわ》れんでくれる人たちを目の前にどっさりと呼びだすと、舟にいながら小さなドラマの独り芝居を始めるのだった。それは老いの弱々しさと、疲弊と、哀《かな》しみが要求される役どころであり(両手をかかげてその瘦《や》せようを目にすると、夢想もあながち嘘《うそ》ではないと思える)そうしてこそ、女たちの降るような同情が得られよう。女たちに優しくなぐさめられ、同情されるようすを想像して、この夢のなかに、女たちの同情が極上の歓びを映しだすと、ラムジーはため息をつき、愁《うれ》う声でそっと諳《そら》んじた。

　されど、われは一段と荒き海にもまれ
　なおも深き海淵《かいえん》にひしがれる　かの人よりも
〔ウィリアム・クーパーの辞世の詩「難船者」〕

　愁いの詩はまわりの耳にもしっかりと聞こえた。キャムはギョッとして跳びあがりそうになった。びっくりしたし――ひどく頭にきた。キャムの身じろぎでラムジーはわれに返り、身震いをすると、朗誦《ろうしょう》をやめて、「ほら、ごらん！」と、やけにさしせまった声で叫んだ。これにはジェイムズも振り向いて、肩ごしに見た。全員がそちらを見た。いま後にしてきた島を。
　でも、キャムにはじつはなにも見えていなかった。こんなことを考えていたのだ。自分たちの日々の暮らしがびっしりとからみついているあの小径や芝生は、どこかに行ってしまった。もみ消され、過ぎ去り、幻のように現実味がない。いまの現実はこちらのほうよ。舟とつぎはぎだらけの帆。耳飾りをしたマカリスター爺さん。波のざわめき――こうしたすべてが現実のもの。そう考えながら、キャムは「われわれは滅びぬ、おのおの独りにて」と思わず呟いた。父に聞いたくだりが耳について離れなかったのだ。すると、うつろな目で宙をにらんでいる娘に気づいた父が、キャムをからかいだした。おまえは羅針盤《コンパス》の方位も読めないのか？などと尋ねている。北と南の区別もつかないのか？ほんとにあそこにわが家があると思うかね？と言ってまた指をさし、娘に家の位置を教えてやろうとした。あそこだ、あの木立の横のあたり。おまえも、もうちょっと精確な目をもってほしいものだな。父はそう言った。「さあ、どちらが東で、どちらが西だね？」と、なかば娘を笑いなかば叱《しか》りながら訊いた。べつに知恵足らずでもないのに、羅針盤《コンパス》の方位が読めないという人間は、頭の中がどうなっておるのかさっぱり理解できない。ところが、キャムはやっぱりわからないと言う。ぼんやりと、いまやどこか怯《おび》えたような目で、家の「い」の字もない方向に見入っているさまを見ると、さっきの夢など消し飛んでしまった。テラスのプランターの間を行き来する自分や、そこへ優しく差しのべられる女たちの腕。ラムジーは思う。女というのはつねにこうなのだな。連中の頭のぼんやり加減といったら救いがたい。女のオツムのことは、この年になってもちっとも解《げ》せないが、まあ、現実にそういうものなのだ。うちのあれも——妻《さい》もそうだった。女というのはなにかにつけ、考えをすっきりと整理しておけないものらしい。とはいえ、あいつに腹を立てたのはよくなかったな。だいたい、女の「ぼんやり」はむしろ好きだったのではないか？　それは、女たちのとびきりの魅力のひとつだ。ここはひとつ、娘に笑いかけさせてやるぞ。ラムジーはそう思い立った。なんだか怯えた顔をしているじゃないか。こんなに黙りこくって。ラムジーは拳《こぶし》を握りしめ、こう心に決めた。長年、人の憐れみや賞賛を誘うのに使いこなしてきた声音や、顔つきや、情感たっぷりのせっかちなジェスチャーは、このさい控えておくことだ。よし、笑いかけさせるぞ。なにか他愛《たあい》もない気軽な話でもしてだな。しかし、どんな話を？　研究にこう首までどっぷり浸かった身では、世間話のひとつも出てきやしない。お、そういえば、子犬がいたな。子どもたちは子犬を飼っているのだ。ところで、今日はあの子犬はだれが世話しているんだ？　ラムジーは話しかけた。そら、案の定だ。ジェイムズは帆を背にした姉の顔を、容赦ない目で見ながら思っていた。やっぱり、ぼくがひとり残されて、暴政と闘うことになるんだ。盟約の遂行はこの肩ひとつにかかってくる。暴政にあくまで抵抗する、なんてこと、キャム姉さんがするわけないんだよ。不機嫌にそう考えながら見つめる姉の顔は、悲しげで、むっつりとしながらも、たしかにいまにも降伏しそうだった。たとえば、暗雲が緑の山腹にかかり、重苦しい空気がたれこめ、丘陵にとりまかれた一点に暗影と悲しさが広がるとき見られるような光景だ。山腹の狼狽《ろうばい》ぶりを憐れんでか、おもしろがってかわからぬが、周囲をとりかこむ丘たちが、曇り翳った斜面の運命をとっくり考えている、といった風情《ふぜい》だった。キャムもいま、穏やかながら一歩も引きそうにない人たちに囲まれ、心に暗雲がたれこめたような気分で、子犬に関する父の質問になんと答えようか、いかにして父の懇願――どうかわたしを許して、やさしくしておくれ――をしりぞけようか思案している。その傍らで律法者ジェイムズは、永久の叡《えい》智《ち》をしるした書を膝にひらいて（キャムには、舵《だ》柄《へい》に置いた彼の手がなにかを象徴しているように見えたのだ）こう言っているようだった。暴君に抵抗しろ。暴君と闘え。ええ、そのとおり。もっともだわ。だって、ふたりで「あくまで暴政と闘う」と約束したんだから。キャムはそう思った。人間のもちうる資質のなかで、キャムが最も尊ぶのは公明正大さだった。ところが、弟はまるでおごそかな神のごとしであり、父は痛ましい嘆願者にほかならなかった。一体どちらにつくべきだろう。キャムはふたりの間で板挟みになって迷いながら、方位のさっぱりわからない岸辺をぼんやり見つめ、こうして離れて見ると、芝生やテラスや家はすっかりなめらかに均《なら》されて、平穏が宿っている、などと考えていた。

「ジャスパー兄さんだけど」キャムはぶすっとしたまま答えた。兄さんが子犬の世話をすることになってる。

子犬にどんな名前をつけるつもりだい？　父はしつこく訊いてきた。自分も子どものころ、子犬を飼っていたのだという。フリスクという名前でなあ。ほら、姉さん降参するぞ。ジェイムズは姉の顔に浮かんだ表情をじっと見ながら、そう思った。その顔つきには見覚えがあったのだ。そう、ぼくたちはそのときうつむいて、編み物かなにかを見つめていた。そのとき急に顔をあげると、青いものがさっとよぎった憶えがある。すると、一緒に座っていた人がぷっと笑いだして降参してしまった。あれにはえらく頭にきた。そう、横にいたのは母さんだったはずだ、ローチェアに座って。その母さんを見おろすように父さんが立っていた。ジェイムズが探りはじめた思い出の光景はどこまでもつづき、それは時間というものが一枚ずつ一層ずつそっと、絶え間なく、彼の頭に蓄えてきたものだった。記憶を探っていくと、さまざまな香りがあり、音があり、厳しい声、うつろな声、やさしい声があり、移ろいゆく光、コツコツと窓をたたくエニシダの枝の音、そして打ち寄せ静まりかえる波の音、だれかがそこを行き来していたかと思うと、ぴたりと足を止め、ふたりの横にすっくと立ってくる場面などが、つぎつぎと甦ってきた。そうして記憶のページをめくる方、キャムが水面を指でもの憂《う》く撫《な》で、遠くの岸辺に見入ったまま無言でいるのに気がついた。そうか、折れないつもりなんだな、とジェイムズは思った。やっぱり、姉さんは違うよな、とも思った。ふむ、娘が答えようとしないなら、仕方ない、放っておくか。ラムジーはとうとうあきらめて、ポケットに入れた本を手探りしだした。ところが、娘のほうは答えたがっていたのだ。この舌にのっかっている邪魔なものをとりさって、こう言いたくてたまらなかった。ほんと、フリスクっていいわね。あの子、フリスクという名前にしようかな、と。こうも尋ねたかった。その犬、荒野《ムーア》をひとりで歩いてきたという子なの？　しかしどうがんばっても、例の盟約に熱誠を貫きながら、いま父に感じている親愛のしるしをこっそり、ジェイムズに気取《けど》られず伝えられるような、そんなことばはどうしても思いつけなかった。水面を撫でながらキャムは思った（マカリスター爺さんの息子はサバを捕まえていた。鰓《えら》を血でそめながら床の上を跳ねている）。淡々とした態度で帆の見張りをし、ときおりちらっと水平線に目をやったりしているジェイムズの顔を見ながら、キャムは思った。だって、あなたはこの窮地に直面していないじゃないの。こんな心をまっぷたつに裂かれる思いとプレッシャーに、こんな誘惑に。父はポケットを探っていた。いまにも本を見つけてしまうだろう。なにしろ、お父さんほど魅力的な人はほかにいない。キャムにとっては父の手までが美しく、その足も、声も、ことばも、せっかちなところも、あの癇症も、奇癖も、学問へのほとばしる情熱も、あたりはばかりなく「われわれは滅びぬ、おのおの独りにて」なんて言いだすところも、よそよそしささえ、なにもかもが美しいのだった（すでに父は本をひらいていた)。それでもなお耐えがたいのは、と、キャムは考えながら居住まいを正し、マカリスターの息子がつぎの獲物の鰓から釣り針を外すのを眺めた。耐えがたいのは、あの度しがたい世間知らずと暴君ぶりよ。そのおかげで、わたしの子ども時代は暗たんとし、むごい嵐がしばしば吹き荒れ、いまになっても、まだときおり夜中に怒りわななないて目を覚まし、父の命令を思いだすことがある。「これをしろ、あれをしろ」と言う父の尊大さ、「わたしに従え」という父の押さえつけ。

そんなことを思いだしたので、キャムはやはり無言を貫き、安らぎのマントに包まれた岸辺を、悲しくかたくなに眺めるのだった。まるで島中の人たちが眠りに落ちて、煙霧のように自由になり、幽霊のように自由に出入りしている気がする。彼らにはなんの苦しみもないんだろうな。キャムはそう思った。

5

ええ、きっとあれが三人の乗った舟だわ。芝生の縁に立つリリー・ブリスコウは、そう思うことにした。くすんだ茶色の帆をあげた舟、それが水面に身をこごめるようにして、入り江を疾走していく。あそこにラムジーさんは座っているんだ。子どもたちはいまだに口をきかずにいるだろう。かく言う自分も、彼に手を差しだすことができなかった。気持ちを察しながらそれを伝えられず、心は重く沈んでいた。そのせいで、絵筆も進まないのだった。

ラムジーのことはつきあいづらい人だと常々感じてきた。そう、面と向かってお世辞を言うなんて、どうしてもできなかったっけ。だから、ふたりの関係は性的な匂《にお》いのしない、中性的なものに落ち着いた。かたや、ご主人とミンタとの関係にはそれがあったから、彼の態度にも気障《きざ》な親切心がまじり、はしゃぎ気味になったのだろう。ミンタには花を摘んできたり、自分の書物を貸したりしていたもの。それにしても、あのミンタが本当に読むと思ったのだろうか？　彼女、葉っぱを栞《しおり》代わりに挿した本を持って、庭じゅう歩きまわっていたっけ。

「憶えてらっしゃる、カーマイケルさん？」リリーは老人のほうを見ていると、そう訊きたくなった。ところが、いまや老人は帽子を目深《まぶか》に被《かぶ》っていた。眠っているか、夢を見ているか、それとも、そうしてベンチにもたれながら詩句を探しているんでしょうね。リリーはそう思った。

「憶えてらっしゃる？」また浜辺のラムジー夫人のことを想い、老人の前を通りしなにそう訊きたい気持ちに駆られた。海に浮き沈みしていた樽《たる》。風に飛ばされる便せん。

なぜ、こんなにも長い時をへてなお、あの場面は消えずに残り、まるで走馬灯のように明るく巡るのだろう？　すみずみの細かいところまではっきりと見えるのに、あの場面の前はぽっかりとなにもなく、その後もまた空白なのだ、どこまでも。

「あれは舟かしら？　浮きかしら？」奥さんはそんなふうに言ったものだった。リリーは心で反芻《はんすう》すると、ふたたび渋々ながらカンバスに向きなおった。やれやれ、空間問題は依然として残っているわね、とリリーは嘆息しながら、また絵筆をとった。カンバスという空間がこちらをねめつけていた。絵全体のマッスがカンバスの重みの上にのっている。絵はカンバスの面《おもて》では、美しく鮮やかで、羽毛のようにふんわりはかなげで、蝶《ちょう》の翅《はね》のごとく軽やかに色が融《と》けあっているべし。しかしカンバスの下には、鉄のボルトで留めあわせたような、そういう堅固な構図がなくてはいけない。吹けば波立つようにはかなげでありながら、馬が二頭がかりで曳《ひ》いてもびくともしないようであるべし。そう思いつつリリーは絵の上に、赤を、灰色を重ねはじめ、陰影をつけながら、カンバスの虚《うつ》ろのなかへ形を描きこんでいった。そうしながらも、浜辺でラムジー夫人の隣に座っているような気になるのだった。

「あれは舟かしら？　それとも樽が浮いているの？」奥さんはそんなことも言った。そして眼鏡を探してあたりを見てまわった。眼鏡を見つけると黙って腰をおろし、また海を眺めやった。リリーは着々と絵筆を進めながら、不意に扉がひらかれたような、それを入っていったところで、いちだんと暗くて荘厳《そうごん》な大聖堂のような光景が出現して目を丸くし、ことばもなく立ちつくしているような、そんな気分になった。遠くの世界からにぎやかな叫び声が聞こえてくる。何隻もの汽船が煙をあげながら水平線のむこうに消えていく。チャールズが石を投げては、海面で飛び跳ねさせる。ラムジー夫人はもの言わず座っていた。静かに、だれとも話さずに休めることを喜んでいるのね。リリーはそう思った。人付き合いから離れてごくひっそりと安らぐ。それぞれがどんな人間で、どんな気持ちを抱いているのか、そんなことがわかるものだろうか? たとえ親しい仲にあっても、「わかった」などとだれに言えるだろう?なら、人の思いはことばにすることで台無しになってしまうんじゃなくて? ラムジー夫人はそう問いかけたそうだった(こんな場面、よくあった気がする。奥さんの傍らにこうして黙って座って)。どう、こうして黙っているほうが、気持ちがむしろ伝わるんじゃなくて? 少なくとも、そのひとときはとびきり豊かに感じられた。リリーは浜に小さな穴を掘ってから、この完璧《かんぺき》なひとときをそのなかに埋めておこうとするかのように、また砂をかけた。それは、銀の雫《しずく》のようなもので、そこにちょっとひたせば、過去の闇《やみ》が明るく照らしだされた。

リリーは一歩さがって、カンバスを——さてと——風景の遠近《パース》のなかで眺めてみた。この絵画という道は、歩いてみるにずいぶんおかしな道だ。どんどん、先へ先へと歩いていくと、いつしかとうとう、海に突き出した細い板の上をたった独りで歩いていくようなことになるのだ。リリーは青の絵の具に筆をひたしながら、心ではまた過去の追想にひたりだした。もうラムジー夫人が立ちあがったところだ。そろそろ家にもどる時間——昼食の時間だから。みんな一緒に浜からあがり、リリーはウィリアム・バンクスの後ろをゆき、先頭には靴下に穴をあけたミンタがいる。踵《かかと》にあいたその肌色の小さな穴が、やけに目についたっけ！　バンクスさんったら、たしか口には出さなかったものの、さぞやお嘆きだったろう！　靴下の穴などというのは、彼にとっては女らしさの崩壊なのであり、家内が汚れ散らかっていたり、女中に暇乞《いとまご》いをされたり、ベッドが日中も乱れたままだったり、そういう彼が嫌悪《けんお》してやまないあらゆることと同等なのだ。見るに耐えないものに蓋《ふた》をするかのように手の指を広げて身震いする、という癖がバンクスにはあったが、いままさに片手を前につきだしてそのポーズをしていた。ミンタはお構いなしにずんずん歩いていき、ポールと落ちあう約束だったのだろう、ふたりで庭へ姿を消していった。

レイリー夫妻ね。リリー・ブリスコウは緑の絵の具をしぼりだしながら思った。思い出のなかから、レイリー夫妻の姿を拾い集めてみる。彼らの人生が場面場面となって、リリーの前にあらわれる。ひとつは、夜明けの階段での場面。ポールは早くに帰り、もう床《とこ》についている。ミンタの帰宅は遅い。午前三時ごろ、髪に花環《はなわ》を飾り、化粧をして、派手な出で立《い》ちのミンタが、ようやく階段に姿をあらわす。そこへ泥棒を心配したポールが火かき棒を手に、パジャマ姿で出てくる。ミンタは階段の踊り場の窓辺でサンドウィッチを食べている。朝まだきの青ざめた光のなかで。絨毯《じゅうたん》には穴がひとつあいている。けど、ふたりはなにを言いあっているのだろう？　目を凝らせばふたりの声が聞こえるとでもいうのか、リリーは自問する。双方けんか腰のようだ。ポールが話すあいだも、ミンタは当てつけがましくサンドウィッチを食べつづけている。夫はカッとなって嫉妬《しっと》まじりのことばをぶつけ、妻を罵《ののし》りながらも、ふたりの幼い息子を起こすまいと声をひそめている。ポールがしなび、やつれているのと対照的に、ミンタはけばけばしく、頓着《とんじゃく》がない。一緒になって一、二年がすぎると、生活にけじめがなくなり、家庭は立ちゆかなくなってきた。

それにしても、と、リリーは緑の絵の具に筆をつけながら思う。こうして見てもいない場面をでっち上げることを、世間では人を「知る」とか「思いやる」とか「偲ぶ」などと呼んでいるわけね！　一言《いちごん》たりとも真実はふくまれていないのに。だって、作り話ですもの。それでも、わたしはこうすることでふたりを知るしかない。リリーはトンネルを掘るように、自分の絵のなかへ、過去のなかへ入りこんでいった。

いつだったか、ポールは「コーヒーハウスでチェスを指す」のだと聞いたことがある。そのひと言からも、リリーは想像力をたくましくして一連の成り行きを思い描いた。ポールのことばを聞きながら、こんなふうに思ったのを憶えている。夫が家に電話をしてみると、女中が「奥さまはお出かけでございます」と言うので、自分も家には帰るものかと意地になる。いかにも侘《わび》しげな店の片隅に座っているポールの姿が思い浮かぶ。赤いフラシ天張りの椅子《いす》は煙草臭く、ウェイトレスがお客につきあったりするそんな店で、サービトン〔ロンドンの南西にある住宅地〕に住んでお茶の取引きをしているということしか知らない小男と、彼はチェスを指す。そうして帰ってみると、ミンタはまだ帰宅しておらず、かくしてさっきの階段でのシーンとなり、ポールは泥棒よけに（きっと妻を脅かしてやろうという狙《ねら》いもあって）火かき棒をつかみ、おまえのせいで人生が台無しになった、などと苦々しく言い捨てる。ともかく、リリーがリックマンズワース〔ロンドン近郊にあるカントリーサイドの町〕近くにある別荘に会いにいったころには、ふたりの間はそうとうぴりぴりしていた。ポールがリリーを庭に案内して、自分の育てているベルギー産のウサギを見せてくれたときも、ミンタが歌などうたいながら後をついてきて、むきだしの腕を彼の肩に親しげにまわしたりした。夫が客に余計なことを喋らないよう牽《けん》制《せい》していたのだろう。

ミンタったら、ウサギなんかうんざりのくせに。リリーはそう思った。ところが、ミンタは決してぼろを出さない。「夫が店でチェスを指している」ような話は決してしないのだった。ポールよりはるかに計算高く、抜け目がない。しかし、夫婦の物語をつづけよう――つぎは、すでに危険な段階は通りすぎたころのふたり。リリーは昨夏、しばらく夫妻の家に滞在したが、そのあいだに彼らの車が故障してしまい、ミンタがポールに工具を手わたすという場面に行きあった。ポールは道ばたにしゃがみこんで車の修理をしている。その彼にミンタがじつにてきぱきと、なんの含みもなく、気さくに工具をわたすようすを見て、ああ、ふたりの結婚生活は落ち着いたのだな、と直感した。いまやもう「恋する」仲ではない。そう、恋といえば、当時のポールは別な女性と深い仲になっていた。髪を三つ編みにして、ビジネスケースを抱えている（と、うれしそうに説明するミンタは彼女を崇《あが》めんばかりだった）まじめな女性で、いろいろな集会に出かけ、不動産税や資本税に関してポールと見解をおなじくする（このところ彼の見解はどんどんきっぱりとしたものになっていた）。この女性との関係はふたりの結婚を壊すどころか、立て直しに手をかしたらしい。道ばたにしゃがむ夫と、彼に工具を手わたす妻を見るかぎり、ふたりは最高の友人同士に見えた。

これがレイリー夫妻の結婚物語。リリーはそう思って微笑《ほほえ》んだ。こんな話をラムジー夫人に聞かせる自分を想像する。奥さんはきっと興味津々《しんしん》になり、レイリー夫妻のその後を知りたがるだろう。わたしは少しばかり得意げに、あのふたりの結婚は成功とは言えませんでしたね、などと言うだろう。

まったく、死者というのは。リリーは絵の構図になにか手詰まりを感じて筆を止め、ちょっと後じさりながら考えこんだ。ほんと、死んでしまってはねえ！　リリーは呟いた。死者を哀れむ者あり、記憶からはらいのける者あり、少々見下す者あり。死者は生者たちの意のままだ。たしかに奥さんの存在もいつしか薄らいで消えていった。リリーはそう思う。わたしたちはあの方の願いを踏みにじることもあれば、その偏狭で古めかしい考えを改善することもあるだろう。そうやってあの方は生者たちからどんどん遠のいていく。それでもなお星霜《せいそう》という廊下のつきあたりからこちらを見て、「結婚なさい、結婚！」などと（庭で鳥がさえずりだす暁のころ、背筋をぴんと伸ばしながら）言うに事欠いて無茶を言ってくる夫人を、リリーは冷ややかし気味に見る思いだった。こうなったら、だれかが言ってあげなくては。「奥さまの望みにまるで反することになりまして」と。でも、ふたりはあんなふうに幸せですし、わたしもこんなふうに幸せです。暮らしはすっかり変わったんですよ。そう考えたとたん、夫人の存在が、あの美貌《びぼう》までが、一瞬、埃《ほこり》をかぶった時代後れのものに思えた。陽射《ひざ》しを背中にうけて立つリリーは、レイリー夫妻の物語をあっけなく要約し、ポールがコーヒーハウスに通いつめ、愛人をもつようになるとは夢にも思わなかったはずのラムジー夫人に、ちょっぴり勝ったような気になった。地べたにしゃがんで車を修理するポールと、彼に工具をわたすミンタの夫婦仲も、この庭で相変わらず絵を描き、ついぞ——ウィリアム・バンクスとさえ——結婚しなかったわたしの人生も、奥さんは知るよしもない。

彼との縁談は、あの方のもくろむところだった。生きてらしたら、強引にでも話をまとめていただろう。なにしろ、あの夏のころには、もうバンクスは「世にもやさしい殿方」と夫人から評されていた。「うちの主人に言わせれば、当代一の科学者」でもあり、ときには「気の毒なウィリアム——お宅にお伺いして殺風景な暮らしを見ると胸が痛むわ——花のひとつも生けてくれる人がいないんですものね」ということになる。かくしてリリーと彼は一緒に散歩に出されたり、夫人が独自の皮肉をうっすらとまぶしながら——これがまた夫人をとらえ所のない感じにするのだが——あなたは考え方が科学的ね、とか、お花が好きなのね、とか、じつに几帳面《きちょうめん》だわ、などとリリーに囁《ささや》きかける。あのお見合い熱とはなんだったのだろう？　リリーはイーゼルに近づいては離れながら考えた。

〈だしぬけに、星が空を流れるように、突如として赤っぽい火が頭にぽっと点《とも》ったかに感じられた。それはポール・レイリーを包みこんでいたが、よく見れば、彼から発する光だった。遠くの浜で島人たちが打ちあげる祝い花火のように、それは空にのぼっていった。どよめきと花火の爆《は》ぜるような音が聞こえる。島をめぐる四方《よも》の海いちめんが朱と黄金に染まる。そこに馨《かぐわ》しい美酒の香りがまじり、リリーを酔い心地にさせる。というのも、浜に埋《うず》もれた真珠のブローチを探して崖《がけ》から身を躍らせ、溺れてもいいような、あの向こう見ずな欲望に、リリーはふたたびとらわれていた。しかし同時に、どよめきと爆ぜ散る音は、恐怖と嫌悪感を与えもした。花火の力強さ、輝かしさを目にしていると、その炎が家の大切なものまでを、貪欲《どんよく》に、いやらしく、舐《な》めていくような気がして、忌《い》まわしくなった。しかしながら、その壮観さ、華やかさにおいては、リリーの識《し》るなにものにも勝っていた。絶海の無人島にあがる狼煙《のろし》のように、いつまでも燃えてやまず、ひと言「恋」と言うだけで、たちまちいまのように、ポールへの恋の炎が再燃するのだった。しかし炎はいまや鎮《しず》まり、リリーは笑いまじりに「レイリー夫妻ったら」と呟くのだ。ポールは店に通いつめてチェスなんかして

たのよ〉

でも、自分は間一髪のところで逃れた、とリリーは思う。テーブルクロスを見ているうちにひらめいて、あの木を絵の真ん中にもっていこう、自分は別にだれとも結婚しなくていいんだと気づき、歓《よろこ》びに舞いあがったものだ。これでラムジー夫人と渡りあえる。そうも感じていた。これもひとつ、ラムジー夫人が人におよぼす圧倒的威力を示すものだろう。こうなさい、とあの方が言えば、人はそれに従った。ジェイムズとともに窓に映るあの方の影までが、威厳にみちていた。そう、ウィリアム・バンクスはわたしが母と息子のテーマの重要性をないがしろにしたと言って憤慨していたっけ。きみはあの親子の美しさに打たれないのか？　そうまで言った。でも、ウィリアムはあの賢い子どものような瞳《ひとみ》を瞠《みは》りつつ、そんな不敬な意図はないんです、そこに光を描くには、ここに影が必要なんです、とかなんとかわたしが弁解するのに耳を傾けてくれた。ラファエロが敬虔《けいけん》にあつかったテーマ――この点、ふたりの意見は一致した――を蔑《さげす》むつもりはさらさらありません。シニカルな絵を描こうというのでもありません。それどころか、讃《たた》える気持ちなんです。ウィリアムは論理的な考え方をする人だけあって、ちゃんとわかってくれた――それは偏見のない知性の証《あか》しにほかならず、リリーは大いにうれしかったし、慰められもした。なら、男の人とも真面目《まじめ》に絵の話ができるということね。じつのところ、彼との友情関係はこれまでの人生の歓びのひとつだった。リリーなりにウィリアム・バンクスを愛していたのだ。

ふたりでロンドン南西郊のハンプトン・コート〔旧王宮〕へ出かけたおりなど、ウィリアムは申し分のない紳士らしく、リリーにお手洗いの時間を充分にとってくれ、そのあいだ自分は素知らぬ顔で川べりを散歩していた。これはふたりの関係をよく物語る例だ。口には出さないことのほうが多かった。そうしてふたりは野辺を散策し、夏ごとに、建物のみごとな調和や花々の美しさを堪能《たんのう》し、ウィリアムは歩きながらリリーに、遠近法のこと、建築様式のことを話し、ときどき立ち止まっては木を眺めたり、湖を見晴らしたり、子どもに見とれてみたり（自分に娘がいないことを大いに無念がっていた）した。どことなく気の入らない態度だったが、ふだんラボにこもって研究をしている男にとっては仕方のないことだったろう。そういう男がたまに外へ出てくれば、世界はまぶしく映り、だからウィリアムはつねにゆっくりと歩み、目に手をかざして陽を遮ったり、いちいち立ち止まっては、頭を大きくそらして息をついたりした。そうしてやおらリリーに、目下、家政婦に暇を出しているところでね、とか、そろそろ階段にも新しい絨毯を買わないと、などと個人的な話も持ちだすのだった。そうだ、新しい絨毯を買うときは、きみもつきあってくれないかな。あるとき、ひょんなことからラムジー夫妻のことに話がおよび、初めて会った夫人がグレイの帽子を被っていたことを話してくれた。まだ十九か二十にもなっていないころ。息を呑《の》むばかりに美しかった。と、ここでウィリアムは足を止めてハンプトン・コートの並木道を先まで眺めやった。まるでむこうの噴水の間に夫人の姿が見えるかのように。

リリーはそこで、客間につづく上がり段を見やった。ウィリアムの目を通してそこに、ひとりの女性――目を伏せてもの言わず座っている穏やかな女性――の姿が見えた。その人は物思いにふけり、なにか考えこんでいた(この日もグレイの出で立ちね、とリリーは思う)。目は伏せたままだ。決して目をあげない。ああ、そうだった、とリリーは幻の光景に一心に目を凝らしながら思う。あの人のこんな表情を実際に見たことがあるはずだわ。でも、そのときはグレイの服ではなかった。奥さんはこんなに静かでもなく、若くもなく、穏やかでもなかった。その像はいともあっさりと浮かんできた。息を呑むばかりに美しい、とウィリアムは言っていた。でも、美貌がすべてじゃない。美はこんな報いを受けることもあるんだわ――いともたやすく、しかも完璧な形で記憶に甦《よみがえ》るという報い。美は人の生を不動のまま封じこめ――凍りつかせる。他人のささいな心の揺らぎなど目にしても、人はいずれ忘れてしまう。頬をぱっと赤らめたり、青ざめたり、妙に顔をゆがめたり、光や影が射したりすると、人の顔は一瞬見慣れないものになるが、そこで見た特徴を新たに加えて記憶され直すものだ。美貌という覆《おお》いのもとにそうした細かな特徴をすっかり均してしまえば、話は簡単。でも、リリーは考えてしまうのだ。奥さんは鳥打ち帽をぴしっと頭に被ったり、芝生を駆けていったり、庭師のケネディを叱っていたとき、どんなお顔をしていただろう？って。そんないっときの微妙な表情をだれが教えてくれるだろう？　だれにも教えられはしない。

いつしかわれにもなく、リリーは奥深くの世界から浮かびあがり、気がつくと、絵から半身を出す恰好《かっこう》で、まぶしげな目をしながら、まるで幻影でも見るように、カーマイケル老人のことを見つめていた。老人は椅子にもたれかかって腹のあたりで両手を組み、本を読むでも居眠りをするでもなく、存在していることを満喫する生き物のように日向《ひなた》ぼっこを楽しんでいた。読んでいた本は芝生に落ちていた。

リリーはまっすぐ老人のもとへ行き、「カーマイケルさん！」と呼びかけたくなった。そうすれば、老人はいつものように、ぼんやりと曇った翠色《みどりいろ》の目で優しげに見あげてくるだろう。とはいえ、話しかける内容のあてもないのに、人を揺り起こす法はない。それに、リリーが話したいことはひとつではすまず、あれもこれもとなるだろう。ちょっとした世間話をしたところで、考えを散り散りばらばらにするばかりで、なにも伝えられはしない。「人の生き死にのこと、奥さまのことについて話しましょう」――なんて言っても、さっぱりね。リリーは思う。結局、人はだれにもなにも伝えられないのよ。ここぞという火急のときほど、狙いをはずしてしまう。ことばはふわふわと斜交《はすか》いにそれ、いつでも的の何インチか下に当たる。そうして人があきらめてしまうと、やっと出かけた考えはまた胸の奥に沈みこんでゆく。そうやって人はいつしか大方の中年男女のように、用心深く、なかなか腹を割らなくなり、いつも眉間《みけん》に皺《しわ》を寄せて、愁《うれ》いの晴れぬ顔をするようになるのだ。だって、こういう体で感じる情動を、ことばで表現しようがあるだろうか？　あそこのあの空っぽな感じをどう表現できるだろう？（リリーが眺めていたのは客間への上がり段だった。それはとてつもなく空っぽに見えた）そう、これは肌身の感覚で、頭で考えることとは違う。がらんとした石段の光景を目にして湧《わ》いてきた身体的な感じは、突如、不快きわまりないものになっていた。求めても得られないことで、リリーの体は強《こわ》ばり、虚脱し、同時に緊張していた。求めても得られない――求めに求めつづけるということは、なんと胸を苦しく締めつけるのだろう。しかも幾度となく！　ああ、ミセス・ラムジー！リリーは、舟のそばに座っている夫人の真髄《エッセンス》、つまりは夫人から精粋された抽象像、グレイの色をまとったあの女性に、無言のまま呼びかけた。まるで逝《い》ってしまったことをなじるように、一度は逝ってしまったのに、またもどってきたことをなじるように。以前は夫人のことを安心して考えられた。彼女は霊であり、空気であり、存在しないものであり、要するに、昼夜問わずいつでも気楽に戯《たわむ》れて危険のない相手だったのに、その相手が突然こうして手を伸ばしてきて胸を締めつける。不意に、あのがらんとした客間の上がり段が、室内にある椅子の縁飾りが、テラスで転げまわる子犬が、波打ちざわめく庭全体が、ある真空を中心にして華麗に伸び広がる曲線と唐草模様《アラベスク》と化してしまった。

「一体どういうことでしょう？　こんなこと、説明がつきますか？」リリーはふたたびカーマイケルのほうを向いて、そう尋ねたくなった。今日この早朝、全世界はいきなり融け崩れて、思考を湛《たた》えた湖水の淵《ふち》、現実を擁する深い溜《た》め池と化してしまったかに見え、ここでカーマイケル老人が口でもきけば、小さな裂け日が入って淵の面が二つに割れるのではないか、そんなふうに思えるほどだった。さて、それから？　水面からなにものかが現れる。手が突きあげられ、剣の刃《やいば》がキラリとひらめく。というのは、もちろん莫迦《ばか》げた妄想だけれど。

もしや、こちらが口にできないことも、じつはカーマイケルさんにはちゃんと聞こえているんじゃないかしら。そんな妙な考えが浮かんだ。彼は顎鬚《あごひげ》に黄色いしみをつけて、詩を生みだしアナグラムに没頭する不可思議な老人であり、この人がのどかに世界を航《ゆ》けば、その欲求はすっかり満たされるようだ。そんな人であれば、寝そべった芝生に手を置くだけで、そこからなんでも欲しいものを引きだせるような気がした。リリーは自分の描いた絵に目をやった。これがカーマイケルさんの答えだったのかもしれない——「あなた」とか「わたし」とか「あの人」というのは移ろい、消える。諸行は無常であり、すべては変わりゆくが、しかしことばは残り、絵も残るのだ。屋根裏部屋に掛けられるかもしれないし、丸めてソファの下に押しこまれるかもしれない。それでも、こんな絵にしても、残るというのは本当なのでしょう。こんな殴り描きでも、まあ、実際のこの絵はともかく、それが表現しようとしたものについては「永久に残る」と人は言うかもしれませんね。リリーは心のうちで老人にそう返したかった。いや、そんなこと言葉にするのは烏滸《おこ》がましい気もするから、仄《ほの》めかすに留めたほうがいい。そうやってカンバスを眺めていると、いつのまにか絵が見えなくなっているのに気づいてハッとした。両のまなこに温かいものがあふれ（最初は涙だとは思いもしなかった）、それは引き結んだ口元をゆるめることもなく、空気をどんよりとさせながら、頬を転がり落ちた。ほかの面では、いつも落ち着きはらっているこのわたしが——ええ、そうですとも！——やはり、わたしはなんの不足も感じないながら、奥さんを求めて泣いているってことなのかしら？ リリーはまたカーマイケル老人に話しかけた。だったら、これはなんなんでしょう。どういう意味なんでしょう？ ものが手を突きあげて、人をつかんできたりできますか？ 剣が人を斬《き》りつけたり、拳がつかみかかってきたりしますか？ 安らぎはどこにもないのですか？ いわゆる処世術を覚えこんでも詮《せん》ないものですか？ なんの導きもなく、身を寄せる隠れ家もなく、人生とはすべて奇蹟《きせき》の賜物で、つねに高い塔の頂きから宙に身を躍らせるようなものなのですか？ どう年を重ねても、なお人生とはこんな、意外で、不測で、未知のものでしかないなんて、そんなことがあり得るでしょうか？ いまここでカーマイケル老人と自分が芝生にすっくと立ちあがり、なにものもこの目はごまかせんぞという万全の気迫で、なぜ人生はかくも短く、かくも不可解なのか説明していただきたいなどと烈《はげ》しくつめよったら、放散した美がくるくるとその身をまとめあげて、あたりに充《み》ちるのではないか、この虚《むな》しく伸びる曲線や唐草模様《アラベスク》がなにか形をなすのではないか、もしふたりで声高く呼びかけたなら、ラムジー夫人が帰ってくるのではないか。一瞬、そんな気がした。「ミセス・ラムジー！」リリーの心の呼びかけは声となって出た。「ミセス・ラムジー！」涙が頬をつたい落ちた。

［マカリスターの息子は魚を一匹つまみあげると、その腹を四角く切りとり、餌《えさ》にして釣り針につけた。身を切り裂かれた魚（まだ生きていた）は海に投げもどされた］

6

7

「ミセス・ラムジー！」リリーは声高く呼びかけた。「ミセス・ラムジー！」しかし、なにも起こらなかった。胸の痛みがいや増すばかりだった。烈しい苦しみに直面すると、人はかくも莫迦げたことをしてしまうのね！ともあれ、カーマイケルさんには聞こえなかったようだ。あいかわらず温和そうで、穏やかで――あえて言えば、崇高と形容してもいい。ああ、やれやれ、「この痛みを止めて、止めてください！」なんてみっともない叫びをだれにも聞かれていなくてよかった。傍目には、まずまず正気をたもっていたようね。海に突き出した例の細い板をとうとう踏みはずして、滅亡の海に落ちていく姿は、だれにも見られなかったということだわ。わたしはいまも、芝生で絵筆を握る貧相なオールドミスのまま。

会えぬ人会いたさからくる痛みも、苦い怒り（ラムジー夫人を亡くした悲しみはもう忘れられるだろうと思った矢先にまた逆戻りさせられた怒り。今朝、コーヒーカップの並ぶ朝食のテーブルで、奥さんを恋しく思ったろうか？　いいえ、ちっとも）も、次第に和らいでいった。すると、その苦しみの中にある香油のような、しかしもっと謎《なぞ》めいた安堵《あんど》感《かん》が、解毒剤《げどくざい》のようにして後に残り、そこにだれかの、そう、ラムジー夫人の存在を感じると、世の中に背負わされていた重荷が一瞬、とりのぞかれた気がした。夫人はリリーの傍らにそっと佇《たたず》み、似合いの白い花輪飾りを額にのせようとしていた（美しい盛りの姿だ）。リリーはまた絵の具を絞りだした。さあ、あの生け垣問題にとりかかろう。いまあの人の姿が不思議なぐらいこんなにはっきり見える。紫だち柔らかに起伏する野原を、ヒヤシンスや百合《ゆり》の花の咲く野辺を、いつもの急ぎ足で歩いていき、やがて姿を消す。これは絵描きの目の錯覚だろうか。かつて訃報《ふほう》を受けた後もしばらく、あの人の姿をこうして見たものだった。花輪飾りを頭にのせながら、迷いのない足どりで、影を道連れに野をゆく姿。その光景は、その光景を表すことばには、心慰む力があった。たとえどこにいようと、ここにしろ、どこかの田舎やロンドンの街にしろ、絵を描いているとその場面《ヴィジョン》が浮かんできたものだ。そのたびにリリーは半ば目を閉じて、幻《ヴィジョン》を保つよすがとなるものを探す。鉄道の客車や乗り合いバスを見わたしたり、人の肩や頬のラインを拝借したり、向かいの窓を見やったり、街灯が数珠《じゅず》つなぎに灯るピカデリーの街を眺めたりした。すべてが夫人のいる黄《よ》泉《み》の野原の一部になり変わっていた。ところが、そこへ決まってなにかが——だれかの顔だったり、「スタンダード！」とか「ニューズ！」とか〔大衆夕刊紙〈イヴニング・スタンダード〉と〈イヴニング・ニューズ〉〕と呼ばわる新聞売りの少年の声だったり——突き入ってきてリリーをチクリとやり、その目を覚まさせて注意をひき、終《しま》いには彼女もそちらに気がいってしまうので、夫人の幻《ヴィジョン》を延々と作り直すことになる。いまふたたび、渺々《びょうびょう》たる広がりと碧《あお》の色合いを直感的に欲したのか、リリーは眼下の海を見おろし、青い縞《しま》の走る波に小山を思い描き、紫が濃くなっているあたりに岩がちな野原を想像した。しかし、またもや違和感のあるものが目に入り、例によってわれに返った。入り江の真ん中あたりに、なにか茶色い点が見える。舟のようだ。そう、舟だわ。リリーはしばしのちに気がついた。でも、だれの舟かしら？と考えてから、もちろんラムジーさんの舟よ、と自答した。ラムジーさん。りっぱな深靴《ブーツ》をはいて列の先頭に立ち、こちらに手をあげて、よそよそしく目の前を通りすぎていった人。あの人にわたしは同情を求められ、拒んでしまったのだ。舟はいま、入り江の中頃まで進んでいた。

よく晴れた日で、遠近《おちこち》で風がひと吹きすることはあれ、海と空は融けあって一枚の織り地のように広がっていた。まるで帆が空高くそびえているような、逆に雲が海の中に落ちてきたような、そんな錯覚をしそうな風景だった。遠く沖に出た汽船が煙を吐いて盛大な渦巻きを宙に描くと、それはカーブしたり円を描いたりして空を飾り、天空がひとつの薄機《うすはた》のようになって、目の細かい編み地でふんわりと受けとめて守り、ただやさしく揺らしているように思えた。ことさら天気がよいと時々そんなことがあるが、この日も、岸の断崖《だんがい》は船が通るのをわかっていて、船のほうも崖を意識しており、双方だけに通じる秘密のメッセージを送りあっている、そんな感じがした。ときとして岸からやけに近くに見える灯台も、今朝はとほうもなく彼方《かなた》で薄靄《うすもや》にかすんでいるように見えた。

「みんな、いまどこにいるのかしら？」リリーはそう思いながら海を見わたした。あの人はどこに？　パルプ紙の包みを小脇《こわき》に抱え、無言で通りすぎていったあのご老人は？　舟は入り江の中頃にいた。

8

あそこにいたら、ものなんか感じないんだろうな。キャムはそう思いながら、波間に見え隠れしつつ絶え間なく遠ざかり、ますます安らかな佇まいを見せる岸辺を眺めていた。海面を撫でて跡をつけながら、翠の渦や縞をいろいろな形に見立てているうちに、頭にぼんやりと霞《かすみ》がかかったようになり、夢想の海底世界をさまよいだした。そこでは、白い小枝に真珠が鈴なりにつき、その翠の光のなかで、人の心はすっかり変化を遂げ、その体は翠のヴェールに包まれて、透きとおらんばかりに耀《かがや》いている。

そのうち、手に感じる水の抵抗が弱まってきた。水しぶきがやむ。あたりにはキィキィと軋《きし》るような小さな音だけが響いていた。港に錨《いかり》をおろしたときのように、波が砕けて舷《ふなばた》を打つ音が聞こえる。なにもかもがずいぶんと近くに感じられた。ジェイムズがしかと目を据えつづけ、（まるで知人のような親しみすら覚えてきた）帆も、すっかり垂れさがっていた。舟はかんかん照りのもと、岸辺からも灯台からも遠く離れたその場所で、ついに止まってしまい、風を待って揺れるばかりになった。まさに森羅万象が静止したかに思えた。灯台にはいまや不動の観があり、彼方の海岸線はぴくりとも動かなくなった。陽射しはますます熱く降りそそぎ、みなが間近に身を寄せ合ったような息苦しさがあり、それまでは互いの存在など忘れかけていたのに、急にそれが強く意識されてきた。マカリスターは海に釣り糸を垂れた。しかしラムジーはあいかわらず脚を組んで本を読んでいた。

いま読んでいるのは光沢のある小型の本で、表紙には千鳥の卵みたいな斑模様《まだらもよう》があった。忌々しい凪《なぎ》にみんなが右往左往するなか、父はときどきページをめくる。ページを繰るたびのあの妙な身ぶりは、自分に向けられたものなんだな、とジェイムズは感じていた。ほら、いまはなんだか独断を下すような身ぶりだし、こんどはなにか指図するかのよう。つぎは同情を買おうって身ぶりだ。父が本を読みながら次々とページを繰っている間中、ジェイムズはいまにも父が顔をあげて、なんだかんだと叱りつけてくるんじゃないかと気が気ではなかった。なぜこんなところでぐずぐずしているんだ?とかなんとか、理不尽なことを言ってくるだろう。そんなこと言ってみろよ、とジェイムズは心のなかで息巻いた。ナイフをとりだして、心臓をひと突きしてやるぞ。

ナイフをとりだして父の心臓をひと突きするというこの象徴的イメージを、彼は幼いころから胸に抱いてきた。ただ、こうして大きくなり、無力な怒りに震えて父を睨《にら》んでいるいま、殺したい相手は父親——本を読んでいるあの老人——ではもはやなく、おそらく父本人の知らぬまに降りてくるなにものかなのだとわかってきた。あの突如としてあらわれる獰猛《どうもう》な黒い翼の鷲《ハーピイ》なのだ〔ギリシャ神話のハルピュイアは女面鳥身で翼と鉤爪をもった貪欲な怪物〕。鉤爪《かぎづめ》も嘴《くちばし》も冷たく硬く、それが幾度となく攻撃してくる（子どものころ、むきだしの脚を鷲に嘴でつつかれた感触をジェイムズは憶《おぼ》えていた）かと思うと、さっと飛び去っていき、すると、そこにはまた父がいるのだ。いたく悲しげに本を読んでいる年老いた男が。あの生き物を殺したいんだ、あれの心臓をひと突きにしてやりたいんだ。たとえ自分がどんな仕事をするにせよ——（ほんとになんだってできそうな気がするぞ。ジェイムズは灯台と彼方の岸辺を見やりながら、そう思った）事業家になろうが、銀行マンになろうが、法廷弁護士になろうが、どこかの会社の社長になろうが、きっと僕はあいつと闘い、あいつを追いつめて鎮圧してやるんだ——人の望まぬことをさせ、自由に発言する権利を断つ、いうなれば専制君主を、独裁制を。あいつが「灯台へついてこい」とか「これをしろ」とか「あれをとってこい」とか言ったとき、いいえ、僕はやりませんよ、なんてだれに言えるだろう？　黒い翼がぬっと広げられ、硬い嘴が切り裂く。と思ったつぎの瞬間には、父がそこで静かに本を読んでいるのだ。しかしいつ目をあげるか、わかったものじゃない。そうしてマカリスター親子にいきなり話しかけるかもしれないし、街では凍える婆《ばあ》さんの手に一ソヴリン金貨を握らせるかもしれない。腕比べに興じる漁師たちをはやしたてたり、いきなり興奮してやみくもに腕を振りまわしたりして……。でも、ことによれば、ディナーの始めから終わりまで、テーブルの上座で貝のように黙りこくっていることもあるかもしれないな。そう、とジェイムズは考える。舟は陽にじりじりと灼《や》かれながら、静かに水を打ってたゆたっている。言ってみれば、雪に覆われた岩だらけの荒野だよ。寂れはてた厳寒の荒原。で、親父《おやじ》が人を驚かすようなことを言うと、まるでこの寒い荒野に、僕と親父ふたりだけの足跡が点々とついているような、そんな気が最近ではするようになった。ふたりだけはわかりあっているってことさ。だったら、この恐れ、この憎しみはなんなんだ？　振り返ってみれば、心のなかには過去が降り積もらせた葉がぎっしりと折り重なり、その森の奥を覗《のぞ》けば、光と影が幾重にも交錯して、あらゆる形はゆがみ、彼はまぶしい陽に目がくらんでよろめき、暗い木陰でつまずきながらも、いまのこの感情を鎮め、客観化し、形あるものにまとめるイメージを探していた。乳母車かだれかの膝《ひざ》に身をまかせる幼子のころ、荷馬車が人の足をそうと気づかずに悪気もなく轢《ひ》いていく場面を目にしたことがあったとしたら？　まず草地の上に人の足が見える。つるんとした、欠くところのない足だ。それから車輪が通ったかと思うと、その同じ足が紫になって潰《つぶ》れている。でも、車輪に悪気はない。さて、朝早く、父が灯台へ行くぞと言って、子どもたちを叩《たた》き起こしながら廊下をのしのし歩いていったときも、いわば車輪がジェイムズの足を、キャムの足を、要はだれの足でもお構いなしに轢いていったのだ。居合わせた人はただ手をつかねて見ているしかない。

ところで、いま思いだしたのはだれの足なんだろう。そしてどこの庭で起きたことなんだろう？　なぜなら、こういう場面には背景というものがあるはずだ。木が生い茂り、花が咲いている。光が射し、ちらほらと人影がある。舞台は庭だったと考えるのが、なにかにつけ自然で、そこにはこんな暗い雰囲気もなければ、手を振りまわす場面もなかった。みんなごくふつうの口調で話していた。一日中、人が出たり入ったりしていた。台所では、婆さんが噂話《うわさばなし》に興じ、部屋のブラインドが風に押しだされたり引きこまれたりしていた。すべてが息吹《いぶき》に充ち、育ちゆく活気に充ちていた。あの皿やボウル、背の高い派手やかに揺れる赤や黄の花の上に、夜になれば、葡萄《ぶどう》の葉のようにごく薄い黄金のヴェールがかけられたものだ。夜には、あたりはだんだん静かに、暗くなっていく。けれど、葉のようなヴェールはごくごく薄いので、光が射すだけで持ちあがり、声がするだけで波立つほどだ。そのヴェールを通して、屈《かが》みこむ人影が見え、近づいては離れていく跫音《あしおと》や、ドレスの衣《きぬ》ずれの音や、チェーンがジャラジャラ鳴る音が聞こえてきた。

あの人の足が荷馬車に轢かれた舞台は、確かこんな世界だった。そう、記憶のなかに居座り、心を翳《かげ》らせているものがある。いつまでも消えそうにない。宙に唐草のような模様を描いて伸び広がるなにか。こんな世界にも舞い降りてきて、剣のように、半月刀のように、こんな幸せな世界の木の葉や花々にさえ打ちかかって震わせ、地に落としてしまう不毛で鋭利ななにか。

「明日は雨だろう」父がそう言う場面を思いだした。「灯台へは行けまい」

あのころ灯台と言えば、おぼろに霞《かす》む白銀の塔で、夕どきになると、黄色い一つ目が不意にそっとひらくのだった。いま見るそれは——

ジェイムズは近づいた灯台に目をやった。石灰で白く塗られた岩場が見えた。塔はかすみもせず、くっきりと真っ直《す》ぐにそびえている。よく見ると黒と白の縞が入っているのも、窓がいくつかあるのも見えた。岩場に干してある洗濯物までが見えた。そうか、これが灯台の本当の姿なんだな？

いや、記憶にあるあれだってやっぱり灯台さ。ずっと姿を変えないものなどないんだから。記憶のなかのあれも灯台に違いない。ときには入り江のむこうでほとんど見えなくなることもあった。夕方、ふと見あげると、あの一つ目がひらいたり閉じたりしていた。あの風が吹き通う温かな庭にみんなで座っていると、灯台の光がここまで届くような気がした。

しかしジェイムズはここではっとわれに返った。心のなかで「みんな」だの「ある人」だのと言い、そしてだれかの近づいてくる衣ずれの音や、だれかが馬車で出ていくときのチェーンの音がよみがえってくると、だれであれそばにいる人の存在が決まってやけに気になってくるのだ。いま、その相手は父だった。痛いほどの緊張感だった。このまま風が出なければ、いつなんどき本をぱたんと閉じて、こう言うかわからない。「おい、どういうことだ？　どうしてこんなところでもたもたしているんだ、えっ？」かつてテラスで父が家族の上に剣を振りおろして、母を凍りつかせ、ジェイムズに、いまこの場に手斧《ておの》なり、ナイフなり、なにか先の尖《とが》ったものがあれば、引っつかんで親父の胸をひと突きにしてやるのにと思わせたときとおなじだ。あのとき母は凍りついたようになったかと思いきや、腕をぶらんと垂れたので、ジェイムズはもう自分の話は聞いてもらえないと感じた。母はともかくも立ちあがると、息子をそこに残して行ってしまった。残されたジェイムズはハサミを握りしめてなすすべもなく、莫迦みたいに床に座っているしかなかった。

風はそよとも吹かなかった。船底で水がぴちゃぴちゃ、ごぼごぼと音をたて、そこでは、身も隠れないほど浅い水たまりで、三、四匹のサバが尾を打っていた。いつなんどき父がわれに返って（ジェイムズはそちらを見ることもできなかった）本をぱたんと閉じ、なにか怒鳴りつけてくるかもしれない。とはいえ、目下は読書に耽《ふけ》っているので、ジェイムズは、あの日の母がどんなようすだったか、どこへ行ってしまったのだったか、考えつづけていたが、それは喩《たと》えるなら、階段の踏み板を鳴らして番犬を起こすまいと裸足《はだし》で階下へこっそり降りていくような気分だった。あのときジェイムズは母を追いかけて、部屋から部屋へと渡り歩き、とうとうある部屋に辿《たど》りつくと、母は無数の青磁の色を映すかのような青みがかった明かりのなかで、だれかと話しだした。ジェイムズはその話を黙って聞いていた。母は使用人に用事を言いつけているところで、思いついたことをそのまま喋《しゃべ》っているような感じだ。「今夜は大皿が要るわ。あれはどこに行ったかしら、あの青磁のお皿は？」本当のことを言ってくれるのは母だけだったし、ジェイムズも母にだけは本当のことを話せた。たぶん、自分を惹《ひ》きつけてやまないのは、母のそういう点だったのだろう。母が相手だと、他の人たちも思ったことをすんなり話せるのだった。ところが、母を想《おも》うと決まって、父が意識に割りこんできて、考えにつきまとい、影を落とし、戦《おのの》かせ、萎《な》えさせるのだ。しまいにジェイムズは考えるのをやめ、日照りのなか、座って舵柄《だへい》に手をかけたまま、動くこともできず、次々と心に入りこんでくる悲しみの粒子をふりはらうこともできず、ただ灯台を見据えていた。心をその場にロープで縛りつけられているような気がするのは、父の束縛ゆえだろう。逃げだすには、ナイフをとりだしてロープをぶすりと刺すしかないか……が、その瞬間、帆がゆっくりとまわりだし、ゆっくりと風を孕《はら》みだすと、舟はぶるっと身震いして、まだ寝ぼけたまま進みだすかに見えたが、そこで完全に目を覚まし、波を切って走りだした。そのときの安堵感たるや並大抵ではなかった。舟の上の面々はまた散り散りになって、くつろぎだしたようで、釣り糸が舷にぴんと斜めに垂らされた。それでも、父は本に没頭したままだ。ただ、右手をいわくありげに宙高くあげたかと思うと、また膝にぱたりと落とし、自分だけに聞こえる交響曲かなにかを指揮するような動きを見せただけだった。

9

「まさに染《し》みひとつない海ね。リリー・ブリスコウはそう思いながら、入り江を見晴らしてまだ立ちつくしていた。入り江にはまるで絹のようになめらかな海の面が広がっている。それにしても、距離というのはとんでもない力を持っているのね。あの人たちは距離のなかに飲みこまれ、永久に去ってしまった。そんなふうに感じた。まわりの自然の一部と化したかのようだわ。あたりはいま、どこまでも穏やかで、どこまでも静かだった。汽船はすでに姿を消していたが、煙の盛大な渦はまだ宙にかかり、惜別の思いを伝える旗のようにたなびいていた」

10

そうか、島はこんな形をしていたんだ。キャムはそう思いながら、いま一度、海面を指で撫《な》でた。沖のほうから島を見たことなんて、いままでなかった。あんなふうに海に横たわっていたんだなあ。真ん中がへこんでいて、尖った岩山がふたつ切り立っている。そこに波が打ち寄せ、島の両側には海がどこまでもどこまでもつづいている。こうして見ると、ほんとにちっちゃな島。木の葉を立てたような形をしてる。かくなるわけで、わたしたちは舟で逃げてきたのでした。キャムは、沈みゆく船からの脱出劇を想像しはじめながら、そんなことを思った。とはいえ、水が指をくぐり、その後ろに海草の切れ端が消えていくあいだも、そう本気で冒険談を語りたいわけではなかった。キャムが求めているのは、あくまで冒険と脱出の気分にすぎないのだ。船が進みゆくうちにも、羅針盤《コンパス》の方位のことで父に怒られたことや、盟約にこだわるジェイムズの意地や、自分自身の葛藤《かっとう》の苦しみなどは、すべてどこかに滑り落ちて、遠のき、流れ去っていったように感じていた。だったら、つぎにはなにが来るだろう？　わたしたちはどこへ向かっているんだろう？　海水に浸したままで氷のように冷えたキャムの手から飛び散るしぶきは、変化の、脱出の、冒険の（わたしはたしかに生きてここにいるという）歓びの泉のようだった。そうして、この、突然考えもなく湧いてきた歓びの泉の雫《しずく》は、キャムの心のあちこちで、まだ覚めやらぬおぼろな昏《くら》いものにつぎつぎと滴《したた》り落ちた。無形《むぎょう》の世界〔ワーズワースの『頌歌』をうっすらと想起させる〕、暗闇《くらやみ》でまわりながらときおり一瞬の光に浮かびあがる、世界のさまざまな原形。ギリシャ、ローマ、コンスタンチノープル。たしかに小さいかもしれないし、突っ立った木の葉みたいな危なっかしい形をして、黄金色の繁吹《しぶ》く波に四方を洗われているけど、あれも宇宙のなかにひとつの場所を占めているのよね？　キャムはそう思った。あんなちっぽけな島でさえも。書斎につどう老紳士たちなら、きっと答えを教えてくれるだろうに。幼いころ、キャムは書斎にだれかいないかと、庭からわざとふらりと入りこむことがときどきあった。案の定、だれかしらが（それはカーマイケルさんだったりバンクスさんだったりした。いずれにせよ、かなりの年で、かなり動きが鈍い）低い肘掛《ひじか》け椅子に向かいあわせに腰かけていたりする。彼らが〈タイムズ〉紙をガサガサめくりながら読んでいると、そこへ庭から、どこかで聞きかじった知識で頭を混乱させたキャムが入ってくるわけだ。キリストに関する話とか、ロンドンの通りで発掘されたマンモスの化石がどうしたとか、偉大なるナポレオンはどんな人だったの？とか。すると、老紳士たちはそうした問題を清潔な手でとりあげ（彼らはたいてい灰色の服を着て、荒野に咲くヒースの匂《にお》いがした）、新聞をめくったり、足を組んだりしながら、それらの破片の埃をはらって集め、ときどきごく簡潔なコメントをした。キャムはうっとりしながら本棚から本を一冊抜きとると、父がときおり軽い咳《せき》などしながら、ノートのページの端から端まで、いたって均等で端正な字を書きつらねていく姿や、向かいの老紳士になにか手短に話しかける姿を、立ったまま眺めていた。そうして本をひらいて佇んだままこんなことを考えていたのだ。水面に落ちた葉っぱが自然とひらくように、この場では、心に思ったことはなんでも広げられるんだな。そして、この場で、煙草《たばこ》を吸いながら〈タイムズ〉をガサガサやっているこの老紳士たちの間で、まともに通用する話であれば、きっと正しいんだ。それから、キャムは書斎で書き物をしている父を（いまは舟に腰かけながら）眺めてこう思う。こんなに愛すべき人で、しかもこんなに賢い人っていない。自惚《うぬぼ》れ屋でもないし、横暴でもない。じっさい、わたしが本を読んでいるのを見かけたら、これ以上ないほど優しい声で、こう尋ねてくれるだろう。なにか入り用のものはないかね？

そんな父の像は嘘《うそ》ではないと思いたくて、千鳥の卵みたいな斑模様をあしらってつやつやした表紙の、ちっちゃな本を読んでいる父さんに、もう一度目を向けた。やっぱり、嘘じゃない。ねえ、いまのお父さんを見てごらんなさいよ。キャムは弟に言ってやりたかった（ところが、彼は帆を見据えている）。親父は皮肉屋の人でなしだろ。ジェイムズならそう言うだろう。なにを話していても、結局は自分のこと、自分の本のことに話をもっていくんだ、と。あの自己中心主義にはがまんがならないね。しかも最悪なことに、すごく横暴なんだ。でも、見てよ。キャムは父を見ながら、弟に話しかけた。いまのお父さんを見て。しっかり脚を組んで小さな本を読んでいる父。その黄ばんだページの本は、内容はわからないものの、見覚えがあった。小型の本で、活字がびっちりつまっているのだ。見返しに父さんの書き込みがあるのも知っている。夕食に十五フラン出費。ワインに幾ら、ウェイターへの心付けに幾ら。ページの下のほうに、金額をきちっと足し算してあった。とはいえ、ポケットに入れるせいで縁が丸くなってしまっているあの本になにが書いてあるのか、それは皆目見当がつかない。お父さんの考えていることだって、だれにもわからないのだ。ともあれ、あの本に没頭しているのはたしかで、たとえばいまみたいに一瞬顔をあげることもあるけど、それはなにかを見るためではなくて、頭を整理して考えをより明確にするためなのだった。それが済むと、心は本のなかへ帰ってゆき、また読書に没頭しだす。そうして夢中で本を読む姿には、なにかを引き連れているような、羊の大きな群れをなだめすかして逐《お》っているような、細い一本道をがんばって先へと歩いているような、そんな印象があった。ときには、まっすぐ駆けていき、藪《やぶ》に突っこんでいったかと思えば、大枝にぶつかったり、イバラに目を突かれたりしているようだったが、父はそれしきのことではめげそうになく、ひたすらページを繰って進みつづけるのだった。その傍ら、キャムは沈みゆく船からの脱出劇を自分に語りつづけていた。だって、お父さんがそこに座っているかぎり、安全なのだから。あの過ぎた日のように。庭から書斎に上がりこんで、本を一冊抜きとると、老紳士が読んでいた新聞を不意に下げ、その新聞ごしに、ナポレオンの人柄についてごく簡潔に語ってくれた、あのときのように安らかな気持ちだ。

キャムは見返って、海の彼方に遠のいた島に目をこらした。しかしくっきりとしていた木の葉の形はしだいにぼやけつつあった。ほんとに小さい。ほんとに遠い。いまでは陸の存在感は薄らぎ、海のほうが重要なものになっていた。四方では波が立っては崩れ、こちらの波に丸太が躍れば、あちらの波にカモメが乗る。きっとこのあたりで、とキャムは指を海面に浸しながら思う。船が沈んだんだ。そしてなかばまどろみながら夢見心地で呟《つぶや》いた。われわれは滅びぬ、おのおの独りにて。

11

なるほど、それによってずいぶん変わるものね。リリー・ブリスコウは染みひとつないような海を見わたしながら、そう思った。海があまりに穏やかだから、船の帆も雲もその蒼《あお》のなかにすっかり融《と》けこんでいる。いろいろなものが距離によって決まるんだわ。リリーはまた思った。人と自分の近さ遠さを決めるのも距離。ラムジーさんに対する気持ちも、あの人が入り江のむこうに離れていくにつれ変わってきた。まるで気持ちが薄く引き延ばされていくかのよう。どんどん縁遠い人に思えてくる。ラムジーさんも子どもたちも、あの蒼のなかに、あの距離のなかに、飲みこまれてしまったかのようだ。その一方、この芝生のすぐ近くで、カーマイケルが突然、ひと声唸《うな》った。リリーは思わず噴きだした。老人は骨張った手で、落とした本を芝生から拾いあげ、そしてまた海獣かなにかみたいに、ヒーヒー、フーフー言いながら椅子《いす》に座り直した。

いまはこんなに間近にいるから、いつもとまるで感じが違うんでしょう。ふたたびあたりは静まりかえった。家に残っている人たちも、いいかげん起きだしたでしょうに。リリーはそう思いながら家に目をやったが、まるで人影は見られない。でも、そういえば、あの人たち食事が終わったとたんに退散して、それぞれの用事にかかるのが常だったわ。だとすれば、この静かさ、このひとけのなさや、この早朝の現実感のなさも、しっくりくる。そう、こんな感じになることって時々あるわ。リリーはしばし佇み、陽射しに輝く長窓や、ふわふわと青くたなびく煙を眺めていた。周囲のものが現実感を失ってしまうのだ。たとえば、旅から帰ってきたとき、病み上がりのときなど、暮らしいちめんに習慣の網が張られないうちは、ちょうどこんな、ぎょっとするような非現実感や、なにかがふっと現れてくるような感覚を味わうのではないだろうか。そんなときは人生がこのうえなく鮮やかに感じられる。心からくつろげる。もしベックウィズ夫人が庭の隅で一服しようと出てきても、芝生のこちらからいそいそと出迎えて、思いきり朗らかに、「まあ、おはようございます、ベックウィズさん！　なんて気持ちのいい日でしょう！　この日向にお座りになるおつもりですか？　ジャスパーが椅子を隠してしまったんですよ。ひとつ探してきますわ！」とかなんとか、お決まりの愛想を言う必要もなくなるのだから、ありがたい。それどころか、口をきく必要などまるでなくなってしまう。人はただ帆を悠然とはためかせながら（入り江はだいぶにぎやかになり、舟がつぎつぎと出帆していく）滑るようにものごとの間を縫い、その向こうへと進んでいけばいい。虚しいどころか、あふれんばかりに充たされた気分だ。なにかに口のあたりまで浸《つ》かって、その中を動きまわったり、ぷかぷか浮いたり、沈んだりしている感じ。そう、この水は計り知れないほど深いのだから。この水の中には、あらゆる生が注《そそ》がれている。ラムジーさんの。子どもたちの。彼らにはありとあらゆる細々したものがくっついてくる。それから、洗濯籠《せんたくかご》を抱えた洗濯婦。ミヤマガラス。真っ赤なトリトマ。紫や緑鼠《あおねず》の花々。こうしたものが同じ感覚を共有し、ひとつにまとまっているようだった。

そう、十年前、いまとほぼ同じ位置に立っていたリリーに、「きっとこの場所すべてに恋をしているんだわ」と呟かせたのは、たぶんこんな充足感だったのだ。愛には一千もの形がある。この世の中には、ものごとの中からある要素を選びだして、それらをひとつに並べ、そこに現実とは違う完成度を与えるというのか、ちょっとした場面や人との出逢《であ》い（みんなすでに亡《な》くなるか離ればなれになっていても）を、あの円《まど》かで凝縮された世界にまとめあげるというのか、とにかく、そんな資質に恵まれた恋人たちもいるのだろう。そうした思い出に人はいつまでも想いめぐらせ、そこに愛は戯れる。

茶色い点となって沖合に浮かぶラムジーの舟に、リリーは目を向けた。このぶんなら、たぶんお昼までには灯台に着くわね。とはいえ、風が勢いを増し、空の色が微《かす》かに移ろい、海模様がわずかに変化し、舟と舟がポジションを変えると、ついさっきまで嘘みたいな安定感をかもしていた景色が、急に心もとなく見えてきた。いまや、強い風がたなびく煙も追いちらし、舟叢《ふなむら》の並びになにか引っかかりを感じる。

そこに生じた不均衡が、自身の心の調和も乱したようだ。リリーは気持ちのなかにそこはかとない翳りを感じていた。その翳りは、ふたたび視線を絵にもどすと確たるものになった。午前中の時間を無駄にしてきてしまった。理由はどうであれ、相反するふたつの力――ラムジーさんと絵画――の間で、きわどいバランスをとれずにいるではないか。それができなくてはだめなのに。もしや、絵の構図にまずいところがあるのかしら？　塀のラインに途切れを入れるべきか、それとも、木立のマッスが重すぎる？　リリーは思わず苦笑した。だって、今朝描きはじめたときには、長年の問題が解決したと思ったんじゃなかった？

だったら、問題はなんなのだろう？　この手を逃れていくものを捕まえる努力をしなくてはいけない。それは、ラムジー夫人のことを考えると逃げていき、こんどは絵のことを考えても逃げていく。天啓のようなフレーズも浮かぶ。ヴィジョンも浮かぶ。鮮やかな光景。鮮やかなフレーズ。そうしたものがいくつ浮かんでも、本当に捕まえたいのは、ずばりこの神経にふれてくるもの、なにかの形になる前のそれ、それ自体なのだ。それを手中にとらえて、やり直したい。とらえて、やり直したいのに。リリーは必死の思いで、イーゼルの前にしっかりと立ち直した。絵を描いたり、感じたりする人間の機能というのは、まったく、情けない器械だし、頼りない造りね。いつだってここ一番というときに、壊れてしまうんだから。人はそれを気丈にもなんとか動かさなくてはならない。リリーは眉《まゆ》を寄せて宙をにらんでいた。そこに生け垣がある、それは間違いない。けど、あせって求めたところで、なにも得られはしない。塀のラインを眺めたり、思い出にひたったり——奥さんはグレイの帽子を被《かぶ》って、息を呑むばかりに美しかった——そんなことをしても一閃《いっせん》の光が目交《まなかい》をよぎるだけ。やがてひらめくものなら、自然にまかせればいい。なにも考えたり感じたりできなくなる時ってあるものだから。けど、考えも感じもできなければ、人はどこに存在するのかしら？

この芝生の上、地面の上よ、と、リリーは自答しながら椅子に腰をおろし、絵筆でオオバコの小さな叢《くさむら》をかきわけてみた。こんな雑草が出ているのは。芝生が手入れされていないせいだ。そう、こうして世界の上に座っているわ。リリーはそう思った。

こんなことをわざわざ考えるのは、今朝ここで起きる出来事のひとつひとつが最初で最後になるという感覚をふりはらえないでいたからだ。ちょうど旅人が列車内でうとうとしながらも、あの町も、あのラバの曳《ひ》く荷車も、あの野良《のら》作業をする女も、二度と目にすることはできまいからよく見ておけよと、肝に銘じて窓外を眺めるのと似ている。いまこの芝生にひとつの世界があった。そこに、この高台に、わたしたちは共にいるんだわ。そう思いながら、リリーがカーマイケルを見やると（こうしている間中ひと言もことばを交わさなかったものの）彼も思いを一《いっ》にしているように思えた。それこそわたしはこれから先、もう二度とカーマイケルさんに会うことはないかもしれない。この人も年をとってきたものね。でも、と、リリーはここで彼の成功を思いだし、老人の足先にぶらさがる内履きを微笑《ほほえ》ましく眺めながら、この方はただ年を重ねただけじゃなく、名をあげてきたんだわ、としみじみ思った。例の詩集はちまたで「珠玉の名著」との評判だった。いまや版元は、四十年も前に書かれた作品にまで目をつけて出版している。こうして、ここにカーマイケルという有名詩人のご誕生。リリーは頬をゆるめながら、人がいかにさまざまに姿を変えるかを思い、彼が新聞に載る著名人でありながら、この場では昔と少しも変わらないことに感慨を抱いた。以前とちっとも変わらないわね——だいぶ白髪が増えたぐらいで、ほんとに昔と変わらない。でも、そういえば、アンドルー・ラムジーの戦死を知って（砲弾が炸裂《さくれつ》して即死だったとか。生きていたら偉大な数学者になっていたはずなのに）、カーマイケルさんは「人生に対する興味をすっかり失った」という噂も耳にしたっけ。どういうことかしら、それは？ リリーは考えこんだ。太いステッキをかかげて、トラファルガー広場を行進したりした？〔国防省はじめ省庁の集まる大通りの北端にあるこの広場は、古くから大小様々な抗議デモの中心地となってきた。「太いステッキ」の先にはプラカードがついていたのかもしれない〕 独りセント・ジョンズ・ウッドの家の一室にこもり、本の中身を読みもせずただページを呆然《ぼうぜん》と繰っていた？ アンドルーの訃報にふれたときどんな行動をとったのか知らないけれど、それでもこの人と接していればなんとなく感じられた。日頃、彼とは階段の途中で行き会ってぼそぼそ挨拶《あいさつ》をしたり、空を見あげて、明日は晴れそうですねとか、天気が崩れそうですね、などと言いあうぐらいの仲だった。でも、これも人を知るひとつの方法には違いない。もちろん細かいことはわからずとも、その人の輪郭を知ることはできる。その人の庭にちょっと腰をおろし、丘陵の斜面が紫に烟《けむ》りながらはるかヒースの野へとつづいていくのを眺める。そんなふうにしてリリーはカーマイケル老人を知ったのだった。なんだか人が変わったらしいことも知っていた。彼の詩はまだ一行も読んだことがない。それでも、その詩がどんな調子で展開するかわかる気がした。悠然として、朗々と響きわたるような詩だろう。味わい豊かで、まろやかに熟成して。きっと砂漠とラクダを謳《うた》った詩もある。棕櫚《しゅろ》の木と落日の詩もある。徹底して私情を排した詩に違いない。死に関する文言もあるだろう。でも愛にまつわる詩句はほとんどないでしょうね。孤高の人、という感じだもの。きっと他人との係わりをほとんど必要としない人なのだ。そう、昔はいつも新聞を小脇に抱えて、なぜか苦手な相手らしきラムジー夫人を避けようと、客間の窓の外をあたふたと歩いていく姿をよく見かけたのではなかったっけ？　避けようとするものだから、当然、奥さんはそのたびに彼を呼び止めようとした。すると、カーマイケルさんは奥さんにお辞儀をする。渋々と立ち止まり、深々とお辞儀をするのだ。奥さんはちっとも頼りにされないのに焦《じ》れて、上着か膝掛けか新聞でもとってきましょうか？と尋ねる（その声が聞こえてくるようだ）。いや、なにも要りませんですよ（と、ここでまたお辞儀）。カーマイケルさんにしてみれば、奥さんの気質にどこか好かない部分があったのだろう。それは、あの指図がましいところや、つねに前向きの姿勢や、事務的な態度だったかもしれない。奥さんって、なんとも直截《ちょくせつ》的な人だったから。

〈このとき物音がして客間の窓のほうを見た——蝶番《ちょうつがい》のきしむ音。軽風《かるかぜ》が窓にいたずらしているのだ〉

ラムジー夫人は大の苦手という人たちだって、そりゃあいるでしょう。リリーはまた考えた（そう、客間の上がり段にだれもいないことに気づいても、とくに動揺はなかった。いまは夫人がいなくても気丈にしていられるようだ）——あの奥さんは自信過剰だとか、やり方が手厳しいとか感じていた人たち。あの美貌《びぼう》がまた癪《しゃく》に障《さわ》ることもあっただろう。なんてまあ変わり映えがしない、いつもおなじ見場じゃないか！彼らはそんなふうに言うだろう。要はべつのタイプが好みなのだ——黒髪の女や、もっと快活な女。そして奥さんはといえば、ご主人に甘かった。あげく、制しきれずにご主人があんな醜態をさらすことになる。一方、奥さんのほうは自分のことは胸にしまって話さない。あの方がどんな人生をたどってきたか、具体的に知る者はだれもいなかった。とはいえ（カーマイケルと彼の苦手意識に話をもどすと）ラムジー夫人が芝生に突っ立って絵を描いたり、寝ころんで本を読んだりして昼まで過ごす図なんて、とても想像できない。考えられないことだ。腕に提げた買い物籠でかろうじて用向きの察しがつくものの、あの方は出かけるとも言わずに出かけ、町でさっと買い物をすませたり、貧しい人々の家を見舞い、狭苦しい寝室で病人の世話をしたりするのだった。なにかのゲームや議論の最中にそっと席をはずした夫人が、買い物籠を提げ、背筋を正して出かけていく姿をしょっちゅう見かけたものだ。お戻りになった姿もしばしば目にとまった。そんなときリリーは心のなかでなかば笑い（お茶の支度には奥さんなりの流儀があるものね）なかば心打たれて（やはり息を呑《の》むほどおきれいだわ）こう思うのだ。いましがた、苦しみに閉じかけた目があなたに向けられたんですね。苦しむ人たちのそばにいて差しあげたのですね。

そうして帰ってくると、だれかがお茶に遅れたとか、バターが古くなっているとか、ティーポットが欠けているとか言って、あの方は頭を抱えることになる。バターが古いなどと所帯じみた文句を言うラムジー夫人にも、人は神々《こうごう》しいギリシャの神殿を連想し、ああした狭苦しい部屋をなんたる美女が見舞っていたことかと思いめぐらせているわけだった。奥さんはお見舞いのことを決して話さなかった――時間どおりにまっすぐと出かけていく。あの方がどんなときも人間に目を向け、人の心の中に巣作りしにゆくのは、いわば冬にツバメが南を指して飛ぶような、チョウセンアザミが陽のほうを向くような自然の本能だった。だからこそ、本能というものがなべてそうであるように、それを持たない人たちには、これはちょっと鬱陶《うっとう》しい。たぶんカーマイケルさんもそんな気持ちだったろうし、わたしの場合は間違いなくそうだった。ふたりともどちらかといえば、行動というものに無力さを感じ、思考をなにより重んじるほうだ。ラムジー夫人の言動に接すると、なんだか叱《しか》られているような気になり、世界を違うほうにねじられるものだから、自分たちの思い入れが無効になるのを見て抵抗したくなり、失われゆくこだわりにしがみつくのだ。チャールズ・タンズリーにも似たようなところがあった。そのせいもあって、人に嫌われやすかったのだろう。せっかく調和がとれている他人の世界を乱すから。それにしても、あの人どうしているかしらね。リリーはオオバコの茂みをなんとはなしに絵筆でつつきながら思った。大学の特別研究員になったとか。それから結婚して、ゴルダーズ・グリーン〔ロンドンの北西部の地区。当時、地下鉄の拡張で大規模に開発された郊外町〕に住んでいるとか。

戦争中のある日、街の公会堂に出向くと、タンズリーが講演をしていたことがある。なにかを糾弾し、だれかを責め立てているようだった。そして兄弟愛を説いていた。リリーが感じたのはただ、ろくすっぽ絵の区別もつかないような、人が絵を描いている後ろに立って安煙草をふかし（「一オンス五ペンスなんだよ、ブリスコウさん」などと言って）、暇さえあれば、女にはものは書けないとか絵は描けないだなんて――本気で思っているわけでもないのに、そのほうがなんだか自分に都合がいいからって――ごていねいにそんなこと言ってくるような人に、同胞を愛せるものかしら、ということだった。ほら、その痩《や》せぎすの彼が演壇に立ち、顔を真っ赤にして、しゃがれ声で愛のなんたるかを説いている（絵筆でかきわけると、オオバコのなかを蟻《あり》たちが這《は》っていた――精力的に動きまわる赤蟻たちは、なんだかチャールズ・タンズリーを思わせた)。リリーは空席だらけの公会堂で、その冷たい空間に必死で愛を注ぎこもうとするタンズリーを、自席から皮肉な目で見ていた。すると、突然、あの樽《たる》だかなんだかが出てきて波間に見え隠れし、ラムジー夫人が小石をわけて眼鏡ケースを探す姿が浮かんできた。「あら、いやだ！　またどこかへやってしまったわ。いえ、お構いなく、タンズリーさん。どうせ、夏のたびに何千回もなくすんですもの」タンズリーはこれを聞くと、そんな誇張は受けいれがたいという顔でぐっと顎《あご》を引いたが、大好きな奥さんの言うことだから大目に見るかと言わんばかりに、とびきり愛想よくにっこりしたのだった。みんなでどこかへ遠出をすると、帰りは三々五々もどってくることがよくあったが、そんなおり、彼はラムジー夫人に打ち明け話などしたに違いない。幼い妹さんの学費を出してあげているんですって。奥さんからそう聞いたことがある。このことで、彼はかぎりなく株をあげたようだ。でもわたしの彼に対する考えはというと、ちょっと歪《ゆが》んでいるのは自分でも承知している。リリーはオオバコを絵筆でつつきながら考えた。まあ、他人に対する認識なんて、結局のところたいてい歪んでいるものよ。みんな自分に都合のいいように解釈してしまうのだから。タンズリーはリリーにとって、いわば「ウィッピング・ボーイ」だった【王子の学友で身代わりにむち打たれる者】。カッとなると腹立ちまぎれに、頭のなかで彼の痩せた脇腹をひっぱたいている自分がいる。彼のことをもっと真面目《まじめ》に考えたいなら、奥さんのことばを拝借して、奥さんの目で彼を見ないとだめだろう。

リリーは土を盛って小山をつくり、蟻たちに乗り越えさせようとした。小宇宙にこの障害物がおかれると、蟻たちはどうしたらいいかわからず大混乱に陥った。あっちへ走るもの、こっちへ走るものと、迷走を繰り広げている。

まともにものを見るには、目が五十対ぐらい必要のようね。リリーは考えた。もっともラムジー夫人が相手となると、ひとり見るにも五十では足りないけれど。その五十対の中には、あの美貌がさっぱりわからない目も一対ぐらいは必要だ。なによりも欲しいのは、秘密の知覚機能とでも言おうか、空気のように薄くて、鍵穴《かぎあな》をもくぐり抜け、たとえば、編み物をしたり、お喋りをしたり、独り黙って窓辺に座っていたりする夫人を包みこんで感じることができるような力。大気が汽船の煙をしばし留めるように、あの方の考えや想像や欲望を密《ひそ》かにとらえて、大切にとっておく。ラムジー夫人にとって、あの生け垣はどんな意味をもつか。庭はどんな意味をもつか。波は砕けたときにどんな意味をもつか？（リリーは、いつか見た夫人がそうしたように、はっとして目をあげた。彼女も浜に砕ける波の音を聞いたのだ）。それから、子どもたちがクリケットをしながら、「ハウズ・ザット、ハウズ・ザット？」と叫ぶとき、あの方の心になにが萌《きざ》し、震えたろうか？　あの方は編み物をする手を一瞬、止める。そしてじっと耳をすますような顔をする。そしてまた気をゆるめたとたん、行きつ戻りつする夫が不意に目の前でぴたりと立ち止まり、すると、夫人は妙にびくりとし、夫に上から見おろされているうちに、ショックで心を深くかき乱されるようだった。そんな時のご主人のようすが目に浮かぶようだわ。

その人は手を差しのべると、妻を椅子から立ちあがらせる。なんだか、なれた動作のようだ。もしかしたら、前にもこんなふうに身を屈めて、あの方をボートの席から引っぱりあげたことがあるのかもしれない。岸からちょっと離れたボートからご婦人が岸に降り立つ際には、紳士たちが手を貸すことが欠かせなかった時代である。そう、それは古風なシーンで、クリノリン入りのフープスカートとか、先細りのペッグトップのズボンなんかが出てきそうだ〔どちらもヴィクトリア朝半ばのファッション〕。ラムジーに助け起こされながら、奥さんは（リリーが思うに）その時が来たことを感じていたのではないか。いまこそ、「はい」とお答えしよう。はい、お受けいたします、と。そうしてゆっくり静かに岸へ降り立った。まだ彼に手をとられたまま、ひと言「はい」とだけ言ったろうか。いや、彼に手を預けたまま「お受けします」と言ったかもしれないが、それ以上は口にしなかったろう。その後も、ふたりがこんなふうにときめきを感じあうことは再三あったろう——それは見ていればわかる。リリーは山を均《なら》して蟻たちを通してやりながら思った。話を勝手につくっているわけじゃないわ。ずっと前に小さく折りたたんで渡されたなにかを、ひらいてみようとしているだけよ。どこかで目にした光景を。あれだけ子どもが大勢いて、お客の出入りが絶えない一家の生活は、とかくごたついていて、いつも同じことの繰り返しに思えてくるだろう——なにかが落ちていったところに次のものが落ち、その谺《こだま》がつぎつぎと鳴り響いて、あたりを揺るがしているかのような。

いいえ、おふたりの関係をこんなに単純化して考えるのは間違いかもしれない。リリーはふたりが一緒に出かけるようすを思いだしながら思った。緑のショールを巻いた奥さんと、タイをはためかせたご主人が、腕を組み、温室の前を歩いていく。しかし、それで幸せ一色というわけではなかった——奥さんは思い立ったらせっかちに行動する人で、一方、ご主人はなにかとびくついたり落ちこんだりする。ああ、大変。寝室のドアが早朝、バタンと手荒に閉められることもあった。ご主人が夕食のとき急に席をけって立ってしまったり、皿を窓からぶん投げてしまうこともあった。すると、暴風の吹きこんできた船で、船員が大慌《おおあわ》てでハッチを閉めてまわり、事態の収拾に努めているかのように、家中のドアがバタンバタンと閉まったり、ブラインドがパタパタおろされたり、という騒然とした状況を呈する。そんなある日、階段でポール・レイリーと行き会った。ふたりして子どもみたいに笑いころげたものだわ。というのも、朝食の席で、ラムジーさんが自分のミルクの中にハサミムシを見つけ、皿ごと窓から外のテラスに放り投げる、という事件があったから。「ハサミムシが」プルーは青くなって囁《ささや》いた。「お父さまのミルクの中に……」ムカデが入っていることだってないとは言えない。でもラムジーさんは、ミルクの中のハサミムシが伝説の化け物に見えるぐらいの勢いで、聖域のバリケードを身のまわりに張り巡らせ、いかめしい態度であたりを睥睨《へいげい》したのだ。

とはいえ、奥さんはそんなことにうんざりしてもいたし、いささか怯《おび》えてもいた――飛んでいく皿、手荒に閉められるドア。ときにはご夫婦の間に、うちとけぬ長い沈黙が流れることもあり、そうしたとき、奥さんは悲しいような腹立たしいような心境にあるらしく、見ていて気になったものだが、騒動を心穏やかにやり過ごしたり、みんなのように笑いとばしたりできないようで、その倦怠《けんたい》のうちになにかを押し隠しているようなのだった。物思いに沈みながら、黙りこくって。しばらくすると、ご主人は奥さんが手紙を書いたり話をしたりしている窓辺をこそこそとうろつきはじめる。ご主人が通りかかると、奥さんはなるべく忙しそうにして話を避け、姿に気がつかない振りをするからだ。すると、ご主人は急に如才なく愛想を言ったりして恭《うやうや》しい態度になり、そうして妻の歓心を買おうとした。それでも奥さんは夫を寄せつけず、ふだんは微塵《みじん》も見せない美人特有のプライドと気取りをこのときばかりはしばし露《あら》わにするのだ。そしてようやく、ミンタかポールかウィリアム・バンクスを決まって脇《わき》において振り返り、肩ごしに見る。すると、この輪に入れないでいる飢えた猟犬さながらの御仁は（ここで、リリーは芝生から立ちあがって、窓辺の上がり段のほうを見やった。かつてあそこに立つラムジーを見かけたことがある）降りしきる雪のなかで咆吼《ほうこう》する狼《おおかみ》のように、一度だけ妻の名を呼ぶものの、それでも奥さんはまだこらえている〔ラムジー夫人のファーストネームについては、原稿にSara（セァラ）という名が一箇所見られる〕。しかしもう一度呼ばれると、こんどはその声に訴えるものを感じたらしく、いきなり客たちを放りだしてご主人のもとへ赴き、ふたりして外に出かけたかと思うと、梨《なし》の木立やキャベツや木苺《きいちご》の畑のあいだを連れだって歩いているのだった。話しあって片を付けようというのだろう。それにしても、一体どんな態度、どんなことばで？　この夫妻関係においては、双方の威厳は崩しがたく、リリーもポールもミンタもそっと目をそらして、密かな好奇心と気づまりをひた隠し、花摘みやキャッチボールやお喋りをはじめるしかなかった。やがて夕食の時間になると、テーブルのあちらの端にはご主人が、こちらの端には奥さんが、いつものごとく座っているわけだ。

「きみたち、だれか植物学をやる者はいないか？ ……それだけ立派な身体《からだ》があるんだから、どうだね、だれか……？」子どもたちに囲まれて笑いながら、ふたりはふだんどおりに話をしている。これといって変わったところはないようだが、ただ、宙に突きだされた剣先のようなかすかな震えが、ときおりふたりの間を走った。梨の木立やキャベツ畑で和解の時をすごした後にこうして見ると、スープ皿を前に座るわが子たちの姿までが、なにか新鮮に感じられるのだろうか。とくに、奥さんはプルーのことを気にしてちらちら見ていたっけ。リリーは思い返した。長女のプルーは弟妹の真ん中に席をとっていたが、困ったことが起きぬようつねに目を光らせているようで、お喋りもろくにしないのだった。ハサミムシがお父さんのミルクに入っていたことで、どんなにか自分を責めていただろう！ ご主人が皿を窓の外に放り投げたとき、どれほど青ざめたことか！ ご両親が長らくだんまりを決めこむあいだ、どれほど深くうなだれたことか！ 母はプルーに心のなかで罪ほろぼしをしているようだった。なにも心配いらないのよ、あなたもいずれこういう幸せを手にするんですからね、と語りかけて。なのに、プルーはそんな幸せを一年足らずしか味わえずに逝《い》ってしまった。いわば、あの子は花籠の花をとりこぼしてしまったんだわ。リリーはそう思いながら、絵を見ようとするかのように、目を細めて後ろにさがった。とはいえ、忘我の境地にあり、絵をいじろうとはしなかった。心の表面は凍《い》てついたようでありながら、その内はものすごい速さでめまぐるしく動いていた。

プルーは花籠の花をひっくり返して芝生の上にばらまいた挙げ句、渋々とためらいがちに、しかしなんの疑問も文句もなく——だって、あの子、従順の精神は人一倍だったじゃないの？——逝ってしまった。山腹の野原いちめんに谷間のむこうまで、花が真っ白に散り敷いている——絵にするなら、そんなふうに描くだろう。峨々《がが》として岩がちな丘陵。下の岩場に打ちつける低い波の音。ラムジー夫人とプルーとアンドルーの三人は連れだって歩いていく。やや足早に先頭をゆく奥さんは、まるでそこの角を曲がったらだれかに会うんじゃないかという足どりだ。

不意に、リリーの見つめていた窓の後ろになにか明るいものがあらわれて、窓ガラスが白っぽくなった。なるほど、ようやくだれかが客間に入ってきて、椅子に腰かけたようだ。お願いだから、そこでじっとしていますよう。いまさらまごまご出てきて、話しかけてきたりしないでね。ありがたいことにだれが鎮座しているにせよ、動く気配はなかった。しかも、そのおかげでたまたまおかしな形の三角形の影が、上がり段に射《さ》し、絵のコンポジションが少し変化した。これはおもしろいわ。うまく生かせるかもしれない。絵を描きたいという気分がまた盛りあがってきた。絵を描こうという決意を先延ばしにせず、惑うことなく、張りつめた気持ちを一瞬たりともゆるめずに見つづけなくてはならない。いま見えている光景を——そう——万力で締めるみたいにしっかりととらえ、割りこんできて絵を台無しにするようなものはなにも許すまじ。いうなれば、こういう芸当が必要なのよ。リリーは筆を絵の具に念入りに浸しながら考えた。たんにこれは椅子だ、これはテーブルだと感じる日常の経験レベルにありながら、同時に、これこそ奇蹟《きせき》、これこそ忘我の極みと感じる意識をもつこと。ようやっと構図の問題も解決するに違いない。あら、でもどうしたのかしら？　窓ガラスがなんだか白く波打っている。風が吹きこんで、カーテンの襞飾《ひだかざ》りでも揺らしたのだろう。リリーはどきりとして、心臓が締めつけられ、胸苦しくなった。

「ミセス・ラムジー！　ミセス・ラムジー！」求めても求めても得られないというあの恐怖が甦《よみがえ》ってきて、リリーは思わず声をあげた。あの方にはまだこうして苦しめる力があるの？　すると、夫人が手控えでもしたかのように、この苦しみも静かに日常の経験の一部となり、椅子やテーブルと同じレベルに落ち着いた。ラムジー夫人はいま——リリーへのこのうえない優しさの一環だったのだろう——そこの部屋の椅子にただ座っていた。編み針をひらりひらりと動かして、赤茶色の靴下を編み、上がり段に影を落としながら。そこに、なんということなく座っていた。

伝えたいことがある、ただしいまは考え事や目の前の光景で頭がいっぱいだから、イーゼルを離れている暇はあまりないんだけど、と言いたげな足取りで、リリーは絵筆を片手にそそくさとカーマイケルの前を通りすぎ、芝生の際《きわ》まで歩いていった。舟はいまどのあたりにいるかしら？　ラムジーさんは？　あの人に話したいことがある。

12

ラムジーは読書に切りをつけようとしていた。ページを読み終えたとたんにすばやくめくろうというのか、片手をその上に浮かして読んでいる。頭にはなにも被らず、髪の毛をさんざん吹きなぶられ、自然に身をさらして平気でいる姿は、ちょっと異様だった。やけに老《ふ》けこんで見える。近づいてくる灯台や、広い外洋へと流れだす海の荒れ野を背にして、ジェイムズは、うちの親父《おやじ》、なんだか砂の上にころがってる古い石みたいだな、などと考えていた。父と息子の心の奥にはいつもあるイメージがあったが、いまの父はそれを体現しているように見えた――ふたりにとって万物の真理たる孤独というものを。

父は早く終《しま》いにしたいのか、ものすごい速さで読んでいた。もう灯台は間近にせまっている。そびえる灯台はくっきりと真っ直《す》ぐに立ち、白と黒の色が目に痛いようだった。砕けて白い飛沫をあげる波までが見え、岩に砕け散るガラスを思わせた。岩場の線や襞までが見てとれた。灯台の窓もはっきりと見えたし、窓のひとつに白いペンキがちょっと付いているのも、岩が緑に苔《こけ》むしている箇所も見えた。男がひとり灯台から出てきて、望遠鏡でこちらを見ていたが、しばらくしてまた引っこんだ。へえ、こんなふうになっていたんだな。ジェイムズは満足だった。ジェイムズはそんなことを思っていた。これが、長いこと入り江のむこうに見てきた灯台か。むきだしの岩の上に建つ、そっけない塔。ジェイムズは満足だった。これで、自分の性格に漠然と感じていたことが裏づけられた気がした。まあ、年配のご婦人たちはさ、と、わが家の庭でのひと幕を思いだしながら考える。椅子を芝生に引っぱりだしてきて一服したものだけど。たとえば、あのベックウィズさんなんかは、なんて立派な灯台でしょうとか、なんて素敵なんでしょうとか、誇りにしてありがたく思わなくてはねとか、よく言っていたけど、実際近くで見てみると……と、ジェイムズは岩の上に建つ灯台を見ながら思った。こういうものなんだよ。見れば、父は相変わらず足をきっちり組んで、猛然と本を読み進めていた。親父も僕と見識を同じくしているらしい。「疾風《はやて》に吹かれわれらは進みぬ――沈むことを逃れ得ず」などと、なかば口をついて出てきた。父の口ぶりそっくりに。

だれも口をきかないまま、はてしない時が過ぎたような気がする。キャムは海を眺めるのにも飽きていた。黒いコルクの小片が水面を漂い流れていった。船底の魚は死んでしまった。お父さんはまだ本を読んでいて、ジェイムズが見ようと、わたしが見ようと、ふたりが暴政にどこまでも抵抗しようと誓おうと、そんな考えになどまるで気づきもせずに本を読みつづけている。お父さんっていつもこうやって逃げるのよね。キャムはそう思った。そう、秀《ひい》でたひたいに立派な鼻をした父は、斑模様《まだらもよう》の小さな本をしっかと目の前にすえて、どこかへ逃げていってしまう。その肩に手をかけようとしても、鳥のように翼を広げて、手の届かない遠いところへ飛び去り、やがて侘《わび》しい切り株かなにかに腰を落ち着けるのだろう。キャムは涯《は》てなく広がる海のむこうに目を凝らした。島もあんなに小さくなって、もう木の葉の形には見えないぐらい。岩がてっぺんだけのぞいているかのようで、いまにも大波に呑まれそう。それでも、あの脆《もろ》そうなもののなかに、あちこちの小径《こみち》や家々のテラスや寝室が――あの無数のものがぜんぶ存在しているのだ。しかし眠りにおちようというとき、ものごとが単純化され、数多《あまた》の細部のなかからひとつだけが力をもってぐっと際立つことがあるように、こうしてぼんやりと島を眺めていると、あの小径という小径、テラスというテラス、寝室という寝室が、薄れて消えていき、最後には、心のなかでリズミカルにあっちこっちと揺れている淡い蒼の香炉しか残らないような気がしてきた。空中庭園があり、そこには鳥がとびかい、花々が咲き乱れ、アンテロープの歩む谷間があって……キャムは眠りに落ちかけていた。

「さて、行くか」ラムジーが不意に本を閉じて言った。

行くってどこへ？　どんな破天荒な冒険に？　キャムはぎょっとして夢から覚めた。どこかに舟をつけて陸《おか》にあがろうとでも言うんだろうか？　わたしたちをどこへ連れていくつもりだろう？　なにしろ、いつまでも黙りこくっていた父が急に口をきいたものだから、びっくりである。それにしたって、莫迦《ばか》げている。腹が減ったな、父はそうこともなげに言った。もう昼時だろう。しかも、ほら、灯台はすぐそこだ。「もう着くじゃないか」

「坊ちゃん、上手《うま》いもんですよ」マカリスターがジェイムズを褒めた。「舟をちゃんと保ってなさる」

ところが、その坊ちゃんを親父は褒めた例《ため》しがないのさ。ジェイムズは内心むくれていた。

ラムジーは持ってきた包みを解《と》くと、みんなにサンドウィッチを配った。なんだい、親父、漁師たちといっしょにチーズサンドを頬張ってうれしそうじゃないか。できたら、田舎家に暮らして、漁師仲間の爺《じい》さんたちと波止場で嚙《か》み煙草でもやりながらのんびり過ごしたいんだろうな。ペンナイフで黄色いチーズを薄切りにしていく父を見ながら、ジェイムズはそんなことを思った。

そうそう、そうこなくちゃ。キャムは固ゆで卵の殻をむきながら、そんな気持ちを抱きつづけていた。むかし、書斎で老紳士たちが〈タイムズ〉紙を読んでいるときにも、こんな安心感を抱いたものだ。これで、ずっと好きなことを考えていられる。崖《がけ》から転落することも溺《おぼ》れることもない。だって、ここにはお父さんがいて、わたしのほうをしっかり見ていてくれるんだから。キャムはそう感じていた。

と同時に、舟は岩場沿いをかなりの速さで動いていたので、そうとうエキサイティングでもあった――言うなれば、ふたつのことを同時にしている感じ。陽射しをあびてのどかにお昼を食べる一方、難破して大嵐《おおあらし》のなか避難所を探しているようなスリルもあった。手持ちの水はもつだろうか？　食糧はもつだろうか？　キャムは夢見心地にそんな物語を紡《つむ》ぎながら、一方では現実をしっかり把握してもいた。

まあ、自分たちはそろそろ終いになる年齢だが、子どもらはこれからおかしなものにたくさん出会うだろうな。ラムジーはそんなことをマカリスターに言っていた。すると、マカリスターは、あたしなんかはこないだの三月で七十五ですよ、と返した。するとラムジーは七十一だという。これまで医者なんかにはいっぺんも掛かったことがないし、歯だって一本も抜けてやしません、とマカリスター。うちの子たちにもそんな人生を送ってほしい――きっとお父さんはそう思っているに違いない。キャムは横から察した。だって、サンドウィッチを海に放ろうとしたら止めてきて、いかにも漁師さんたちとその暮らし向きを慮《おもんぱか》るような口調で、もう食べたくないのなら包みにもどしなさい、なんて言ったもの。勿体《もったい》ないことをするんじゃないって。まるでこの世で起きることはなんでも知り尽くしているような賢《さか》しげな口ぶりなものだから、思わずすぐにサンドウィッチを包みにもどした。すると、こんどは自分のぶんから小さなジンジャーブレッドをひとつとって、なんだかスペインの紳士が深窓の貴婦人に花を差しだすような物腰で手わたしてきた（というぐらいの恭しさだった）。たしかに、目の前のお父さんは身なりもみすぼらしく、チーズサンドを頬張る単純な男。それでも、みんな溺れかねない大遠征隊を率いる隊長にほかならない。

「あそこで船が沈んだんですよ」マカリスターの息子が不意に口をきいた。

「三人が溺れたのは、いまあたしらがいるあたりでして」老父が言い添えた。三人がマストにしがみついているのをこの目で見ましたからね。そのあたりを見やっている父が、いまにも「されど、われは一段と荒き海にもまれ」とかなんとか詠《うた》いあげるのではないかと、ジェイムズもキャムもびくびくしていた。

もしそんなことになったら、もう我慢ならない。悲鳴をあげてしまいそうだ。父のなかで煮えたぎる熱情があと一度でも爆発したら、こんどこそ耐えられないだろう。ところが、意外なことに、父はひと言「ほう」と言ったきりで、内心「そんなことでどうしてまた大騒ぎするのだ?」と思っているようだった。そりゃ嵐ともなれば、人の三人ぐらいは溺れるだろうが、まったくもってなんのことはない出来事ではないか。海の深淵《しんえん》などと言っても(と、サンドウィッチの包み紙に残ったパンくずをその深淵にぱっぱと払い落としながら)所詮《しょせん》ただの水にすぎん。そうして父はパイプに火をつけると、懐中時計をとりだした。時計を一心に見つめている。どうやら、なにか計算をしているようだ。とうとう勝ち誇ったようにこう宣言した。

「よし、よくやった!」ジェイムズは生まれながらの船乗りみたいに舟を操ってきた、と言うのだ。

ほらっ! キャムは心で弟に話しかけた。お待ちかねのひと言じゃないの。まさにこれをジェイムズが待ち望んでいたのはよくわかるし、求めるものを得てあんまりにも嬉《うれ》しいから、姉の顔も、父の顔も、だれの顔も見ようとしないんだと合点した。弟は相変わらず片手を舵柄《だへい》にかけて、背筋をぴんと伸ばし、やけにむっつりと、心もち顔をしかめすらしながら座っている。あんまり嬉しいものだから、この歓《よろこ》びをひと粒たりとも人にとられまいというのだろう。なにしろ、父さんに褒められたんだものね。僕はそんなこと全然どうでもいいけど、という顔をして見せたいんでしょ。でも、本当はようやくの思いなのよね。キャムはそう思った。

舟は長い波に乗って揺れ、すみやかに、はずむように間切りながら、岩礁《がんしょう》の横手を、軽快に意気揚々と進んでいった。左手には、しだいに浅く、しだいに翠色《みどりいろ》を深める海水に透けて、褐色の岩が一列にのぞいており、なかでも高い岩の上に波がたえまなく砕けては、小さな水柱をあげ、しぶきを飛び散らせていた。波の打ち寄せる音、しぶきの飛び散る音、退《ひ》いていくときのシーッと制するような波の音までが聞こえる。波はどこまでも自由で、うねり、跳ね、岩に打ちつけるそのさまは、こうして高くあがっては、転げたり、戯《たわむ》れたり、そんなことを延々としている野生の生き物を思わせた。いよいよ灯台からふたりの男が出てきて、こちらを眺めながら出迎えの支度をしている姿が見えた。

ラムジーはコートのボタンをとめると、ズボンの裾《すそ》をまくりあげた。ナンシーが用意してくれた――拙《つたな》い包装の――パルプ紙の大きな包みを手にとり、腰をおろしてそれを膝《ひざ》にのせた。そうして上陸の準備を万端ととのえると、やおらはるか後方の島を見返った。お父さんは老眼で遠視だから、あんなに小さくなって黄金の皿の上に立っている木の葉みたいな島でも、けっこうはっきり見えるんだろうな。どんなものが見えているんだろう？　キャムは首をひねった。自分には島全体がぼやけた点にしか見えない。ほんとにお父さん、いまなにを考えているんだろう？　あんなに一心に、ひたむきに、もの言わず、なにを求めているんだろう？　キャムとジェイムズがふたりで見つめる父は、膝に包みを置いて、頭を風に吹きなぶられながら、はかなげな蒼い島影をただただ凝視している。島はいまや、なにかが燃え尽きた後の蒸気みたいに感じられた。なにを求めているんですか？　ふたりともそう尋ねたい気持ちだった。そしてこうも言いたかった。言ってくれれば、なんでもしますよ。ところが、父はなにも求めてこなかった。ただ黙って島を顧みながら、心で「われわれは滅びぬ、おのおの独りにて」と思っているかもしれないし、もしかしたら、「ついに着きぬ。われ、発見せり」とでも思っているのかもしれないが、なにもことばにはしなかった。

そしておもむろに帽子を被った。

「そこの包みはぜんぶ持っていってくれよ」と言って顎をしゃくり、灯台への差し入れとしてナンシーが用意してくれた包みを指した。「灯台守への土産だから」そう言うと、起《た》ちあがって、舟の舳《へさき》にぴんと背筋を伸ばして立った。その姿を見てジェイムズは、きっと「神は存在せぬ」なんて気分なんだろうな、と思い、なんだか宙に跳んでいきそうね、とキャムは思い、父が荷物を抱えて、若者に負けない軽やかさで岩場へ跳びうつると、ふたりとも起ちあがってその後につづいた。

13

「きっともう着いているわね」リリー・ブリスコウはそう呟いて、なんだか急にどっと疲れが襲ってきた。灯台はもはや霞《かす》んでほとんど見えなくなり、蒼い靄《もや》のなかに融《と》けてしまっており、その姿を見ようとすると、そこに降り立つラムジーも自然と思い描くことになり、そのふたつがあいまって、目も頭も極限まで酷使するはめになっていたのだ。やれやれ、でも、ひとまずほっとした。今朝、あの人が船出するとき、あげたいと思ったものがなんにせよ、こうしてようやく差しあげられた気がする。「もう降り立っているはずよ」リリーはまた声に出して言った。「これで済んだわね」そのとき、カーマイケル老人がゆさゆさと体を揺すってやってきて、心もち息をはずませながら傍らに立った。髪の毛に草をからませ、海神よろしく三叉《みつまた》の矛をもつ(といっても、ただのフランス語の小説本だけれど）毛深い彼の姿は、古代の異教神を思わせた。老人はリリーとならんで芝生の際に立ち、巨体をちょっと揺らしながら、目の上に手をかざしてこう言った。「もう着くころですな」やっぱり思ったとおりだと、リリーは感じた。ことばを交わさなくても通じあっていたんだ。ふたりとも同じことを考えていたし、こちらがことさらなにか尋ねなくても、ちゃんと答えてくれた。カーマイケル老人はいまここに佇《たたず》み、人間のあらゆる弱さと苦しみの上に、両手を大きく広げていた。きっとこの人は人類の末路を、寛大な目で憐《あわ》れみ深く見晴らしているのだろう、リリーはそう思った。そうして老人がゆっくりと手をおろす仕草が、この場面のクライマックスを飾るものに思えた。あたかも、スミレとスイセンの花環《はなわ》飾りが長身の彼の手から放たれて、ひらひらと花を散らしながらゆっくりと落下し、ようやく地面に落ちるさまが見えるようだった。

まるでなにかに呼ばれたかのように、リリーはあわててカンバスに向き直った。まぎれもなくここにある——自分の絵が。そう、緑や青をふんだんに使い、ラインを縦横に描きこみ、なにかを表現しようとしているものが。屋根裏部屋に掛けられる絵かもしれない。焼かれてしまうかもしれない。でも、それがなんだと言うのだろう？リリーはふたたび絵筆をとりながら自問した。上がり段に目をやれば、そこにひとけはない。またカンバスに目をもどすと、なんだかぼやけて見えた。そのとき不意に、一瞬そこになにかをはっきりと見てとったかのような力強い筆さばきで、リリーは一本のラインを絵の中央にひいた。さあ、これでできた。ようやく終わった。疲れきって絵筆を置きながら思う。ええ、わたしは自分のヴィジョンをつかんだわ。

訳者あとがき

『灯台へ』は、ヴァージニア・ウルフによる *To the Lighthouse* (Hogarth Press, 1927) の全訳である。

ウルフの長編小説としては五作目にあたり、斬新《ざんしん》な文体と繊細きわまる内面描写によって、のちにモダニズム文学の先駆であり頂点のひとつと評された作品だ。それまでの文学の手法を受け継ぎながら、新しい視点のあり方をとりいれて、文体の未知の領域を切り拓《ひら》き、小説の書かれ方を根本的に変えた潮流の中心に位置する。

作品内で実際に起きる出来事を時系列順にまとめれば、いたってシンプルなものになるだろう。スコットランド沖スカイ島の別荘を舞台に、そこに暮らす哲学者一家の夏の一日、正確には昼すぎから夜までが描かれ、その後、大きな時間の経過があり、最後に、十年後のある日の朝から午頃《ひる》までが語られる。具体的には二日という短い時間を扱い、また狭い距離空間を移動する「ほとんどどこにも行かない小説」でありながら、ラムジー夫人が編み目に針をひらりとくぐらせるその一瞬――the moment というのも作者にとって重要な概念である――にも、人々の内面では膨大なことが生起し、去来する。あるいは、時間軸が不意にシフトし、テクストのはざまに時空間を超えた世界が出現する。当時、文学理論家ウィリアム・エンプソンは「ウルフは人の一挙一動のむこうに、その全人格を浮き彫りにする」と評した。

回想があり、空想があり、願望があり、後悔があり、人の心の外と内、過去と現在と未来は継ぎ目も移行部もなしに繋《つな》がってゆく。その結果、ときにはスコットランドの海を前にコンスタンチノープルの古都が拡《ひろ》がり、木の枝には幻のテーブル（phantom kitchen table）が引っかかり、昔の哲学者が目の前を歩き、十年の歳月は一日《いちじつ》のなかに凝縮されることになる。

本作と作者について解説を書く前に、この二十世紀を代表する名作が、類《たぐ》いまれなる愛の物語だということ、そのポジティヴな力を、ここで強調しておきたい。第一次世界大戦をはさんで展開する物語は、喪失の哀《かな》しみ、去りゆく時代への惜別と追悼に洗われながら、そこには希望の淡く小さな暈輪《うんりん》（halo）がその光源を示している。さらに、恐ろしく場違いな表現であることを承知であえて言えば、この傑作小説の「ストーリー展開」の面白さも堪能《たんのう》いただければと思う。移り変わる語りの諸相の中に、少しずつ人々の生の行方が見えてくる。その中には読者にとってのサプライズもある。難解で鳴るヴァージニア・ウルフの代表作が「じつはこんなに面白いとは」と学生の頃に感じた驚きと歓《よろこ》びを、わたし自身、翻訳しながら再び味わうことになった。

I　新しい文体、新しい小説

『灯台へ』のもつ「声」

『灯台へ』の語りに最も特徴的であり、まず触れねばならないものと言えば、「声」の問題だろう。ひどく簡単に言ってしまうと、この小説は、どの言葉を、誰が、どのように喋《しゃべ》っているのか、あえて判然とさせない手法で書かれている。直接話法と間接話法のあいだに描出話法の一千段階もの（とラムジー夫人なら言いそうな）微細な叙法のグラデーションがあり、これらが自在に入り交じって、異言語への移植を拒むかのように立ちはだかっている。

ヴァージニア・ウルフの初期研究で、本作の視点の移り変わりを細かく考察した評論といえば、第二次大戦中にイスタンブールで書かれた、エーリッヒ・アウエルバッハによる「茶色の靴下」が大変有名であり、ウルフのナラティヴ研究の基礎となっている。著者は西洋文学の文体を「ホメーロス型」（客観的、直接的、継続的、ヒロイック、明確）と「旧約聖書型」（暗示的、重層的、遊動的、解釈が固定しない）に分けて論を展開し、『灯台へ』は現代文学における後者の典型ととらえた。本作の文体についてアウエルバッハが挙げた特徴のなかでも、「主体の多様性」というのは、ウルフ作品を読み解く上で重要な概念だったろう。『灯台へ』を書くウルフは自分が全知の作者だという意識はもっていないし、ときに物語の話者は「もはや人間ではなくて、天と地の中間に存在する名もない霊、人間の心の深奥《しんおう》まで浸透してそれについて何らかの知覚をもつことができるが、そこに進行しているすべてを明らかに把握することはできず、所詮《しょせん》その報告は不確実でしかありえない、そんな霊的存在のようである」と表現している。[*1] それは、第二部「時はゆく」に出てきて十年の月日の流れを物語る、「風の本隊とはぐれたかのような微風」とよく似た存在だろう。

ある一人物の心理や言動に焦点がしぼられている場面でも、それが作者／語り手によって「説明」や「肖像化」されたものなのか、あるいは、その人物の考えや言葉をダイレクトに映したものなのか、はっきりとは決めがたい。それどころか、ある人物の思考・言語のなかに作者／語り手の視点や意見が微妙に交じったり、逆に、作者／語り手がある人物の「口ぶり」を模して語っている印象の箇所もあった。この語り手は文章のスタイル、語彙《ごい》、リズムなどを通して、人物の声帯模写ばかりか、一種の思考模写をおこなっているようにさえ見える。

ウルフの小説におけるこうした話者のあり方は narrator-character（語り手／登場人物）だとか multipersonal-subjectivity（多人格的主体）などと表現される。研究者のジェイムズ・ネアモアは「自己なき世界——ヴァージニア・ウルフとその小説」[*2]という書で、ウルフは意識と無意識、人称と非人称、個人と集合といったふたつの極の間で微妙な推移をおこないながら、ついには語りの声が「誰でもあり誰でもない声」となり、「名のない霊」が「自己というもの無しに見た世界」を伝えるのだと主張している。文章のひとつひとつの後ろに、視点のゆらぎ、複数の人間の声または集合意識があり、それらが波動し響きあいながら全体のテクストを作りあげる。

とにかく、それらの効果が渾然《こんぜん》一体となって、「誰がどのように話し考えているのか」おいそれと確定できないのが、ウルフの語りの醍醐味《だいごみ》でもある。読者の立場であれば、*To the Lighthouse* のもつ曖昧《あいまい》性、半透明の包被に包まれて漂うことは、まさに読書の愉悦たり得るが、しかし異言語への移植をおこなう場合、主体を暈《ぼ》かしたまま再現するのは不可能に近い。読むときには、多声が響きあい融《と》けあう渾然一体の叙法に見えても、作者が書く時点では、どの箇所が誰（と誰）のどんな「声」なのか

——意識的にせよ無意識下にせよ——考慮があったはずであり、しかし実際のテクストにははっきりと示されていない。読者の一人である訳者は、いったんは作者の側に立って「声」の出所を考え、しかしまた読者の側にもどって見て、「声」の音量・音質の微調整に注意を払うことになる。本邦訳でも、原文の語りがもつゆらぎや波動を再現すべく、個々の人物の声のトーンをなるべく抑えようとしたが、その時々で強く読みだされてくる声というのはどうしてもあり、訳者による話者の「読み」の痕跡《こんせき》が透かし見える訳文になってしまう。翻訳するというのは原文と結ばれるためになにかを「確定」することであり、テクストの曖昧性と相容《あいい》れないものがどこかにあるようだ。難攻不落のウルフ文体に肉薄すべく、既訳でもさまざまなアプローチと工夫がなされてきた(複数の翻訳を読むことで、いろいろな解釈が読み手の中で重なり、より立体的なウルフの世界が立ち現れるはずである)。翻訳者が何百人とかかってようやく全体像が見えてくるのではないかと思うぐらい、ヴァージニア・ウルフの作品世界は多様な解釈を容れる奥行きと重層性をもつ。

ウルフと意識の流れ文学

ヴァージニア・ウルフというと、しばしば「意識の流れ文学」の中に位置づけられるが、同時期の一九二二年にジェイムズ・ジョイスが発表した『ユリシーズ』における「意識の流れ」とは異なる点が多い。ジョイスが『ユリシーズ』で大胆にとりいれた手法のひとつに、いわゆる直接的な「内的独白」があり、この場合、文中には語り手は介在せず、その人物の視点及び/又は「声」によって、思考や感情を直接的に表出する。内的独白にも文章の自由度や理論性には差があるが、『ユリシーズ』のなかで、自由な内的独白の顕著な例として知られるのは、「眠りに落ちつつあるモリー・ブルーム」の意識を追った最終章である。邦訳では、「ええ《イエス》だってあのひとあさごはんをベッドでたまご2つつけてたべたいなんて」と始まり、「そしてええ《イエス》とあたしはいったええ《イエス》いいわええ《イエス》」で終わる、ほとんど句読点のない文章だ。

一方、ヴァージニア・ウルフのこの時期の特徴をよく伝える例として、以下のくだりを引きながら、その文体について具体的に考えてみたい。

　チャールズ・タンズリーはだいぶ気をよくしていた。ラムジーの奥さんがこんな話をしてくれるとは、溜飲《りゅういん》がさがる。気分はすっかり持ち直した。遠回しな物言いではあったが、夫人は男の知性が衰えてなお高いことを語り、同時に妻たるものはみな――その娘さんばかりがわるいとは申しませんし、おふたりの結婚はそれなりに幸せなものだったと思いますが——夫の勤めに仕えるべしと語ったわけで、おかげで、かつてないほどの自信が湧《わ》いてきたし、辻馬車《つじばしゃ》に乗ることにでもなったら、料金は自分が払おうかな。ところで、その小さなバッグですが、お持ちしましょうか？　いえいえ、けっこうです、夫人は答えた。こればかりは、いつも自分で持ちますの。ええ、ほんとに持てますから。うん、この奥さんはそういう人だと思った。実際、感じるところは多く、とくに、なぜかしら気持ちが昂《たか》ぶり、胸が騒ぐようななにかを感じていた。奥さんに見てもらいたいものだと思う。式服式帽を身につけ、一列になって歩んでいくところを。特別研究員、教授、自分ならなんにでもなれる気がし、そんな姿が目に浮かんできた——それはそうと、おや、肝心の夫人はどこを見ている？　男が広告貼《は》りをしているところだ。大きなポスターが風にはためきながら、ぺったりと貼られていく。刷毛《はけ》で糊《のり》をひと塗りするたびに、むきだしの脚、曲芸用の輪っか、馬たちが赤や青にきらきら輝いて姿をあらわし、きれいに撫《な》でつけられ、やがて壁の半面ほどがサーカスのポスターでかくれた。百人もの騎手に、曲芸をするオットセイが二十頭、それにライオンや虎《とら》たち……夫人は近眼なので、首をぐっと伸ばして読みあげた。ええと、サーカスが……〝町にやってくる〟。それにしても、危くて仕方ないわね。夫人の声が高くなった。片腕だけの人があんなふうに梯子《はしご》のてっぺんで作業をするなんて――あの人は二年前、刈り入れ機に巻きこまれて左手をなくしたのよ。

「そうだ、みんなで行きましょうよ！」夫人は歩を止めず、元気に提案した。ポスターの騎手と馬たちを見て子どものように有頂天になり、男への憐《あわ》れみなど忘れてしまったかのよう。

「行きましょうよ」タンズリーはおうむ返しに答えたが、妙に自意識過剰の答えはぎごちなく、夫人は退《ひ》き気味になってしまった。「みんなでサーカスに行きましょう」彼はもう一度言った。う―ん、どうも不自然。柄にもないという感じ。でも、どうして？　夫人は不思議に思った。いったい、どんな事情があるのかしら？　そう思った瞬間、夫人はタンズリーに愛《いと》しさを感じた。子どものころ、ごきょうだいでサーカスに連れていってもらいませんでした？　そう尋ねると、それが一度もないんです、とタンズリー。

ウルフが『灯台へ』で多く駆使しているのは直接的な内的独白（自由直接話法）よりも、自由間接話法と呼ばれるものである。右記例文で言えば、語り手の視点「声」で始まったとおぼしきくだりは、次第にチャールズ・タンズリーの「声」を交じえて彼の視点へと移行し、「おかげで、かつてないほどの自信が湧いてきたし」の後には、「辻馬車に乗ることにでもなったら、料金は自分が払おうかな」と彼の考えを表す描出話法が始まり、それが急に夫人への実際の語りかけになったかと思うと、つぎに夫人の返答が入り、またタンズリーの心中にもどる。一人物の胸のうちで複数の感情が波動してせめぎあうのみならず、視点が人から人へと絶えず移り変わり、さらには、ひとつの段落、ひとつの文章のなかにも、しばしば語り手と登場人物の声が同居しているように感じさせる。「意識の流れ」の研究者であり物語理論家のドリット・コーンは、「虚構における心というのは現実と違って透明であり、こうした透明性は語り手の視野に左右されるものである。[*3]語り手の視野は登場人物のそれと交じわれども、完全に一致はしない」としている。ウルフの文章中で、語り手と登場人物の意識の境界がぶれたり、ぼやけたりするというのは、これまでも見てきたとおり、多くの批評家が指摘するところのようだ（ただし文学理論家のアン・バンフィールドは「描出話法では、いかなる文法においてもひとつの視点しか表現できない」[*4]として、「語り手の不在」を唱え、これをジェラール・ジュネットが批判したという経緯もあった）。[*5]

それから、右の引用部分で目立つのは、登場人物ふたりによる「そうだ、みんなで行きましょうよ！」／「行きましょうよ」の箇所が、「カギカッコで括《くく》り改行する」という、ふつうの対話の体裁をとっていることである。多くの小説では当たり前のことだが、『灯台へ』ではこうした形で会話が表現されているのは、極めて数少ない（この他に一、二箇所ではないだろうか）。同じ台詞《せりふ》を反復することで、タンズリーの視点からラムジー夫人の視点へと、はっきりした切り替えのサインなしに、いつの間にか移行させてしまう。「うーん、どうも不自然。柄にもないという感じ」のところでタンズリーの意識と夫人の意識が重なり、このふたつの文がどちらの「声」によるものか判断保留のうちに、読者は気がつくと夫人の心のなかに入りこんでいるのである。

こうしたスタイルをジェイムズ・ネアモアは、a variety of stream-of-consciousness fiction（意識の流れ文学の一変種）と表現している。ウルフの作品の多くは、一人物の内的独白だけが延々とつづくような手法をとっていない。『灯台へ』は人物が夢想や瞑想《めいそう》におちいる場面がことに多いため、ヘンリー・ジェイムズ、ジェイムズ・ジョイス、ウィリアム・フォークナーらのそれと似た印象をあたえ、ストレートな「意識の流れ文学」ととらえられがちだが、ウルフに関してこの用語は条件つきで使うべきだとネアモアは言うのである。

モダニズムの心理主義を代表するウルフとジョイスの手法の違いの奥には、どんな考え方の違いがあったのだろうか。少なくともウルフの側からそれを推測させる文章が、“Modern Fiction”（「現代小説論」）という評論のなかに見られる。まずは、ウルフの小説観が窺《うかが》われるくだりを引く。

内面を見よ。そうすれば、人生とは「このようなもの」とはとても思えなくなるだろう。あるありふれた日、ありふれた人の心をしばし観察してみよ。その心は周りのものごとから無数の印象を受けるであろう――それは些《さ》細《さい》で、幻のごとき、儚《はかな》いものであるかもしれず、あるいは鋼《はがね》の鋭さで刻みこまれるものかもしれない。無数のアトムが絶え間なく降りそそぐように、印象は四方八方から到来する。そうして印象が降《お》りきて、例えば、月曜なり火曜なりの暮らしという形をとっていくうちに、以前と違うところにアクセントがつく。大切な瞬間はあっちではなくこっちになる。そうであれば、書き手が奴《ど》隷《れい》ではなく自由な人間であるなら、「書くべきこと」ではなく「自ら選んだこと」を書くであろうし、約束事にとらわれず己が感じるものを作品の土台にできる人なら、型どおりのプロットや悲劇喜劇、恋愛沙《ざ》汰《た》、大詰め場面などが顔を出すことはなくなるはずである。釦《ボタン》ひとつにしても、ボンド・ストリートの仕立屋が縫いつけたような釦は出てこないだろう。人生とは対称形に配置された馬車のランプではない。人生とは耀《かがや》く暈輪（halo）であり、意識の始まりから終わりまでわれわれを取り巻く半透明の包被（envelope）なのだ。この絶えず移り変わる、この未《いま》だ知られざる、輪郭の定かでない精髄（spirit）を――それがどんな逸脱や複雑さを見せようと――内面を離れた外面的なことを極力交えずに伝えることこそ、小説家の仕事ではないか？*6

当たり前のことだが、ウルフはまず文体を刷新しようとしたのではない。小説におけるものの見方、とらえ方を変えようとした結果、新しい文体が必然的に生まれてきたのだ。その人が「現代小説論」に右のようなことを書いた背景には、批判の対象があった。つまり、「約束事にとらわれず己が感じるものを作品の土台にできる人なら、型どおりのプロットや悲劇喜劇、恋愛沙汰、大詰め場面などが顔を出すことはなくなる」ということに相反する（とウルフが考えた）作家たち、ジョン・ゴールズワージー、アーノルド・ベネット、H・G・ウェルズら十九世紀的な作家たちである。ウルフから見れば、彼らは「唯物主義者《ゆいぶつ》（マテリアリスト）」であり、外面の出来事ばかりを書いて、作品に生気をあたえ損ねていた。「彼らが精神に関心をもたず、物質的なことにばかりかかずらっているため、わたしたち読者はがっかりして、こんなことなら英国小説はなるべく早いうちに、彼らから（丁重にではあるが）背を向けて歩んでいったほうが（その先、砂漠に踏み入ることになろうとも）小説の魂にとってはよいであろう、という気持ちになってしまうのだ」と、手厳しい。実際、ウルフにこう書かれた八年ほど後にゴールズワージーはノーベル文学賞を受けるのだが、ともあれ、職人技できれいに造りこまれたような小説が、旧時代のものとなりつつあるのは間違いがなかった。ウルフはさらにリアリズムの観点からも、「いまの時代、彼ら（ベネットのような前世代の作家）のもとに行って、『小説はいかに書くべきか』『どうすればリアルな人物を描きだせるか』と教えを乞《こ》うのは、靴職人のもとに行って腕時計の作り方を教わるようなものだ」と述べてベネットを打ち負かす形になった。

では、その頃〈リトル・リビュー〉に『ユリシーズ』を連載していた同い年のジョイスを、ウルフはどう評価していたか。「最近の若い作家たち――その中ではジェイムズ・ジョイス氏が群を抜いて精彩を放っているが――彼らの作品の特質をこのような〔人の内面をあるがままに描くという〕形でひとまず定義づけてみよう」と、書いている。彼らは小説家が一般に遵守《じゅんしゅ》している約束事をおおむね棄《す》て去ることになろうとも、自分が興味をひかれ心動かされたことを、もっと真摯《しんし》にもっと正確に記録しようとしている。次に以下のくだりがつづく。

心に降りくるアトムは降り積む順序のまま記録しよう。光景ひとつ、出来事ひとつが意識に刻みつけるパターンが、いかに繋がりやまとまりを欠いたものであっても、それをただ辿《たど》るようにしよう。一般に重大とされるものには些細とされるものより当然意味があるなどと思わないようにしよう。

と、若い作家のそうした取り組みを称揚しているのかと思いきや、続きを読んでいくと意外な展開になる。

〔『ユリシーズ』に〕これ以上なにを望むのか、これだけのオリジナリティをもつ作品が、それでもなお――ここは高水準の例を出さねばならないが――コンラッドの『青春』やハーディの『カスターブリッジの市長』には比肩《ひけん》し得ない理由はなんなのか、答えるに覚束《おぼつか》ない自分がいる。比べるに、作者の心が足りないからだ。そうあっさり言い切ってお終《しま》いにすることもできよう。しかしもう少し推し進めて考えてみれば、〔こうした描き方をすることで〕広々として自由になったというより、明るいながらも狭い部屋に閉じこめられている感じがする、それは心の問題のみならず手法《メソッド》によって生じる制限のせいである。そうも言えはしまいか。創造の力を抑えこんでいるのがこのメソッドなのだろうか？

いまから見ると、ずいぶん迂遠《うえん》な評し方であるが、要するに、「意識の流れ」をありのままに書き記すというジョイスのスタイルには賛同しても、個人ごとの内的独白を多用した彼のメソッドには限界を感じたということだろうか。「『意識の流れ』とは、『私』の、個人の、心理に係わるものだとしておおかたの定義は一致していたが、個人のなかにどっぷり浸ることは、ウルフの究極の関心事でもゴールでもなかった」と、前述の本でネアモアは言っている。

こうしたことを考えると、旧来の小説の輪郭を踏襲しながら、『ジェイコブの部屋』『ダロウェイ夫人』『灯台へ』『波』と新たな文体を築きあげていったウルフを、ひと括りに「意識の流れ文学」とするのはためらわれる。今回の翻訳で、ウルフの自由間接話法による三人称文体の訳文に、直接的な「内的独白」のような一人称文体を一部取り入れながらも、やはり抑制する気持ちが働いたのは、このような理由からである。

見るものと見られるもの

次に、visionという重要な概念について少し考えてみたい。この語は『灯台へ』を通して何度も使われ、最後のシーンで画家のリリー・ブリスコウが「つかむ」ものでもある。

この小説ではあらゆる人が夢想に耽《ふけ》り、さまざまなヴィジョンを作りだすが、第一部でそれが最も際立《きわだ》っているのは、なんといってもラムジー夫人だろう。第一部第1章の出だしからして、夫人の夢想と回想がいつのまにか始まって、いきなり時間軸をずらす。あるいは、忙しさの合間にひとりになると、夫人はもの思いに耽り、「くさび形の闇《やみ》の芯《しん》」になって時空を自在に飛び抜けたり、灰白《はいじろ》の灯台の光を見つめるうちに、そこに自分を重ねたりする。

夫のラムジーは、哲学的思索に耽りながら庭を散歩しているうちに、しばしば閃《ひらめ》きを得る。第一部第6章には、散歩の最中に、突如、石彫りのプランターに咲くゼラニウムがはっとするほどくっきりと見えて（visible）きて、あることに思い至るという、エピファニックな場面がある。ところが、ラムジーは気まぐれなvisionの侵入を許さない厳格な思考家である。第一部第8章の彼は、思索に耽りながらも「あらぬ妄想（phantom）など出る幕もないほど神経をはりつめ、夢想（vision）にふけろうとはしない」。ラムジーの頭の中で展開しているはずの高尚で複雑な思考は、アルファベットで記号化して表現されたりする。「Q」や「R」とはvisionの対極にある、曖昧性、流動性のない厳密で確固たるものなのだろう。

他方、リリー・ブリスコウはラムジーとは逆に、visionを捕まえようと必死である。例えば、絵を描くまでの試行錯誤をしている第一部第4章の場面。カンバスを前に、とらえたイメージをカンバスに描きだそうとする、コンセプトから実作へ移る一瞬に、魔物たちが襲ってくる。「『でも、わたしにはこう見える。こう見えるのよ』と自分に言い聞かせ、目に映ずる真のヴィジョンの哀しい余り物をしっかり胸に抱きしめているのに」と言う。あるいは第9章、「あのヴィジョンの力で」絵に入りこんでいこうとする場面。そのヴィジョンの中心には、ラムジー夫人の存在がある。さらに第三部では、夫人のヴィジョンを求めて心さまよい、なんとかそれを手放すまいと街中に幻のよすがを探す。

また、第一部第10章には、幼いキャムが、貝殻か手押し車のまぼろし（vision）でも見たのかしら、とラムジー夫人が訝《いぶか》る場面があり、また第二部には、夜や東雲《しののめ》の浜辺に散らばる世界のヴィジョンの破片があり、第三部第2章には、素っ気ないキッチンテーブルが「夢想を誘うような（visionary）」だと表現されるくだりもある。このキッチンテーブルは幻のテーブル（phantom kitchen table）となって、木からぶら下がるのである。

見えているはずのものが見えなくなり、見えなかったものが見えてくる。『灯台へ』は言ってみれば、見えるものと見えないものが絶え間なく入れ替わる物語でもあるだろう。そして、第一部ではvisionnaire（ヴィジョンを見る者、幻視者）だった夫人が、戦争の駆け抜ける第二部をはさんで、第三部ではvisionそのものとなる。そう、見るものと見られるものが入れ替わる物語でもあるのだ。第三部は、さながらvisionとvisionnaireの追いかけっこのような様相を呈する。そして第11章で、波の音を聞いたリリーは、かつてのラムジー夫人そっくりの所作で、はっと顔をあげる。ここは、visionとvisionnaireが重なって一《いっ》になるクライマックス・シーンのひとつでもあるだろう。

この小説の最後に「見るもの」として登場し、とうとうヴィジョンをつかむのは、新しい世代の女性リリー・ブリスコウである。もともとウルフの手書き原稿の最後は、"It was over. But she had her vision."（これでお終い。でも自分のヴィジョンはつかんだ）と三人称で書かれており、余白に"The white shape stayed perfectly still."（その白い形は完全に静止していた）と記されていたという。

「時はゆく」

第一部と第三部にはさまれた第二部「時はゆく」は、三部のうちでも非常に特異なスタイルで書かれている。第一部で夜の浜辺に出かけていった人々が帰ってきて、みな眠りについたかと思うと、そこから沛然《はいぜん》たる雨のごときはてしない暗闇があたりを包みこみ、主要な登場人物はすべて舞台を去って、家主不在となった家の荒廃していくありさまが、ものすごい密度で描かれる。戦争があり、何人もの人物の死があり、人生の劇的な変化がある。ようやく手伝いのマクナブ婆《ばあ》さんたちがやってきて掃除を完了させ、リリーが目を覚ますところで第二部は終わる。つまり、過ぎていった十年の歳月を、夜に眠って朝に起きるひと晩の時間として描いているのだ。密度が濃くなるのも当然である。他の二部とは文章のトーンもまったく異なっている。

アウエルバッハに言わせれば、第二部は風のような霊的な存在が物語ることになるが、後々のポスト構造主義、ポストモダン以降の批評家が、「時はゆく」についてどう考えているかも、ごく簡単に書いておく。*7 フェミニズム文学の研究者でもあるパミーラ・L・コーギーは、『灯台へ』が「過去をとりもどすものであれ拒むものであれ、三部構成で進んでいくナラティヴ」だという解釈に反駁《はんばく》し、第二部の「時はゆく」は移行部ではなく「テクストの作りだす断裂」という考えによるアプローチをしている。

自分の「声」は持っているが「ヴィジョン」がない労働者階級のマクナブ婆さんは、中産階級の活動規範とは距離をおいており、これはむしろウルフ自身の語りの限界を示しているという。

ナラティヴ自体が語り手の声を「転覆」させているという見解もある。マクナブ婆さんは知恵が足らず、認知力に欠けているという設定でありながら、自由間接話法を通して彼女の「声」が伝えられ、その中でこの人物は記憶をまとめ、家の荒廃を止めて、物語を完成させている。テクスト自体が断裂していると考えられると。

第二部をむしろ「交接部」ととらえるのは、ポストコロニアル批評家のガヤトリ・C・スピヴァクだ。しかしスピヴァクはこの部全体を「狂気の言語」と呼び、叙述のロジックを「分解」していると表現する。

ヴァージニア・ウルフの「語り」は果てしない「読み」の連鎖を生みだしている。

Ⅱ　ヴァージニア・ウルフの生涯

まずは、ヴァージニア・ウルフの生涯を幾つかのキーワードに絞って簡単に紹介しておこう。

家族

ヴァージニアは一八八二年一月二十五日、ロンドンのハイドパーク・ゲイトに、文芸評論家レズリー・スティーヴンと妻ジュリアの第三子（次女）として生まれた。二女二男の子供たちは、上から、ヴァネッサ、トービー、ヴァージニア、エイドリアンである。ふたりの間に生まれたのはこの四人だったが、父母はそれぞれ再婚で連れ子がいた。レズリーは初めハリエット・サッカレー（『虚栄の市』などを書いた大作家サッカレーの娘）と結婚し、ローラという娘がいた。ジュリアのほうは、ハーバート・ダックワースという法廷弁護士と結婚し、男ふたり、女ひとりをもうける。上から、ジョージ、ステラ、ジェラルド。そう、再婚、連れ子という点は異なるが、『灯台へ』に出てくるラムジー家と家族構成、男女比とも同じである。

ヴァージニアは「三歳になるまでろくに言葉が言えなかった」と、彼女の甥《おい》にあたるクウェンティン・ベルは『ヴァージニア・ウルフ伝』の中で書いている。両親は子供たちを自分たちの手で教育することにし、ヴァージニアが七歳にもならないうちに、母がラテン語、歴史、フランス語を教えようとし、父も数学を教えようとしたが、あまり成果はあがらなかった。これは生徒のほうの問題ではなく、先生の教え方にいささか難があったようだ。子供たちの飲みこみがわるいと、父母ともに癇癪《かんしゃく》を起こしたという。

しかし授業をしていない時の父は、動物の鉛筆画を描いたり、アルプス登山の冒険物語を語り聞かせたり、ウォルター・スコットの小説を朗読してくれたりもした。スコットの「ウェイヴァリーもの」を愛読するラムジーと重なるところもあるだろう。母も普段は慈《いつく》しみ深く、また絶世の美女であった。ナイジェル・ニコルソンは、「ヴァージニアは母の性格の別の面——機敏で、果断で、愚鈍さに我慢がならず、短気ではあるが、無情なことのできないところ」を『灯台へ』のラムジー夫人の人物造形の中に示していると、評伝『ヴァージニア・ウルフ』に書いている。ニコルソンは、ヴァージニアと同性愛的な関係にあった作家ヴィタ・サックヴィル＝ウエストの息子である。ジュリアは夫に従うことで夫を支配していた、という。

『灯台へ』のなかで、スカイ島での夏の休暇と、家族での「灯台行き」は、重要な位置を占めている。スティーヴン一家は一八九五年にジュリアが亡《な》くなるまでの十三年間、コーンウォールのセント・アイヴズにある「タランド・ハウス」という別荘で夏をすごしていた。そこは子供たちの楽園であった。クリケットをやり、ボートに乗り、荒野を散歩し、そんなときレズリーは父親らしく優しい一面を見せたという。セント・アイヴズ湾の「ゴドレヴィー灯台」への遠出が頓挫《とんざ》したことは、一番年下のエイドリアンをたいそう落胆させた。ヴァージニアは姉のヴァネッサとともに創刊した週刊紙「ハイドパーク・ゲイト・ニューズ」で、そのときのようすを報じている。「エイドリアン・スティーブン坊ちゃんは連れて行ってもらえなかったのでひどくがっかりしました」(『ヴァージニア・ウルフ』)。

ヴァージニアは小児期から性格に特異な面が見られたが、十三歳で母を亡くした後からは生涯を通じて精神の病に悩まされた。諸作品は病症のおさまっている「中間期」に主に書かれたという見方もある(『ある作家の日記』解説)。異母姉のローラも、もともと精神不安定だったが、ジュリアの死後、父によって精神病棟に入れられ、そこで終生暮らした。

異父兄のジョージとジェラルドによるヴァージニアへの性的虐待《ぎゃくたい》に関しては、しばしば言及されてきた。とくに母の死後、悪化したようだ。異父兄からの「虐待」と病の関係については、なにも明言できないが、ヴァージニアの記憶に暗い影を落としていただろうことは想像に難くない。レナード・ウルフはヴァージニアの病を知らずに結婚したとされるが、生涯、彼女の心身を守ることに力を尽くした。

評論者、翻訳者としてのウルフ

母の逝去から九年後の一九〇四年に父のレズリーが亡くなると、子供たちはしばらくウェールズに引っこみ（ジョージとジェラルドは一緒ではなかった）、イタリアを旅行したりした。ヴァネッサとヴァージニアらはパリへ行き、そこで美術評論家であり後にヴァネッサと結婚することになるクライヴ・ベルと会う。ロンドンに帰ったとたん、ヴァージニアは重い「神経衰弱」に陥るが、彼女の回復期に、ヴァネッサがスティーヴン家の住居をブルームズベリー、ゴードン・スクエアに移す。これがきっかけとなって事態は好転した。姉妹は新居の内装づくりを楽しみ、ハイドパーク・ゲイトの家に使われていたウィリアム・モリスの「暗くて込み入った絵柄の壁紙」はやめて、もっと明るいものを取り入れたりしたという。[*8] 新しい生活の幕開けだった。

この年、ヴァージニアの書いたものが匿名《とくめい》ながら初めて媒体に発表された。アンドルー・マクニーリーはこう書いている。

「一九〇四年十二月、サー・レズリー・スティーヴンの一周忌を目前にした頃、娘ヴァージニアの記事が初めて活字になった。いまではおおかた忘れられている週刊誌〈ガーディアン〉に掲載された（……）その無署名の記事は、耳目をひくデビューとは言いがたい」[*9]

〈ガーディアン〉誌というのは、現在のイギリスの有力紙のことではなく、修道女や牧師向けのまったく別の雑誌だった。「作家の聖地巡礼行」のようなものがテーマであったらしく、シャーロット、エミリー、アンのブロンテ姉妹とその一家が暮らした、ヨークシャー州ハワースの牧師館の訪問記が寄稿された。シャーロット・ブロンテの遺品を納めたケースを見て、ヴァージニアはこう書いている。

「ここには、直筆の手紙や鉛筆画やその他の資料が数多く展示されている。しかしなかんずく心にふれたのは――心奪われるあまり、見つめながらも敬虔《けいけん》な気持ちになれないぐらいだったが――故人となった彼女の衣服や靴といった、ささやかで私的な遺品を納めたケースであった。それを着けていた体より早く朽ちていくのが、こうした物の自然な運命であろう。それらは取るに足りない、はかないものではあるが、それ故《ゆえ》に生き延びたのである。そのひとりの女性、シャーロット・ブロンテが甦《よみがえ》り、彼女が偉大な作家であったという忘れがたい事実を人は忘れてしまう」[*10]

いまは亡き作家との「心の交流」を書いているように見えるが、ヴァージニアは翌年の一九〇五年から〈ロンドン・タイムズ文芸附録〉（TLS）に寄稿を始め、こんどは“Literary Geography（文学地理）”という記事を書く。ここでは「サッカレー・カントリー」と「ディケンズ・カントリー」という作家の「聖地巡礼」の書に異議をの唱え、感情的な伝記を書こうとすることを諫《いさ》めた。「作家の描くカントリーというのは、読者の頭の中にあるべき領域である」と言うのである。それはじつに鮮やかに存在し、読者はその中を自在に行き来できる。それをモデルとなった実在の地を写真入りで紹介して、不滅の人々を煉瓦《れんが》の塀の間に閉じこめるなど、「不必要な暴力行為」だとさえ言っている。*11

こういうものを読むと、ウルフの小説の「モデル」や「舞台」なるものをこうして細々と説明していること自体が、作者の創造への冒瀆《ぼうとく》であるような気がしてきてしまう。

ウルフはこの時から生涯にわたって、文芸評論を続けていくことになる。そのかたわら、古典をふくめた文学書を膨大に幅広く読み、きわめて細心かつ謙虚な文学修業をしていた。ウルフ研究では、その人の文学的教養の広さ奥深さにも関心が向けられている。

評論家としてほどは知られていないが、ウルフは「翻訳者」でもあった。『ダロウェイ夫人』の構想を練っている頃、同時にウルフはギリシャの悲劇詩人アイスキュロスの翻訳にも打ちこんでいたという。「原文と訳文それから自分なりの注意書きを書きこんで完全版を作ろうとしている——ほとんどはヴェラルの引き写しだが、念入りに書き入れている」。ページの右側にはギリシャ語の原文、左側には大部分まだ推敲《すいこう》前の訳文が書かれていたという。エミリー・ダルガーノは翻訳という行為がこの作家の言語の形成に大きな役割をはたしたと考え、ウルフの作品は、プラトンの対話編「パイドロス」「シンポシオン」と並んでアイスキュロスの「アガメムノン」「供養《くよう》する女たち」を土台にしているのではないかと主張している。「アガメムノン」では「〔自分は口が重くて話さなくとも〕アトレウスの家そのものが、声を見つければ、それを明確にするだろう」と、家に語らせるくだりがあり、ダルガーノは『灯台へ』の「時はゆく」にその谺《こだま》を聞いている。*12 確かに第二部には、いつものウルフの文章とは違う、荘重で古めかしく、言ってみれば古代悲劇を思わせるトーンがある。

ブルームズベリー・グループ

一九〇五年、ヴァージニアは南ロンドンのモーリー・カレッジで教鞭《きょうべん》をとるようになり、ポルトガルを旅行したりした。

兄のトービーがブルームズベリーの家で、「木曜の夕べ」を主催するようになり、ヴァージニアが「金曜クラブ」を発足させたのも、この頃である。「金曜クラブ」は当初、若い女性芸術家たちが集まって、議論をしあい、作品を披露しあえるソサエティとして生まれた。こうして緩やかに始まった芸術家集団の〈ブルームズベリー・グループ〉は、トービーの通うケンブリッジ大学の「ケンブリッジ使徒会」がベースになっていた。そのコアメンバーには、ヴァージニア、画家・装飾家となったヴァネッサ、エイドリアンの他、伝記作家・批評家で後にヴァージニアに求婚し「一日だけ婚約していた」リットン・ストレイチーや、後期印象派の展覧会でセザンヌ、ゴーギャン、ゴッホらを紹介して世を騒然とさせた美術評論家のロジャー・フライや、ヴァネッサと結婚した美術評論家のクライヴ・ベル、画家のダンカン・グラント、経済学者のジョン・メイナード・ケインズ、小説家のE・M・フォースター、デイヴィッド・ガーネット、政治ジャーナリストで出版人のレナード・ウルフ、それから社交・芸術界の大物パトロネスのレディ・オットーライン・モレルらが含まれていた。彼らの間では、男女関係はいうに及ばず、ホモセクシュアル、バイセクシュアルも交じえての奔放な相関図が展開していたようだ。〈ブルームズベリー〉は古い芸術規範を批判し、新しい表現と美学、そして自由を称揚し、平和主義をかかげたが、第二次大戦を迎える頃には散り散りになっていた。

さて、こうした芸術家同士の付き合いのなか、数人で家をシェアしていたヴァージニア・スティーヴンとレナード・ウルフが、一九一二年に結婚する。ふたりが創立したごく小さな出版社〈ホガース・プレス〉はモダニズムのひとつの拠点となり、ヴァージニアの作品はほぼすべてがここで出版された。フロイトの主著の英訳を最も早く出したのも〈ホガース〉であり、T・S・エリオット、ガートルード・スタインの本も手がけた。エリオットの『荒地』はヴァージニアが自ら活字を組んだ。ジョイスの『ユリシーズ』も原稿を持ちこまれたが、出版を断ってしまったという。

自伝的要素について

若くして死んだ実兄のトービーをモデルに書かれたウルフの小説『ジェイコブの部屋』は、「これはどうしたものかしらね、ボナミさん？」と、ベティ・フランダース夫人が言って、息子の履いていた古靴を差しだすところで終わる。本作は第一次大戦で戦死した彼女の息子ジェイコブの不在をめぐって展開し、人の生きた「しるし」とはなにかと問い続ける。この場面の「背景」には作者自身の注目すべきエピソードがあるという。*13

某日の午後、ヴァージニアと友人たちは庭で歓談しながら、人が人を恋しがることの謎《なぞ》について話していた。夫のレナードが席をはずすと、ヴァージニアは「あの人のことは〔いなくなっても〕ちっとも恋しくならない」と言ったが、夫の脱いでいった靴が目に入るや、不意にわっと泣きだしそうになった、というのだ。靴はレナードの足の位置や形をそのまま伝えていた――この情報を得た読者は、「なるほど、実話をもとにした場面だったのか」と思うかもしれない。

『ジェイコブの部屋』にもまして『灯台へ』では、実在モデルへの忠実性にこだわっている。作者の最も古い記憶をもとに、両親のレズリー＆ジュリア・スティーヴンをモデルにしたこの小説を原稿で初めに読んだ実姉のヴァネッサは、「気味がわるいぐらい実物に忠実に描かれている」と言ったという。

実体験がきっかけで生まれた想念のうち、なにがどんな形で書かれるのか、あるいは、なにが書かれないままに留まるのか。そもそも、そのふたつに明確な区別はあるのか。ウルフの作品を読んでいると、そのようなことがしきりと思われる。

創作において作者の中に潜勢するものから現勢するものへ移行《パス》する瞬間に、なにが起きるのか。先にも一場面を引用したが、リリー・ブリスコウが風景とカンバスを前に逡巡《しゅんじゅん》を繰り返すさまは、創作への不可思議とも言えるpassageを表しているだろう。

「ただ目を向けているときは、すべてがあんなにもはっきりと、あんなにも揺るぎなく見てとれるのに、いざ絵筆を握ってみると、形もなにもがらっと変わってしまう。とらえたイメージをカンバスに描きだそうとする一瞬に、魔物たちが襲いかかってきて、しばしば涙がこぼれそうになり、コンセプトから実作へ移るこの道のりが恐ろしくてたまらず、真っ暗な道（passage）を歩く子どものように心細くなるのだった」『灯台へ』において、passage はひとつのキーアイデアにあたり、移ろい、経過、小《こ》径《みち》、航路……などの意味をもって随所に出てくるが、リリーは最後に、一本のラインを力強く引いて、自らのヴィジョンを集大成した絵を完成させ、それが『灯台へ』という小説が完結する時となる。このラインは絵をふたつの側に分かつものであると同時に繋《つな》ぐものでもあるだろう。この一本の線が passage となって、ひとつの世界が完結したのだ。

To the Lighthouse は非常に自伝的要素の強い小説である。しかし当然ながら、この作品が事実に忠実にではなく、作者の創作ヴィジョンに忠実に描かれたものだ、ということは忘れてはならない。ウルフは旧来のメモワールの書き方、記憶の再生法を根底から変えた。ヴィクトリア朝以前の小説に哀悼の意を表しながら、それと訣別《けつべつ》した。レナード・ウルフの脱いだ靴は、現実と創造を繋ぐ通い路（passage）の役割を果たしたにすぎなかった。

＊　＊　＊

先にも引いたジョイスの『ユリシーズ』の最終章が、モリーの「イエス」という呟《つぶや》きで始まり「イエス」で終わることは知られている。これは偶然なのか、『灯台へ』はラムジー夫人の「ええ《イエス》、いいですとも」という言葉に始まり、リリー・ブリスコウの「ええ《イエス》、わたしは自分のヴィジョンをつかんだわ」で終わる。いわば、ふたりの人物の「イエス」で挟まれた形になっているのだ。初めに「イエス」を口にするのは旧世代の、従順な妻であり優しい母であり、しかしどこか有無を言わせぬ意志も秘めた〝家庭の天使〟の枠組には収まらない女性。最後に口にするのは、新しい世代の、一生を独身で貫く決意をした女性画家だ。価値観も生き方もまったく違ったふたりであり、作中は精神的な衝突やすれ違いが何度も起きるが、第三部でふたりは共に顔をあげて、波の音を聞く。ウルフが原稿では、最後の部分を〝But she had had her vision.〟と三人称で書いていたことはすでに述べたが、三人称の形を残して、〝Yes, she had had her vision.〟と自由間接話法で書いていたら、ここに語り手の声のみならず、リリーと、そしてラムジー夫人の声もかすかに重ねる自由を、読者には与えられていたのではないか。「そう《イエス》、これで彼女は（わたしは）（あなたは）自分のヴィジョンをつかんだ」と。

静かな肯定にこの物語は包みこまれている。

翻訳に際しては、Penguin Classics 版を底本に使い、The Hogarth Press 版と Oxford World's Classics 版、そして米国の Harcourt Brace 版をときおり参照した。

現在、ウルフの日記、伝記、評伝で手に入りやすい邦訳書をまとめておくと、『ある作家の日記』（ヴァージニア・ウルフ／レナード・ウルフ編、神谷美恵子訳、みすず書房）、『ヴァージニア・ウルフ伝1・2』（クウェンティン・ベル著、黒沢茂訳、みすず書房）、『回想のブルームズベリー』（クウェンティン・ベル著、北條文緒訳、みすず書房）、『ヴァージニア・ウルフ』（ナイジェル・ニコルソン著、市川緑訳、岩波書店）などがある。また『神谷美恵子著作集4』（みすず書房）は、著者がウルフになって書いた自伝的評伝というユニークな著作や、ウルフの病跡おぼえがきなどを含む。翻訳書以外では、ウルフの創造と狂気の関係性を論じた『ウルフの部屋』（宮田恭子著、みすず書房）などがある。

ウルフの生涯について書くにあたっては、右記の書籍、また注にあげた書籍のほかにも、Hermione Lee による *Virginia Woolf* (Chatto & Windus, 1996) や、Laura Marcus による *Virginia Woolf* (Northcote House, 1997)、Jan Morris による *Travels with Virginia Woolf* (The Hogarth Press, Chatto & Windus Ltd., Random House, 1993) なども参照した。また語りと文体論については、Anna Snaith 編 *Virginia Woolf Studies*（Palgrave Macmillan 2007）に多くの示唆《しさ》を得た。（二〇〇八年記）

＊1 Erich Auerbach, *Mimesis: The Representation of Reality in Western Literature*, Princeton University Press (trans. 1953).（エーリッヒ・アウエルバッハ『ミメーシス ヨーロッパ文学における現実描写』上下、篠田一士／川村二郎訳、ちくま学芸文庫、1994）

＊2 James Naremore, *The World Without a Self: Virginia Woolf and the Novel*, Yale University Press, 1973.

＊3 Dorrit Cohn, *Transparent Minds: Narrative Modes for Presenting Consciousness in Fiction*, Princeton University Press, 1978.

＊4 Ann Banfield, *Unspeakable Sentences: Narration and Representation in the Language of Fiction*, Routledge, 1982.

＊5 ジェラール・ジュネット『物語の詩学 続・物語のディスクール』和泉涼一／神郡悦子訳、水声社、1997

＊6 Virginia Woolf, "Modern Fiction" in *The Common Reader*, Harcourt Inc., 1925.
＊7 Melba Cuddy-Keane, "Narratological Approaches" and Pamela L. Caughie, "Postmodernist and Poststructuralist Approaches" in *Virginia Woolf Studies*, ed. Anna Snaith, Palgrave Macmillan, 2007.
＊8 Jane Goldman, *The Cambridge Introduction to Virginia Woolf*, Cambridge University Press, 2006.
＊9 Andrew McNeillie, Introduction in *The Common Reader*, Harcourt Inc., 1984.
＊10 *The Essays of Virginia Woolf*, ed. Andrew McNeillie (vol.1), Hogarth Press, 1986.
＊11 *Ibid.*
＊12 Emily Dalgarno, *Virginia Woolf and the Visible World*, Cambridge University Press, 2001.
＊13 Alex Zwerdling, *Virginia Woolf and the Real World*, University of California Press, 1986.

解説

津村記久子

ラムジー夫人は、自分の夫を崇拝しているタンズリーという若い男を伴って町に出かける。夫人は道すがら、タンズリーと同じように一家が所持している別荘に滞在している詩人のカーマイケルが芝生に寝ころんでいるところを見かけて、その来し方についてタンズリーに話す。タンズリーは気をよくして、（おそらく大学の）式服式帽を身につけ、一列になって歩んでいくところを夫人に見てほしいと思う。二人はサーカスの広告が貼《は》られているのを見かける。夫人は「そうだ、みんなで行きましょうよ！」と元気に提案する。タンズリーは子どもの頃に一度もサーカスに行ったことがないという話から、兄弟姉妹が九人いる家庭に育ち、十三歳から自活してきた、煙草《たばこ》はいちばん安いやつを吸っていた、日に七時間も勉強したといった自分についてや、学位論文だとか特別研究職といったことについて語る。夫人は話についていけなくなってきながらも、サーカスに行く話ぐらいで、この人がなぜあんなにへこんでしまったのかわかる気がすると思う。タンズリーはセツルメントや教職や労働者について夫人に話し続ける。やがて両側の家並みがとぎれ波止場に出る。眼前に湾景が広がると、夫人は「まあ、なんてきれい！」と声をあげる。

気まずい。でもちょっと笑ってしまうような、自業自得《じごうじとく》だがやっぱり少し可哀想なような、ラムジー夫人にいい恰好《かっこう》や自分語りをしたいタンズリーの願望が景色によってへし折られる場面だ。おそらく多数の人々が経験がありそうな行き違いの流れが詳細に書かれる。こんなものは序の口に過ぎず、本書ではおびただしいほどの人間関係の齟齬《そご》、片思い、伝わらなさ、一方的な善意、行き場を失った悪意が描かれる。

人と人はこんなにも理解し合えない。例に挙げたタンズリーとラムジー夫人は、『灯台へ』の中でもかなり理解し合っていないほうの二人だけれども、他の関係も同程度か、それ以上に理解し合っていない。ラムジー夫人と夫のラムジーも、ラムジー夫人と別荘の客のリリーも、リリーとラムジーも、リリーとタンズリーも、ラムジーと末息子のジェイムズも理解し合っていない。でも肝心なことは理解し合っていないことではない。「でもそれでもいい」ということだ。簡単に言葉にはできないこの不思議の解のようなものが、本書では、詳細に描かれる登場人物たちの挙動と心の有りようを通して浮かび上がってくる。それは、自分のそれなりに長い読書歴の中でも、

『灯台へ』でしか成し得られていないことだと言っていい。

別荘に滞在しているラムジー一家は、明日灯台に灯台守を訪ねる予定なのだが、どうも明日は雨が降りそうだ。それからややあって十年後、一家の父ラムジーと八人きょうだいの下のふたりであるキャムとジェイムズは灯台を訪ねるために舟を出す。あってないようなあらすじだけれども、「明日は雨が降りそうだ」をめぐって、灯台に行きたい末息子のジェイムズにどう伝えるのか、ラムジーとラムジー夫人は水面下で激しい感情のやりとりをする。父であるラムジーは、〈事実とは厳然たるもの〉と容赦せずに「まず晴れそうにないがね」とジェイムズに伝え、ラムジー夫人は「けど、晴れるかもしれませんよ――なんだか晴れる気がしますね」と灯台守の息子へのお土産の靴下を編みながら反論する。そして幼いジェイムズは、「手斧《ておの》か火かき棒か、要は父さんの胸にぐさりと穴をあけて殺してやれそうな武器でもあれば」などと物騒なことを考える。ジェイムズの、父の知的な横暴さのようなものへの憎悪《ぞうお》は、十年後も言及される。ちなみに、冒頭に言及したタンズリーは「やはりあしたの灯台行きはなしだな」派で、そのことをいちいちジェイムズに告げるタンズリーを、ラムジー夫人は〈憎たらしい小男ね〉と思う。

灯台に行けるか行けないか？　というトピックをめぐっていた感情のやりとりは、その夜の会食の場になってよりオープンになる。まず強烈なのは、ラムジー夫人が妻を失った植物学者のバンクスを憐《あわ》れんで会食に招いていることが明かされながら、当のバンクス自身は〈食事はひとりでするほうがいい〉と思っているという滑稽《こっけい》さだ。ラムジー夫人は、かいがいしく会食の雰囲気作りをしつつ、〈なにも生みだせない〉男性の不毛さを感じ、しかし〈バンクスを憐れむことで、ようやく人生はその主《あるじ》を支える強さをとりもどし〉いつもながらの社交活動を始める。不毛さを持つ男性ではないはずの女性であり、昼間は絵を描いている客人のリリーは、ラムジー夫人の考えていることについて〈わたしがこんなに疲れているのは、人を憐れんでばかりいるせいもあるし、生気がよみがえって、また生きていく決心がついたのも、人に憐れを催したからなのよ〉と頭の中で吹き替えすらする。当のラムジー夫人は、リリーとバンクスをくっつけようと画策し、けれどもリリーが思慕を感じているのはバンクスではなくラムジー夫人だ。

〈わたしがこんなに疲れているのは〉とリリーがラムジー夫人の心情を読むくだりには、誰も彼もからよってたかられて愛情を引き出されながらも、ほとんど惜しみなくそれを与えるラムジー夫人の限界のようなものが肯定的に描かれているのではないかと思う。憐れみの永久機関のようなラムジー夫人だが、〈男性はみな欠けたものがあるかのように憐れんで、女性はなにかをもっていて当然とばかりに憐れまない〉とリリーの目には映る。それでもリリーは、ラムジー夫人の膝元《ひざもと》に身を投げだしたいと思っている。

リリーが女性であることで、ラムジー夫人に対して、ラムジーやタンズリーのように憐れみを求められないということには物悲しさが漂うけれども、隔てられていることと、理解はしてもらえないからこそ、複雑な心の手続きを経て受け取ることができる単純な優しさも確かに存在しているように思う。一緒に楽しく過ごしながらも、「女性は結婚しないと」とラムジー夫人に言われ続けるリリーは、ラムジー夫人に関して〈だって、あの方ときたら、人の宿命なんてからきし理解できないくせに、相も変わらず澄ましかえって取り仕切ろうとするんだから〉と辛辣《しんらつ》な所感さえ持っているが、それでもラムジー夫人はリリーを気にかけているし、リリーもそれをわかっている。的外れであるからこそ優しい、と言えばいいのだろうか。「理解している」からこそ濁るものも、乗り越えられないものもある。「理解している」がために、ある一線を乗り越えられることがなかったのがリリーとバンクスの関係なのだろう。『灯台へ』を読むことで、自分はある種の女の人が持つ（そしてもしかしたらある種の男の人も持つ）無神経さと優しさについて、本当によく学んだと思う。

冒頭で、灯台に行くのを楽しみにしているのに、父ラムジーに否定された六歳のジェイムズは、十六歳になってもそれを覚えていて怒っている。十年後、なかば強制的に父と同じ舟に乗せられて灯台を目指して舟を操りながら、何か理不尽なことを言ってきたらナイフをとりだして、心臓をひと突きしてやる、とまた思っている。同時にジェイムズは、自分が憎んでいるのは父自身ではなく、〈父本人の知らぬまに降りてくるなにものか〉なのだとも考えている。

灯台はすぐそこだというところで、父は舟に乗っている人々にサンドウィッチを配る。ジェイムズは、漁師たちといっしょにチーズサンドを頬張ってうれしそうな父を見ながら、できたら田舎に暮らして漁師仲間の爺《じい》さんたちとのんびり過ごしたいのではないかと思う。それから父は、ジェイムズが舟を操ってきたことについて「よし、よくやった！」と褒める。

子どもの頃の父への怒りを若者がずっと覚えていて、父にそれを爆発させる機会を神経を研ぎ澄ましてうかがっているというのに、理不尽に連れ出された舟の上で起こるのは肩すかしなことばかりだ。ジェイムズは怒っているのに、父はどうも呑気《のんき》で、ジェイムズの感情はもっともらしい形で放出されることはない。けれどもこの、けっしてきれいな形で噛《か》み合うことのない不器用な心情の重なりこそが、誰かと誰かが関わることの幸福なのだと本書は示しているように思える。

何度読んでも、リリーがラムジーに話しかけられて困り果て、靴の話をしてしまう第三部の場面はすばらしい。妻のラムジー夫人からさんざん憐憫《れんびん》を引き出して生きてきたラムジーと、自立した「しなびたオールドミス」であるリリーの、同情してほしい対同情なんかするかよの感情の戦いは、リリーの「ラムジーの靴を褒める」という失言のようなものにより突然終戦する。我々は理解し合うことはないが、それでも救済はあるのだと、共にいられるのだと、ここまで信じさせてくれる記述は他にないのではないだろうか。

（二〇二四年八月、作家）

この作品は二〇〇九年一月河出書房新社より『灯台へ／サルガッソーの広い海』として刊行されたうち、『灯台へ』を文庫化したものです。今日の観点からは差別的ともとれる箇所が散見しますが、作品の持つ文学性ならびに芸術性、また歴史的背景に鑑み、原書に出来るかぎり忠実な翻訳としたことをお断りいたします。（新潮文庫編集部）

S・モーム
金原瑞人訳

人間の絆（上・下）

平凡な青年の人生を追う中で、読者は重たい問いに直面する。人生を生きる意味はあるのか——。世界的ベストセラーの決定的新訳。

H・ジェイムズ
小川高義訳

デイジー・ミラー

わたし、いろんな人とお付き合いしてます——。自由奔放な美女に惹かれる慎み深い青年の恋。ジェイムズ畢生の名作が待望の新訳。

ライマン・フランク・ボーム
畔柳和代訳

サンタクロース少年の冒険

一人の赤ん坊が、世界に夢を与える聖人に成長するまでの物語。『オズの魔法使い』の作者が子どもたちのために書いた贈り物。

ディケンズ
加賀山卓朗訳

大いなる遺産（上・下）

莫大な遺産の相続人となったことで運命が変転する少年。ユーモアあり、ミステリーあり、感動あり、英文学を代表する名作を新訳！

H・ロフティング
福岡伸一訳

ドリトル先生航海記

すべての子どもが出会うべき大人、ドリトル先生と冒険の旅へ——スタビンズ少年になりたかったという生物学者による念願の新訳！

S・アンダーソン
上岡伸雄訳

ワインズバーグ、オハイオ

発展から取り残された街。地元紙の記者のもとに届く、住人たちの奇妙な噂。現代人の孤独をはじめて文学の主題とした画期的名作。

J・M・バリー
大久保 寛訳
ピーター・パンの冒険
ロンドンのケンジントン公園で、半分が鳥、半分が人間の赤ん坊のピーターと子供たちが繰り広げるロマンティックで幻想的な物語。

J・ウェブスター
岩本正恵訳
あしながおじさん
孤児院育ちのジュディが謎の紳士に出会い、ユーモアあふれる手紙を書き続け――最高に幸せな結末を迎えるシンデレラストーリー！

J・ウェブスター
畔柳和代訳
続あしながおじさん
お嬢様育ちのサリーが孤児院の院長に?! 慣習に固執する職員たちと戦いながら、院長としての責任に目覚める――。愛と感動の名作。

M・ブルガーコフ
増本浩子
V・グレチュコ訳
犬の心臓・運命の卵
人間の脳を移植された犬、巨大化したアナコンダの大群――科学的空想世界にソ連体制への痛烈な批判を込めて発禁となった問題作。

スタインベック
伏見威蕃訳
怒りの葡萄（上・下）
ピューリッツァー賞受賞
天災と大資本によって先祖の土地を奪われた農民ジョード一家。苦境を切り抜けようとする、情愛深い家族の姿を描いた不朽の名作。

フローベール
芳川泰久訳
ボヴァリー夫人
恋に恋する美しい人妻エンマ。退屈な夫の目を盗み重ねた情事の行末は？ 村の不倫話を芸術に変えた仏文学の金字塔、待望の新訳！

マーク・トウェイン
柴田元幸訳

ジム・スマイリーの跳び蛙
—マーク・トウェイン傑作選—

現代アメリカ文学の父であり、ユーモア溢れる冒険児だったマーク・トウェインの短編小説とエッセイを、柴田元幸が厳選して新訳！

J・オースティン
小山太一訳

自負と偏見

恋心か打算か。幸福な結婚とは何か。十八世紀イギリスを舞台に、永遠のテーマを突き詰めた、息をのむほど愉快な名作、待望の新訳。

G・グリーン
上岡伸雄訳

情事の終り

「私」は妬心を秘め、別れた人妻サラを探偵に監視させる。自らを翻弄した女の謎に近づくため——。究極の愛と神の存在を問う傑作。

ヴェルヌ
村松潔訳

海底二万里（上・下）

超絶の最新鋭潜水艦ノーチラス号を駆るネモ船長の目的とは？ 海洋冒険ロマンの傑作を完全新訳、刊行当時のイラストもすべて収録。

ライマン・フランク・ボーム
河野万里子訳
にしざかひろみ絵

オズの魔法使い

ドロシーは一風変わった仲間たちと、オズ大王に会うためにエメラルドの都を目指す。読み継がれる物語の、大人にも味わえる名訳。

マーク・トウェイン
柴田元幸訳

トム・ソーヤーの冒険

海賊ごっこに幽霊屋敷探検、毎日が冒険のトムはある夜墓場で殺人事件を目撃してしまい——少年文学の永遠の名作を名翻訳家が新訳。

ヘミングウェイ
高見浩訳
勝者に報酬はない・キリマンジャロの雪
―ヘミングウェイ全短編2―
激動の'30年代、ヘミングウェイは時代と人間を冷徹に捉え、数々の名作を放ってゆく。17編を収めた絶賛の新訳全短編シリーズ第2巻。

ヘミングウェイ
高見浩訳
蝶々と戦車・何を見ても何かを思いだす
―ヘミングウェイ全短編3―
炸裂する砲弾、絶望的な突撃。スペインの戦場で、作家の視線が何かを捉えた――生前未発表の7編など22編。決定版短編全集完結！

ヘミングウェイ
高見浩訳
日はまた昇る
灼熱の祝祭。男たちと女は濃密な情熱と血のにおいに包まれて、新たな享楽を求めつづける。著者が明示した〝自堕落な世代〟の矜持。

ヘミングウェイ
高見浩訳
老人と海
老漁師は、一人小舟で海に出た。やがて大物が綱にかかるが。不屈の魂を照射するヘミングウェイの文学的到達点にして永遠の傑作。

ヘミングウェイ
高見浩訳
誰がために鐘は鳴る（上・下）
スペイン内戦に身を投じた米国人ジョーダンは、ゲリラ隊の娘、マリアと運命的な恋に落ちる。戦火の中の愛と生死を描く不朽の名作。

ディケンズ
加賀山卓朗訳
オリヴァー・ツイスト
オリヴァー8歳。窃盗団に入りながらも純粋な心を失わず、ロンドンの街を生き抜く孤児の運命を描いた、ディケンズ初期の傑作。

新潮文庫の新刊

Title : TO THE LIGHTHOUSE
Author : Virginia Woolf

灯《とう》台《だい》へ

新潮文庫　ウ－28－1

Published 2024 in Japan
by Shinchosha Company

令和六年十月一日発行
令和七年六月三十日七刷

訳者　鴻《こうの》巣《す》友《ゆ》季《き》子《こ》

発行者　佐藤隆信

発行所　株式会社新潮社

郵便番号　一六二―八七一一
東京都新宿区矢来町七一
電話 編集部(〇三)三二六六―五四四〇
読者係(〇三)三二六六―五一一一
https://www.shinchosha.co.jp

価格はカバーに表示してあります。

印刷・株式会社三秀舎　製本・株式会社植木製本所

ISBN978-4-10-210702-7 C0197